U0115615

.

长夜难明

双星

紫金陈 ▶ 作品

湖南文艺出版社
HUNAN LITERATURE AND ART PUBLISHING HOUSE

博集天卷
CS-BOOKY

目录
CONTENTS

坠楼案发生

1

已经十月，山城江北市才刚刚入秋。

江北市的南面，距离江边不到三公里的望江街上，此刻已经人声鼎沸。

望江街是附近一带的餐饮聚集地，每天晚上七点一过，待城管下班后，街两边的餐饮店家就像赶集一样，在人行道上支出夜宵摊，招揽生意。

路口的一张方桌旁坐着四个人，东面坐着段飞，他是渝中区检察院二部的检察官，旁边是他带来的检察官助理小赵。段飞看着对面的另外两人，语气里透着不悦："老陈，你怎么就带了一个人过来？"

被称呼为"老陈"的男人并不老，年纪与段飞相仿，也就三十五六岁，他是渝中区公安分局的刑警大队长陈哲。

"不然你还想我带多少人来啊？千年等一回，等到你主动请个客，我还以为你是升职当检察长了，总算阔一次，结果手机掏出来一查你挑的地方，人均消费三十八元！"陈哲手指敲敲桌板，抓起一串羊肉串，"天哪，老段，你也够可以的啊！你说你工资也不低，你一单身汉攒钱干什么，娶老婆啊？我想着你请客都挑这种破夜宵摊了，我要是多带几个人把你吃穷了，下次案子报到你们院里，你不得老叫我们干补充侦查的破事啊？"

段飞一本正经地回应他的调侃："我每次发回你们补充侦查都是公事公办，你报上来的证据不扎实，不符合起诉的条件。"

"得了吧得了吧，改天我请你吃顿硬菜，你就夸我们报的证据贼扎实。"陈哲吃掉一串羊肉串，继续道，"说吧，今天主动请这么一顿小客，哦不，是'纳米'客，有啥主题？是上个月连着两次退回补充侦查，害我这一把年纪还被领导问候两顿，怕我提刀去你家蹲你，缓和一下关系啊？"

段飞笑道："咱们这几年工作都忙，这不，我想着咱们好久没私下聚了，就单纯地找你叙旧聊天。"

"哎哟，你也好歹挑个好点的店吧？"陈哲不依不饶。

"下次换个人均几百元的，行了吧？"

"别下次，就明天。"陈哲转头问他身旁的手下警察小孙，"咱们明天没事吧？"

"明天没案子。"

陈哲转向段飞道："明天，你再找个地方，我多带几个人来，有没有问题？"

"没问题，陈队长说了算。"段飞笑道。

陈哲哈哈一笑，回头朝店里招呼起来："老板，来一箱啤酒。"

老板回喊道："啤酒自助免费。"

陈哲大吃一惊，回头朝着段飞咂嘴："老段啊老段，你也真够狠的啊，人均三十八元，啤酒还自助免费的店都被你挖出来了，你这侦查业务水平比我们公安可强多了。——小孙，去，给我搞点啤酒来。"

小孙正要过去，段飞叫住了他："今天就别喝酒了吧？"

"为什么啊？"

段飞顿了顿，似乎欲言又止，道："你一个警察，喝酒不太好吧？"

陈哲嘘道："我一没穿警服，二没执行公务，三没开车，我下班喝个酒怎么了？你们检察院的怎么不出家呢？"

段飞嘱咐道："那你少喝点，待会儿还要跟你聊事情。"

"你放心，我的酒量能喝死你三个。"

陈哲刚端起酒杯，还没喝下肚，这时，离他们数百米远，道路另一头的一处夜宵摊上，砰砰砰几声，几个从天而降的啤酒瓶在一旁空地上炸开了花。随后，附近几桌客人纷纷站起来，扯着脖子朝楼上破口大骂："谁那么缺德啊？往楼下砸瓶子！给爷滚下来，爷一锤子结果你！"

楼上没有回应。众人伸长了脖子，在夜色中继续寻找楼上的肇事者，几秒后，人们的第二轮叫骂声响起，突然，一个庞然的人形巨物从天而降，砰一声，像一个巨型沙包，重重砸在众人面前。

顷刻间，周围吃夜宵的人全部从桌旁跳起来，叫骂声戛然而止，全场鸦雀无声。大家站起身，缓缓靠过去，几秒后，这世界仿佛从静音模式中恢复过来，剩下一片狂吼："有人跳楼了，有人跳楼了！"

2

段飞四人冲过去时，现场已经乱成了一团。陈哲一边高喊着"警察"，一边仗着高大体格，像推土机一样人肉开道，这才冲到事发地的中间。

中间的空地上，仰面躺着一个身穿淡黄色 T 恤的女人。女人面孔已经扭曲，难以辨认容貌，四肢早已失去活力，周围溅出一大圈不忍直视之物，像砸落在地的鸡蛋那样铺散开，没人敢靠近。

段飞打量了几眼尸体，提醒陈哲，注意一下女子的腹部，那里的衣服破了一个大口子，流出一大摊血液，疑似有个大伤口，不像坠楼造成的。陈哲嘀咕一句："聒噪，我比你专业，别疑似疑似了，我瞅一眼就百分百确定这是锐器伤。"

正说着，两人听到身旁围观群众讲述，刚刚女子坠楼时，天台上好像还有个人影一晃而过。

段飞和陈哲对视一眼，不约而同地看向了面前这栋褐黄色的建筑——巧克力公寓。

巧克力公寓建造于二十一世纪初，当年这里的住户大多是有点小钱的白领。过了这么多年，公寓早就残破不堪，如今住在里面的大多是些在皮包公司、私人的医美或化妆工作室、夜场工作的小哥和姑娘，居住的人群结构复杂，管理杂乱无章。

段飞和陈哲都是业务能手，此刻听到围观群众的话，当机立断反应过来，吩咐两个手下守住公寓大门，不要让任何人进出，他们俩则一齐冲进了公寓，奔向电梯口。

公寓里的这两部电梯如果有性别，那应该是男的，毕竟上了年纪，需要反应时间。两人在旁边猴急地等待，好不容易等来了电梯，冲进去，段飞狂按顶楼十六层的按键，陈哲在一旁皱眉劝说："你就别在那儿瞎按了，连按两下按钮灯就灭了。这破电梯又没装油门，该什么速度还是什么速度，你当打游戏机放大招呢？"

两人在骂骂咧咧、相互诋毁中来到了顶楼十六层。

一条长长的走廊横贯大楼，两边都是公寓，此时有几户人家推门而出，张望着，显然也是听说有人跳楼，出门看看。

段飞和陈哲向走廊的两端扫了一眼，马上确定，这破公寓的走廊

上没有装监控。

随即两人向开门的几名住户询问："我们是警察，天台从哪儿上去？"几个开门的住户伸手往不远处天台入口的台阶方向指了指。

两人又问："你们刚才有没有看到什么人从天台上下来？"住户们纷纷摇头，表示他们听到楼下的动静才开门出来，之前没注意。

段飞和陈哲见初步问不到线索，便先赶到天台入口，声控灯应声亮起，幽暗的灯光笼罩着楼梯，往上再走一层，楼梯尽头便是天台。

此时，通往天台的那扇小铁门敞开着。

两人推开小铁门，走上天台。

天台的四个转角处都立着政府安装的城市夜景灯，所以整个天台上的视野大致无碍。两人四下一看，偌大的天台上空无一人，只有几个两米多高的通风管道沉默地立在两侧。他们低头看向眼前的地面，地上有一些打斗的痕迹，旁边丢着一只看着很廉价实际也廉价的女士包，包里的东西散落了一地。

天台的周围是一圈膝盖高的水泥护栏，上面还安装着两米多高的绿色金属防护网，按理来说是不可能发生坠楼事件的，只是坠楼点正上方的那一段防护网此时开着一道一米多宽的口子。这道口子是物业公司为了方便空调安装人员从楼顶下来悬挂施工而特意开的小门，正常情况下，因怕发生意外事故，小门是关着的，只是不知为何今天敞开了，坠楼的女子自然就是从这道小门落下去的。

陈哲一边观察着天台上的情况，一边打电话通知队里的警察赶紧过来一趟，因为从女子腹部的伤口以及天台上的现场痕迹看，这显然不是意外坠楼事故，大概率是一起命案。

段飞来到小门处，俯瞰着下方的路面。

楼下的马路上，以女子尸体为中心的三五米开外，围观群众像同心圆一样围起来。公寓楼下，小赵和小孙已经拦在了一楼门口维持秩序，不让人出入，此举引起了个别人的不满，起了争执，现场一片闹哄哄，各方都在互相普及法律知识。

就在此时，段飞注意到公寓西侧地下车库的道闸口露出了一辆车的车头，这辆汽车正在扫码支付停车费的当口，段飞马上打电话通知楼下的检察官助理小赵，刚一接通就吼道："快，西面停车场有车出来，马上拦住，不要放跑一个人！"

话音刚落，那辆汽车的司机已经支付完毕，道闸升起，车子驶了上来。小赵赶忙将封锁公寓门口的工作交给了刑警小孙，他奔过去在汽车驶上马路之前拦下了对方。

段飞站在天台上，远远看到那辆车强行往前动了一下，小赵整个人挡在引擎盖前方，不让对方离开，双方似乎发生了冲突。他转头嘱咐陈哲留在这里，他下去看看情况。

"怎么回事？"几分钟后，段飞来到楼下，走到近前，向小赵询问，转头看向坐在汽车驾驶位上的车主。待看清对方面容后，段飞不由得皱起了眉。

"这人不配合我们的工作，要强行离开。"小赵解释着，对方要强行离开，他只能用身体拦在汽车前。

"嘿嘿，我是'这人'？段飞，他是新来的吧？"车主一脸的不屑，直接喊出了段飞的名字。

段飞心平气和地走上前："泽宇，刚刚这里发生了一起坠楼案，暂时需要封锁现场，不允许出入，你配合一下吧。"

"泽宇？你别跟我套近乎！我跟你很熟吗？你们俩是警察吗？快让开，我时间宝贵，没工夫陪你们闹！"这个名叫泽宇的车主挂了空挡位，猛踩一下油门，发出轰的一声，吓了小赵一跳，不过这一举动也引起了围观群众的注意，他们朝这边围过来看热闹。

段飞左右瞥了瞥围观群众，凑到车窗边，小声道："这里人多，不要弄得太难看了。"

车主怒道："你还知道不要太难看？我有事，没工夫留在这里，快滚！你们俩不是警察，没有限制人的执法权！"

这时，段飞注意到对方握着方向盘的手在微微打战，随即不动声色地上下打量了他一眼，幽幽问："赵总，今天你来这里做什么呢？"

"我需要向你汇报吗？"

段飞一本正经地解释道："检察院有提前介入调查重大案件的权力，今天这案子我刚好遇上，所以我正式地提前介入了。"

对方咬牙冷笑，突然注意到段飞正盯着他颤抖的手，他下意识地松了一下手上的力道，冷声问："你是故意找我的碴吧？"

"没有，我是公事公办，你还是配合一下比较好。"

男子盯着他看了几秒，知道再强硬，段飞也不会放行，前面挡着围观人群，他也没法趁段飞和小赵不注意，一脚油门冲出去，他深吸一口气，挂下停车挡，摇起窗户，既不离开，也不再搭理段飞。

几分钟后，警察大部队赶到了现场，陈哲早就注意到楼下段飞那边出了状况，他向其他警员简要说明情况后，把现场工作交给了手下队员，赶紧下楼来帮段飞。

段飞将车主拒不配合调查的情况向陈哲讲述了一遍，只字不提他认识车主，只是说："车主几次要冲卡强行离开，嘴上说有急事，但又不肯说具体事由，非常可疑，我建议你马上将他传唤回去进行调查。"

"这就传唤啊？咱们办案遇到群众不配合的情况多的是，冲撞你一下就关他一天，那咱们单位办公室全都腾出来都坐不下这么多人。"陈哲心想段飞肯定是被对方冲撞了，气不过，想传唤人，给车主点颜色瞧瞧，典型的"公报私仇"，不由得幸灾乐祸起来，"你嘛，不是警察，你一介书生哪儿有咱警察的气概，镇不住人，太正常了。消消气，你叫我补充侦查时，你的面子还是很管用的，平时嘛，你就是一没用的草包。"

段飞白了他一眼，正色道："我跟你说正经的，车主刚刚的神态举止非常可疑，我们问他话时，他的手一直在发抖，他注意到我在盯着他的手，马上松下了手上的力道，镇定下来。我也提审过不少嫌疑人，一个人是不是可疑，我的经验不比你少。"

陈哲见他态度认真，便抬头朝车里看去，车主原本正望着陈哲和段飞，看到陈哲看过来，他下意识地扭头，后来似乎又觉得动作幅度过大，显得刻意，于是悄无声息地把脑袋微微转回来一些，佯装不是故意在看他们。

这一下眼神躲闪的细节被陈哲牢牢捕获，这种做贼心虚的眼神他见过太多次了，可不同于现场其他那些不服从警方指挥的人，顿时，他心下也起了怀疑，点头道："好，我这就把他带回去问。"

段飞满意地点点头，和他再次确认了一遍，脸上含笑："这是你做的传唤决定！"

"对啊，你不是说他很可疑吗？"

"那么，你也觉得可疑喽？"

"废话，他偷看我们，又装作没在看，这种人我见得多了，身上八成背着事。"

"所以，这是你做的传唤决定吧？"

"你哪儿来这么多废话！你一个检察官哪儿有传唤人的权力，当然是我传唤的！你干吗用这种眼神看着我？你有病吧，看得我毛骨悚然！现在开始警察办案，你给我滚一边去。"

3

"这是你做的传唤决定？"渝中区公安分局，主管刑侦的刘副局长挂下电话，耷拉着厚重的大眼皮看着面前的陈哲。

"这……这是段飞，检察院的段飞，刘局，您见过他几次，他说——"陈哲手指着门外，门外并没有站着人，段飞早已不知去向。

"段飞有权力传唤人吗？这还不是你一个警察做的传唤决定？"

"我……"陈哲咽了下唾沫。

"你无凭无据传唤赵泽宇干什么？他不配合，你就直接让几个人强行把赵泽宇拖下车，推上警车？你们不是把整栋楼都封了吗？现场那么多人，你就抓回一个赵泽宇算什么！那么多围观群众，看到你们就抓了一个，还用这么粗暴的方式抓人，这不是坐实赵泽宇是凶手吗？"刘副局长重拍一下桌子，站起身怒喝。

陈哲面对领导的怒火，此刻也明白自己被段飞阴了，难怪段飞反复对自己强调"这是你做的传唤决定"，这浑蛋早知道车主是赵泽宇，明摆着是在欺负自己。陈哲一肚子火，但在领导面前不好发作，只能硬着头皮解释，装作相当不屑："他爸赵忠悯都退休了，这有什么啊？抓了就抓了，怕什么？"

"赵忠悯退休了，赵家可没退休！他们家有这么大的官，哪怕确定了赵泽宇行凶，正常做法也是把人低调带回来，留个体面。你不是跟段飞关系好吗？你怎么不问问他，他们检察院抓人，哪次不是说有个会议要请人参加，把人体面地请上车，什么时候在大庭广众之下逮人了？你倒好，大张旗鼓，当着那么多群众的面，还强行把他拽下车，硬押上警车，江北机关单位的微信群里都炸了！你多带几个嫌疑人回来也好啊，结果呢，茫茫人海，你就跟赵泽宇一个人结缘啊？"

陈哲解释道："您是不知道啊，他当时非常不配合，我们给他做了几分钟思想工作，他还不肯下车，还要打电话找关系什么的，我手底下都是些粗人，哪儿会惯着他？"陈哲说着，突然提高了政治站位，正义凛然道："刘局，再说了，您去年办郎书记侄子的寻衅滋事案时还特意跟我们强调，咱们办案不用管对方背景，咱们警察背后站的是政府，是国家，谁的背景大得过咱们！我一直牢记您的教诲，只对事不对人，所以我今天注意到赵泽宇的表现非常可疑——"

"你给我滚！赶紧去审，他是凶手最好，他不是凶手，你自己跟领导解释去！"

陈哲被刘副局长轰出办公室，到了外面，便向手下寻起段飞的身影："段飞这王八羔子呢？"

"好像回去了吧。"

"这他……"陈哲骂骂咧咧地赶回了审讯室隔壁，通过监控看着里面的审讯情况。

赵泽宇只是被传唤，不是被拘留，身上没有加约束性的刑具。他跷着二郎腿，坐在椅子上，神态桀骜，一脸不屑，不耐烦地回答刑警的提问："我说了，我去巧克力公寓是私事，我没必要回答你们，你们也没权力管我的私事！"

"今天巧克力公寓发生坠楼案的时候，你在哪里？"

"我在公寓楼里面。"

"你和死者认识吗？"

"我都不知道你们说的死者是谁，是男是女，我怎么会认识？"

刑警拿出现场传来的女性死者照片出示给他，赵泽宇下一秒就果断地道："不认识。"

"你都没辨认过怎么就说不认识？"

赵泽宇给出个很有哲学思辨空间的回答："因为我本来就不认识。"

刑警继续问："你有没有去过公寓楼的天台？"

"没有。"

"那你去的是哪里？"

"我说了这是我的私事，没必要回答你们。你们有什么证据怀疑到我身上，就拿出来，没有的话，赶紧放人！"

刑警并不知晓赵泽宇的身份，面对他如此嚣张的态度，也怒了，拍桌子呵斥道："你给我们老实一点，我们现在强烈怀疑你和今晚的坠楼案有关。"

赵泽宇冷笑："证据呢？"

这时，其他刑警进来向陈哲汇报，巧克力公寓太过老旧，只有一楼的入户门厅、两部电梯以及地下停车场的出入口和转角处装了监控，其他地方都没有被监控覆盖。他们专门查了监控中的赵泽宇，发现他在今晚七点四十分，也就是案发前半个小时，驾车驶入地下停车场，随后坐电梯去了顶楼十六楼。此后，电梯的监控里没再出现赵泽宇的身影，也就是说，他离开十六楼时没有乘坐电梯，而是走的楼梯。

这个发现让陈哲整个人都精神了，心说段飞这浑蛋还真是火眼金睛啊。赵泽宇案发前去了十六楼，此后从十六楼到地下车库，竟然是走楼梯，而不是坐电梯，这疑点也太大了吧！他马上让手下先去跟刘副局长汇报，只要坐实了赵泽宇犯罪，管他爸赵忠悯是什么级别的领导呢，怎么抓都不过分。

他也赶忙暂停审讯，把负责审讯的刑警叫出来，向他们传达了这一重要线索。

负责审讯的刑警返回屋子里再次询问时，整个人都理直气壮起来了："赵泽宇，我们已经查清，今晚七点四十，你驾车进入巧克力公寓的地下停车场，在地下停车场直接坐电梯去了十六楼，对吗？"

赵泽宇一愣，没想到警方这么快就查到了监控，他马上道："是啊。"

"后来你是怎么下楼的？"

赵泽宇理直气壮道："我怎么下楼和案子有什么关系？"

"不是你在问我们，是我们在问你！你怎么下楼的？"

赵泽宇道："我走楼梯下楼，那又怎么了？"

刑警质问道："正常人从十六楼去地下停车场，会选择走楼梯吗？"

赵泽宇哼了声，不屑地道："就这个？还有其他疑点要我一并解释的吗？"

陈哲向一旁的手下分析道："他在试探我们掌握了多少线索，先看他这一关怎么过。"

赵泽宇微微仰头，嘘了口气，摇摇头，道："行吧，我就直说了吧，我今天去巧克力公寓，是准备找失足妇女。"

"找失足妇女？你要去嫖娼啊？"听到这个回答，大家都微微吃惊。陈哲还在想赵泽宇能拿什么理由来蒙混过去这个疑点，没想到他搬出的理由是嫖娼。

"不要用嫖娼这种肮脏的词，我不适应。"赵泽宇微微昂首，"我没成功，这够不上违法吧？"

"你说你嫖娼未遂？"

"是啊。"

"你去哪户人家嫖？别想着隐瞒，我们肯定会核实清楚。"

"1608 房间。"

刑警打量着他，略微含蓄地问："你岁数也不算大，怎么……半

个小时，还是未遂？"

赵泽宇怒道："我去的时候，小姐家里有客人，我不想喝二道汤。"

"这比喻，他也真是个人才啊……"陈哲在监视器前不由得笑了起来，随后意识到旁边同事都在专注地看着审讯，他咳嗽一声，异常严肃有力地道，"问他，这跟他待了半个小时有什么关系，他是怎么离开十六楼的？"

刑警如是提问。

"我见有客人，就去楼道里抽烟，心里在犹豫。"

"犹豫啥？快说啊。"刑警催促道。

"我个人平时生活也算洁身自好，今天有点……嗯……男人有时候会突然感觉上头，想到了那事，要是不做，浑身不自在，你们也是懂的。"

"我们不懂。"刑警纠正道。

赵泽宇无所谓，继续说："我今天精虫上脑，就向朋友打听到了这里，好不容易鼓足勇气过来，结果看到已经有客人了。直接回去呢，我有点不甘心，可是干等着吧，等别人忙活完，我嫌脏。就像路边的苍蝇馆子，虽然都知道那些店不干净，可没进他们厨房，也吃得下去，真进了那些厨房，就倒胃口了。所以啊，我就一直在楼道里面犹豫思考，到底是走，还是继续等。"

"就这破事你犹豫思考了半个小时？"

"差不多。"

刑警试探地问："你最后是从十六楼走楼梯去了地下车库？"

"对啊。"

"为什么？这完全不符合常人习惯，你在跑楼梯健身啊？"

赵泽宇解释道："我按了电梯，可等了几分钟，两部电梯都坏了，没有上来，我只能走楼梯下去。"

刑警呵斥道："撒谎，今天我们去公寓的时候，两部电梯明明都是好的。"

赵泽宇坦然道："我不知道你们去的时候电梯好没好，我当时等了有三五分钟，电梯都没上来，我以为电梯坏了。你们不信，可以去查。"

陈哲微微皱眉："他是算准了我们没法核实当时的电梯是不是上不来。"

办案是讲证据的，就算电梯是正常的，如果赵泽宇硬说电梯当时是坏的，警察也没证据反驳，毕竟电器类产品，从司法证据角度看，短暂性出问题也是有可能的。你不能否认赵泽宇按了电梯后，电梯一直没上来的这种可能性。

当然，核实 1608 房间是否住着小姐，以及她当时是否见过赵泽宇，这是可以做到的。

4

陈哲手下的队员小孙带人连夜进行公寓楼的现场搜证工作，接到陈哲的电话后，很快便去敲响了 1608 的房门。

敲了很久门才开，开门的是个女人，三十岁左右的年纪，一看脸便知道是整形医院的资深消费者，妆容精致，穿着得体，掩盖不住的是她发达的"事业线"。看见来人是警察后，女人露出一脸无辜的表情："你们……你们来做什么？"

小孙朝里屋张望一眼，看到屋子里客厅的沙发上坐着一个三十多岁的男人，正在看电视，状态略显局促，他看了眼警察，又赶紧把目

光投向了电视机。

小孙目光瞟向男人，问："他是谁啊？"

"哦，我男朋友。"女子略有点紧张地答道。

"叫什么名字？"

女子报了个名字，随后小孙把男人叫起来，让他们两个都掏出身份证，又问女人："他生日是什么时候？"

"生日……"女人支吾着回答不出。

一见这情景，对这种事司空见惯的警察自然就了然于胸了，这女子肯定是小姐，男的则是嫖客，刚刚听见警察敲门，两人就已经对好了基本信息，可女子一时紧张就把他的生日给忘了。

警察走进屋，目光扫到卧室床边的一些物品，更加对女子的职业确信不疑。小孙把女子叫到一旁问话。找社会边缘职业的人问话是刑警的基本功。

小孙直截了当地告诉她："我们是刑警，平常不抓嫖，找你问话呢，是要了解一下今晚坠楼案的情况，如果你跟我们打马虎眼，我们查你也是分分钟的事，你可不要不识好歹。"

见对方开门见山地表明意图，女子知道不承认是过不了关的，赶紧表态会全力配合。

她承认自己是小姐，租住在此处，平时都是由线上的中间人联系好客人，约到家中，她来提供服务的。今天晚上七点四十多，客人敲开她家的门，这时候，赵泽宇从她家门口经过，她和客人回头朝赵泽宇看了眼，赵泽宇也看了眼他们，双方只有眼神的对视，彼此没有任何交流，随后她就将客人迎进屋了。后来，她服务还没完成，就听见外面的动静，有人坠楼了，很快警察把公寓封锁了。当时两人在屋内不知道外面的情况，客人准备走，发现走廊里都是警察，客人不敢走，她也不敢放，一直熬到了现在，倒也人道，没有算客人超时的费用。

得知了情况，陈哲也陷入了无奈之中，按赵泽宇的说法时间上的疑点可以解释得通，虽然没法验证他口中的在楼道里犹豫半个小时和电梯坏了这两点是否属实，但除此之外警方一时也拿不出其他实质性证据。

另一边，段飞离开警局之后并没有回家，他重新来到巧克力公寓，也同警方一道搜查公寓里遗留的线索。

陈哲核实完赵泽宇的口供后，给段飞打了电话，讲述了情况，段飞听完便断然否认："你别听他瞎扯，赵泽宇情人众多，成天出入高端会所，他怎么就洁身自好了？嫖娼不成他在楼道里犹豫了半个小时，他还当自己是二十岁的腼腆小伙呢？"

陈哲好奇地问："这些你怎么知道的？"

段飞迟疑了一下，理直气壮道："我听说的。"

"你听谁说的？赵泽宇好歹是个体面人，生活作风也是讲究脸面的吧？"

段飞停顿了一秒，道："赵忠悯最早是我们市检察院的检察长，我听同事闲聊说的。总之，赵泽宇绝对在撒谎，他不可能为了要不要嫖娼，一个人在楼道里考虑半个小时。他这样的身份找女人哪里需要嫖娼？他一定是刚好路过1608房间，看到那对男女的关系像嫖客和小姐，临时找的理由。你换个角度想，赵泽宇是赵忠悯的儿子，赵家很要脸面。你们只查到了他在巧克力公寓待了半个小时，没有掌握其他实质性证据，如果坠楼案和他无关，他肯定咬牙让你们自己去查，绝不会透露他是去公寓楼里找小姐这种掉面子的事。现在他主动交代嫖娼，而且找的是公寓楼里的低级小姐，传出去必然是颜面无存，可他还要这么说，为什么呢？因为他要用嫖娼这个小过失，来掩盖真正

的大问题！"

陈哲一愣，连连点头："你说的很有道理，可现在没有直接证据，也拿他没办法。你们那边查得怎么样？"

"发现重大线索了，"段飞道，"我们待会儿就赶回来。"

不多时，几人赶回警局。技侦队员在顶楼天台的水泥地上发现了一些疑似凶手留下的脚印，拍下了照片。法医老陈则表示，他检查了死者腹部的伤口，是典型的刀伤，目前在公寓楼内以及赵泽宇的汽车里都没有找到凶器，其他队员正继续在公寓楼里搜查。法医根据伤口以及天台地面上的血渍痕迹推断，地面的血液轨迹是不连续的，意味着凶手持刀捅伤死者后，死者的腹部伤口喷出了血液，部分落在了凶手的鞋子上。

如此一来，只要检查一下赵泽宇的鞋子，便能判断他是否和案子有关。

事不宜迟，陈哲亲自来到审讯室把赵泽宇喊了出来，告知他要比对血渍和脚印，从表情上看，赵泽宇丝毫不慌，这让陈哲心里有些没底气。很快，比对出了结果，赵泽宇的鞋底纹路和天台上采集到的可疑脚印不同，赵泽宇的鞋子上也没有发现任何的血渍。

因此，赵泽宇直接被排除出凶手之列。

至于他在公寓里停留了半个小时和从十六楼走楼梯下楼这两个疑点，赵泽宇都解释过去了，虽然他的解释有点牵强，可警方也没法否定这种可能性的存在。

于是，陈哲也认为抓错了赵泽宇。

这要是换了其他人也就罢了，可偏偏对方是赵泽宇，陈哲在现场这么多人中，硬是单单把赵泽宇抓上警车，这事早已在江北机关单位中传开了。现如今证据比对结果是赵泽宇与案子无关，这下不光陈哲，整个渝中区分局都有些骑虎难下。

可更糟糕的还在后头。

5

案发第三天的中午，渝中区公安分局的领导班子全都聚在了一起，陈哲像个犯罪分子，耷拉着脑袋站在几人面前，看着桌上的手机。手机里，一条短视频正在循环播放着。

这条短视频由若干段视频和照片剪辑而成。

第一段是在坠楼案发生的现场，多个群众从不同角度用手机录下的视频，拍到了陈哲和他的几个手下强行将赵泽宇拉下车，押上了警车。

第二段是一张图片，是案发第二天上午十点多赵泽宇发布的朋友圈，上面写着：我很好，谢谢朋友们的关心。昨晚是一场误会，我已经回家，当事警察也已向我道歉。配合调查是我们每个公民应尽的义务，对于任何捕风捉影、散布谣言，对我个人和公司造成名誉损害的个人和自媒体，我将采取法律措施。不造谣，不传谣，相信公安，相信法律！

前面两段并没有太多问题，赵泽宇前天晚上被抓，昨天早上被放，许多人通过微信群等渠道早就知晓。

短视频的第三部分才是最关键的。这段视频拍摄的角度正对着巧克力公寓天台的入口台阶方向，视频中，铁门被推开后，赵泽宇手握着一把带血的匕首，惊慌失措地走出来，环顾一下四周，急匆匆地将门把手上的指纹擦拭几下，迅速地跑走了。

短视频中配的文字则是：有背景的果然不一样，杀人当场被抓，第二天一早就逍遥法外了……

点赞几十万次，评论区早已沦陷，全都在艾特"平安江北"的官方账号。

"我知道他是谁。"

"我也知道，不就是那个赵……"

"江北人都知道他是谁。"

"你们说的到底是谁啊？"

"说出来就删了。"

"有什么不敢说的，赵泽宇，赵忠悯的独生子，江北首富。"

"江北首富不至于吧？"

"嘿嘿，赵家的财富可不是都在明面上的。"

…………

关掉手机，局长一脸严肃地向众人道："全网的人都在关注我们，我们的新媒体中心不得不把评论区暂时关了，外省多家新闻媒体早上都在向市局还有我们分局打电话求证，就在刚才，省里和市里的领导都表示很关切这起案子。"

刘副局长直接怒骂起来："陈哲，这视频是不是你在背后搞鬼？"

"我？"陈哲咽口唾沫，大喊冤枉，"怎么可能是我？"

"你自己看看评论，现在江北很多人都说你是不畏权势的大英雄，硬是在现场就逮捕了赵泽宇，结果呢，第二天是单位的领导强行放了他，把你比作英雄末路，我们全是包庇罪犯的保护伞。你说说看，我们在座的这几张位子，你想坐哪张直接说，我们站起来让给你！"

"这……这……这玩笑吓到我了。"陈哲用力挠着他没有一片头皮屑、丝毫不痒的头，说话都不利索了。

"你前天晚上抓就抓了，干吗昨天一早又把赵泽宇放了！你要么别抓，要么别放。当天晚上抓，第二天早上放，现在爆出来他就是凶手，再加上赵泽宇的家庭背景，你是要把我们整个单位放火上烤啊！"

刘副局长怒吼，其他领导对陈哲也没有丝毫同情，望着他，一脸指责地直摇头。其中几位领导不管刑侦工作，结果这一次也被网友们当作幕后保护伞的"嫌疑人"，自然大为恼火。

陈哲解释着："前天晚上，技侦采集了天台上的脚印，根据地上的血液滴落情况，确定凶手鞋子上沾了血。可我们检查了赵泽宇的鞋子，他鞋子上什么都没有。他的汽车也查了，没有发现。所以……所以当场就排除了他的犯罪可能性，就把他放了。再说……再说前天您不还说我不讲政治，不顾全大局，现在又——喀喀。"

刘副局长吼道："我哪句话说你不讲政治，不顾全大局了？"

陈哲立马改口："不不，是我自己这么反思的。"

"现在又怎么说？视频拍得清清楚楚！你们调查怎么就排除他的犯罪可能性了？"

"那时……嗯，属于工作中的疏忽。"

"疏你个锤子！"

陈哲面对疾风暴雨的指责，心中暗自叫苦连天。前天领导还在痛骂他为什么要抓赵泽宇，是不是受人指使，带有政治性目的。今天领导又在骂他为什么不抓赵泽宇，是不是受人指使，带有政治性目的。

他不由得哀叹，人生几许失意，何必偏偏选中他啊。

这时，手下警员前来报告，赵泽宇带着一名男子，两人一同来投案自首了。

6

"前天我在警局里撒了谎，我愿意承担该由我承担的相应法律责任。"这一次在审讯室，赵泽宇被戴上了刑具。他的态度完全收敛，再也不是之前那副理直气壮的嚣张模样。

审讯室监视器后，除了陈哲之外，分局的几位主要领导也一同看着。

"现在证据已经很清晰了，你也用不着狡辩，老老实实把犯罪经过详细交代一遍吧！"审讯人员呵斥道。

"首先我要说明一点，我撒谎，做了伪证，这一点我认。但是，人绝对不是我杀的，我是被陷害的，完完全全是冤枉的。"

几位领导面面相觑，都这个时候了，他还这么死鸭子嘴硬？

赵泽宇继续说下去："死者我认识，她叫洪梅，是董明山家的保姆。前天她给我打电话，约我到巧克力公寓的顶楼天台见面。"

"董明山是谁？"

"原先是我公司的一个合作伙伴，后来因为商业上的一些纠纷，被我起诉了。"

"死者打电话找你做什么？一个小保姆找你，你这身份的人为什么会去？"

"这事说来话长，总之，她手里有偷录到的一些我商业上的电话录音，这些虽然是正常的商业手段，我也不怕调查，当然，实事求是讲，可能有些违规，不过肯定不构成违法犯罪，但是传出去对我、对我家里的声誉影响都很不好。她凭着电话录音，向我勒索钱财，我为了避免节外生枝，所以过去找她谈条件。"

"你为什么不报警？"

"那些电话录音涉及一些商业机密，我想，如果花费不多的钱就可以解决麻烦的话，就没必要报警。我本着大事化小、小事化了的态度，去找她谈。"

刑警问："然后呢，发生了什么？"

"接到她的电话后，她要我一个人去见她，我为了以防万一，就找了我公司保安部的经理唐显友陪着一起过去。我们各自开了一辆车，一前一后去了巧克力公寓。我一个人先上天台，唐显友在地下车库等着。结果我刚上天台，洪梅就从门后面跳出来，手里拿着一把匕首向我刺来。我本就有所防备，没被她刺中，赶紧抓住她的手，纠缠了一会儿，把匕首抢了过来，对着她，警告她别过来。谁知她二话不说，直接冲上来，自己撞上了匕首。我吓了一跳，马上推开她，问她，她不是要钱吗，到底要干什么？她说因为我要起诉董明山，如果我不撤诉，董家就会破产。我说这关她一个小保姆什么事啊？她什么话也没说，捡起旁边的包，把里面的东西都扔到了地上，伪装成跟我发生过打斗的场面，转头跑到了天台边缘那扇小门那里，把边缘放着的几个啤酒瓶一个个踢了下去，我还没弄明白她想干什么，她就直接仰面向外倒了出去。我真的是被她陷害的！她身上的伤是她自己撞上匕首造成的，跳楼更是她自己跳的，和我没有任何关系。你们可以用技术手段好好还原现场，还我清白。"

审讯室隔壁，众人听着他的讲述，陈哲给出了判断："赵泽宇的表述太有条理了，事情发生的先后顺序、细节，井井有条。正常的审讯，嫌疑人交代的信息一开始都是零零碎碎的，最后拼凑出案发经过。他这番话，摆明了就是准备好的台词，很有逻辑。"

旁边几位领导大多也是业务线做起来的，见过太多的审讯工作，正常情况下，嫌疑人在交代犯罪经过时，语言组织能力会变差，逻辑混乱，顾左右而言他，哪怕是主观上想要坦白交代，也容易出现记忆错乱，需要不断修正。嫌疑人第一遍的口供如果很有条理，思维逻辑清晰，那么八成就是背好的台词。

赵泽宇继续说下去："整个过程发生得很快，洪梅跳楼后，我很慌张，我知道她想陷害我，我拿着匕首，怕留在原地报警的话，到时更解释不清楚，所以我没来得及多想，赶紧跑了。我本来想坐电梯，可手里拿着带血的匕首，怕被人发现，只好走楼梯，到了地下车库后，我把事情经过跟唐显友说了，他让我把衣服鞋子都和他做了调换，凶器也交给了他处理。整个情况就是这样的，你们可以问他，也可以做其他的调查。以上所说句句属实。"

刑警听完他的交代，不禁质疑："也就是说，死者自己捅伤了自己，然后自己跳下了楼？"

"没错。"

"她这么做是为了栽赃陷害你？"

"对。"

"你为了不惹上嫌疑，所以才带走凶器，最后被我们传唤时，临时编造了一个谎言，说你来巧克力公寓是找小姐？"

"我上楼时经过了 1608 房间，看到疑似小姐的人正把客人带进去，我就临时想出这个解释。我第一次被你们传唤时撒谎，纯属不想惹上麻烦而已。"

刑警问道："那么洪梅用自杀来栽赃陷害你的目的是什么？"

"她说是因为我要起诉她的雇主一家，如果我起诉到底，雇主一家会破产。我如果被当成嫌疑人抓走了，后面就没法起诉他们家了。"

刑警冷笑道："她一个小保姆，雇主一家究竟给了她多大的好处，让她甘愿用自杀来陷害你？"

赵泽宇镇定道："我也很难理解她的想法，可她就是这么说，这么做了。"

"一派胡言。"

监控室里，陈哲和领导们也都是一个态度，赵泽宇在撒谎，还是个漏洞百出的谎话。

人家一个小保姆，怎么会用自杀来陷害赵泽宇，目的是让赵泽宇被当成犯罪嫌疑人被抓，没法再起诉自己的雇主？完全不合逻辑，一听就是他今早看到短视频在网上疯传，不得不前来自首，仓促之下编造的台词。

临时编的谎言，自然漏洞百出，不合逻辑。

正当这些经验丰富的老刑警、老领导，一个个津津乐道地分析着赵泽宇的可笑口供，追忆往昔自己的审讯经验、如何撬开嫌疑人的嘴时，刑警小孙不合时宜地插了一句话："陈法医昨天说，死者身上的刀口切入角度，不像被人捅的，大概率是死者自己造成的。"

陈哲一下子瞪大了眼睛，差点跳起来要把小孙掐死："你昨天怎么没说？"

"陈法医说这只是经验判断，还需要进一步模拟分析。"

审讯室里，赵泽宇继续说着："关于我交代的这一切，我愿意负法律责任，可人确实不是我捅伤的，更不是我推下楼的，我的主要责任是藏匿了物证，以及前天撒谎，影响了调查工作。我听说现在警方有技术手段可以查出死者身上是自伤还是外伤，也有技术手段判断坠楼者是自己跳下去的，还是被人推下去的。我请求上级法医、技术人员来指导工作，彻底还原案发经过，洗脱我现在无从辩驳的冤枉。"

…………

一天后，局长办公室里，分局领导、刑警队骨干以及市局派来的技术专家都正襟危坐，如临大敌。因为摆在他们面前的是经过多名专家共同研判后得出的、经得起时间考验的结论。

根据死者腹部创口的位置和匕首插入方向来看，均不符合"在和赵泽宇打斗过程中被赵泽宇捅伤"这一猜测，相反，死者腹部应为她本人的造作伤；此外，坠楼点附近地面一路都有血迹，没有发现任何拖拽痕迹，结合死者落地轨迹、体态以及坠楼点附近的其他物证综合判断，死者应为自行仰面向后坠楼身亡，排除了被人推下天台的可能性。

唐显友的口供也和赵泽宇的描述没有任何出入，逻辑上严丝合缝。

也就是说，死者确实是自杀的。

此结论一出，渝中公安分局陷入了前所未有的进退两难之境。

按照实事求是的证据角度来说，赵泽宇杀人一案不成立，赵泽宇面对调查时撒谎以及隐藏证物，都算不上大的罪名。可如果赵泽宇没事，过段时间又出现在公众面前，千百万人都在网上看到了他握着带血的匕首离开天台的视频，结果警方告知大众，他是担心被冤枉才这么干的，大众会信吗？别说大众不会信，恐怕上级领导都会认为公安局在徇私枉法。

事到如今，警局的处境很被动。

赵泽宇绝对不能放，放了警方没办法向各界交代。赵泽宇的口供听起来也是漏洞百出，逻辑不通。一个小保姆为了雇主不被起诉，甘愿自我牺牲来陷害赵泽宇？这动机太扯了。若告知外界，渝中公安分局更会被全国人民斥责是在包庇罪犯，谎话都编不圆。可是如果不放赵泽宇，人不是他杀的，也不是他捅伤的，总不能把他硬生生定罪成杀人犯吧？

最后经过商量，领导对陈哲的工作意见是：深挖赵泽宇，兜底调查，挖他过往一切可能的犯罪线索。赵泽宇必须"有罪"，最好还是重罪。

否则这一关，大家都过不了。

7

"老段，段检察官，赵泽宇到底该定个什么罪名，你们检察院给个意见啊！这案子后面怎么处理，一切决定，我们都无条件服从你们的指示。我们领导说了，这事不能让我们单位擅自决定，你们检察院要指导我们的工作！"

"受宠若惊啊，以前我偶尔指导你一下，你哪次不是跟我扯半天？"

"我跟你明说吧，段飞，这事一开始就是你把我设计了，你甭想置身事外！"

"他打底也是个伪证罪，你们继续拘留着呗。"

"光伪证罪怎么成，端出来，全社会几个人会信啊？"

"那就继续调查，目前也别无他法。"

站在巧克力公寓十六楼的天台入口前，陈哲和段飞望着技术人员戴着手套，从走廊天花板的一个灯泡旁拆下了一个隐藏的微型摄像头。

这是一个常见的家用摄像头，有些人将其装在家中的卧室和客厅，可以实时监控家里的情况。网上披露出来的家中保姆趁主人不在，虐待老人，给婴儿喂安眠药等新闻，都是这种摄像头的功劳。也有的装在门口，用来监视出差期间家中是否"绿油油"。摄像头里本身自带存储器，只能记录几个小时内拍到的视频，超过这个时间则自动覆盖，更多的视频数据通过远程传输，传给摄像头的安装者。

一开始案发后，警方通过物业了解到巧克力公寓年代老旧，住户拖欠物业费的现象十分普遍，已经熬走了好几家物业公司，如今的物业工作人员是社区安排的几个老大爷，整座大楼就车库出入口和电梯那么几处地方装了监控，而且是最廉价的监控设备，像素很低，所谓监控机房，就是物业办公室兼员工宿舍。

警方当时得知走廊没有监控后，便没有特意检查天花板，压根没想到走廊的灯泡旁边还藏了一个微型摄像头，摄像头的存储器、蓄电池等部分都隐藏在灯罩里面，露出一个小小的摄像头正对着天台的入口，也正是这个摄像头拍下了赵泽宇从天台逃离的那一幕。

段飞看着陈哲，给他吃定心丸："你放心，这案子我们两家单位站在同一战线，最后要拿出一个经得起考验的结论。要不然，我们检察院也用不着提前介入侦查，我大可以在单位坐着，等着你最后把调查结果报过来。"

"你倒是想，你要敢这么干，我等你下班就一个麻袋套住你扔到荒郊野外。"

两人吵归吵，待技术人员拆下摄像头检查后，两人依旧认真地分析起来。

"老段你看，摄像头显然是有心人提前装好的，早就准备着偷拍赵泽宇逃跑的画面；之前我们问了物业，天台上的防护网正常也是关着的，案发当天打开了，自然是人为的；洪梅跳楼自杀前，先踢了几个啤酒瓶下来，引起楼下人群的注意，把案子闹大。天台边缘哪儿来的啤酒瓶？当然也是事先放好的。种种迹象看起来，这确实是一个局，一个专门陷害赵泽宇的局。"

段飞道："视频是在洪梅死后才被人发到网上的。所以这个局，除了死者洪梅外，一定还有其他人参与。"

陈哲点点头："我们发信息给了最早发布视频的那个账号，不过对方一直没有回复。"

"赵泽宇的反应也很奇怪，他口口声声说他是被人陷害的，可他又不肯说清楚别人为什么要陷害他。他的口供水分很大，很多地方不合常理，一看就是在避实就虚。"

陈哲道："我们跟他反复强调，大家都看到了他逃离现场的视频，哪怕我们用技术手段证实洪梅是自己跳楼死的，我们也有充分的理由怀疑她是受他威胁而跳楼的，他嫌疑人的身份依然甩不掉。加上做伪证本就是刑事罪，他想蒙混过关，出公安局是不可能的事。可是赵泽宇来来回回还是那些话，说他交代的就是真相，他也不清楚洪梅到底为什么这么做，洪梅背后还有谁在害她，还说什么现实生活本来就不讲逻辑，他交代的那些听起来虽然有些不合常理，可那就是真相。"

段飞道："他现在就是想死扛到底，只背一条做伪证的罪名，过了这关？"

"对啊，所以我们单位很难做啊，要是查不出他有其他犯罪事项，我们向社会通告说赵泽宇只是做伪证，死者是自杀的，谁信啊？"

段飞拍拍陈哲的肩膀，宽慰道："查下去，我敢百分百断定，赵泽宇身上一定背着极大的案子。"

"你怎么知道？"

"你想，赵泽宇面对如今的处境，他也知道公安部门背了各方压力，势必要对他进行兜底调查，可他还是不肯交代实情，哪怕被人陷害都不肯说出到底是谁在设计陷害他，情愿背一个做伪证的罪名。这说明他身上藏了更大的罪名，这个罪名一旦被查出来，后果比做伪证要严重得多！而且我有很大把握，很快就能查出真相。"

陈哲疑惑道："你凭什么这么有信心？"

"你想，这案子是死者洪梅与他人联手设计陷害赵泽宇，设这个局都搭上了一条命，如果对方没有后手对付赵泽宇，让他背一条做伪证的罪名就过关了，可能吗？"

听到段飞这段分析，陈哲不由得连连点头，策划陷害赵泽宇的一方都搭进去一条人命了，岂能没有后面的手段，就这样让赵泽宇背一个判不了多久的伪证罪就过关了？

8

对于怎么深挖赵泽宇，段飞和陈哲意见一致，既然赵泽宇的口供审不出新花样，突破口自然要从死者身上找。

坠楼案发生后，警方在天台上死者遗留的包中寻到了身份证，确认了死者名叫"洪梅"，找了公寓管理人员询问得知，洪梅就租住在公寓的十二楼。于是警方在公寓管理员的见证下，打开了洪梅的出租屋门，屋内没有争执打斗的痕迹，表明这里与案发现场无关。

一开始的调查都围绕着天台的直接证据展开，出租屋不是案发现场，赵泽宇也没有去过出租屋，所以此前没有对出租屋进行细致的搜查，现如今突破口落在了死者身上，出租屋自然就成了调查重点。

按照段飞分析，洪梅死后，必然还有后手，那么很可能在出租屋里会找到新的线索。

在房东的见证下，警察们揭开了封条，打开房门。

陈哲和段飞换上鞋套，来到出租屋内部。

屋子敞亮，这间房是公寓楼的边套，东面和北面都有窗，面积也比周围的其他户型大上一些，有七十多平方米，当然，公寓楼得房率低，这个面积的布局也仅一室两厅一卫，再加一个小储物间而已。

段飞站在窗口，向北面远眺，对面就是死者洪梅的雇主董明山一家所住的豪宅小区尊邸。警员小孙手指尊邸向大家介绍，董明山一家住在对面那栋楼的十楼，和这里隔空相望。

案发后，警方通过死者洪梅的身份证查到了她的信息，洪梅是福建人，人口登记信息上写着走失。警方联系到当地，得知洪梅多年前因为丈夫家暴离家出走，多年来从未和家里人联系，杳无音信，属于失踪人口之列。警方从赵泽宇口中才得知，洪梅在地产开发商董明山家里做保姆，于是马上派人去董明山家了解情况，得到的信息也是赵泽宇准备起诉董明山，至于洪梅和赵泽宇之间有什么瓜葛，董明山夫妻俩均表示不知情，他们也不认为洪梅会为了他们不被起诉，而找上赵泽宇。

段飞环顾四周，这套老公寓装修陈旧，白墙上遍布斑驳痕迹；古董级别的沙发上套着一层白布罩，底下露出了少许原始沙发布，遍布污渍；屋子里堆满了各种廉价家具，大概是每一轮房客搬走后都会留下些什么；窗户口是简易灶台，由于公寓楼不同于住宅，不通明火，只能用电磁炉，也没有油烟机，所以自然通风成了这里唯一的选择，旁边墙壁上贴着一层挡板，陈年油渍刮下来足够餐饮商家熬几锅高汤了。

这里环境虽简陋，但好歹是公寓，地段不错，四周交通便捷，生活便利，想来租金也不便宜。

段飞顿时提出了一个疑问："一个保姆，租得起这种公寓吗？"

陈哲不屑道："瞧你那没出息的样子，尊邸住的都是什么人？全是老板，保姆工资开六七千元往上，洪梅早年因为家暴离家出走，多年来没和家里联系，自然也不用给家里打钱，以她的工资租这种公寓绰绰有余。"

"她是住家保姆，有必要另外租个公寓吗？"

陈哲一愣，转头问起了房东："洪梅是什么时候租在这里的？"

房东拿出了租房协议一看："十个月前。"

陈哲看了眼合同，约定的租期是一年，便又问小孙："洪梅到董明山家当保姆多久了？"

"半年了。"

"半年前，洪梅做什么工作？"

"她一开始是小区的保洁，后来被董太太看中，就去了董家当保姆。"

这话一说，段飞和陈哲同时起了疑心。洪梅在租下这套公寓时，可不是富人家的保姆，只是个小区保洁。以一个保洁的收入，租下这么大一套公寓，就很不符合常理了。

两人重新审视起租房合同，房租每个月两千八百元，而江北市正常保洁的月薪，不过两三千元而已。一个没有其他经济负担、月入七八千元的保姆，花两千八百元租房还勉强解释得过去，可一个保洁把她的全部收入都拿来租房，就说不通了。

陈哲看向房东，好奇地随口问了句："你这公寓的租金有这么贵吗？"按照当地的行情，这套公寓两千元出头才是合理价。

房东被一群警察盯得心里发慌，如今租客遭遇不测，以后家属来讹他一笔人道主义赔偿也未可知，他可不敢得罪警察，赶紧实话实说："其实我对这房子租金的心理价是两千二百元，当时中介带她过来看房，她自己说看了好几套，就对我这套一眼满意，我看她这么喜欢，就报价两千八百元，等着她还几百，没想到她一口就答应了。我可没有强买强卖，也没有骗她，全程中介都在场，你们可以叫来问。中介都说这女的怪得很，之前带她看了七八套公寓，她一直挑三拣四，没想到我这套性价比最低的反而被她一眼相中，都不带还价的。"

听闻此言，段飞和陈哲对视一眼，不由得猜测，洪梅租房难不成还有其他原因？于是马上让房东联系到当时的中介小哥，叫了过来。

中介小哥对洪梅租房这事记忆犹新。

那一天，洪梅出现在中介门店时，手里拎着一个廉价的旅行袋，全身的衣着首饰全部变卖都凑不出两三百元，属于开门见山的一眼穷。

她开口就是要租房，门店经理见她这副模样，便把差事交给了这位刚入行不久的中介小哥。

洪梅没有废话，点名要租巧克力公寓的房子。中介小哥还好心地劝她，巧克力公寓虽然房子比较老，但毕竟是公寓，最差的户型也不会低于一千五百元，这附近还有不少住宅隔断出来的单间，便宜的五百元就能拿下。谁知洪梅完全不考虑，她只要租巧克力公寓的房子。

当时临近年底，空房不少，中介小哥带她一连看了七八套房子，那些房子无论是装修还是价格，性价比都不错，但洪梅都以各种理由挑毛病。后来洪梅主动问小哥，有没有十二楼朝北的空房子，小哥一查，还真有一套，但那套是边套，装修比其他房子差，价格偏贵，心想洪梅肯定不会租，便本着走过场的心态带她看了一下，没想到她不到三分钟就敲定了要租下来，听到两千八百元的报价后，也直接一口答应。

对于这么古怪的女人，哪怕时间过去了快一年，中介小哥依然印象深刻。

听完小哥的讲述，段飞思索片刻，抓住了关键点，向他再三确认："洪梅主动提出要租十二楼，还要朝北的房子？你仔细回忆一下，这是她主动提的，还是你建议的？"

中介小哥非常肯定是洪梅主动提的，因为十二楼空房就那一套，性价比低，中介做生意时，都是把性价比高的推荐出去，所以这套房本不在推荐之列。而且朝北的公寓房很难晒到太阳，衣服都只能靠阴干，没见过人主动要朝北的房子的。

段飞将目光投向窗外，朝北面望去，左边是一些低矮的房屋，中间隔了一块围栏遮挡着的待开发的土地，右边一条马路与左边的老房子泾渭分明地隔开，马路对面便是尊邸。

接着，段飞的目光被墙角的一台立式望远镜所吸引，他走上前，看到望远镜的侧面写着"高清高倍，60 倍变焦"。他将望远镜放到窗户边，镜头朝向对面的尊邸，又向警员小孙确认了董明山一家的具体位置，镜头转向董明山家中，调整好焦距，瞬间，客厅的全貌尽收眼底。

段飞恍然大悟道："洪梅在监视董明山一家，她租巧克力公寓的十二楼就是为了清晰地监视尊邸十楼的董家！"

陈哲闻言凑了过来，看到望远镜中的画面，瞬间心下了然，却泛起了更多的疑惑。

洪梅到底是什么人？赵泽宇口中的洪梅，为了雇主一家不被起诉，用自杀来陷害他。可这里的证据又显示，她在监视着雇主一家！

这时，陈哲的手机响了起来，接起一听，是单位的陈法医打来的。法医今天对尸体进行了二次检查，结果意外发现，死者洪梅左侧嘴角上方的一颗痣不是天生的，而是用刺青刺出来的。

陈哲不明所以，问："洪梅为什么要刺出一颗痣？"

陈法医道："因为她不是洪梅。"

"什么意思？"

"我拓下死者指纹放在系统里比对，死者不是洪梅，死者的真实名字叫孟真真。"

PART

2

孟真真

ᔇ

十个月前，孟真真再次来到阔别多年的江北市。

那一天的她以为江北是她新的人生起点，那一天的她怎么也不会想到十个月后的江北将成为她人生的终点。

站在这套公寓的窗户边，孟真真架好望远镜，将镜头对准了对面的尊邸小区，调整好角度，对焦，画面逐渐清晰。

巧克力公寓的十二楼和尊邸小区的十楼，高度差不多一致，从这里望过去，董明山家的餐厅以及大半个客厅的情况尽收眼底。

此时正值饭点，乳白色的大理石餐桌上，围坐着董明山和妻子钱一茹、保姆王慧，以及他们九岁大的儿子，董浩然。

孟真真的眼睛牢牢盯着小男孩，小男孩一直背对窗户口而坐，她等了许久，小男孩终于吃完饭，离开桌子，跑向了望远镜视野之外的客厅另一侧。虽然只是短短一两秒的回头，望远镜里也看不清晰男孩的五官，孟真真却有种强烈的预感，这个小男孩，正是她寻找多年的儿子。

她站起身，心中五味杂陈，瞥见了不锈钢窗框上映出来的脸庞，左侧嘴角上的痣被拉得又扁又长，这是她用针蘸着墨水刺出来的痣。

大半年前，孟真真打听到，因拐卖妇女被捕入狱的朱小八刑满释放了。她在得到消息的当晚便迫不及待地乔装打扮，寻到了朱小八家，那是一栋老旧的单位家属楼，朱小八出狱后独居在此。

朱小八甫一开门，孟真真便冲了进来，一把关上门。

"你谁啊？"朱小八看着面前的这个女人，似乎有几分眼熟，却一时想不起来。

"孟真真。"孟真真简单报上姓名。

"孟真真……"朱小八皱眉，回忆了几秒，透出惊讶，"你来找我做什么？"

孟真真没跟他废话："六年前你把我儿子卖到哪里去了？"

"什么卖你儿子啊，你疯了吧？"朱小八呵斥一声，想要伸手开门送客，孟真真用身体抵住了门把手。

"朱小八，你不要跟我玩花样，我查过你的起诉书，警察只知道你拐卖妇女，不知道你还卖过小孩。如果知道了，你刚坐满六年牢，马上又得回去蹲六年！"

"神经病，我都不知道你在说什么。"朱小八强行将她推到一旁，转开门锁，拽着要将她送走。

"如果你今天不告诉我，我立马报警！"孟真真一边用身体抵住门，一边掏出手机，当着他的面，按出了"110"三个数字，手指放在了拨号键的上方。

朱小八停下手，打量着对方，轻蔑道："你报警？孟真真，警察当年还找我打听过你，听说你手里有大案子，你跟我说要报警？是，我承认了，我卖了你的小孩，那又怎么样？你报警，警察是先抓你，还是先抓我呢？"

孟真真切换了一下手机软件，切到了录音机功能上，按下了停止，随后点开了上一条的录音，里面传出："你报警？孟真真，警察当年还找我打听过你，听说你手里有大案子，你跟我说要报警？是，我承认了，我卖了你的小孩，那又怎么样？你报警，警察是先抓你，还是先抓我呢？"

朱小八一愣，慢慢睁大了眼睛，痛骂一句脏话，立马去抢手机，孟真真背对着他，拼命护住手机，吼道："我等了这么多年，就是在等你出狱，等着问出小孩的下落，等着再见小孩一面。今天你不说，我这些年东躲西藏全都白费了，我今天就跟你同归于尽！"

说话间，她当着朱小八的面，手机切换到打电话的界面，直接就按下了110的通话键。

朱小八眼见电话嘟嘟响了两下，110报警中心即将接起，他可不想刚出狱又被抓回去，立马停止纠缠，赶紧求饶："挂掉，赶紧挂掉，我说，我全说！"

下一秒，孟真真挂断了通话。

朱小八无可奈何地瞪她一眼，叹了口气，往屋里走去，坐到椅子上，掏出一支烟，点上，摇头叹息："我实话跟你说吧，我当时把你儿子交给买家，还没到一个月，孩子就死了。你小孩出生就患有先天性心脏病，你当时没钱动手术，这病你自己也清楚，一旦发病很容易就那样。"

"不可能，你在骗我。"孟真真吞咽了一下，浑身颤抖地盯着朱小八。

"我骗你干什么？当时我瞒着买家，没跟他们说孩子有病，想着一年半载后，孩子就算出了事，他们也没法怪到我头上，拐卖人口可不会包几年售后服务。哪儿知道偏偏就是这么倒霉，还没到一个月呢，孩子就没了。买家都没来得及办完孩子的领养手续，我只好把钱退给买家，又把孩子尸体处理了，偷偷埋在了公墓，你要是不信，我改天带你去找找，不过时间隔这么久了，我也记不太清楚准确的位置，能不能找到当初那个地方，我也不敢保证。"他抽着烟，叹息着直摇头。

刹那间，孟真真万念俱灰，这几年支撑自己苟且生活的全部希望在这一刻坍塌殆尽，她支撑不住，缓缓蹲下身，感到胃中作呕想吐，紧紧按住肚子，眼眶湿润，眼泪却流不出来。

迷茫的视野中，她眼角余光瞥见朱小八正偷偷打量着她，她抬起头，朱小八立刻转过头去，继续仰望着天花板，仿佛在叹息那个可怜的孩子。

孟真真顿时对朱小八的话产生了怀疑，她稍稍一思索，便掏出手机，露出一脸绝望之色："当年我之所以没有自首，就是在等你今天的答案，东躲西藏了这么久，我也厌了，没意思了，累了，我要自首了。"说着，她仿佛身体被掏空，无力地举起手机，手指颤抖着按下了"110"三个数字。

朱小八坐直身体，警惕地看着她，试探道："这……这和我没有直接关系吧？"

"你觉得呢？"

"你……你不会把我说出去吧？"

孟真真愤恨地盯着他："如果孩子在我身边，我清楚知道他身上的病，一旦有任何不对劲，我第一时间就会带他去医院，怎么可能这么快，这么快……"她低下头，说不出话了，隔了几秒，准备继续操作手机。

朱小八眼见她又要拨报警电话，立马改口："等等，孟真真，刚才我是骗你的，你的孩子很可能还活着。"

孟真真抬头看着他，朱小八快速解释着："我可以告诉你孩子在哪里，但我不确定他是不是还活着，你要答应我，我告诉你之后，不管你打算怎么做，你都不会供出我。毕竟……毕竟卖你孩子的事，罪魁祸首也不是我啊。"

孟真真盯着他看了几秒，点点头。

"当年你老公——"

孟真真纠正他："不是我老公。"

"行行，当年陈子华把你的小孩交给我，跟我要了三万元。我很快转手把孩子卖给一对夫妻，可不到半个月，买家就把孩子给我送回来了，说医院检查出孩子有先天性心脏病，我只好把钱退给买家。我联系陈子华，要把孩子退给他，他不同意，也不肯还我钱，后面干脆不接我电话了。我只能自认倒霉，趁着晚上，偷偷把孩子装进纸盒里放在了江北儿童福利院的门口，附上字条，请求福利院收养。当时我还担心孩子万一出个好歹，查到我就成了拐卖小孩加过失杀人命案了。我不放心，便躲在离门口没多远的地方观察，后来福利院的值班保安发现了小孩，把孩子带了进去，我这才放心离开。后来没多久，警察来我家找上我，我还以为是孩子的事，没想到是前几年拐卖的一个女人被解救了，警察查到了我这里，我只好蹲了六年牢。坐牢六年，可不短啊，人一辈子能有几个六年？这几年里，我早就想明白了，改过自新了，以前的勾当我再也不会碰了。孟真真，是陈子华把你小孩卖给我，让我找买家接手，不是我拐卖的。我最后把小孩放到福利院门口，看着孩子被保安带进去后才放心离开，小孩进了福利院，说不定福利院也帮他把心脏病治好了，反而救了他一命。我这一次说的句句都是实话。所以啊，不管你孩子现在怎么样了，你都不要为难我了，好吗？我求你放我一马，我也想踏踏实实做人，重新开始。"

第二天，孟真真抱着一丝希望，来到了江北儿童福利院附近，她要从那儿入手查起。

她看到福利院门口的公告栏上写着招阿姨。福利院的阿姨工作繁重，既要打扫，又要照顾小孩，尤其院里有许多残障儿童，照料起来颇费心费力，而阿姨没有编制，福利院给出的工资待遇要比市面上的同类工作低许多，除了特别有爱心的人，很少有阿姨为了赚钱来福利院打工，因此福利院总是缺人手。而这份工作，正是孟真真当下最迫切需要的。

孟真真考虑到自己有案底在身，这些年一直用假身份证四处打黑工，如今想要混进福利院这样的正规单位，没法用假证。于是她托人花了两万五千元的高价，买到了一名女子自愿出售的全套身份证、银行卡以及手机卡。这名女子叫洪梅，福建人，年纪和孟真真相仿，身份证上五官长相的差别不算小也不算大，只是女子的左上嘴角有一颗很明显的黑痣。

孟真真用针蘸上墨水，在自己脸上同样的位置刺上了黑痣，换成了身份证上一样的发型，就这样，她变成了洪梅，成了福利院的阿姨。

进入福利院后，孟真真辛勤工作，和院里的其他人员渐渐熟络起来，旁敲侧击打听孩子们的档案。没多久，她得知小孩档案全都存在资料室，资料室不是机密的地方，大家从未想过有人会来盗窃这些孤儿的档案。于是孟真真找到机会，主动承担起资料室的打扫工作。她常常借着打扫的名义留在资料室，根据朱小八提供的儿子被遗弃的时间，查找档案。

经过足足半年的潜伏，她终于如愿以偿。

资料显示这名弃婴来到福利院不久之后就被一对夫妻收养，此后每一年的回访记录都在，体检报告一切正常。

看到这个结果，她重新燃起希望，不久，她便以家中有事为由，匆匆辞去了工作，马不停蹄地来到了江北市。

收养孩子的这对夫妇，正是董明山和钱一茹。

10

在董浩然上学的路上，孟真真躲在远处悄悄观察，虽然没有机会近距离仔细辨认，但看整体轮廓，五官尤其是眼鼻一带，与自己颇有几分相似，这让她的希望又大了一分，但还需要进一步确认。

几天后，孟真真用洪梅的身份通过应聘，成为尊邸小区的一名保洁。

过程很顺利，她有应聘福利院的经验，这次不过是依样画葫芦。物业经理看到她来应聘时还有些意外，因为通常而言，来应聘物业保洁的，都是上了岁数，在其他地方寻不到工作的五六十岁的妇女。

眼前的洪梅不过三十岁出头，装扮干净，长相底子在，若是打扮一番多半也是个美女，怎么会沦落到来当保洁，工作又脏又累不说，工资还不到三千元。孟真真言辞间，刻意显得自己很笨拙，不是机灵人，应聘保洁是因为找不到其他工作，保洁工作最简单，不用动脑子，也不用与人打交道。经理也没有多想，便要来她的身份证做登记，看到洪梅的身份证显示是福建老乡，经理就同她说起了家乡话闽南语。这让孟真真猝不及防，不过她没有慌张，短短几秒过后，她便镇定从容地解释，她自小跟在父母身边在外谋生，不会家乡话，轻松搪塞过去。随后，经理注意到证件上的照片脸形显胖，面前的洪梅脸形清瘦，孟真真注意到他的目光，连忙跟他东拉西扯分散他的注意力。人与人交谈时，总会习惯性地看向对方脸上有明显特征的地方，比如不整齐的龅牙、长出的痘痘、突出的鼻毛，经理和她说话时，自然也是不由自主地看着她嘴角上的大黑痣，也就不再对她的容貌起疑了。

当上保洁后，孟真真很快摸清了尊邸小区的情况。

尊邸是江北著名的豪宅小区，最小户型两百平方米，里面的住户非富即贵。许多家庭都请了保姆。每天傍晚，保姆们带着小孩下楼玩耍，保姆们有自己的小团体，也很爱互相攀比，谁的工资高，谁家的雇主大方，谁的休息天数多。大部分保姆的自我定位是和物业的楼宇管家地位相当的，瞧不起保安，更看不起保洁。不过她们对孟真真倒也算另眼相待，她年纪轻，即便多了颗大黑痣，长相也算秀气，说话有素质，嘴甜，为人玲珑剔透。很快，她通过保姆们的口舌，对董家的情况有了更多的了解。

董家三口人，丈夫董明山、妻子钱一茹以及上二年级的儿子董浩然，另外，家里还有一个住家保姆王慧。

董明山原是江北下属一个县的小开发商，前几年把当地项目结算完后，举家来到了江北市谋发展，他在城北拍下了一块地，开发了一个叫"悦峰园"的楼盘，定位是高端精装修，一期项目即将交付，在江北的地产界也算有了小小的知名度。妻子钱一茹做了一个小众服装品牌的市级代理，在几家二线商场开了门店，每天也是早出晚归，忙活着生意。儿子董浩然原先在另一所小学读书，这个学期才托关系转入当地口碑最好的蓝青小学，日常接送都由保姆王慧负责。

每天，孟真真大约有三次见到董浩然的机会。早上，王慧带着董浩然坐电梯到地下车库，孟真真总会"准时"出现在那里扫地；下午放学后，王慧接孩子，开车回到地下车库，孟真真依然在那里扫地；晚上七点半，董浩然大都在自家后面的保姆电梯旁的空地上练习跳绳，孟真真总会恰如其分地打开保姆电梯的门，收业主放在电梯旁的垃圾。有时吃过晚饭，王慧也会带董浩然下楼到小区里玩耍。其余的时间，孟真真会寻找机会回到巧克力公寓，通过望远镜，观察记录董家的作息习惯。

不过她每天像打卡上班一样准时出现在董浩然身边，也引起了钱一茹的疑惑。正常保洁早晚各收一次垃圾，第二次收垃圾大多是在下午，孟真真则总是晚上来收，有一次钱一茹问了一句，孟真真解释当天保洁工作太忙，收垃圾晚了。自此以后，为了不引起怀疑，她不再每天固定地出现三次。

这些年，孟真真隐姓埋名地苟且生活，最大的收获就是耐心，即便她无限想要确认董浩然究竟是不是她的儿子，她也会耐心地等待，否则一旦被人怀疑，她这些年的等待都将付诸东流。

为了最终确认董浩然的身份，每天，待董家人出门之后，孟真真都趁着打扫业主家的入户电梯口的机会，坐电梯来到董家门口，将董家大门外密码锁的按键盘擦得干干净净，再用化妆用的喷雾瓶喷上一层薄薄的保湿水。等王慧回家后，孟真真再次来到门口，用手机斜对着光线，朝着按键盘拍照，照片放大后便能清晰看出哪几个键被人按过。

经过几次拍照，她准确地掌握了王慧开门时按过的几个数字。

密码锁一共是六个数字加一个井号键，有王慧指纹的数字只有四个，其中两个数字上每次都有重复的指纹，表明六位数的密码里，这两个数字是重复的。剩下的工作就简单了，孟真真把所有可能性全部列了下来。密码锁每次可以输入两次，如果第三次输错便会锁住。于是接下来的每天，孟真真都会趁董家没人之际，上门输入两次密码。

一周后，她再一次输入密码，按下井号键后，密码锁里传出的不再是嘀嘀嘀的错误声响，而是咔嚓一声，门开了。

孟真真第一次跨入富人的豪宅，三百多平方米的大平层，装修富丽奢华。她无暇他顾，因为按照她记录的时间表，每天早上董明山和钱一茹在十点前各自离家上班，王慧送完孩子后会去买菜，大约十点半回家，也就是说，她必须在十点半之前从董家离开。为了安全起见，她不能等到十点半，十点二十分之前就必须离开，否则一旦被抓获，主人家自然报警，一切等待都失去了意义。

孟真真脱下鞋，放进随身准备好的包里，环顾四周，目光马上锁定了主卧。一般情况下，大部分人都会把证件等物品藏在主卧或者书房里。

很快，她在主卧的衣帽间的顶格，寻到了两个盒子。

孟真真小心翼翼地搬过椅子，站上去。她没有着急，先是仔细地记住了盒子摆放的位置，随后，她才小心翼翼地将盒子拿下来。

打开第一个盒子，里面是董明山夫妻的结婚证，两人已经结婚十五年，还有户口本，她翻到董浩然登记户口的日子，正是福利院记录的孩子被领养走后的半个月。她小心翼翼地关上盒子，将其放归原处，再拿出另一个盒子。看到里面的东西时，孟真真忍不住浑身颤抖，眼泪因激动而溢出。

盒子里装的是董浩然的领养手册和孤儿院的回访记录，更重要的，还有一本董浩然的病历。

大致翻阅后，孟真真得知，董明山夫妻领养董浩然后不久，发现他患有先天性心脏病，但他们没有像之前那对买孩子的夫妇一样抛弃

董浩然，而是将他送到了上海的医院，花费数十万元，在两年的时间里做了多次手术，终于，董浩然的心脏病被彻底治愈，他可以像其他孩子一样正常长大。

心中牵挂了这么多年，等待了这么多年，担忧了这么多年，此刻，一切都烟消云散了，孟真真彻底放下心来。

至此，她完全确认了董浩然就是她的儿子，而且身体已经完全康复。

可还没等她平复心绪，突然，门口传来咔嚓一声，有人回家了。

11

此刻才十点十五分，孟真真没想到今天保姆王慧会提前回家。她迅速将盒子放回原处后，躲在主卧的衣帽间里不敢动弹。

根据她平日的观察，通常情况下，保姆王慧回家后，便不再出门，直到下午去接孩子放学才会离开。而在这期间，尊邸的住家保姆们每天都要将房子打扫一遍。

门是密码锁，开关门都会发出一串电子音，即便王慧在其他房间打扫，孟真真偷溜出去也极有可能被听到动静，哪怕王慧没看到人，听声音知道有人出入过房门后，事后去调监控，电梯监控也会拍到孟真真在十楼出了电梯，过了十多分钟后才回来。只要业主将监控交给警察，孟真真入室盗窃的罪名也就坐实了。

唯一可行的办法是从房子的后门，也就是保姆电梯处离开，那里是传统的机械门锁，轻轻合上不会发出声响。

躲着不是办法，只会越来越危险，一旦被发现，这么多年的煎熬都将付诸东流，必须找机会溜走！

孟真真悄悄地将椅子搬出衣帽间，放回原位，藏身到主卧靠近门的墙背后，探听外面的动静。

王慧将手里的食材放到厨房后，便接到了一个电话，嘴里说着"来了来了"，欢快地跑到了房子的后门，一个男人坐着保姆电梯来到后门，轻车熟路地走了进来。

一进门，男人便一把将王慧抱住，按在了墙上，亲吻她。

王慧一把推开他，嘴上念叨着："你胆子真是越来越大了，天天上班的时候跑上来，你也不怕被你们领导发现？"

"发现又怎么了，你们家的热水器停了，你这小保姆不知道怎么弄，把我这楼宇管家叫上来看看，这正是我的工作职责所在呢。"

孟真真听着男人的声音，分辨出他是这栋楼的楼宇管家何超龙，他这是偷偷来和王慧约会呢。

孟真真心中回忆一番，难怪此前她看到王慧带董浩然下楼玩时，好几次王慧都被何超龙叫走，留董浩然一个人在小区里玩耍，过了小半天王慧才回来找董浩然，原来这两人早有私情。

"你上来修东西，哪儿有修这么久的？"

"怎么，久一点不好啊？"此时此刻，何超龙脸上的油腻表情，堪比中东的油田。

王慧用力推开他："最近还是安分点吧，说不定我很快就被辞退了，咱们以后也很难见上面了。"

何超龙停下手，笑着问："为什么？你不是做得挺好的？怎么着，嫌你年轻漂亮，董太太怕她老公对你动心，要辞退你？"

"我没跟你开玩笑。还不是因为你，上次你非要跟我在书房做，做就做吧，你还手欠拉开抽屉，看到里面放了好几万元现金，你说抽走一千元不会被发现。"

何超龙嘟囔道："那些都是零零碎碎的钱，我仔细数过，不是整数钱，他们家这么有钱，还会注意到钱的零头数目不对？"

"你不知道，有钱人抠得很，一百元都记得清清楚楚。反正你拿走钱后，没过几天，董太太特意问我，知不知道书房的抽屉里放了钱，我只能说不知道，她盯着我看了好一会儿，最后特意警告我，不能翻动私人空间。后来有一天晚上，我去客厅拿东西，经过他们夫妻卧室门口，偷听到董太太说我手脚不干净，以前我偷用她的化妆品，她早就知道了，只不过碍于面子没说，现在又偷拿了钱，董先生问她是不是记错了钱的数目，她说绝对没记错。董先生又说，他上次发现香烟少了几包——也是你拿的，他说他也早就怀疑我了，等过阵子找到其他合适的保姆，就把我辞退了。"

何超龙骂道："这对王八蛋真是坏啊，不就那么点钱，斤斤计较！你每天这么辛苦地给他们打扫房子，洗衣烧菜做饭，还要伺候他们家的小王八蛋。是了，上次在楼下我来找你，你不就晚回去了一点吗？你说那个小王八蛋跟他妈告状，说你跟我走了。"

"是啊，所以我要你最近安分点，要是被他们知道你来过家里，他们肯定立马辞退我。你怎么就这么憋不住？"

何超龙不以为意道："你不就喜欢我这样？"

王慧哀叹一声："好不容易找了这份工作，凭良心说，他们夫妻俩也算大方，工资比其他人家给得多，过节有过节费，我还借了董太太五万元给我弟弟结婚。尊邸的保姆可不是那么好当的。唉，我听他们上次说话的意思，我也干不了多久了。他们要是辞掉我，肯定会想办法找碴，到时八成还要让我立马还钱嘞。"

何超龙寻思一下，道："我有个办法，我保证不光让他们不会辞退你，还会给你发红包。"

"什么办法？"

"快进屋去，待会儿告诉你。"

王慧娇笑起来："今天去哪个屋？"

"主卧，就在他们夫妻床上，恶心死他们。"

听闻此言，孟真真顿时惊出一身冷汗。

幸亏王慧阻止了他："还主卧呢，上次你非要在主卧，床单都弄脏了，幸亏我下午打扫卫生时心细发现了痕迹，赶紧换掉了，你别再给我添乱了。"

"那就去书房吧，赶紧的，嘿嘿。"

两人调着情，搂抱着，像一台滚动洗衣机滚进了书房。不多一会儿，听到两人全情投入的叫喊声响起，孟真真瞅准机会，赶忙从主卧逃出去，走猫步快速到了后门，从后门溜出，穿好鞋子后便坐着保姆电梯回到了一楼。

她正要松口气，平复刚才的紧张情绪，正在这时，保安副队长丁虎成走了过来，看到她后，一脸肃然地说道："洪梅，去休息室，我有话跟你说。"

丁虎成也不管她，自顾自地走向休息室，孟真真不明所以，只好跟上去。

尊邸每栋住宅楼的一楼大堂后面都有个厕所，也让保洁人员放保洁工具，旁边连着一个小房间，里面放了张小床，作为保洁人员的午休之所。

丁虎成推开小门，招呼孟真真："你进来。"

孟真真迟疑地看着对方，丁虎成年纪近五十岁，平时和孟真真接触得不多，只不过是见了面简单地点头打招呼而已。根据他平时的言行举止来看，孟真真觉得他是个老实本分的人。

丁虎成见孟真真站着不动，直接开口质问："你进别人家里干什么？"

"我……我没有啊。"孟真真一惊，只能强行又无力地辩解了一句。

"别撒谎，我在监控里看得一清二楚！你给我过来！"

孟真真站在原地，犹豫了几秒，在极其严重的后果面前，很快便放弃了自己的尊严，低头顺从地走进屋。

丁虎成一把关上门，将她按在墙上，从头到脚摸了一遍，然后问："你偷了什么东西？"

"我……我没有啊。"

"你别给我装糊涂！"

"我真没有偷东西。"

"你真没偷东西？"丁虎成盯着她的眼睛。

孟真真点点头。

丁虎成又将她从头到脚摸了一遍，确信她真没拿东西，这才站起身，坐到一旁："那你进业主家里干什么？"

"我……我好奇有钱人家里是什么样，我……从没见过。"情急之下，孟真真也没时间编造出其他理由，只好胡乱诌一个。

"你是怎么知道业主家密码的？"

"我……我有一次打扫电梯，刚好看到业主在输入密码，密码特别简单，我看到就记住了。"

丁虎成眼睛紧盯着她，再次跟她确认："你真的没偷东西？你要是真拿了，现在偷偷放回去还来得及，尊邸小区从没发生过盗窃案，你知道为什么吗？因为小区里全部是监控，偷东西百分百查得出来，你别把自己弄进牢里了！"

孟真真坚定地辩解："我真的没有偷东西。"

丁虎成盯着孟真真的眼睛看了一会儿，才相信她所说，稍稍点了下头，语气放缓："我听别人说，你在江北是一个人啊？"

"嗯。"

"你老公呢？"

"以前年纪小，没领过证，早就没在一块儿了。"

丁虎成又看了她一会儿，语气有些吞吐，道："今天晚上下班后，一起吃夜宵吧。"说完，也不等孟真真回应，他便开门走出去，走了几步，又回过头抛下一句："我等着你！"

12

"你和孟真真是什么关系？"审讯室里，警察对赵泽宇展开了新一轮的审讯。

"谁是孟真真？"赵泽宇脱口而出。

"你仔细想想这个名字再回答。"

"想什么啊？我从没听过这名字，你们说的是谁？"

"死者的真名叫孟真真。"

赵泽宇微微皱眉："不是叫洪梅吗？"

监控室里，陈哲盯着赵泽宇的表现，又关注着另一边唐显友的审讯，从两人的状态看，他们俩似乎确实不知道死者的真实名字叫孟真真。

另一边，段飞正在警局里查看孟真真的资料。

系统里查到的孟真真资料，仅显示出她是江北隔壁城市——南川市人，户籍在南川的一处山区农村，户口本上仅她一人。除此之外，什么信息都没有。这么多年来，她没有以孟真真这个身份乘坐过火车、飞机等公共交通工具，没有住宿开房登记，也没有社保等工作记录。

洪梅的资料上，最近的工作记录是一年多前，在江北儿童福利院工作，小半年后，她从福利院离职，不久后便在尊邸小区做起了保洁工作，几个月后她再度辞职，去了董明山家当保姆。

看到洪梅在江北儿童福利院的工作记录，段飞脑海中顿时闪过一道光，他记得董家的户籍资料上记录着，董浩然是从江北儿童福利院领养来的。

段飞立马找到陈哲，将这两份资料交给他看，分析道："七年半前，董明山夫妇从江北儿童福利院领养了一个孤儿，取名董浩然，落户在他们家，后来他们家搬迁到了现在这个住址，尊邸小区。去年，孟真真冒充洪梅的身份去了江北儿童福利院工作，几个月后辞职，直接去了尊邸当保洁，租下巧克力公寓，用望远镜监视董明山一家，最后进了董家当保姆。孟真真和董明山一家最大的关联，就是这个小孩董浩然！"

陈哲思忖了几秒，马上领会到他的话外音，问："你的意思是？"

段飞道："我怀疑，董浩然是孟真真的孩子。"

这是很自然的猜测，从警方调查的孟真真的行为轨迹上看，她就是冲着董浩然来的，不过陈哲还有其他疑问："如果董浩然是孟真真的小孩，可是在孟真真的档案资料上，她没有结过婚，也没有生育记录，这很不正常。"

段飞分析着："未婚先孕，最后孩子生下来又遗弃了，过了若干年，后悔了，重新回来寻找小孩。依我看，这倒不奇怪，奇怪的是，她明明是孟真真，为什么要假冒他人的身份？"

陈哲道："一般在这种情况下，假冒他人身份，要么自己有案底在身，要么正在实施犯罪，比如诈骗等。不过公安系统里，没查到孟真真有犯罪记录。"

两人讨论着，孟真真过去多年来的信息记录完全空白，他们能查到的只有孟真真这半年多的生活情况，而这一切，自然要从孟真真进入董家开始。

13

丁虎成约孟真真晚上吃夜宵后，孟真真惶恐了一整天。

时间不会因她的惶恐而暂停，依旧走到了晚上九点。

孟真真如约来到望江街上的一家烧烤店，她挑了室外靠墙的一张偏僻桌子，面朝墙的方向拘谨地坐下。

几乎同一时间，丁虎成走了过来，孟真真注意到平时胡子拉碴的他今天难得刮了胡子，但这并没有让他显得清爽多少。丁虎成比她大了十几岁，身材发福，肚子像一面鼓，幸亏他是个保安，如果他是个当官的，不用人举报，纪委每年都得查他一遍。一直以来，孟真真只把他当成同事，属于那种完全不会去留意对方长相的同事。

丁虎成平日对她倒还客气，有几次在路上遇着，丁虎成刚好买了水果，还塞给她几个。孟真真当时就隐约感觉丁虎成对自己有点意思，放在平时，她根本不会给丁虎成任何私下接触的机会，无奈如今自己偷偷潜入董家的把柄被他拿捏，也是身不由己。

孟真真望着这个年近五十岁的油腻男人，心生厌恶。要不是自己的身份见不得光，要不是自己为了寻找儿子隐忍这么多年，就算丁虎成以她偷偷进过董家相要挟，她也绝不愿委屈自己跟他私下见面，甚至还可能……她做了最坏的打算。

如此想着，孟真真拿起烧烤桌上的蒜瓣，先塞了两粒进嘴，忍着辣味细嚼慢咽，让蒜味弥漫到整个口腔，又拿起桌上的啤酒，灌了两口，想用满嘴的大蒜和酒精的混合味道，给对方个下马威，将对方劝退。如果这样还不能奏效，那她也得给丁虎成留下一道根深蒂固的心理阴影，以免他以后还以此威胁，侵犯于她。

可惜丁虎成这粗汉似乎对她的粗鲁举动并不在意，看着她嚼蒜又喝酒的模样，还笑她吃东西的样子真是有趣极了，气得孟真真当场就想朝他哈口气，送他上西天。

"好早之前，我媳妇在足浴店上班，遇上了追她的客人，她就越看我越不顺眼，嫌我是个保安，没钱，后来就跟别的男人勾搭上了。我也知道情况，但为了小孩，为了老家的面子，两个人都不提离婚，也没在一个城市生活，一年到头只有过年那几天回老家见上一面，两口子就像陌生人一样，各过各的。我和她一共有两个小孩，现在都大了，也去了其他城市打工。"丁虎成讲述着自己的情况。

孟真真对此丝毫不关心，你家里事和我有什么关系，我现在是被你威胁，可不是来跟你相亲的！可她也只能应付着当个听众。

"洪梅，你现在的感情状况是怎么样的啊？"丁虎成也不绕圈子，问得很直接。

"没什么，就是这样。"孟真真给了一个没法更敷衍的回答。

"嗯……你现在一个人过啊？"

"我……"孟真真踟蹰着，不知该如何作答。丁虎成跟她谈及家庭情况，难不成想靠着这一个把柄，和她发展成长期关系？这是孟真真万万不愿意的。

这时，刚好手机响了一下，她忙借着看手机短信的机会，不再回答丁虎成的问题。短信上只有两个字："洪梅。"孟真真皱了皱眉，不知是谁发她个名字做什么，她没有理会，抬起头，发现丁虎成继续望着她，似乎她今天不把感情状况交代清楚，她就走不了。

"嗯。"孟真真模糊地应付了一个字。

"你单了多久啊?"

"几年了吧。"

"几年是一两年还是三五年?"丁虎成好奇心贼重。

"跟你说这些干什么?"孟真真本就厌恶他,此时,实在是忍不住了。

丁虎成却也不生气,嘿嘿一笑,换了个话题:"你知道我今天是怎么发现你偷偷去了十楼业主家的吗?"

孟真真露出一丝警惕,抬头看向他。

"我其实早就对你有好感了,所以我平时在机房值班时,经常通过小区里的监控看看你在干什么,就想多看你几眼。"

丁虎成自以为这个表白很能打动人,孟真真却浑身一个激灵,起了一身的鸡皮疙瘩,丁虎成经常借着监控偷窥她,不知是否也发现了她其他的异常举动。

果然,丁虎成接着问:"你是不是早就想进十楼的业主家了?"

孟真真赶紧否认:"没有啊,我今天一时好奇,你为什么这么问?"

"我看你经常找他们家的小保姆聊天,好几次晚上还见你一直留在保姆电梯里面,每隔个几分钟就按一次十楼,到业主他们家后门张望一下。要是没人,你就关上电梯门,如果有人,你就把他们家的垃圾收走。你到底想干什么呢?"

丁虎成问这话时,仿佛是在平常聊天,语气也很自然,可孟真真听在耳朵里,如遭雷击。

她偷偷深吸一口气,尽力装作镇定自若的模样,试探地问:"只有你看到,还是有其他人也看到了?"

丁虎成看穿了她的心思："你放心，只有我看到，我也没告诉其他任何人。"

孟真真点点头："我没有偷业主家的东西。"

"我知道，我搜过你了，如果你偷东西了，我也保不了你。你实话实说，你本来是不是想进十楼业主家偷东西，结果没找到偷不容易被发现的财物，所以才没拿？"

孟真真犹豫了几秒，只好承认自己是"蓄谋已久"，结果"盗窃未遂"。

丁虎成一本正经地道："幸好你没这么做，以后千万别有这种念头。咱们小区里到处都是监控，偷东西肯定会被发现。想赚钱，方法多的是，保洁收入是低了点，以你的年纪，去业主家当个保姆也会受欢迎，咱们尊邸的保姆工资少说六七千元，客气的都给到了八千一万元。"

孟真真点点头，表示会好好考虑他的建议。

这时，她收到了第二条短信，上面写着："孟真真。"看到自己的名字，她顿时吓了一大跳，脸色变得惨白。

丁虎成喝着啤酒，注意到她神色不对，问："你怎么了？"

此刻，孟真真急着要和陌生手机号机主取得联系，她强忍着慌乱站起身，说："最近干活太累，喝了点酒头晕，我想回家睡觉了。"

"好，我送你回去。"

丁虎成笑意盎然，站起身，招呼烧烤店老板过来买单，孟真真主动掏钱，被他阻止。

付完钱，丁虎成有意无意地拍了拍孟真真的肩膀，招呼道："走吧。"

孟真真仿若游魂跟在一旁，丁虎成一直在闲聊，她无心搭话，心思全在短信上。

对方是谁？怎么会发现她的身份？对方想干什么？一系列的疑惑

盘桓在她脑中。

走到了巧克力公寓，孟真真停下脚步，说自己就住楼上，丁虎成有些惊讶："你住在这里？一个人租公寓住啊？工资够不够交房租啊？"

孟真真只好解释自己刚来江北时没经验，没想太多，租太贵了，等租期一到就换便宜的地方。

丁虎成接口道："那我送你上去吧。"

孟真真停在原地，犹豫着，她急于查出陌生手机号是谁的，此刻又被丁虎成拿捏住把柄，真是两头难。考虑了几秒，陌生手机号的事不急于这一时，先解决丁虎成的麻烦。她咬咬牙，一言不发，轻点了下头。

"等一下。"丁虎成叫住她，转身去了旁边的便利店，孟真真隔着玻璃窗，看着丁虎成从货架上拿起一整盒的避孕套，结果他犹豫几秒后，又把避孕套放了回去。孟真真顿时直翻白眼，这男人该不会嫌整盒太贵，去买单个装的吧？幸亏他没这么做，放回避孕套后，他拿了两瓶饮料出来，将其中一瓶递给孟真真，说："我先回去了，你累了就早点歇着吧。"

孟真真一时弄不清他的意图，目送他离开后，暂时也没心思管他，连忙跑回家，回拨了那个陌生号码。

响了几下后，电话接通，却没有声音。

"你是谁？"孟真真警惕地问。

对方没有回答，直接挂断了电话。

孟真真继续回拨过去，对方不肯接，又发来短信："你怕不怕我把你的身份揭开？"

孟真真盯着这一行字，思索了许久，回复道："你是谁？"

"你不用管我是谁。"

"你想干什么？"

"一万元封口费，我保证你的身份没人知道。"

孟真真思考了一会儿，也没法拒绝，只好回复："好。"

"你准备好钱，我会通知你什么时候放在哪里。"

这是一个无眠的长夜，孟真真一直在思索谁会知道她的身份，却想不出答案。

时间一晃到了第二天，对方发来消息，让她中午将钱放在市中心一个商场地下一层的储物柜里。

孟真真向物业经理调休了一天假，中午十一点，她提前整整一个小时来到商场，将装着一万元现金的纸盒放进指定的储物柜中，把取件码发给对方。接着她躲到一旁厕所的出入口，佯装等人，实则一直紧盯着储物柜，要查出对方究竟是谁。

储物柜前人来人往，不时有人存取东西，孟真真目不转睛，生怕分神几秒便错过了目标。

她一直等到中午十二点半，始终未见有人来取钱。这时，她又收到陌生人的信息："今天有事，改天我再联系你，你先把钱带回去。"

孟真真满腹狐疑，不明白此人葫芦里卖的什么药，只能先把钱取出来，回了家。

坐在出租车上，她总怀疑有人在跟踪她，可是查看后视镜，却又看不出。到了尊邸附近，她提前下了车，故意绕了些路，几次躲在暗处，观察是否有人跟踪她，结果也没有收获。

14

第二天，孟真真再次拨打陌生号码，对方已经将她的来电屏蔽了。

孟真真惴惴不安，此人是谁，为何会知道自己的真实身份？不过细想一下，这人既然要钱，自己也愿意配合，对方自然不会告发自己。听对方的语气，他似乎知道她的经济状况，那么要的钱应该也有限，否则即使要的再多，她也得有钱给才行。自己就这么几万元的积蓄，掏光也没什么大不了。毕竟，她从来都是漂泊无依，随时都做着最坏的打算，对她来说，攒了多少钱，并没有什么意义。

如此想着，她便安心地等着对方下一次的联系。

丁虎成这边，自第二天起，便开始了中年男人的追求攻势。

他每天都会带点水果、零食到孟真真的休息室，不咸不淡地聊会儿天，帮她干点活，行动上倒也算是有分寸感，没有再和孟真真发生肢体接触。

孟真真鲜少得到别人的关怀，渐渐地，她对这个年近五十岁的保安有了改观，虽谈不上喜欢，但至少不再像一开始那么反感了。

而对董浩然，孟真真确认了他是自己儿子后，反而不知所措了。她内心自然想去相认，但想起往事，一是没有脸面，二是身份不允许，只好暂且继续留在尊邸做着保洁，每天以一种不远不近的距离，观察着董浩然的成长。

这天傍晚，吃过晚饭，王慧带着董浩然下楼玩耍。现在正值池塘里小鱼苗的繁殖季节，董浩然跟其他小朋友一样，手里拿着一根小网勺，沿着小区的池塘边捞着牙签细的鱼苗，装入矿泉水瓶中。

孟真真扫着小区里的落叶，董浩然跑到哪边，她打扫到哪边，就是为了能多看看孩子，偶尔还能趁王慧走开的时候，和董浩然说上几句话。也许是天然的母子关联，董浩然对这个保洁阿姨的关心没有排斥，时常会向她展示捞到的小鱼苗，这让孟真真很是满足。

王慧陪着董浩然捞了一会儿小鱼苗后，何超龙走了过来，经过时

他打量了孟真真几眼，孟真真刻意走远了一些。

何超龙佯装正常路过，当他走过趴在池塘边上捞鱼的董浩然身旁时，突然，一团黑影从何超龙手中飞了出去，径直落在了董浩然的头上。董浩然本能地用手一摸，抓到了一只毛茸茸的玩意儿，与此同时，王慧盯着他头顶猛然尖叫起来："老鼠，老鼠！"

董浩然瞬间吓得原地大跳，胡乱地拍着衣服，王慧瞅准时机，一脚踢在董浩然的膝盖窝处，将他踹进了小区的池塘里，紧接着大喊了起来。

这一切发生在短短的两三秒内，又兼日头已落，光线昏黄，谁都没看清楚，孟真真站得远，视野里只看到似乎有一团东西飞到董浩然头上，紧接着便看到董浩然落水，听到王慧的呼救声。

小区的池塘不深，一米多，可底下全是滑腻的淤泥，董浩然刚落水，便呼呼灌了几口水，拼命挣扎起来，附近玩耍的孩子们全都吓得呆立原地，不知所措。

看到这一幕，何超龙没有直接上去救人，而是说："等我一下，我去找工具救人。"说着便跑开了。

王慧则紧张地安抚他："浩然，不要怕，不要动，阿姨来救你。"

她趴在池塘边的石头上，探出大半个身体想要拉他，就在即将拉到董浩然的衣领之际，王慧收回了手，说："阿姨拉不到，你别怕，阿姨下水来救你。"

说完王慧开始脱鞋子，准备下池塘捞人。可就在此时，她眼前一晃，只见一道人影从旁边飞奔而来，不管不顾地径直跳下水，呛了几口水后，马上站直身体，一把拽住了挣扎中的董浩然，将他托上岸。

来人自然是孟真真。

孟真真刚要把董浩然托上岸，不料脚底一滑，她整个人再次跌入池塘里，水从四面八方涌来将她淹没，危难之际她还是本能地将董浩然高高托举出水面。她拼尽全力挣扎了好几下，才终于重新站直身体，一边呛得直咳嗽，一边用力把董浩然往岸上推去。

王慧见孟真真救起了董浩然，脸上露出了一丝错愕，这完全在他们计划之外，但此时她也来不及多想，只能先把董浩然拉上岸。

很快，何超龙带着两个保安拿着长柄扫帚赶了过来，随之而来的还有附近听到呼救赶来的小区居民，众人联手，很快把孟真真拉上岸。何超龙看着身上干干净净的王慧，又看了看浑身湿漉漉的孟真真，面上露出了和王慧同样的失望和错愕。

孟真真不顾自己湿漉漉的衣衫，来到岸上，将董浩然抱起后，就招呼还愣在原地的王慧："快点回家给孩子换衣服，省得生病了。"

不等王慧回过神，孟真真抱着董浩然一路小跑朝五号楼赶，王慧皱皱眉，也只得跟了上去。

到了董家，钱一茹一开门，看见三个人这副样子，急忙询问发生了什么事。孟真真用最快的速度解释了一遍，董浩然意外掉进池塘，她刚好在旁边，就把孩子拉了上来。她担心孩子会着凉，让钱一茹尽快给他换衣服。

三个女人来不及多说，把董浩然抱进厕所，七手八脚地给他脱掉衣服。董浩然已经上小学二年级，有了性别意识，平时不让别人给他洗澡换衣服，但今天显然有点吓蒙了，顺从地任由三人操作。

见董浩然没什么大碍，孟真真和钱一茹悬着的心也放了下来。孟真真顾不上自己全身湿透，让王慧接来热水，她主动拿过毛巾，先用热水打湿毛巾，给董浩然浑身擦一遍，再用浴巾擦干。这些动作她从未做过，但早已在心中排演过无数遍，甚至有时候在梦里亦如此，此刻毛巾擦在董浩然娇嫩的皮肤上，隔着毛巾传来的触感告诉孟真真，

这一切都是真的，不再是梦了。

孟真真一边熟练地给董浩然擦身体，一边询问他有没有哪里难受。董浩然已经从惊吓中缓过劲来，言语上倒也自如，没有大碍。钱一茹看着浑身湿漉漉还在忙活的这个保洁，又看看杵在一旁的王慧，不由得责怪起来："你不是陪在旁边看着浩然吗？他怎么掉进水里了？"

王慧支吾着解释："浩然当时趴在池塘边捞鱼，这个……这个浩然妈妈你也是同意的，小区里其他小孩也都在这么玩。"

钱一茹没有作声，小孩子在小区池塘边捞鱼不是什么危险的事，池塘最深处也就一米多，小区里人来人往，即便真发生落水，也不会酿成严重后果。

"后来一只老鼠好像从树上掉到了浩然头上——"

钱一茹不解地问："树上的老鼠？"

董浩然在一旁插话："好大一只老鼠，吓死我了。"

王慧解释道："不知道这老鼠怎么来的，突然就掉在了浩然的头上，浩然吓得一骨碌就掉进池塘里了，我刚想下去救他，幸好这保洁阿姨把他救了上来。"

钱一茹再三对孟真真表达感谢，她见孟真真浑身湿透，连忙让她先回去换衣服。孟真真好不容易得来今天的机会，能够光明正大地和孩子相处，哪儿舍得走，直说没事，先把孩子弄好要紧。

钱一茹责怪董浩然："你怎么这么不小心，一只老鼠掉到头上，你自己就吓得跳进池塘里，如果下面是悬崖呢，你也往下跳啊？"

董浩然摇晃着脑袋，生气地否认："不是我自己掉下去的，是王慧阿姨把我撞下去的！"

"你……你这个——"王慧完全没料到自己的举动会被董浩然察

觉，心里气得直骂娘。

不过钱一茹倒不相信，只是斥责他："小孩子怎么能胡说八道，王慧阿姨怎么可能把你撞下去？"

尽管董浩然坚持说他没有撒谎，就是王慧阿姨把他撞下去的，钱一茹还是不信。倒是一旁的孟真真微微愣了一下，似乎想到了什么。

等到董浩然擦完身体，换上了干净的衣衫，孟真真也没有理由再留在董家，钱一茹为表感谢，掏出五百元，作为感谢费给她，孟真真再三拒绝，说什么都不肯收下，仓皇离开。

回到家中，孟真真越想越不对劲，回忆起前几天偷听到的对话，何超龙对王慧说："我有个办法，我保证不光让他们不会辞退你，还会给你发红包。"再联想到今天何超龙和王慧的举动，似乎一切都解释得通了。

何超龙经过董浩然身边时，手臂一晃，把一只老鼠扔到了董浩然的头上，随后王慧惊呼有老鼠，董浩然吓得原地大跳，于是王慧趁机将董浩然撞进池塘里。

何超龙作为楼宇管家，身形高大，他如果趴在岸边，一把就能将董浩然拉上岸，可他第一时间不去救人，而是跑去喊人帮忙，目的自然就是让王慧把董浩然救上来。

王慧如果救起了落水的董浩然，自己呛到水，浑身弄湿，董明山夫妻见她对孩子如此上心，也不好意思再辞退她，说不定还会像何超龙预测的那样，给她发红包。只是王慧和何超龙千算万算也算不到孟真真会在旁边，他们自导自演的这出戏，被救子心切的孟真真破坏了。谁会想到一个普普通通的物业保洁，见孩子落水后会毫不犹豫地跳进水里救人，连鞋子都来不及脱呢？他们后半场戏被强行换了主角，王慧救人不成，还落了个看顾不周的罪名，被钱一茹迁怒，只能说是偷鸡不成蚀把米。

这番推测也让孟真真不由得警惕起来，何超龙和王慧这两人为了自己的利益竟敢直接伤害董浩然，今天推他落水，不知道接下来还会做出什么出格的事。身为母亲，保护孩子的天性让她觉得，接下来必须牢牢盯紧这两人的一举一动了。

15

孟真真猜得没错，董浩然落水风波刚过，何超龙和王慧立马筹划起了下一次"意外"。

第二天，何超龙又偷偷来到董家，总结昨天的经验教训。

"昨天你动作慢了一拍，你如果第一时间跳进池塘，把小孩拉上来，董太太肯定觉得你这个保姆称职，结果功劳都被那臭保洁给抢了！"

王慧抱怨道："我可是按着你说的，戏演得真实点，先用手去拉，拉不到再跳进水里去救人。谁知道你们物业的那个保洁是不是脑子有病，关她什么事，一下就跳下去了，还直接把董浩然抱起来冲回家，董太太看她一身湿漉漉的，一个劲感谢她。董浩然那小子脑袋后面长了眼睛啊，昨天还非说是我把他撞下去的。"

"董太太信了？"

"那倒没有，不过她语气里有怪我没看好小孩的意思。"她叹口气，"现在是合适的保姆不好找，大部分都是年纪大的，粗手粗脚，他们家爱干净，不喜欢，要不然，他们家早把我换了。"

何超龙松了口气，道："放心吧，昨天这事不成，我还有一招，大招。"

"什么招？"

何超龙目光扫向董浩然的房间："放一把火，把董浩然的屋子烧了，你再把小孩救出来！"

王慧吓了一跳："你疯了，万一出事情怎么办？你这狗头军师别瞎给我捣乱了。"

何超龙笑眯眯地道："放心吧，不会出事，他们家装修用的材料大部分是石材，大火烧不起来，顶多把柜子给烧了，到时你去把董浩然救出来，我事先给你身上掐几块红的出来，你就说是被火烫伤的。他们夫妻为了感谢你，肯定要给你个超级大红包。有钱人最要面子了，如果过阵子还把你辞退，别人只会说他们家没人情味，恩将仇报。怎么样，这招比昨天的更打动人吧？"

王慧道："怎么放火？着火了消防队准要来，我听说消防队都会查起火原因，如果发现是人为纵火，那可是要坐牢的！"

"起火原因嘛，就是电路老化，放心吧，我想了一晚上，把整个过程都捋明白了。我这几年在物业干，也算半个电工，这些事我熟得很。"说着，何超龙从口袋里掏出一个插头形状的物品，"我把中间的电阻改造过了，这东西插在插座上，过几个小时就会着火，到时神不知鬼不觉，查起原因来也是电路故障，可能是以前装修队技术不过关呢，这就说不清楚了。"

王慧看着他手里的东西："你确定好使？"

"当然确定，我昨晚都试验过两个了。你放心，这种要坐牢的事我敢开玩笑？你想啊，昨天因为不是你把小孩救起来，董太太怪你没看好小孩。电路老化，这事情怎么都怪不到你一个保姆头上吧？到时你英勇救人，身上还被烫伤了，董家夫妻也是讲脸面的人，之前咱们动的一点小钱自然就不会计较了，还会给你医药费呢。"

王慧思索片刻，道："过几天董先生要出差一天，不如那天动手？

董太太一向娇生惯养，她遇到事情慌了手脚，到时我去救人，她肯定得感激我，我向她借的钱她也不会催着要了，说不定过阵子再开口问她借点，她也会答应。"

何超龙大笑道："还是你想得周到啊！走，带我去看看小孩的房间。"

两人来到了董浩然的卧室，何超龙观察了一阵子，发现靠近门的书桌背后有一个插座，被书桌下面的储物柜挡住了。

何超龙和王慧一起将储物柜挪开，柜子背面还有一排空间，何超龙问她："家里有报纸吗？"

"有。"王慧拿来了一沓报纸。

何超龙把这些报纸一张张折叠，留出足够的空隙，粘在储物柜背面的这排空间上，把他改装过的插头也放在上面，并叮嘱王慧："过两天我再给你弄点助燃剂，到时晚上你趁小孩睡着后，把助燃剂倒在这些报纸上，再把这个插头插进插座，过几个小时准着火。书桌在门边，小孩子不敢自己逃出去，就会在屋子里哭爹喊娘。这时候你就披上被子冲进来把人救了。"他又检查了一遍卧室里的装修和家具，判断道："他家的木地板都是防火材料，只要你动作快，第一时间进来救人，火烧不大，你不用担心真发生危险。"

两人商量已定，把储物柜原模原样地推了回去，就等过几天展开行动了。

只是他们俩不知道，这一切举动，都被马路对面巧克力公寓里的孟真真通过高倍望远镜看在了眼里。

16

孟真真站在出租屋的窗户口，通过高倍望远镜观察着董家。

　　董家的客厅和左右两个房间都正对着孟真真的窗户方向，白天的大部分时候，王慧因为打扫卫生的需要，会把几个屋子的窗帘拉开，这方便了孟真真观察。

　　她通过望远镜看到何超龙和王慧去了董浩然的卧室，挪开柜子，王慧又拿来了一些报纸，忙碌了十几分钟后，两人又将柜子推了回去，离开了房间。

　　孟真真疑惑不解，想不通两人在做什么，不过直觉告诉自己，这俩人有问题，她需要想办法亲自去一探究竟。

　　她本以为要趁第二天董家没人之际，再次潜入进去调查，没想到当天就有了一个光明正大查探的理由。

　　傍晚，钱一茹拎着一篮水果，带着董浩然，在楼宇管家何超龙的陪同下，找到了休息室里准备下班的孟真真，对她的救人之举表达感谢。

　　孟真真收下了果篮，对钱一茹掏出的红包再次拒绝。

　　钱一茹见她执意不肯收，也只好作罢，接着随意地聊了会儿天，聊天中，钱一茹随口谈及："我家浩然最怕老鼠了，以前他小时候，卧室里跑进过老鼠，躲在他的拖鞋里，他吓得不轻，从此以后，他看到老鼠就跳脚。"

　　董浩然在一旁说："现在我们家里也有老鼠。"

　　孟真真好奇地问："你们家住这么高还有老鼠啊？"

　　钱一茹抱怨道："是呀，业主群里很多人都说在家里见过老鼠，有人说是从空调管道爬上来的，也有人说是从下水道上来的，所以好多人家里都养了猫，我对猫毛过敏，家里养不了猫。有天晚上我去客厅，一只老鼠就从我眼皮底下跑过去，逃进了厨房，后来找了半天也没找到。"

董浩然也说："我在卧室门口也看到过，好吓人。"

孟真真试探地问："保姆阿姨知道你最怕老鼠吗？"

钱一茹在一旁解释："知道啊，家里的老鼠好几次把浩然吓得大叫，我让保姆检查仔细，不要让老鼠进来，可还是防不住。"

何超龙作为物业人员在一旁解释："物业找了灭鼠队，从下个月开始每个月会来一次。"

钱一茹问："老鼠到底是从哪儿跑进家的？"

何超龙道："不同户型的情况不一样，看你们家的户型应该是从厨房的洗碗机管道，你们一定要把橱柜下面打扫干净，橱柜的踢脚线尽可能封死，晚上不要留食物，这样会好很多。"

孟真真正想找机会再去一趟董家，听到这儿顿时灵机一动，道："我帮你们看看吧，之前别的业主家里进过老鼠，也是我去帮忙清洁的。"

何超龙微微好奇地看了她一眼，他没听说过洪梅这个保洁帮业主上门驱除鼠患，不过他也没有多想。

听她如此一说，钱一茹自然高兴，嘴上说着麻烦她多不好意思，当下便带着孟真真回了家。

到了董家，孟真真拆开橱柜下方的踢脚挡板，细致地打扫一遍，果然清出了不少老鼠屎，还有发霉腐烂的食物残渣。她一边细致地打扫，一边说："家里这些角角落落的地方一定要打扫仔细，不然不光是老鼠，蟑螂也会躲在里面，我以前做保姆的时候，这些地方都会处理干净的。"

站在厨房门外的王慧听到这话，不由得脸色一凝，露出一丝警惕。

旁边看着孟真真工作的钱一茹倒浑然不觉，顺着她的话问道：

"你以前还做过保姆啊？"

孟真真笑道："那当然，以前是住家保姆，我菜烧得可好了，后来我老家有事，就辞掉保姆工作回去待了几年，这不现在重新出来，找不到保姆的工作，只好先做一段时间保洁了。"

她嘴上说着话，手上动作没停，麻利地将地上的垃圾清理掉，还用抹布将大理石连接缝里的脏物也处理得干干净净。经过她的打扫，这块地方一尘不染，光洁如新，反倒比其他地方还锃光瓦亮了。

她趴在地上，仔细地观察着橱柜底下的管道，将手机伸进去拍了照片，示意钱一茹："太太您看，洗碗机管道连接口有处空隙，老鼠八成是从这里爬上来的，明天我去保安那里拿两块塑胶泥，帮你们封上就行了。"

孟真真的帮忙早已超出了一个保洁的职责范围，钱一茹颇感难为情，直说不好意思再麻烦她，孟真真爽朗道："没事没事，举手之劳。"

一旁的董浩然口无遮拦地说起来："'举手之劳'，妈妈，清洁工阿姨也会说成语。"

钱一茹轻打他一下，警告他不要看不起别人，孟真真不以为意，笑道："阿姨当然会说成语了，阿姨还上过大学，会说英语呢。"

钱一茹只当她在开玩笑，董浩然却较真起来："吹牛，你上过大学怎么会做清洁工？"

孟真真解释说："阿姨以前家里穷，大学上到一半就没再读了，你要是不信，就考考阿姨。"

董浩然一听来了劲，跑过去拿出英语课本，报了一些单词，孟真真一边低头清理地面，一边不假思索地对答如流。

看着这一幕，钱一茹也惊讶了，好奇地问："你真上过大学啊？"

孟真真笑道："是啊，家里穷，上不起，后来就没读了，要不然我现在也能去单位里上班了。"说着，她还刻意说了一整句英语逗董浩然，董浩然惊奇地围着她直呼："清洁工阿姨真的会说英语，阿姨好厉害。"

王慧眼中对孟真真的嫉妒更深了一层。

处理完厨房，孟真真把橱柜下方的踢脚挡板牢牢地放了回去，说："今天老鼠暂时钻不出来，明天我拿塑胶泥把管道缝隙一封，以后就再也没有老鼠。不过今天最好把家里其他房间也检查一下，以免老鼠还躲在外面，回不去管道里，下次还跑出来吓人。"

一听她这么说，董浩然立马拉着孟真真先去检查他的卧室，孟真真自然求之不得。

来到董浩然的房间，孟真真稍稍打量一番，视线落在了门口的储物柜上，王慧也跟到董浩然的房间门口，发现孟真真盯着那一块地方，她做贼心虚，不由得紧张起来。

孟真真指着储物柜说："这地方最有可能藏老鼠了。"

王慧立刻反驳："房间里怎么可能有老鼠？"

董浩然在一旁连忙说："赶紧检查，赶紧检查！"

孟真真正要挪动储物柜，王慧上前阻拦，她拍了拍柜子："看吧，没有，有老鼠的话，我这么拍，早就跑出来了。"

见她刻意阻拦，孟真真心中愈发起疑，说："老鼠这种东西，外面有动静，它就缩在里面不敢动，还是检查一下比较放心。"说着又要去搬柜子，王慧警示她搬动柜子会将木地板弄坏。孟真真完全不理会她，对抗着她的力气，用力一挪，王慧阻拦不成，眼睁睁看着孟真真把储物柜抬出一个角。

孟真真探身去看，马上注意到储物柜背面的空间里，堆着一些碎报纸，上面还放着一个模样奇怪的插头。她一把将插头握在手中，又将里面的报纸抓了出来。她将插头悄悄塞进口袋，问："这里面怎么塞了这么多报纸？"

钱一茹也不禁好奇，储物柜背后怎么塞了报纸？她拿起报纸一看，日期就在前几天，不由得问起儿子："你把报纸塞到柜子后面做什么？"

董浩然当然否认："我没塞，本来就在这里面。"

"这是前几天的报纸，怎么可能本来就在里面？"

董浩然倔强地道："我怎么知道？不是我塞的！"

柜子后面发现一些报纸，这也不是什么大事，钱一茹心想准是孩子胡乱塞进去的，连他自己都忘了，便没再计较。

孟真真一时半会儿也不明白王慧他们把报纸塞到柜子后面做什么，想着答案应该在这个奇怪的插头上。

检查一番，没有老鼠，孟真真装作帮过好多户业主的灭鼠专家，又去其他房间大致检查了一番后，匆匆告辞。

17

孟真真回到保洁休息室，拿出奇怪的插头研究一番，看不出有什么玄机。她将插头插入插座，插入的一刹那迸出火花，但接下来并没有什么变化，她拔下插头，心想看着王慧刚刚阻拦的神情，这其中一定另有缘故。

正好此时丁虎成打来电话，约她下班后一起吃饭。

这已经不是丁虎成第一次约她了，有时是晚饭，有时是夜宵。一开始孟真真害怕丁虎成以自己去过业主家威胁，于是每次都被迫赴约。经过一段时间的相处，孟真真感觉丁虎成好像没有坏心眼，约她出去，再也没提过她潜入董家的事，只是聊一些家长里短。渐渐地，她从被迫赴约变成了自愿。

每次吃饭也都是丁虎成付钱，孟真真提过几次要回请，丁虎成每每口头答应，最后还是他买单，没让孟真真花过一分钱。

于是，孟真真对他的称呼也从丁队长变成了老丁，毕竟，称呼"虎成"这名字太虎了，叫老丁更亲切。

晚上，到了夜宵摊，孟真真惦记着那古怪的插头，落座没多久便问："老丁，你懂电工吗？"

"当然懂啊，我以前干过电工，那些读过几年书出来的电工都得管我叫师父，我不想跟那些书呆子抢饭碗，所以才没去考证，后来才转行的。"

孟真真心里忍住没说，你从电工改行当保安，也是够新奇的。

"怎么，你家里电路是不是坏了？放心，包在我身上，你家里但凡什么电路、下水管坏了，修理的我全会，你看，这往后得帮你省多少钱啊？"丁虎成拍着胸脯笑着，思绪进一步跳跃，"咱们要是成了，我工资都可以上交的，你呀，等着乐吧。"

孟真真干笑起来，从口袋里拿出插头，递给他看："你看看这是什么，我今天在休息室捡到的。这是什么插头？我插进插座里面，还会冒出火花。"

丁虎成拿起来，拆开，端详了一会儿，扔到桌上："这哪儿是什么插头，大概是小孩子恶作剧弄的东西。你看中间这个是电阻加热棒，跟烧水壶一个道理，插电时间久了，八成要着火呢。插头里面哪儿会接这玩意儿？"

听到"着火"两个字，孟真真心中一惊，联想起储物柜后面还放着碎报纸等易燃品。按照上次偷听到的何超龙和王慧交谈的意思，落水这事他们的本意是要在董家夫妇面前博好感。董浩然被突然冒出的老鼠吓得掉入池塘，王慧从池塘里把董浩然救出来，董家夫妇肯定不好意思再将王慧辞退，还会感谢她，无奈他们的如意算盘被自己破坏了。

按照这个动机推断，莫非他们想在董浩然的卧室里放火，然后王慧去救火？她不禁打了一个寒战。

"你怎么了？"丁虎成看她在出神发愣。

"没什么。"孟真真回过神来，又试探道，"你对五号楼的管家何超龙了解吗？"

"他是管家部门的，我是保安部的，两个部门，不太熟，但听说这人不太好。"

孟真真问："怎么不太好？"

"口碑不太好，"丁虎成停顿一下，"好色。"

"好色？"孟真真瞅着他。

丁虎成咳嗽一声，道："我……我对你是真心的……真心的……好色。他这个人，以前是一号楼管家，去年通过业主群骚扰过单身女业主，被女业主投诉到经理那儿，他跟女业主道了歉，后来经理把他调到了五号楼。听同事说，他喜欢跟那些年轻点的保姆厮混。怎么，他也骚扰过你？只要你一句话，我马上去警告他，我老丁的女人可不准他调戏！"

孟真真扑哧一笑，道："我什么时候是你的女人了？"

"这不一直等你批准吗？"

孟真真绕过这个话题，说："我好几次遇到何超龙白天去十楼的业主家，一进去就是个把小时。"

丁虎成点点头："这事我们监控室的几个人都知道，你别多问了，这种事如果传出去，他肯定被公司开除，砸人饭碗的事，我们可不能做啊。"

孟真真点点头，两人又一起喝了点啤酒。

吃完饭，两人聊着天，谈论着各自的生活，散步到了孟真真家楼下。

丁虎成摸着稀薄的头发，憨笑着："这不，又把你送到楼下了。你说你家的电路啊，下水管道啊，质量可真不错，怎么都不见坏的，给个机会让我免费上门维修啊。"

孟真真淡淡道："时间长了，自然就会坏了。"

丁虎成微醺的眼睛直勾勾地瞅着对方："多久算是时间长啊？"

孟真真犹豫了一会儿，问："你口渴吗？"

"不渴。"丁虎成刚说完，忙道，"错了错了，我口渴，能不能上去喝口水？"

孟真真嘴唇朝便利店努了努："自己去买。"

丁虎成看着便利店，略略失望，干笑着直摇头。

孟真真道："这次你可以不用买饮料。"

丁虎成一愣，足足过了十秒钟，他才反应过来，满心欢喜地迈开粗腿，奔向便利店，跑得比博尔特都快。

18

何超龙搬开董浩然房间的储物柜，趴在地上仔细找了半天，一无所获。

"你看吧，我就说，插头肯定被那个保洁拿走了，你还不信呢。"王慧双手圈着身体，气呼呼地说。

何超龙不置可否："她拿走插头干什么？"

"谁知道呢！昨天她上门来抓老鼠，说要把各个屋子都看一遍，到这间屋子时，她第一时间就瞅准说要检查储物柜，我看她就是成心的。"

"不可能吧？"何超龙浑身汗毛直立，慢慢朝屋子周围打量了一圈，"家里不可能装着监控吧？"

"当然不可能，如果家里装了监控，董先生夫妻早就把我赶出去了。就算装了监控，也轮不到那个保洁看到。"

何超龙看着窗外，百米外是巧克力公寓，其他地方也看不到这里的情况，百米之外，哪里看得清这房间里的事物，于是猜想："纯属巧合罢了。"

"也太凑巧了吧？上一次把董浩然弄下水，被她破坏了，这次又是她，还把插头拿走了。"

何超龙思考了一会儿，问："她为什么要这么做呢？"

"我不知道，昨天她来抓老鼠，一会儿说她打扫得更干净，一会儿说她还读过大学，会说英语。"王慧一脸嫉恨，"还说她以前也做过保姆。你看她上次救董浩然，救就救吧，还一路抱着小孩回家，给小孩换衣服，这本来是我该做的，她自己浑身湿漉漉的，也不回去，一直在这里帮忙，你说，哪儿有这么好心的人？依我看，她就是想把我换掉，她来这个家里当保姆。"

何超龙不置可否，随后又不解："可她拿走我做的插头干什么呢？"

"这就不知道了，反正我没找到插头，插头肯定就是被她偷偷带走了。"

何超龙站起身，宽慰她："你也别生气了，我待会儿就去试探她。我先给你服务一下，让你消消火。"说着便把王慧压在床上。

王慧一把推开他："走开，我没兴趣，别把自己整得像条公狗一

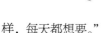

样，每天都想要。"

何超龙笑道："真没兴趣？"

王慧白了他一眼，嗔道："姨妈来了。"

"我就知道！"何超龙刮了下她鼻子，悻悻地站起身，"行吧，我先去试探洪梅。"

他从后门离开，坐着保姆电梯回到了一楼，刚出电梯门，正见着孟真真在保姆电梯外的这块区域打扫，孟真真瞧见他后，转过身继续拖着大理石地板。

如果说原先两次都是巧合，这次又撞见，对方还躲避他的眼神，就不正常了。何超龙微微思索一下，端出一张笑脸，走过去："洪梅，还在忙呢？十楼的董太太说你昨天帮他们家抓老鼠，很感谢你。"

"啊，举手之劳。"她在尊邸工作这么久，过去见到何超龙最多只是点头打招呼而已，在物业岗位里面，管家和保安是同一级别的，保洁是收入最低的工种，今天是何超龙第一次主动跟她打招呼。

何超龙瞅着她的眼睛，缓缓问："你好像对十楼这户业主家特别上心啊？之前跳进池塘里救人，昨天帮他们抓老鼠，还都不肯要红包。"

孟真真随口解释："这些都是举手之劳，没什么大不了。"

"对了，昨天你去他们家，他们家保姆说，好像看到你从柜子后面拿走了一个东西，揣进了口袋。"

孟真真见他过来主动打招呼时，已经有了一定的心理准备，此刻见他直接问起，她也理直气壮生气地回应："他们家保姆说我偷东西？胡说八道！昨天我全程都在董太太的眼皮底下干活，我能当着业主的面偷家里的东西？他们家丢了什么？我要找董太太问清楚，这话不能乱说！"

何超龙连忙安慰："没事没事，他们家没丢东西，保姆说好像看你揣了个什么东西进兜里，应该是看错了吧，我就是听她随口这么一说，顺便问问你，你不用去找业主，我会跟她解释清楚，免得闹出更多麻烦事。"

孟真真生气地哼了声，嘴里碎碎念，骂小保姆乱说话。

何超龙观察了一会儿她的神态，也瞧不出端倪，只好暂且离开。

19

孟真真不是一个情绪用事的人，即便知道董浩然是她的儿子，她也不想去打破他现在的生活，只想生活在同一个小区，在一旁默默看顾。

她做不到为董浩然提供好的生活，在他成长过程中，她也帮不上忙，不打搅就是作为一个母亲最好的爱了。

原本以为日子暂且就这样过下去了，可何超龙和王慧想要点火烧房子，让她再也没法袖手旁观。

这个时候，她作为一个母亲，再也顾不上其他了，必须尽快揭开何超龙和王慧的真面目，才能避免董浩然受到伤害。

晚上七点，孟真真坐保姆电梯收业主家的垃圾，她上下来回坐了好几趟电梯，隔着电梯门，偷听董家的声响，听到有跳绳的数数声后，便将电梯按到十楼，打开电梯门，"正好"遇到练习跳绳的董浩然和在一旁数数的钱一茹。

孟真真把门口的垃圾收进电梯里的垃圾桶中，从口袋里掏出一团包裹起来的塑胶泥，说："董太太好，我把塑胶泥带来了，现在帮你们堵上吧。"

钱一茹将她迎进门，正在客厅收拾衣物的王慧看到她，一脸提防地走过来，阴阳怪气道："你一个保洁可真是热心。"

孟真真佯装听不出她的话外音，随钱一茹去了厨房。

她戴上手套，趴在地上，拿开橱柜下方的挡板，伸手费力地在下水管道里摸索。

"管道里面好像塞着东西，我先帮你们清理掉，不然填上塑胶泥后就不好处理了。"

钱一茹在一旁感谢她的热心肠。

孟真真手指在管道里捣鼓了一阵，随后把堵在里面的东西掏了出来，映入众人眼里的东西让在场的三个女人都大跌眼镜。一个打了个结、包裹着浓浓一包精液的避孕套。

董浩然好奇地问："这是什么东西啊？"钱一茹一把将孩子拉到身后，挡住他的视线。

孟真真拿过垃圾桶，把避孕套扔了进去，嘴里还笑着缓解尴尬："这种东西以后别往厨房的下水道里扔，容易堵塞。"

此时此刻，王慧心中正纳闷，厨房下水道里怎么会有用过的避孕套？她每次都是用纸巾把避孕套和包装包裹严实，扔进垃圾的中间处理掉。难道这是董先生和董太太扔的？他们怎么会把避孕套扔到厨房的下水道里？

钱一茹看着避孕套，脸上已经变了颜色，只不过外人在场，她不好发作罢了。

孟真真掏出塑胶泥，封堵住管道口子，收拾完起身："好了，已经封堵住了，以后再也不会有老鼠钻出来了。"

钱一茹强装镇定地跟她说："真是谢谢你了。"

孟真真又顺手拿起垃圾袋："这些垃圾我帮你们带下去扔了吧。"

她刚站起身，垃圾袋似乎被什么东西划了一下，里面的垃圾全部掉在了地上，一个白色的避孕套包装露了出来。

"不好意思，我来收拾。"孟真真连忙道歉，同时让保姆王慧去拿个新的垃圾袋过来。

钱一茹蹲下身，拿起避孕套的包装看了会儿，厨房垃圾天天扔，这分明就是今天用过的。她面无表情地起身，看着孟真真把垃圾收拾完，客套地说上几句感谢的话。待孟真真一走，她立马把董浩然送回卧室，督促他一个人看书。

她则一脸冷色地来到客厅，直接走到吃饱喝足躺着看手机的董明山面前，几秒后，董明山注意到一道人影遮住了灯光，这才把注意力从手机上挪到面前，望着钱一茹冷若冰霜的脸，连忙哄起来："怎么啦，宝宝？"

钱一茹冷冷地瞪着他："你给我进来！"

董明山站起身，一脸茫然，忐忑地跟着她进了卧室。

"把门关上！"

董明山乖乖照做。他虽然是个身家上亿的房地产老板，可钱一茹比他小八岁，他一直把钱一茹当孩子般宠爱，平日里对她也是言听计从。外人看董家，董明山是当家的；实际上在家中，钱一茹永远是对的，如果董明山觉得钱一茹做错了，那董明山就需要检讨一下自己的想法了。

门外，王慧意识到情况有些不对劲，却还没想明白，她只能靠在卧室门边偷听，听不太清晰。

"宝宝，发生什么事了，你可别吓我。"董明山笑嘻嘻地靠上去给老婆捏肩膀。

钱一茹一把打开他的手："脏，别碰我。"

"这……这话从何说起啊？"

钱一茹冷哼一声，盯着他："你把女人带回家睡了？"

"没有啊，怎么可能？怎么莫名其妙说这个？"

"你没把女人带回家，那你就是睡了王慧吧？"

"我……"董明山连喊冤枉，"这怎么可能啊！王慧虽然有几分姿色——"

"果然！"

"不是，你听我说，她和你能比吗？脸蛋身材内在，她哪一点比得上你？再怎么样我也是个有品位的男人，真要找女人，外面那么多美女我不去找？——不，我的意思是我也不会去找！我再怎么着也不会找这么个农村小保姆吧？"

"天天吃鲍鱼，有时候也想换换口味。"

董明山觍着脸，拍拍钱一茹："你的我都没吃厌。"

钱一茹一把打开他的手，喝道："你给我滚！"

董明山急道："怎么回事啊，怎么突然对我发这么大火？我每天去公司比你早，回家比你晚，我白天又不在家，都没跟王慧独处过，你怎么会怀疑我跟她有一腿啊？"

"你今天白天没回过家？"

"没有啊！我对天发誓！"

"那厨房里的避孕套是怎么回事，用过的避孕套！"

"什么厨房里的避孕套，厨房里哪儿来的避孕套？"

钱一茹盯着董明山的脸，夫妻相处多年，自然知道彼此的秉性，此刻对这个避孕套的由来，她想到了另一种可能。

她再三确认："你敢发誓你今天白天没回过家？我待会儿可要去物业查监控，你骗不了我！"

董明山抬起手："你查，如果我今天白天回过家，如果我今天做了对不起你的事，我不得好死，出门立刻被车撞死！"

钱一茹盯着他看了几秒，完全信了他的话，也心平气和下来："刚才洪梅，就是那个保洁，来堵厨房的老鼠洞，她从厨房下水道里摸出了一个打结的避孕套，垃圾桶里还找到了一个避孕套的包装，是今天刚用过的。"

董明山思索几秒，瞪大了眼睛，怒道："你的意思是，王慧把男人带回家睡觉了？"

钱一茹瞅着他："不是她就是你，或者是你们俩。"

董明山咽了口唾沫："肯定不是我啊！她把男人带回家，还把避孕套直接扔到厨房水槽里？"

钱一茹一阵恶心："今天吃的菜，还是她在水槽里洗出来的。"

董明山气得站起身，急匆匆走出去，一把拉开门，和卧室门口偷听的王慧撞个正着，当场质问："王慧，你在这里干什么？"

"我……我没干什么，收拾东西啊。"王慧连忙走向沙发，佯装在收拾打扫。

董明山正欲质问，钱一茹道："你不是说要去公司一趟吗？"

董明山心领神会，道："行，你先哄孩子睡觉，我去趟公司再回来。"

20

"你昨天是不是去了十楼业主家帮他们弄下水管道？"第二天中午，丁虎成来到保洁休息室，给孟真真带了一袋橘子，坐下来闲聊。

"你怎么知道？"

丁虎成直摇头："你知不知道你昨天的这个举动，把两个人的饭

碗都砸了？"

孟真真猜到了，故意装傻问："怎么回事啊？"

原来，昨天晚上，董明山下楼后，直奔物业的机房，称自家丢了几千块钱，要求调看监控。物业说调看监控涉及其他业主的隐私，建议董先生要么报警，让警察来查；要么他们查出结果后，发给董先生看。

董明山直接就报了警，不多时，警察赶到，董明山就在一旁等他们查看监控结果。本以为查监控要很久，一个知道何超龙闲事的保安提议先查上午十点到十一点之间的保姆电梯的监控录像，很快就查到，上午十点半，楼宇管家何超龙通过保姆电梯去了董家，待了二十多分钟才出来。

董明山当场质疑，管家去他家里，为什么不走正门？待这么久做什么？

保安们对何超龙的事都知道内情，却不便多说，最后，丁虎成偷偷跟董先生透露，何超龙可能和他家的保姆有私情。

董明山勃然大怒，直接在业主群里将避孕套和监控的事传出去，其他业主全都开始痛骂起物业来。

很多人家中都雇了住家保姆，白天业主不在家，楼宇管家竟然偷偷摸摸到家中和保姆鬼混，甚至把避孕套扔进了厨房的水槽中，指不定还在业主的床上发生过关系呢。

这还了得！

警察当场把何超龙和保姆王慧一并传唤回去调查，两人都不承认偷了钱，但面对警察的询问，面对监控录像的铁证，两人不得已承认了在业主家媾合。

业主群中，上百个业主纷纷圈出物业的领导，之前被何超龙骚扰过的业主也旧事重提，大家强烈要求物业必须给出解释和处理方案，否则大家都不交物业费了。

这帮住在尊邸的业主非富即贵，物业领导哪儿扛得住他们的指责，于是马上宣布等何超龙一放出来，就立马辞退他，以后物业任何工作人员进入业主家，都必须得到业主本人的许可，否则一经发现立刻开除。

第二天早上，王慧先被派出所放了出来。

董明山夫妻没去公司，在家中等她，王慧一回来，他们就立刻要她卷铺盖走人，并且马上偿还欠他们的五万块钱。王慧苦苦哀求，承认她和何超龙确实发生过关系，但否认将避孕套扔在了厨房里。可董明山夫妻已经看过连续多日的监控，哪里肯信她。钱一茹威胁王慧，如果不还钱就把这事告诉她家里人，她老公在外地工作，如果这事传出去，王慧家必会鸡飞狗跳。王慧只好先用这个月的工资以及一些积蓄抵了两万块，写下保证书约定半年内把剩余的三万块还上，随后打包行李，离开了董家。

孟真真知道王慧被辞退后，她开始思考另一件事，董家保姆一职暂时空缺，她要不要趁此机会去董浩然身边当保姆？

她很忐忑。

作为一个母亲，她自然想陪伴在儿子身边。可她也知道自己的身份见不得光，如果真去董家当了保姆，有朝一日被董家发现自己是一名逃犯该怎么办？董浩然会如何看待她？万一自己进了董家，在经过和董浩然的朝夕相处后，忍不住告诉了董浩然他身世的真相，到时又该怎么办？这对孩子来说好吗？

孟真真想起自己孤身一人找孩子的时候，凄风苦雨她都一个人熬过来了，那时孟真真心里想的是，只要能远远地看孩子一眼她就知足了。如今她和儿子在同一个小区里，每天都能看上几眼，偶尔还能说句话。孟真真试着说服自己，这已经是她过去梦寐以求的生活了，孩子现在在董家过得很好，她不该再得寸进尺。

可是人得到的越多，越会想要更多。董浩然的一举一动都浮现在孟真真眼前，如果真的进了董家当保姆，她就可以天天看到他可爱的笑脸，可以陪他吃饭，讲故事把他哄睡，看着他一天天从一个孩子，成长为英俊挺拔的少年。

孟真真思虑良久，毕竟是自己亲生的骨血，眼下或许是唯一可以留在孩子身边的机会了，可能这辈子也就这一次机会了，她不想错过。

她的噩梦

21

辞退王慧后，钱一茹的生活变得很不适应。自小到大她都是千金小姐，享受美女待遇，嫁给董明山后也是备受宠爱，不用做家务，孩子也一直由保姆带。

之前几次换保姆的过程，就像当代男女谈恋爱一样，先寻好下家，再辞退现任。这次王慧离去事发突然，招合适的新保姆需要时间和缘分，这几日不得已她只得亲自披挂上阵，食物尚可以点外卖对付，孩子只能由她接送了。

这天，钱一茹接了董浩然放学回家，刚下车行到转角口，就听转角另一头传来打电话的声音："我想尽量在渝中区找，我房租刚交了几个月呢，没法去远的地方……是的，我烧菜很好吃，会各种菜系，我以前在餐厅工作过。家务我都会，我很爱干净，人很细致，有耐心，会带孩子，你帮我尽量找住家的保姆，工资嘛，五六千就行……对对对，我有做保姆的经验，之前做过住家保姆，后来业主出国，我回了老家一段时间。我现在在小区做保洁，保洁是暂时的，我刚拿到了家政服务师的资格证，现在不都要求持证上岗嘛，所以想着最近来做住家保姆。"

虽然这是一段很刻意、仿佛量身定制的广告台词，可钱一茹哪儿能想到这是说给她听的。

经过楼道，遇见还在和人打着电话的洪梅，董浩然热情地喊了句："阿姨！"钱一茹停下了脚步。

孟真真挂断电话后，朝他们点头打了个招呼，拿起清洁工具，低头继续卖力干活。钱一茹稍稍一想，便向她伸出了橄榄枝："洪梅，你在找保姆工作吗？不如来我家试试吧？"

就这样，孟真真如愿以偿成了董家的保姆，生活迈上了新的台阶。

丁虎成知道她去了董家当保姆后，起先还有些怀疑，毕竟她之前偷偷潜入过董家，于是各种旁敲侧击，问她怎么去了董家当保姆。孟真真叫他放心，说她只是因为想拿高工资才去当了保姆。好不容易当了住家保姆，工资这么高，她怎么可能有其他坏心思。

为了让丁虎成对她彻底放下戒心，她主动向丁虎成示好，拿出出租房的钥匙交给他，钥匙上挂着一个小玩偶吊坠，跟他说以后周日可以来巧克力公寓。由于王慧与何超龙的前车之鉴，平日里她可不敢和丁虎成太亲近，以免别人看出他们的关系。

对于她的这番"主动示好"，丁虎成受宠若惊，自然不再计较她曾经潜入董家的事了。

至于那个神秘的电话号机主，这些天都没联系过她，孟真真也暂且将此事置之脑后。

接下来的一周是孟真真这么多年来最开心的时光了。

每天早上，她设好闹钟，早早地起床，洗漱完毕，为全家人做早餐。她准备好食谱，列出一份很长的菜单，让钱一茹和董浩然每天"点菜"。

孟真真连续一周做不重样的菜肴，让董家对她好感倍增，找了一个保姆就仿佛找了个星级餐厅的厨师。董明山夫妻一开始点过几次菜，后来便让她自由发挥，董浩然则很热衷点第二天的早餐和晚餐。

准备好早餐后，孟真真来到董浩然的房间叫他起床，帮他洗漱。等吃完早餐，她便带着董浩然去学校，将他送到校门口，看着他和自己挥手再见，就像每一对母子之间那样。

回来后，她便去超市买食材，把每张小票都装订起来，工整地记账，每隔几天给钱一茹检查、报销。王慧以前在的时候，经常买一些没有票据的东西，账目不清不楚，钱一茹心知肚明，但念及这是保姆们的通病，也没多计较，心里自然不舒服。如今看到新保姆如此细致，钱一茹当然喜欢。有时她让孟真真不必把账记得这么清晰，孟真真却说先生太太虽然有钱，但赚钱也不容易，她作为保姆已经领了这么高的工资，账做得细也是应该的。这点再为她的表现加分。

到家后，孟真真开始全屋打扫，她把董家当成自己家，打扫得格外细致。

到了放学时间，她就在校门口等着接董浩然回家。她挤在这些来接孩子的家长中间，等待的间隙她偶尔会和别人聊几句，话题无一例外都是关于自家孩子的，这让她恍惚间找到了当母亲的幸福感。

过去每逢学生上下学的时间，她都要绕着学校走，唯恐触景伤情，如今她也有了在学校门口等待的资格，哪怕只是以保姆的身份。

不知是因为孟真真用心，还是冥冥之中的亲情牵引，相处几天后，她和董浩然之间的关系便已很融洽。

孟真真观察着董浩然，想尽快把他的喜恶、优点、缺点都摸清楚。她感觉得出来，董浩然在家性格活泼，在学校里有些内向胆小。有时候下午，孟真真会在学校外面透过护栏看向操场，董浩然大概是先天不足，加上个子偏矮，体育方面不像其他男同学那样有活力。孟真真想在以后的教育中加强他的锻炼，孩子的身体结实了，人自然而然会变得有自信，活泼开朗。

到了晚上，孟真真负责辅导董浩然的功课。在这一点上她比王慧的优势大太多了，王慧只有初中文化水平，有时候检查孩子作业都发现不了错误，钱一茹的文化程度也不高，董明山也半斤八两，家中三个大人都是草包，导致董浩然经常因为作业被老师批评，他回家后便诉苦家里没一个读书人。孟真真就不同了，她上过大学，辅导起孩子的作业来驾轻就熟。自从她来了董家，董浩然每天作业都完成得很快，留出更多的时间玩耍和锻炼身体。这又是孟真真的一个加分项。

直到董浩然入睡，她回到自己的保姆小房间里看看手机，结束一天的忙碌。

就这样一天又一天，看着儿子的成长，孟真真十分知足，至于以后会怎么样，她没有时间考虑。

22

这天下午，孟真真临时接到了钱一茹的电话，让她去买个大蛋糕，因为董明山的公司今天花重金成功拍下了一个热门地块，晚上回家要好好庆贺。她赶到学校接孩子放学时，晚了几分钟。

看到校门口排队等候的董浩然，孟真真快步走上前，却见一个穿着红色风衣的家长也在接孩子。

那个女子个子高挑，足有一米七，身材纤细，妆发精致，穿一袭红色风衣，耳环、项链、戒指、手表，无一不透露出其家境之富裕，即便已经三十来岁，依然是人群中一眼扫去，第二秒注意力便会落到她身上的风景线。

看到这道身影，孟真真瞬间呆立，就算隔了十年，她也一眼认出，这是她大学同寝室的同学，也是她大学期间最好的朋友，王嘉嘉。

孟真真怕被对方认出来，不敢再走上前，董浩然眼尖看到她，跟老师说了句"我家阿姨来接我了"，兴冲冲地跑了过来。

王嘉嘉手里牵着儿子赵星辰，正和班主任老师交流着儿子在校的表现，赵星辰旁边的董浩然跑出去时，她无意间瞥了一眼，刚要继续和老师交谈时，一把将头转了过去，猛地盯向孟真真。

孟真真瞥到王嘉嘉向她看来，急忙侧过头去，一把拉过跑来的董浩然，转身便走。

王嘉嘉跟老师随口应付了一句，便牵着儿子朝他们跟过来，看着孟真真的背影在人群中穿梭远去，她只得停下脚步，询问儿子："刚才跑出去的那个同学叫什么名字？"

"董浩然，我同学呀。"

"接他的人是他的妈妈？"

"不是，是他们家的保姆。"

"你知道他们家的保姆叫什么名字吗？"

赵星辰想了想："不知道啊，妈妈，你问这个干什么？"

"没什么，走吧，送你去你爷爷家。"王嘉嘉摇摇头，心想是自己看花眼了，世界上长相相似的人多得很。

在周围人的注目礼中，王嘉嘉带着儿子坐进了她的红色跑车，高调的轰鸣声响起，一路驶到了江北的老牌别墅小区，四明花园，也是已退休的市长赵忠悯的家。

客厅一侧传出喧闹的麻将声，婆婆李青退休早，这些年一直热衷于打麻将，几乎每天都会邀几个搭子来家里玩，她总是赢，不过究竟是因为她的牌技高超，还是因为牌友想让她赢，就不得而知了。

保姆林林打开门，迎王嘉嘉母子进来。

王嘉嘉将赵星辰带到李青身旁，语气不咸不淡地喊了声："妈。"

李青轻声"嗯"了下，转头极其热情地招呼孙子："小星，你先上楼找爷爷玩，爷爷可想你了，奶奶打完这一圈就过来找你。"

赵星辰欢快地跑上楼，李青继续投入麻将事业中，王嘉嘉正要转头离去，李青眼睛余光看到她，淡淡地说："怎么也不跟几位阿姨打招呼？"

几个牌友脸上挂着尴尬的笑，王嘉嘉只好挤出笑容，跟她们几个打了声招呼，这才离去。

"和了！"李青推出牌，"清一色！"

其他三人都仿佛心疼钱包一样咂嘴感慨着："李姐，你家肯定是找大师看过风水，你这主人家不管坐哪个位置，运气都这么好，难怪你家泽宇生意上也是一路亨通，大家都说，泽宇是有财气在身的，江北这些领导家的公子里面，就数你家泽宇最出类拔萃。"

李青笑得合不拢嘴，送走牌友后，看到坐在沙发一角玩手机的王嘉嘉，咳嗽一声，淡淡地说："听说你在家不会烧饭，每次都是点外卖，泽宇和小星都吃不上一口热饭。"

王嘉嘉抬起头，不卑不亢道："我说家里请个保姆，赵泽宇不习惯外人在家，他不同意。"

"那你在家做什么？"

王嘉嘉冷淡地道："我不是保姆。"

"怎么，烧菜洗衣拖地，只有保姆才能干？你要是没嫁进我们家，哪样活不得当老婆的干？你也嫁进我们家这么多年了，你父母平时都不提点你该怎么做事情吗？"

王嘉嘉忍着气，不卑不亢道："我从小就不做家务，赵泽宇娶我的时候就知道这一点。"

"真是一方水土养一方人。"李青冷哼一声，起身走开了。

王嘉嘉咬了咬牙，低头继续玩手机。

到了晚饭的点，赵泽宇从公司赶到别墅，他看了眼王嘉嘉，就猜到肯定是婆媳间又打嘴仗了，不过他今天没心思关心这事，因为他心情也很不好。

饭菜摆满桌，一家人开始吃饭。赵忠悯看着儿子的表情，微微不满道："怎么回事，心情不好端到饭桌上来了？"

赵泽宇虽然在外可谓叱咤风云，可他从小慑于父亲的威严，在母亲的严厉管教之下，现在都四十多岁的人了，还是很敬畏父母，忙露出笑脸："没什么，一点工作上的小麻烦。"

"什么麻烦？"

"没多大事，本来我公司下面志在必得的一块地，今天招标被人溢价抢走了，这样一来，我们周围几块地的成本收益和设计规划都要重新调整。"他转向王嘉嘉，"对了，今天抢走这块地的那个公司的老板叫董明山，听说他儿子跟小星同个学校同个年级。"

王嘉嘉摇摇头："我对其他家长不熟，没什么印象，你想找他？"

赵泽宇冷笑一声，高傲道："那就是个芝麻大的小暴发户开发商，哪里配我找他，我就随便一问，他早晚会找上我的。"

赵忠悯告诫道："你不要仗着自己现在生意做得好，就看不起其他人，人一旦内心自大了，说话做事，指不定哪一处就得罪人了。"

李青有点傲气地笑笑："不用这么处处谨慎，咱们家也不太需要担心得罪人，何况那种小暴发户。"

赵忠悯道："人外有人，不要大意。"

赵泽宇点头称是。

李青又问："泽宇，听说你老丈人出狱了，你们要帮他办接风酒洗尘啊？"

赵泽宇和王嘉嘉同时放下了筷子，赵泽宇尴尬一笑，忙问："妈，你听谁说的？"

李青幽幽道："我要是没听人说，你们是不是就这么办了？"

王嘉嘉语气平和地道："请的都是我家这边的亲戚，还有我的朋友。"

李青没看她一眼，只是吩咐赵泽宇："依我看，这酒席就别办了。"

王嘉嘉咽了下唾沫："妈，我都已经通知过所有人了。"

李青没好气地道："我们赵家不同于其他人家，这又不是什么光彩的事，办什么酒席？你非要办，在你自己家里办，不要到外面让人笑话。"

"我——"王嘉嘉刚要说话，赵泽宇赶紧笑着阻拦。

"妈，这事我们再商量，再商量啊。"

李青道："不用商量了，我已经通知订位子的酒店，酒席取消了。"

"妈！"王嘉嘉愤怒地站了起来。

赵泽宇连忙按住她，笑着打圆场："没事没事，一样的，我们就在家请几个亲戚朋友来凑一下热闹。"

"小星那天就不用去了。"

王嘉嘉忍不住道："为什么？"

"那天是周末，按约定，小星周末在这里过。"

王嘉嘉正要发火，赵泽宇紧紧抓着她的胳膊，哄着按下她。

"我吃饱了。"她起身走出屋子。

23

傍晚，尊邸小区的池塘边，何超龙叼着烟，重重地朝池子里吐了口痰，他的心情差极了。

他被派出所拘留了七天，最后因为盗窃的证据不足，放了。

出来后，他才看到王慧的微信留言，王慧已经被董家辞退，准备回老家休息一段时间。王慧还有个老公在其他城市打工，她可不敢跟家里人说被辞退的原因，只说业主家暂时不需要保姆了。王慧当月的工资被钱一茹扣下，抵充借款，她还欠钱一茹三万块。王慧告诉何超龙，她婆家一直都叫她去她老公所在的城市工作，她过去一直以董家对她不错的理由拖延着，如今被辞退，也没理由留在江北了，她和何超龙缘尽于此。何超龙此前还问王慧借了几千块，王慧让他有钱后早点还她。

这样一来，何超龙工作丢了，情人跑了，可谓人财两空，而这一切的源头，都是这个叫洪梅的臭保洁。

他从派出所出来后，从物业公司的原同事口中得知，王慧刚被辞退，洪梅就去了董家当保姆，他将几件事前后串联起来复盘，一下子豁然开朗，这一切都是洪梅设计的。

等了一阵子，他看到洪梅带着董浩然来到池塘边玩耍，立马将烟头一丢，冲上前，一把揪住她："你他娘的真会耍手段啊！"

"你干吗，放手！"孟真真用力打他的手，怎奈何超龙身形高大，孟真真一个女人哪里是他的对手，被他牢牢抓着不放。

一旁的董浩然看到这一幕，天真的勇气让他对着何超龙喊起来："管家，你干什么呢，你为什么欺负我家阿姨？"

"滚一边去，小王八蛋，老子还想抽你呢！"

董浩然毕竟是个才二年级的小孩，从来没有被成年人直接粗暴对待过，吓得他顿时眼眶一红。

"你吓唬小孩干什么！——浩然，你快回家去！"孟真真开始用力挣扎，去抓何超龙。

何超龙一只手牢牢箍住她，另一只手抵挡了几下，把她双手都扣了起来。

"你他娘的真行啊，你从哪儿弄来的避孕套栽赃陷害我们？王慧那天来大姨妈，老子压根没跟她做。我们也从没把避孕套扔厨房里，你真心狠手辣啊，搞这么一出，把我们俩的工作都弄没了，结果你自己混进去当保姆？"

孟真真低声警告他："你还有脸说？你们想在孩子卧室里放火，这是犯罪！这可是要坐牢的！"

何超龙一愣，不由得将她的手放下来，怒视着她："你瞎说什么，你有证据吗？"

"那个插头就是证据！"

"什么插头，你在说什么？"何超龙微微心虚，眼神躲闪。

"你自己心知肚明，你如果再来捣乱，我就把插头交给警察。"

何超龙盯着她，狠狠竖起大拇指，装模作样地警告一句："你有本事，走着瞧，这事我不可能就这样饶过你！"

他正想再放几句狠话，董浩然带着保安赶了过来，保安一看就明白，何超龙是因为丢工作的事来跟业主闹了，看在过去是同事的分上，他们没有太过强硬，只是劝说着："行了吧，老何你也别闹了，赶紧走，待会儿业主过来，又要怪我们怎么放你进来了。"

何超龙一脸不甘心，只好暂且离去。

24

经过何超龙这么一闹，董浩然也没了玩耍的心思，孟真真带着他早早上了楼。

到了楼上，钱一茹已经从业主群里听说了消息，便询问起两人。

她从董浩然口中得知何超龙冲他大吼，不免担忧何超龙还会来找麻烦，嘴上虽说不用怕这种小流氓货色，她明天就去找保安，绝对不会再让何超龙进小区，却又忍不住询问孟真真何超龙会不会再来找麻烦，如果孟真真接送董浩然上下学途中，何超龙又在路上堵她该怎么办。说话间，她不免流露出嫌弃孟真真不会开车的意思，否则开车接送孩子上下学，倒也不用担心何超龙了。

孟真真心思通透，一下子就听出了钱一茹的话外音。

钱一茹为人是不错，可业主和保姆永远不是一家人，钱一茹不会管这件事谁对谁错，也不会在意孟真真的感受，她只是不想惹上麻烦。如果何超龙继续来找孟真真的麻烦，钱一茹的选择一定是开除孟真真，另找保姆，顶多给孟真真一些经济上的补偿。

一念及此，孟真真赶紧安抚钱一茹，向她解释，何超龙觉得是因为她发现了避孕套，害他丢了工作，迁怒于她，何超龙没胆量真的来惹事，更不敢惹董家人。今天何超龙是冲着她来的，不是董浩然。

钱一茹心下稍稍放宽一些，叮嘱她接下来这段时间要多加小心，这种小流氓就像狗皮膏药，粘上了，甩不掉。

结果到了晚上，孟真真回到保姆房休息，何超龙的电话却打了进来。

"你想干什么？没完没了了吗？"孟真真对他很不客气，这种无赖，如果你软弱，对方就会得寸进尺，如果你强硬，他反而不敢怎么样。

这一次，何超龙变了一副态度，嬉皮笑脸地说："我觉得咱们俩应该见面好好聊一下。"

"聊什么，有什么好聊的？"

"当然是聊怎么赔偿我的损失啊，我工作砸了，你觉得赔我多少钱合适？"

"我凭什么要赔你钱？"

"就凭避孕套的事是你一手设计的，陷害我和王慧。"

孟真真怕他用电话录音，回答得滴水不漏："谁陷害你了？你自己做的事自己清楚。我手里还有你们放的插头，你们想放火烧了卧室，证据确凿。你如果再来纠缠，我就把插头交给警察！"

何超龙嘿嘿一笑："你交呗，我刚刚才算想明白，你如果要交，早就交了，干吗等到现在？什么插头啊，你有什么证据说我啊？"

孟真真道："懒得理你，别再打我电话，否则我报警了。"

她正想挂断，何超龙换了一副冷峻的声音："我现在也没班上，你要是不赔我损失，我天天在你接送小孩路上蹲你。"

"我会报警抓你。"

"哎哟，还报警，我不过是每天在旁边陪着你接送孩子，我又没干什么，大路朝天，谁走你旁边碍着你了？你仔细想想，董先生和董太太知道我每天这么贴心地护送你，还敢留你当保姆吗？你处心积虑设计我们俩，把王慧弄出去，自己当保姆，结果干不了几天就得卷铺盖走人，亏大了。"何超龙彻底耍起了无赖，他做了几年尊邸的楼宇管家，深知有钱人的脾性，有钱人很怕麻烦。

孟真真沉吟几秒，不卑不亢道："你这么空闲每天陪我接送孩子，不如重新去找份工作，还能领工资。"

何超龙道："我的时间安排就不需要你操心了，你明天路上就能遇着我了，到时小孩回家跟父母一说，嘿嘿……"

孟真真咬牙切齿道："你到底想怎么样？"

"我说了啊，你赔我一些钱呗。"

孟真真犹豫了一会儿，想到刚刚钱一茹的态度，自己好不容易进入董家，如果真被这无赖搞砸了工作，那也太冤枉了。她只好委曲求全道："你要多少钱？你知道我之前干保洁，也没攒下什么钱。"

"咱们见面谈吧，不用挑日子了，就今天，你找个理由出来，咱们半个小时后巧克力公寓楼下见。"

提及巧克力公寓，孟真真顿时警惕地问："你怎么知道巧克力公寓？"

何超龙理所当然地道："员工通讯录里写的啊，话说回来，你也不像是没钱，都租得起公寓，比我住的好多了，待会儿见，嘿嘿。"

挂完电话，孟真真坐在床上思考许久，这种流氓不能让他抓到软肋，否则他会一直问她要钱，可也不能不去谈，否则她相信明天何超龙准会在路上蹲守。

25

半个小时后，孟真真来到了巧克力公寓楼下，却不见何超龙，于是打电话给对方："我到了，你在哪里？"

电话那头传来何超龙的笑声："我在楼上，你家门口呢。结果呢，很有意思，我发现了一件事。"

孟真真心虚地问："什么事？"

何超龙卖起关子："你的一个大秘密。"

孟真真心下紧张，急匆匆来到楼上，在过道远远就瞧见何超龙通过猫眼朝她家里张望，她快步走上前，质问他："你在我家门口干什么？"

她朝门上看去，门上的猫眼已经被转了下来，露出空空一个洞，屋内一切一览无余，她顿时呆立原地。

何超龙笑了起来："本来我还在琢磨，你到底是哪路神仙，是千里眼还是顺风耳呢，怎么可能知道插头的事？后来查到你住巧克力公寓，我就有了点猜测，结果我朝你这屋里一张望，谜题就全部解开了。"

孟真真瞳孔收缩，牢牢盯着他，默不作声。

"没想到你还真有个千里眼，你用望远镜监视董家？你还设计把王慧赶出董家，自己混进去当保姆，你是在搞什么大阴谋吧？"

孟真真咬住嘴唇，不知如何辩解。

何超龙原本看到望远镜也只是猜测，见对方默认了，那说明她确实是在用望远镜监视董家。

"你到底是什么人，专门买了个望远镜监视董家，处心积虑讨好董太太，再设局把王慧赶走，你有什么目的？"何超龙继续逼问。

一时之间，孟真真想不出其他合理解释，她面无表情道："你到底想怎么样？"

何超龙捏起她的脸，笑道："你准备在这里和我聊呢，还是进屋聊，谈谈怎么补偿我这次的'人财两空'？"

孟真真脸上肌肉抽动了几下，面无表情地掏出钥匙。

两人刚走进屋，何超龙便一把将孟真真按在墙上，心急火燎地道："今晚就当你先补偿我一下了。"

孟真真奋力挣扎，抓他的手臂，骂道："你敢动我，我就报警告你强奸！"

听到"报警"两个字，何超龙冷静下来，松开手。他只知道眼前的洪梅行为古怪，不知道洪梅压根没底气报警。他悻悻地走到客厅的沙发边，自在地躺下去，先继续进行试探："既然你人不让我碰，那我们就谈钱吧。"

"我凭什么给你钱？"

"不给是吗？"何超龙掏出手机，把放在窗帘后的望远镜拍了下来，说，"明天开始，你每天接送那小子上下学，我都会跟在你旁边。我还会把你家的照片发给董先生、董太太，说你一直在偷窥他们家。我还要发信息给他们，王慧那天来大姨妈，我们根本没有做爱，如果他们不信，可以去问王慧。我们俩都承认了确实在董家多次发生过性关系，没必要单单否认那一天。我告诉他们，这一切都是你设计的。你觉得他们知道你监视他们家，又处心积虑设计赶走王慧，自己去当保姆后，还敢留你吗？"

孟真真咬着牙关，站在原地，思索着何超龙这么做的后果。

先不提何超龙真干得出天天跟在她旁边接送孩子上下学的事，这种事哪怕报警，何超龙这种无赖，他只是跟在旁边，又没做任何事，警察也拿他没办法，何况孟真真不敢报警。

而何超龙把望远镜的照片发给董先生夫妻，又坚称当天没做爱。正常人从逻辑上看，何超龙和王慧承认在董家发生过关系了，没必要否认称那一天没做爱。加上她家里有台望远镜，且窗户正对他们家，董先生夫妻肯定不敢留她在身边了。

有钱人哪儿会容得下一个来历不明、行为举止可疑的人进来当住家保姆？

孟真真深吸一口气，只好妥协："你想要多少钱？"

"我也不多要，补偿我几个月工资吧，给三万块。"

"三万块？"孟真真骇然，直接摇头，"我才刚做保姆，以前我干保洁，一个月只有两千多块钱，压根没攒下多少积蓄，我去哪儿拿这么多钱给你？"

何超龙笑起来："你一个保洁，租了这么大一套单身公寓，按照常理，工资都还没租金高呢，你图什么？你这叫没钱？"

孟真真道："一万块，我现在就给你。"

何超龙此时此刻猜测孟真真处心积虑进入董家，不过是图谋保姆工资高，并未想过她还有其他目的，原本想着光靠这一点也勒索不了多少钱，只是随口报价三万块，换成其他人肯定说"你要闹就继续闹，我不会给你，大不了我换一户人家干"，最后能弄到三五千块也算不错了，谁知道孟真真还价都喊到了一万块，这让他喜出望外。

何超龙表现出完全不为所动的样子："三万块就是三万块，一分都不能少。"

孟真真气愤道："我只有一万块，多了我也拿不出。"

何超龙盯着她看了一会儿，感觉也不像撒谎，暂时妥协："行，那你先给我一万块，剩下两万块打欠条，等你干上几个月的保姆，工资不就有了吗？"

孟真真犹豫了片刻，道："我给了你钱之后，你再闹怎么办？"

"你放心，你给了钱，我就去其他地方找个班上，我哪儿有时间天天跟你耗着呢？不过你要是不给我钱，我现在也没工作，这阵子可以好好陪你玩。玩阴谋诡计，嘿嘿，我也不差的。"

孟真真权衡片刻，无奈地叹口气，走过去拿沙发底下的一个旅行编织袋，刚弯下身去拿时，她便意识到了奇怪之处，她明明把编织袋塞到了沙发底下最深处的位置，此时此刻编织袋却在很靠外的位置。

一时间，她没来得及多想，拿出编织袋，拉开拉链，又拉开了里面的一个隐藏口袋，手伸进口袋中摸索，她背对着何超龙，以免被他发现藏着的所有钱财，捏到一沓刚好一万块，正要掏出来之际，何超龙见她在掏钱，便伸手去夺编织袋，想要全部据为己有。

孟真真赶紧拉上拉链，牢牢拽住编织袋，不让他夺走。

何超龙一只手拽着编织袋，另一只手探进孟真真刚才拿钱的方向摸索，摸到了一个布袋钱包，一把掏了出来。

这个布袋钱包很薄，只是装了几张卡而已，何超龙原本没有在意，却见孟真真看到布袋钱包后，连装钱的编织袋都直接扔到了地上, 跳过来拼命抢夺。何超龙背对着她, 任她又抓又掐, 拉开布袋钱包, 拿出里面装着的身份证、户口本等物品。

何超龙拿起身份证一看, 上面清楚地写着名字"孟真真", 照片是她本人, 他随后抬起头, 充满怀疑地看着她。

孟真真见他已经看清楚了她真实的身份证, 停下手, 冷然道: "还给我!"

"我想一想, 我想一想, 明白了, 我这下彻底明白了。"何超龙拿起身份证, 对着光翻转了一下, 防伪的印花清晰地变幻着颜色, 他恍然大悟, "你不是洪梅, 你叫孟真真!"

孟真真冷冷地看着他, 目光瞥了眼桌子, 那里有一把水果刀。

"你在咱们物业公司上班, 公司给你交社保, 用的是洪梅这个名字, 说明洪梅的身份证是真的。可你的真实身份是孟真真, 你为什么要用洪梅的身份? 难怪你看到那个插头没报警, 还吓唬我你要报警? 我猜, 你是通缉犯吧? 这个叫洪梅的女人该不会已经死了? 被你弄死的? 哈哈, 你应该没这么凶悍吧?"何超龙嘴上瞎说着, 他倒也不怕孟真真真的是杀人犯, 毕竟她是个女人, 何超龙身形高大, 不怕她搞突然袭击。

孟真真思索着, 临时编个理由: "我欠了很多债, 从老家逃出来, 买了全套的假证。"

"你撒谎!"何超龙不信, "我听说过躲债的, 没听说过躲债还办假证的, 除非你是集资诈骗, 骗了很多人的钱, 被警察通缉了, 才需要用上假身份。"

孟真真一时语塞, 只能说: "你想怎么样?"

"那就是被我说中啦, 你犯事了, 对不对?"

孟真真冷声道: "和你没关系。"

何超龙笑了笑, 他掌握了这个把柄, 那他可就不再怕孟真真以报警相威胁了，便是从孟真真身上拿再多好处，对方也不敢反抗。

他捡起地上的编织袋，翻找了好一阵子，总算被他摸到了隐藏的口袋，拉开拉链，将里面的钱全部拿出来，有六七万块之多。这些钱虽是孟真真这些年辛苦攒下的积蓄，可此时此刻，她也不敢抢夺，眼睁睁看着钱全被他拿了出来。

"现金都有这么多，你存款岂不是更多，可以呀，孟真真!"看到这么多钱，何超龙眼睛都直了。他干了几年楼宇管家，工资虽说尚可，可他是个有多少花多少的主儿，攒不下钱，常年工资拆借着网贷，六七万块对他来说已是巨款了。

这还没完，何超龙走上前，捏起孟真真的下巴，笑道："这些钱我先替你保管了，可我为了替你保守秘密，需要承受很大的心理压力啊，你是不是应该帮我放松放松? 你放心，我也会让你很满意的。"

何超龙抓住她的脸，对着嘴巴狠狠亲了上去，孟真真本能地一把将他推开，喝道："滚开，我不可能任由你摆布，今天你拿走钱，这事算一笔勾销，如果你再以此来要挟，我也不怕你威胁!"

何超龙被她推开后，稍稍冷静了下来，说："我问你，你到底犯了什么事? 你要真是杀人犯，说实话，这钱我也不敢拿。"

"不关你的事。"

"今天你必须说清楚，否则，我既不敢拿你的钱，也不敢碰你的人，我太吃亏了，那样我也只能报警了，说不定报警还有悬赏奖金呢。"

孟真真盯着何超龙，不知该如何应对。

见对方犹豫着，何超龙也不急，慢慢在她家踱步参观起来："你舍得租这么大的房子，现金都有这么多，你肯定还有不少存款吧? 说说，你到底干了啥事。你今天不跟我坦白交代，这一关肯定是过不了的。"

这套公寓一室两厅，还带了个小小的储物间，亦可算是衣帽间。

何超龙一边说着话，一边走进储物间四处张望，随便看了几眼，正要转身出来，突然，他感觉旁边有道目光盯着他，他本能地转过头去，藏在黑漆漆一角的一双眼睛跟他四目相对，他瞬间吓了一跳，还没等他反应过来，黑暗之中伸出一只大手，握着一把大扳手，高高举起，当头一棒砸在了他的脑壳上，紧跟着又连敲两下。

储物间外，孟真真看到何超龙突然扶住墙角，后退几步，先是缓缓地动作，然后突然一下子重重跌倒在地，紧接着，她瞪大了眼睛，看到里面走出了一个男人。

男人喘着粗气，看着倒地的何超龙，许久之后，抬头看向了孟真真："真真，好久不见。"

26

公安局的询问室里，警方请来了王慧。

正常情况下，王慧和这个案子没有任何关系，警察调查孟真真的情况，最多是打电话，或者上门找王慧问一问，不需要将王慧请过来。

警方查到将赵泽宇逃离现场的视频发给多个新媒体账号的联系人是何超龙，接着又发现，何超龙的手机从三个月前开始，大部分时候都处于关机状态，偶尔开机。警方试过各种办法，都联系不上何超龙。随后又查到何超龙原先是尊邸小区的楼宇管家，三个多月前因和董家的小保姆王慧睡觉，两人双双被开除，孟真真才得以成为董家的保姆。

如此一来，这个案子中，何超龙就成了重要人物，跟何超龙关系最密切的，就是王慧。

王慧被董家扫地出门后，起先去了老公打工的城市，待了没多久便以找不到工作，还是江北熟悉为由，回了江北，先是去了一户中年夫妻家里做工，前阵子因和男主人有染，被女主人和子女发现起了纷争，闹到派出所，目前暂时休息在家。

警察联系到她时，她一开始拒绝接受问话，后来怕警察去问她老公，在得到保证会替她保密后，才同意来公安局。

询问室里，警员小孙再三向她保证案子跟她无关，肯定会替她保密，不要紧张后，便正常地问起来："你认识孟真真吧？"

"谁是孟真真？"

小孙改口道："就是洪梅，你走之后，董明山家里请的保姆。"

"洪梅？"王慧气愤道，"我当然认识，她化成灰我都认识！"

"她怎么你了？"

王慧想起依然是一肚子的火："她为了把我赶走，自己进董家当保姆，故意借着补下水道的机会，从水槽底下掏出一个当天用过的避孕套，栽赃陷害我和何超龙，可当天我来姨妈，我们根本没做过，我也从来不会把避孕套扔进水槽。结果她用这一招，让董家夫妇信以为真，去查监控，发现何超龙来过家里，害得我和何超龙都被开除！……没错，我承认我和何超龙确实有时候会发生关系，可我们被开除是洪梅设计陷害的。何超龙说她处心积虑进董家，不只是为了当个保姆这么简单，她还有其他的目的。"

小孙问："她还有什么目的？"

"我不知道，我只记得有天晚上何超龙给我发微信，说他通过洪梅家门上的猫眼洞看到了她家里放着望远镜，我问他这说明什么，他说他发现了洪梅的秘密。我问他什么秘密，他一直没回我消息。第二天我又发微信问他到底是什么秘密，他就说他搞错了，没有秘密，弄得神秘兮兮的。"

"你还保留着当时的聊天记录吗？"

王慧摇摇头："我和他的聊天，每次发完，我都会删记录。"

"你和何超龙平时联系吗？"

王慧犹豫了一下，说："我被辞退后，去了外地一段时间，回江北又找过他，结果他回我消息很敷衍，打他电话都给我挂掉，肯定是又跟别的女人勾搭上了，还欠了我好几千块钱不还，后来打过几次电话，基本都是关机，不关机也是挂掉，我发消息骂他他也不回，我被他气死了。"

看着王慧的口供，陈哲又掏出何超龙的手机记录，发现他这几个月来，手机大部分时候处于关机状态，中间偶尔开机，也基本上在几分钟内又关机，而且，他从来没接打过一次电话。

段飞从陈哲手中接过资料，看了一番后，询问："何超龙有几个手机号？"

"就这一个。"

段飞马上反应过来，道："所以，你怀疑何超龙可能已经死了？"

陈哲点头道："我们调查发现一个问题，这几个月以来，没人见过何超龙，也没人跟他说过话，包括他家里人。他与外界的联系只通过微信的文字。而且在这几个月里，他这唯一的手机号大部分时候都是关机。按照我们的经验，何超龙很可能已经死了，有人用他的手机回复消息，装成他还活着的样子，以免他的亲戚朋友因为他的失联而报警。我们从营业厅得到证实，这期间他只有一次跟孟真真的通话记录。"

陈哲接着说："何超龙跟王慧说，他去孟真真家发现了孟真真的秘密，后来就失联了，这次案子后，有人用何超龙的手机发布了赵泽宇逃离现场的视频。所以，何超龙的失联，肯定跟孟真真有关，说不定就是孟真真杀了何超龙。"

段飞摇摇头："你说得不对。"

陈哲不屑地道："怎么不对了，你懂刑侦吗？"

段飞道："孟真真以死设局陷害赵泽宇，她的同伙为什么要用何超龙的手机发布视频，为什么不直接用孟真真自己的手机号？孟真真以死设局，一定是希望我们调查赵泽宇，为什么要牵出来一个何超龙？这说明何超龙这条线索，肯定跟赵泽宇有关系。"

27

当孟真真看到出现在面前的这个四十多岁、身形精瘦的男人时，她当场吓得后退，撞到了身后的沙发上。

陈子华，她的初恋，董浩然的生父，也是她的噩梦。

三下重重的敲击将何超龙砸晕后，何超龙躺在了地上，手脚不受控制地抽搐起来。陈子华走上前，蹲下身，本想要救治一下，手刚搭上，何超龙就抽搐着一弹，把陈子华吓了一跳，不敢再碰他。

孟真真此刻也无暇思考陈子华为什么会在这里，她赶紧抓起桌上的纸巾，扑到地上，去堵何超龙头上汩汩冒血的口子，可手一按上去才知道，何超龙颅骨右侧的一块被砸得凹陷进去了。孟真真手足无措，拿出手机，准备拨打急救电话，但一瞬间想到了很多顾虑，下意识地将手机放到一旁，继续用纸巾对他进行抢救。

地上的何超龙早已说不出话了，脑袋上冒血不止，只有嘴巴发出呻吟声，口水横流，目光试图聚焦，还是无力回天，渐渐地，眼神开始涣散。几分钟之后，何超龙抽搐的手脚慢慢停了下来，在吐出最后一口气之后，他四肢猛地一抽，瞳孔迅速变了颜色。

人生就此画上句号。

见到这一幕，孟真真无力地一屁股向后瘫坐在地。

陈子华也立在原地，过了好一会儿，才小心翼翼地上前摇晃何超龙，对方毫无反应，他抬头看向孟真真，略带畏惧地颤声道："他……他好像死了。"

孟真真如遭雷击，一句话都说不出来。

陈子华大口喘着气，坐到地上，从口袋里掏出一支烟，颤巍巍地点上，嘴里像是在为自己辩解："不是我要弄死他，你知道，杀人这种事……我也是不敢的啊。我听这王八蛋刚才威胁你，他不但要把咱们辛苦攒的钱都弄走，还威胁要你当他的女人，我心里特气！刚好他凑过来，发现我了，我也是害怕，哪里管得了那么多，就一扳手砸过去了。我也没想到……没想到这小子直接死了，他自己是短命鬼，不能怪我啊！"

孟真真的眼睛仿佛蒙上了一层灰色。

陈子华沉默了一会儿，眼见事态无法逆转，接下来也只能想着如何善后了。他将何超龙身上的手机、钥匙、香烟、打火机等一应物件全部取出来，用何超龙的指纹解开手机锁，迅速查看起来。

"还好，这浑蛋今天除了和你联系，没有和其他人打过电话。……微信上，就和一个叫王慧的女人提了一句他看到你家有望远镜。听他刚才说话的意思，他是单身。所以，他今天来找你这件事，应该再没其他人知道了吧？也对，他想敲诈勒索你，照理也不会把这事告诉别人。没人知道就好办了，咱们把他的尸体处理掉，一了百了。你觉得我说得对不对？"

他抬头看向孟真真，他内心也很慌张，毕竟他杀人属于一时失手，他本就对何超龙威胁孟真真大为恼火，躲在储物间被发现之际，本能地挥下了扳手，哪知就这样把人砸死了，再给他一次选择的机会，他肯定不敢朝何超龙的脑袋上砸，可事到如今，最重要的还是怎么把事情掩盖过去。

他再次向孟真真确认："他今天来找你这事，还有其他人知道吗？"

孟真真冷然看着他："有。"

"还有谁知道？"陈子华握紧了扳手，目光中透出了紧张和凶光。

"我知道。你现在是不是打算顺便杀了我灭口？"

"你怎么会这么想我呢，真真？我费尽千辛万苦找到你，就是想和你重归于好，好好地走下去。"

孟真真极尽厌恶地看着他："你为什么会藏在我家？"

"这个啊……"陈子华手足无措地抓了抓衣服，知道隐藏不过去，只好说了实情，"我遇到了小八，听他说你可能跑福利院找孩子去了。我就去福利院周边打听，得知你已经离开。后来呢，我听说你找过五哥，问他办假证的渠道，刚好五哥介绍的那个搞假证的是我一老哥们，我就找他问出了你的手机号码。所以——"

孟真真当即醒悟过来："所以匿名短信是你发的？一万块封口费是你要的？"

陈子华憨憨一笑："我不是为了要这钱，我这么做都是为了找到你啊。"

"那天你一直躲在远处监视我，看到我把钱放进储物柜后，故意说改天，让我拿了钱回去，你就在后面一直跟踪我回家？"孟真真回想起当天她始终感觉有人在跟踪她。

陈子华叹口气，透着委屈："是呀，我知道你在江北，可我只知道你的手机号码，不知道你具体在哪里。我如果直接打电话问你，你只会更躲着我。所以啊，为了找到你，为了挽回你的心，我只能想出这个法子了。"

孟真真冷冷地盯着他："你为什么会在我家？"

"这不……嗯……这么多年没见，不知道你还是不是一个人，我得先摸个底。刚好我老板教了我一点开锁的法子，我就先来你家里瞧瞧，看得出你还是一个人住，我就放心了。"

　　孟真真这才反应过来，猫眼是陈子华转下来的，因为开锁的撬棍需要通过猫眼的洞，沙发下编织袋的位置变动，自然是陈子华做的，只是他没搜到袋子隐藏夹层里的钱罢了。

　　"你放心了？"孟真真看着他这张似笑非笑的脸，又看着躺在地上的尸体，一时间，想起了历历往事，想到自己刚寻到孩子，刚过上正常生活，就又遇到了陈子华。孟真真再也控制不住，哭了出来，双手用力捶着沙发："我又被你毁了，我的生活又被你毁了！"

　　陈子华立马抱住她安慰，她用力将他推开，陈子华缩在一旁，悻悻道："怎么说那话呢？这世上最爱你的人是我啊，咱们俩永远是一家人。再说了，这王八蛋死了也好，他如果不死，你就会一直被他威胁，你好不容易找回了咱们的孩子，好日子刚开始就被他拿捏，被他威胁，这哪儿成呢？"

　　孟真真顿时警醒，问道："你怎么知道我找到了小孩？"

　　陈子华犹豫了一下，道："其实我跟踪你好多天了，你看董家孩子的眼神，跟别人家的保姆完全不一样。还有那小孩的五官，长得跟咱俩多像啊，我一看就明白怎么回事了。"他催促道："咱们的事，以后再说吧，今天先把这事给处理掉，这事一旦被人知道，咱们俩就都完蛋了。"

　　陈子华继续检查何超龙的手机信息，却看到孟真真一脸漠然地拿起手机，他立即抓住她的手，看到手机的屏幕上已经按出了数字"110"，就差按下拨号键了，他怒道："你要干什么？"

　　"报警，抓你，陈子华，你杀人了！"

　　"你敢！"陈子华脸上凶光尽显。

　　孟真真毫不畏惧地看着他："你现在可以继续杀了我灭口，这样就没人报警了。"

陈子华和她对视几秒，语气软了下来，委屈道："如果刚才我没有杀了这个浑蛋，他接下来会怎样？你以为给他几万块钱，他就不纠缠你了？你和他的事就能了结？这种人，一旦有了你的把柄，他一辈子都吃定你了。"

孟真真无动于衷。

"我这么做可都是为了你啊，真真！"他紧紧握着孟真真的手，恳求道，"真真，你冷静一点，你报警抓我，你怎么办？"

孟真真不屑道："我逃了这么多年，早就厌倦了躲躲藏藏的日子，我现在知道了孩子还活着，活得很好，够了，不怕了。我进去服刑几年，换你这辈子都出不来，我再也不会见到你了，我值得！"

"真真，你真的要这么狠心对我吗？"陈子华饱含深情，过了几秒，换了一种语气，"真真，你好好想一想，我进去了，我替你杀人，我死有余辜，这没错！可是，你怎么办？董家夫妇，还有孩子，他们到时候都会知道我们才是董浩然的亲生父母啊，孩子该怎么办？董家夫妇知道孩子的亲生父亲是杀人犯，亲生母亲是罪犯，母亲还混进他们家当了保姆，他们会怎么看孩子？他们还敢继续养着孩子，一直把他养大吗？将心比心，换作你，如果你知道一个小孩的父亲是杀人犯，你敢领养吗？以后孩子稍微调皮捣蛋，稍微犯了些错，他们就会觉得，这孩子长大肯定和他爸妈一样，什么样的种生什么样的崽。再说了，孩子知道了我和你才是他爸妈，他会觉得光荣吗？你自己可以无所谓，你要不要考虑咱们孩子的感受？"

孟真真浑身一颤，道："所以，你这番话的意思是，只要我报警，你就会把董浩然的身世说出来？"

陈子华叹口气："话不是这么说的，你看，如果我进监狱，就出不来了，我总得认个亲吧？"

"你这是威胁吗？"

"怎么能说是威胁呢？真真，我们生活在这个世界上，不只是为自己而活，也要为了别人而活。你做事情不能只考虑到你一个人，也要考虑到其他人啊。"

"无耻！"

孟真真牙齿咬合了几下，要报警的手无力地垂了下去。陈子华的这个威胁击碎了她报警的勇气。董家夫妇如果知道董浩然是杀人犯的孩子，以后他们还会将他视若己出，真心实意对他好吗？董浩然知道了真相，知道亲生父母是这样的人，他这个年纪该如何承受呢？

陈子华看了看孟真真，没有人比他更懂孟真真的性格，一眼便知孟真真不会再报警了，遂放下心来，再次问："这个浑蛋今晚来找你，还有其他人知道吗？"

"我不知道。"

陈子华透着威胁之色，盯着她。

孟真真不耐烦道："我又不是他，我怎么会知道？"

陈子华遂放弃追问，继续检查何超龙的手机，打开各个手机应用软件，查了十几分钟，已经把何超龙的情况摸了个透："这人的老家在北方，跟咱们这儿隔着十万八千里，看他微信的聊天记录，嗯……他在江北没亲戚，也没什么朋友。只有这个叫王慧的，哟，聊得可真骚，好家伙，还是偷情啊，王慧还怕被她老公发现。好在最近这对狗男女分开了，几个礼拜没见面了。……嗯，今天他来找你这事，除了王慧，他没跟其他人提过。"他抬头寻思片刻，道："他是个孤寡年轻人，这就好办了。"

陈子华转头看看孟真真，孟真真一副生无可恋的模样，他凑过去憨笑，宽慰道："放心吧，我仔细检查过了，他今天来找你这事没告诉任何人，咱们把他的尸体找个没人的地方埋了，谁都不会知道。微信里面有他和房东租房的聊天记录，你看，他刚租了半年，地址写得清清楚楚，他也没跟其他人提到过他这个新住址，明天我再去他的出租屋确认一下。我呢，修改一下他的手机密码，设置成没有密码，接下来一两个月我就带着他的手机，有消息就回，有电话不接。这几个月里，不会有人知道他失踪了。等到将来瞒不下去了，他老家的亲人联系不上他再报警时，隔的时间也长了，都不知道猴年马月了。只要他的尸体不被人挖出来，这个秘密就永远只有咱们两个人知道。"

他顿了顿，补充一句："只要我不出事，你也不会出事，董家他们也永远不会知道。"

孟真真咬牙切齿地看着他的嘴脸。

他分析完，又复盘了一番，觉得此举稳妥，又问孟真真："怎么样，咱家的真真小宝贝，咱家的大学生，你智商高，看看还有没有什么漏洞？"

孟真真冷声道："最大的漏洞是你怎么还没死！"

陈子华丝毫不生气，继续憨笑："之前是咱不对，可那时穷，没办法，小孩子先天性心脏病，医生都说了，三岁前要动三到四次手术，还不一定能治好，没有五六十万块钱根本下不来，咱们一是没钱，二是这钱花了，也不一定有好结果，这不我才想着给有钱人家养，才能救他一命。"

"你不是给，你是卖！你是畜生，你是禽兽！"

陈子华依然嬉笑着哄她："男人总是比女人理性，我当时也是迫于无奈，你看，最终结果是好的，咱们孩子现在大小也算个富二代，病好了，身体倍儿棒，生活幸福，要什么有什么。再说了，后来你设计报警把我抓了，我坐了足足六年牢才出来，我可一句都没有怨你，谁让我永远最爱你呢？"

孟真真呸了声："恶心！你是我这辈子见过最恶心的男人！"

陈子华瞬间怒道："孟真真，老子为你坐了六年牢，还没跟你算账呢！你不要给脸不要脸！"

"那你就杀了我吧……"孟真真抬起头，眼中透着无限的疲惫。

两人对峙了两三秒，陈子华的眼神又柔和下来，恢复了笑脸。"别这样，真真，咱们有话好好说，我最爱你，你怎么对我我都会包容你。现在，先解决手里这桩难题。理智一点，事情都已经发生了，咱们只能想办法解决。要不然，"他摇头叹息一声，"我进去了，枪毙了，不要紧，可大家都不好过啊……"

"你！"孟真真盯着他，他却还在憨憨笑着。

28

在陈子华一番威胁下，孟真真只好坦白地把何超龙与她结怨的前因后果讲述了一遍。

陈子华反复检查何超龙手机上的信息，确认了何超龙被物业公司辞退后，又被王慧提了分手，他在江北没什么朋友，从物业公司宿舍搬出来后，临时租了间很便宜的隔断房，今天来找孟真真之事，事先也没告诉任何人。对于这样一个大城市里的边缘小人物，只要把何超龙的尸体处理妥当，何超龙之死暂时也无人知晓。

孟真真很清楚，处理何超龙的尸体，陈子华一人即可，可是陈子华偏偏以他一个人抬不动为由，要孟真真协助，目的就是让她成为"共犯"。当下他可以以董浩然为由，威胁孟真真不能报警，可几年后呢，董浩然长大后呢，或者孟真真有了其他想法也未可知，只有把两个人绑到同一条船上，陈子华才能彻底放心。

陈子华从储物间里寻到了一把园艺锄头，也不知道是哪一任租客留下的，又寻出了一个化肥编织袋，将何超龙的尸体装了进去。

孟真真看着他低头忙活，目光不由得瞥向了旁边的那把凶器——扳手，身体慢慢靠了过去。她心中思索起来，陈子华将来若是被抓，董浩然亲生父母的身份就会暴露；如果陈子华没有被抓，恐怕他会一直以此来威胁孟真真。只有陈子华死了，才是解决问题的唯一办法。

"别发呆啊，愣着干吗？事情都发生了，咱们好好善后才要紧。"正恍惚间，陈子华抬头催了一句，还兀自以为孟真真是因为第一次面对尸体而害怕。

"哦。"孟真真淡淡应了声，协同将尸体装进袋子。

随后，陈子华细心地将房间里收拾妥当，把两人身上沾染血渍的衣服脱下来打包带走，又将地上的血迹反复擦拭，完全消除了痕迹后，又用洗衣粉擦洗好多遍，才稍稍放心。

此时夜已深，尽管屋外走廊寂静一片，但还是小心驶得万年船，陈子华不敢托大，万一途中被人撞见，那就公安局走起了。他让孟真真开门查探，确认外面无人后，他拖着编织袋快速走进了楼梯通道。孟真真在前面探路，以防在楼梯通道里撞到不速之客，虽然大半夜漆黑的楼梯通道里遇到人的可能性不高，但不排除寻求刺激的男女半夜在此媾合，一旦撞个对面，后果不堪设想。

一路有惊无险，他们顺利地从楼梯通道走到了地下停车库。

陈子华让孟真真留在楼梯口等候，在孟真真吃惊的目光中，他坐上了一辆颇有档次的奥迪轿车，将车倒到了楼梯口，停好车，打开后备厢，将编织袋装上车，招呼孟真真上车。

陈子华让孟真真坐到汽车后排，尽管从何超龙的手机信息判断，他来找孟真真这事没告诉过其他人，但以防万一，如果警方事后得知何超龙失踪当晚找了孟真真，又在道路监控中拍到了孟真真坐在副驾驶位大半夜外出，两个人都给不出合理解释。

陈子华开着车，驶出巧克力公寓，他看到后视镜中的孟真真一言不发，便找话聊，试图打破压抑恐惧的气氛："这不是我的车，是我老板的，我现在有份正儿八经的工作，司机兼保镖，月工资八千块，怎么样，不错吧？"

孟真真白了他一眼。

"我可不是给普通人开车，我老板赵泽宇是江北的大人物，家里头全是大官，他自己搞投资、搞房地产，身边人都老有钱了。你知道花姐吗？你大概不知道，江北的田花花，花姐，以前是夜总会的老鸨，我老板早些年看她为人机灵，就提携了她，结果呢，她现在是好几家夜总会、大酒店的老板了。还有之前跟着赵老板的司机、员工，好些人现在都是外面的大老板呢。现在我跟着赵老板，说不定哪天他也会提携我一把。"

陈子华颇有几分得意，在他看来，能给赵泽宇开车，那是极其有面子的事。

孟真真不屑道："这么厉害的老板，怎么就被你攀上了？"

"这不是我找了你那谁给我介绍的工作……"

"你找了谁？"孟真真狐疑地看着他。

陈子华咳嗽一声，改口道："那谁，我找熟人介绍的。"他马上绕开这个话题，说："我刚给赵老板开车几个月，得好好表现，不能偷懒。赵老板经常应酬得晚，我负责晚班接送，平时白天要睡觉，所以我隔了许久才有时间来找你。"

"我只盼望你永远不要来找我。"

"那怎么成，这么多年了，我每天都想着你呢，咱们可是一家人。"

"想着我，还是惦记我的钱？"

陈子华眉头一皱："什么钱啊？"

"你要找我，为什么要装神弄鬼跟踪我，又撬门进我家？"

"我这不是太久没见了，先摸一下底，看看你是不是有其他男人了。"

孟真真冷笑，戳穿他："你是最近赌博又输光了钱，想到我攒的钱不敢存银行，肯定放在家里，才撬门进来的吧？看看我这些年攒下多少钱，你好全部偷走？"

"怎么可能呢？你的钱，我的钱，不都是咱们的钱吗？再说了，上回那一万块我也没拿啊，我现在可是有正经工作，你放心，我改过自新了，以后啊，我会好好对你的。"

孟真真斩钉截铁道："我不想和你有任何瓜葛。"

陈子华嘿嘿一笑："这不是你想不想，我们的关系，是一辈子都扯不断的。"

孟真真把指甲掐进了肉里，别过头，痴痴地望着窗外。

夜色漆黑如墨，寻不到光亮。

29

车子开了一个小时，穿过一大片没有路灯的盘山公路，又经过了一座桥，开往一处路标叫"桉口乡"的方向。

又行驶了几分钟，车子来到了一处路边的缺口前。缺口上方是依山开凿的泥土路，路的宽度只允许一辆车通行，一侧靠山体，另一侧是斜坡，泥路中间是两道深刻的轮胎印，这种路在山区农村很常见，一般是乡政府为山上居民修建的简易通行道路，方便拖拉机运送物资和山上的毛竹、土特产。

陈子华踩下油门，车子一鼓作气朝着泥路冲上去。车子在泥路上颠簸，孟真真望着窗外，车子边缘一侧似乎随时会轮胎悬空，不由得心悸，不过转念一想，死，也是一种解脱，想到这里，心里反而坦然了。

陈子华一边开车一边介绍："这几年政府都在搞'山民进城'，拆掉山上的房子去县城买房落户，每个户口补贴几万块，桉口乡的这片山头好几年前人就全搬出去了，山上一个人都没有。咱们待会儿找个树洞把何超龙给埋了，哪怕将来被发现也是几年甚至几十年后的事了，说不定啊，永远都不会有人发现。"

孟真真警惕地问："你来过这里？你还杀过人？"

陈子华夸张地咧嘴："怎么可能啊，你太看得起我了，我这样子吃得了杀人放火这碗饭吗？以前有一次，庄家组织赌客到这山上赌博，在这种地方搞散场，不怕被查到，我才知道这片山头没人。"

这个社会上爱赌博的人极多，所以便有一些庄家不定期地招徕没多少钱又好赌成性的赌客，男女皆有，组织野外不定点的临时赌场开赌，通常是由几辆破面包车接送，挑选的地方也往往是没有人迹的穷乡僻壤，尤其像这种山上村民都已迁入城区的山头，只要不是内部人举报，警察哪儿能知晓赌场都开到山上去了。有时候是白天，有时候是晚上，那些好赌成性的烂人为了过把瘾，全然不顾山上的蚊虫叮咬，精神力极其顽强。

孟真真嘲讽道："你刚不是说已经改过自新了，怎么，还在赌博呢？"

陈子华马上改口："没有的事，我之前帮过几次忙，看看场子，我是不赌的。"他通过后视镜看到孟真真轻蔑、不信任的表情，补充说："最多……最多玩过几把小的而已，男人嘛，小赌怡情，这不是很正常吗？"

孟真真不去理会他了。

又过了些时间，车子在一片稍微平整的空地停下，陈子华下了车，打起手电，朝一旁杂乱地长着树木的斜坡走下去。山上到处都是树木和毛竹，有些树被人连根挖了卖去城市，便留下了一些树洞。很快，他就寻到了一处合适的树洞，返回去，将何超龙的尸体抬下来，一路拖行到树洞里，又用园艺锄头挖掘旁边的各种石头、泥土，填进树洞里。

孟真真走到一旁，看着陈子华一门心思低头处理尸体，她环顾四周，看到脚边有块大小合适的硬石头。看着正背对着她夯实树洞的陈子华，孟真真搬起石头，悄悄朝陈子华走过去。

如果直接把陈子华砸死在这里，恐怕没人会知道吧？可是车停在山上，她又不会开车，没法把车藏起来，很快就会被人发现，到时一查，肯定就查到她了。

就在她迟疑的片刻工夫，陈子华一回头，看到她这副模样，当即站了起来："你在干什么？"

孟真真把石头扔到了一旁。

陈子华嘴角抽了抽，笑起来："真真，你该不会想砸死我吧？"

"当然想了。"

陈子华不以为意地笑笑，走过去把那块石头捡起来，扔进了树洞，又继续干起活来，等把树洞填完，他转头招呼："来，你也上来踩几脚吧。"

孟真真看出他的用意："让我彻底变成共犯，对吗？"

"什么你啊我啊，真真，以后不要说你、我，说我们，好吗？"

孟真真看着他嬉笑的皮囊，瞪了一眼，整个人如行尸走肉般上前，形式主义地踩了几下后，看向陈子华："可以了吧？"

陈子华连忙过去哄她："真真，咱们俩永远是一家人，是命运共同体，就像过去那样，不管你离我多远，我总能找到你。这一次，我为你杀了人，以后啊，我们俩的命运永远绑在一起，你离不开我，我离不开你，我们永远都不会再分开了。"

"你为我杀了人？"孟真真凄惨地冷笑一声，抬起头，望向树梢之上的夜空。

无限远的空中，一轮硕大的冷月屹立不动，漫天的白光像绵密的雾气撒向人间，照透了脚下的树林，落下斑驳的影子。旁边的树皮上，一只黑色甲虫慢吞吞地挪动，不知何处传出的蟋蟀叫声间或响起。

过了许久，孟真真长长地吐出一口气，仿佛是在自言自语："上一次看到这样的月亮，好像还是小学的时候，具体的记不清了，太遥远了，又好像是昨天。"

她脸色惨白，突然，全身肌肉痉挛，一阵晕厥就要跌倒，陈子华赶紧扶住她，将她扶到车里坐下，给她捏肩放松，眼中也泛起不忍之色，不再言语。

陈子华重新发动汽车，两人一路无话，他将孟真真送回家，又安慰了几句，表示他明天会偷偷去何超龙的出租房再检查一下，接下来一段时间，他会拿着何超龙的手机，正常回消息，让人误以为何超龙还活着，后面的事她不必担心，自己过阵子再联系她。

此时，很远很远的天边已经泛起了一层浅浅的白光，这不眠的一夜即将过去，却不知是今夜的噩梦即将过去，还是新的噩梦即将开始。

孟真真来到卫生间，站在莲蓬头下冲洗了好久，她在哗哗的水声当中出了神，何超龙、陈子华、董浩然几人的脸庞反复交替浮现在她眼前，百感交集之下，坚持了整整一个晚上的她，终于号啕大哭出来。

委屈

30

很多城市都有名叫"状元楼"的大饭店，江北也不例外。

约定的时间是傍晚五点半，五点刚过，董明山便带着太太钱一茹早早地到了包厢，今天他们要接待大人物。

"我们也没必要提前这么早来吧，大家小孩都是同班同学，我们家也不比他们家差。"对于催促她早早赶过来的丈夫，钱一茹颇有微词。

"我们跟赵家怎么比呀？"董明山是个地方上的小开发商，平日里也是个人物，要让他主动承认不如别人的时候不多，但对比赵泽宇，他还是很有自知之明的，"赵泽宇他爸赵忠恼，在江北主政这么多年，还有他妈妈李青一家子，在省里市里都是位高权重、人脉通天。俗话说得好，富不与官斗，咱们就算赚得再多，想在江北混，在赵泽宇面前也得低头，更别说，赵泽宇到底有多少钱，谁也说不清楚，总之，肯定比我们家多得多。"

几天前，董明山拍下了富临区的一块住宅用地，这是他这辈子迄今为止做的最大一笔投资，那块地是江北富临区规划的富江新城的核心地块，周围之前出让过的几块商业地产，都已经进入了开发阶段，按照政府规划，五到十年后，富江新城将成为富临区乃至整个江北市的心脏。富江新城的住宅用地很少，这一次土地出让吸引了十余家房企入场，最后经过角逐，被董明山以五亿五千万的价格收入囊中。

董明山的公司已经缴纳了一个多亿作为土地保证金，结果这几天筹措尾款时，原本已经谈妥的银行却突然变卦，终止了他这个项目的授信，他如果不能在规定时间内缴纳土地出让金，已经交的保证金和土地都将被政府收走。他询问银行客户经理，经理只说是接到上级通知，他去找支行的行长，对方先是避而不见，后来就打太极，让他去找其他银行试试。

后来他做了好一番交际工作，银行领导向他透了个底，原来这块地本是赵泽宇志在必得的，十多家入围房企都已私下和赵泽宇达成了协议，大家一起围标，让赵泽宇下面的公司用低价拿下，谁知被董明山半道截和了。

招标之前，赵泽宇早就找人调查过，唯一一家不是自己人的竞标方董明山，是个很小的开发商，只在江北做了"悦峰园"这单个项目，第一期的盘都没卖完，没实力，参与竞标大概只是想捡漏，于是压根没把董明山放在眼里，谁知，最后的竞标中，董明山竟像吃了男科药物，一路雄起，最后硬生生以封顶溢价将这块热门土地收入囊中。赵泽宇一怒之下，动用了自己的关系和资源，让董明山事先谈妥的银行对他停贷。

赵泽宇和很多政府领导交情匪浅，这一次赵泽宇向金融系统的领导反映了董明山公司资金有问题，董明山在外融资，还有不少民间借贷，属于表外负债，于是领导便向银行过问了这几笔贷款发放的风险事宜。

董明山这么个地方上的小开发商，各种借款往来自然有许多不规范的地方，银行重新核查后，马上就把他的贷款停了，还希望他尽快把之前的贷款给还回来。

新贷款被叫停，老贷款被银行抽贷，董明山的公司立马陷入了危机。

银行行长跟董明山建议，主管的政府领导已经亲口点了他的公司，江北的银行都不会对他开绿灯了，他要么去外地想想办法，要么去求赵泽宇。毕竟，两人过去素不相识，只有这一次商业上的矛盾。商业上的矛盾总能坐下来谈，无非是利益多少的问题。否则，哪怕这次董明山找到资金解了燃眉之急，往后的开发环节，如果赵泽宇成心要搞他，他一个外来小商人，怎么接得住招？

董明山想找中间人联系上赵泽宇，结果打听到赵泽宇的孩子正巧也在蓝青小学，便让妻子问问。钱一茹一查，儿子班上有个同学叫赵星辰，特别调皮捣蛋，平时经常恶作剧，老师也不敢管，听说他爷爷是江北的老市长，她向老师确认了一番，果然就是。

于是，董明山让钱一茹去认识一下王嘉嘉，想以孩子是同班同学这层关系搭上赵泽宇，主动让利向他提出共同开发，以解这次的危机。毕竟，如果能抓住赵泽宇这条大腿，他以后在江北的事业也会少许多阻碍。

于是第二天，钱一茹代替孟真真去接小孩放学，等到了王嘉嘉，她凑上前，讨好地向王嘉嘉谈及自己丈夫想和赵先生合作的想法。王嘉嘉非常冷傲，双手插在胸前，完全没给她面子，只平淡地抛下一句："知道了。"

平日里心高气傲的钱一茹哪里受过这种待遇，可是有求于人，她也只能在一旁赔笑说着感谢的话。王嘉嘉视她如空气，目不斜视，望着校门等孩子出来，钱一茹自讨没趣，也只好不再言语。

结果两人分别接到孩子后，王嘉嘉认出钱一茹的孩子是董浩然，主动走过去搭话："之前我好像没见过你来接孩子？"

钱一茹尽管对王嘉嘉方才的冷淡态度不满，却也不敢表露，见对方主动搭话，她也笑着回应："是呀，我工作忙，大部分时候都是保姆负责接送孩子。"

王嘉嘉自从那天远远见了一眼他们家保姆后，便再也没见过了。她这几日甚至刻意早一些赶到校门口，四处张望，依然不见他们家保姆的身影，有一次她接到小星后，还刻意坐进车里停留了一些时间，只见董浩然一直在校门口等保姆，保姆始终不现身，她在车里足足停留了五分钟，结果一抬头，校门口的董浩然不知何时已经被人接走了。她不由得怀疑，他们家的保姆在刻意回避自己。

想到这儿，王嘉嘉突兀地问道："对了，你家保姆叫什么名字？"

钱一茹一愣，奇怪地看着她，还是如实回答："叫……叫洪梅。"

"哦……"王嘉嘉应了声，也没给出解释为什么要问保姆的名字，目光游离片刻，淡淡地说，"刚才你说的事，我会转达给我们家老赵，到时联系吧。"

回到家后，钱一茹向董明山抱怨，王嘉嘉这人脾气怪得很，阴晴不定，董明山使出浑身解数哄着老婆，说现在有求于人，不得不低头，钱一茹总算拉下脸，在微信上申请添加王嘉嘉为好友。王嘉嘉通过了她的好友请求后，只回了她一句："有消息了我告诉你。"之后便又杳无音信了。

一连过了几日，董明山夫妻也不知道王嘉嘉是压根没和赵泽宇提，还是说了此事后赵泽宇不肯约见，正犹豫着是否要再次询问之时，王嘉嘉发来一条信息："周四晚餐，地点你们定，我不喜欢离家太远。"

钱一茹拿起手机给董明山看，展示王嘉嘉的傲慢，董明山笑嘻嘻地拿过她的手机，帮忙回复"好的"，并配上讨好的表情包，王嘉嘉没再回任何消息。

董明山按照赵泽宇家的住址，研究遍了附近的高档饭店，最终选定了状元楼。

五点四十，一辆豪华的红色跑车在状元楼前停下，驾驶座上下来一个光鲜亮丽的女子，她实际年龄三十四五岁，皮肤保养得极好，妆容精致，看上去顶多三十岁，从头到脚的耳环、项链、衣服、手表、戒指、包、鞋子，全是奢侈品牌，普通人工作十年都赚不出来她这一身装扮。副驾驶位上，一个穿着校服的小学男生跟着她下车。

很快，旁边驶来一辆豪华商务车，司机正是陈子华，陈子华按下电动车门，车后排位子上，四十多岁、一身富家公子哥休闲装打扮的赵泽宇向陈子华吩咐一句"车子开走，今晚不用送了"，便下了车，和妻儿会合，朝饭店走去。

大堂经理过去曾有幸接待过几次赵泽宇，知道他的身份，忙不迭上去迎接，将他们领到了董明山的包厢。

一推开门，董明山夫妻便热情地迎上去，邀请两人先在主位落座，吩咐服务员上菜。

与高冷的王嘉嘉不同，赵泽宇为人非常谦和，一连声的"抱歉久等了"。在和董明山的互相推让中，赵泽宇坐上了主位，王嘉嘉则压根不回应他们夫妻俩的奉承，一切都显得理所当然，带着儿子坐到了赵泽宇旁边。

赵星辰环顾了一圈包厢，抬头直接向钱一茹询问："董浩然呢？"

"浩然——"

钱一茹正要作答，王嘉嘉冷冷地对儿子说："怎么教你说话的？

重新问，你要叫阿姨。"

钱一茹腹诽："自己没教养，不懂礼数，对孩子要求还挺严格，孩子不懂礼貌，还不是遗传你的基因？"

赵星辰很畏惧妈妈，说话声音都变小了，重新问了一遍："阿姨，董浩然呢？"

钱一茹含笑解释："浩然今天在家里。"

王嘉嘉眼珠微微一转，当即道："那就让你家的保姆把孩子带过来吧。"

钱一茹怕孩子来了喧宾夺主，推托道："我家孩子特别调皮，来了怕吵闹到大家，待会儿还要聊正事呢。"

王嘉嘉丝毫不留情面，道："这样啊，早知道是大人谈事，老赵一个人来就行了，我和小孩来了也挺多余的。你们找个喝茶的地方就好，何必要吃晚饭？"赵泽宇正笑着和董明山寒暄，互相介绍，听到妻子如此不留余地地说话，微微不满地瞥了她一眼。

钱一茹表情更是尴尬，董明山赶紧给她使个眼色，钱一茹忙收起全部的不满，打电话给保姆："洪梅，你现在带着浩然，打车来状元楼一趟。"

31

何超龙死了已经有半个多月了，开始的几天，孟真真每天生活得浑浑噩噩，不是忘了倒垃圾、收衣服，就是切菜弄伤了手指头。

陈子华在事发第二天按何超龙微信聊天记录上的租房地址，摸去了出租屋，一个拆迁安置小区里的迷你隔断间，周围人员很杂，门口也没安装监控，他戴着手套和脚套在出租屋内细心地检查了一遍，最后将其大部分东西都打包带走。目的是等未来某一天房东因为没收到租金来找何超龙，开门发现东西都搬光了，自然就认为是房客私自搬家了。

这半个多月里，陈子华联系过几次孟真真，告诉她善后工作已经处理好了，不用担心，说了些安慰的话，叫她不要多想，正常生活，最近他也不会来找她。

不过这依然挡不住孟真真心中的恐惧，她几乎每天都会寻空闲回一趟巧克力公寓，将地板、家具全部擦拭一遍，有时候她在卧室擦地，只要停下手，屋子里突然安静，她就会觉得何超龙就在身后的储物间门口看她。周末离开董家，她也不敢一个人住，叫上老丁回到巧克力公寓，丁虎成的呼噜声是她惶恐的镇静剂。丁虎成也看出她最近心神不宁，她只说是工作有些劳累。

半个多月过去了，何超龙的死正如陈子华预料的一样，无声无息，无人知晓，也许一年或几年后，他的亲属才会报警。

在这个繁忙的世界，拥挤的江北，无数的人来车往，每天都有天南地北的人汇入，又像无规则的分子运动一样，从江北流出，何超龙这么一个边缘的外来人，就像一块芝麻饼最边缘的一粒芝麻，谁又会注意到这粒芝麻是什么时候不见的呢？

陈子华又何尝不是芝麻饼上最边缘的一粒芝麻呢？

坐在出租车上，孟真真望着窗外，胡乱想着。

"洪梅阿姨，"旁边董浩然的声音将她拉回现实，他低着头小声说，"我不想和赵星辰玩。"

"为什么呀？"

"他总是打人，大家都不和他玩。"

孟真真一开始以为董浩然在学校受到了很大的欺负，细细一问，问题倒也不大。

这个叫赵星辰的孩子是插班生，很顽皮，经常捉弄其他人，其他学生告诉家长，家长找到了老师，老师私下跟家长说，赵星辰的爷爷是赵忠悯，父亲是赵泽宇，他转学来这里，教育局领导专门关照过要特殊对待。毕竟只是同学间的玩闹，老师只能口头批评几句，也不好将这些琐事向他家里告状。来蓝青小学读书的家庭，至少是中产阶级，知道他是赵忠悯的亲孙子，家长也只能忍气吞声，私底下纷纷告诉自己的小孩，离赵星辰远点。如此一来，赵星辰无形中被老师和同学们集体孤立了，他逆反心理重，只能变本加厉地惹事来寻找存在感。结果呢，董浩然坐他前头，成了他重点欺负对象。上课起立时，赵星辰在董浩然的凳子正中立一块橡皮，看他坐下去又跳起来；董浩然不肯让他抄作业，他就涂改董浩然的作业，老师改作业以为是董浩然写错了；有时候他还会故意打董浩然。董浩然性格懦弱，既不敢反抗，也不敢跟家里说。

孟真真仔细地问了学校生活，赵星辰只是顽皮，这个年纪也谈不上校园霸凌。

本来她想教董浩然要学会反抗，但董浩然的一句话让她改了主意："他有时候对我也还好，大家都不跟他玩，所以体育课时他都叫我一起去抓虫子。"

孟真真问："那你觉得他是你的朋友吗？"

"不是，他欺负我，我不要跟他做朋友。"

"你不要跟他做朋友，那他继续欺负你，怎么办？"

"我……我也不知道。"

孟真真笑了笑："浩然，阿姨教你一个方法，你试试看。你尝试发自内心跟他做朋友，他如果继续欺负你，你告诉他，如果他再作弄你，你就再也不跟他玩了。你呢，有零食，就分给他吃，有玩具，和他一起玩，他不会的作业，你教教他。你想，如果有个同学真心把你当朋友，对你很好，你还会好意思欺负别人吗？"

董浩然想了想，说："应该不会。"

"如果你真心跟他交朋友，他也会成为你的好朋友的，你试试阿姨的这个办法。"

董浩然思索了一会儿，笑了起来，觉得阿姨说得特别有道理。

孟真真从口袋里摸出两块巧克力，让他待会儿见了面就给赵星辰一块。

很快，孟真真带着董浩然来到了状元楼，一打开包厢门，赵星辰就忙不迭地跑下饭桌，要和董浩然去外面玩。董浩然本能地有些拒绝，但看到孟真真的眼神，还是决定一试。他一见面就从口袋里摸出一块巧克力，递给赵星辰，称呼上也变得亲昵了一些："小星，这个我从家里带的，给你吃。"

赵星辰在学校没有朋友，除了自家人对他百般宠溺外，同学和老师都不待见他，董浩然见到他也是绕道走，此刻见董浩然突然对自己这么好，他有些不好意思，接过巧克力，吃到嘴里，还故意大声说："真好吃，浩然，你是我的好兄弟！"说着，他欢快地跑进屋，在父母面前又秀了一遍："爸爸妈妈，浩然给我了一块巧克力，太好吃了，太好吃了！"

董浩然也不由得哈哈笑起来，心想交个朋友真好。

站在包厢门口的孟真真看着两个孩子，也松了口气。她想到家里活没干完，打算跟钱一茹道别就走，走进包厢，向钱一茹询问："浩然妈妈，待会儿浩然跟着你们回家吗？家里东西还没收拾完，要不我先去——"她话说到一半，目光望见了饭桌主位旁正坐着的王嘉嘉，瞬间愣住了。她每次接孩子都尽量避开王嘉嘉，可没想到今晚董浩然的同学家长正是王嘉嘉。

王嘉嘉自然也看到了她，两人四目相对，孟真真急忙把目光收回，不动声色地缩回了包厢门外。

而其他人浑然不觉，钱一茹挥手道："洪梅，你先回去吧。"

孟真真转身就走。

王嘉嘉紧盯着她，直到她离开包厢，才收回视线，转向钱一茹："刚才那个是你们家的保姆？"

得到钱一茹肯定的回答后，王嘉嘉又看向门口，想着孟真真还没出酒楼，她思索几秒，马上说："你打电话把保姆叫回来吧，让她带两个孩子去旁边的步行街走走，大人在这里谈事，别让两个孩子自己在外面瞎玩。"她的语气依旧高冷，仿佛是在吩咐钱一茹。

孟真真匆匆离去后，还没走出大门，就接到了钱一茹的电话，让她带两个孩子去旁边的步行街。

她思索了一会儿，她确信王嘉嘉看到她了，那个眼神，王嘉嘉一定注意到她了，但王嘉嘉是否认出她了呢？她不知道。可她没有时间想，更准确地说，她没有选择，她不得不折返，这一次，她不敢再走进包厢，只是站在包厢门口，小声地让两个孩子出来。

步行街距离状元楼不过一百米，每天晚上五六点，这里的夜市地摊便一一开张，有卖各种小物件的、卖宠物的、套圈的、打气球的，应有尽有。

孟真真陪着两个孩子闲逛，一言不发，一直在思索王嘉嘉是否认出了她。

自从那一次遇见王嘉嘉后，接送孩子，她都避开王嘉嘉，今天是双方第一次对视。

王嘉嘉几乎一点都没有变，还是那么高挑、漂亮，气质出众，永远是人们眼中的焦点。她应该认不出我吧？我现在老了这么多，脸上还多了一颗痣，刚才她看着我应该只是觉得我眼熟，肯定觉得不会这么巧合。刚才董太太称呼我也是洪梅。

她自我安慰着。

32

两个孩子走后，包厢里只剩下了四个大人。

小孩在场，大人之间的戏总会有所收敛，如今，可以真正演起来了。

董明山端起酒杯敬赵泽宇，奉承道："赵总，咱们也是有缘分，我一直想拜访您，可没渠道，谁承想咱们的孩子居然在同个班，还是前后桌，我们家浩然说了，你们家小星和他是最好的朋友，这不，也成全我们得以荣幸地认识您。"

赵泽宇含笑和他碰了下酒杯，嘴里谦虚："都是朋友，又是同学家长，浩然爸爸，你也就别客气了。"

钱一茹也端起酒杯，对王嘉嘉道："小星妈妈，我也敬您一杯。"

王嘉嘉自从见到孟真真后，思绪一直沉浸在回忆里，如今被点名，方才回过神来，也正因孟真真的这层关系，此时的她对钱一茹的态度也温和了些许，她因为要开车，没有喝酒，浅浅抿了口饮料，接着突兀地问："你们家保姆来你们家多久了？"

她突然问起保姆，三个人都有些错愕，她忙改口："哦，我看你们家小孩很听保姆的话，挺乖巧的，不像小星这么皮，你们家保姆挺会带孩子的吧？"

"呃……是，是，这个保姆对小孩挺有耐心的。"

王嘉嘉试探地问:"平时你们家谁来辅导孩子的作业?"

钱一茹脸色有点羞愧:"家里靠保姆辅导孩子功课,我和老董没那么多时间。"她不好意思说两人文化程度低,只能说没时间。

"保姆也能辅导孩子功课啊?"王嘉嘉点点头,此刻她对钱一茹的态度就像正常的学生家长在聊天,让钱一茹都有些受宠若惊之感,"你们家保姆什么学历?"

钱一茹有点得意:"我听保姆自己说,她以前上过大学,因为家里穷,读到一半没继续念了。"

顿时,王嘉嘉心下更加确定了。此前她觉得洪梅和孟真真实在长得太像了,但毕竟十年未见,还不能完全确认。

一旁,赵泽宇瞥了瞥王嘉嘉,有些不满,谈正经事的时候扯这些鸡毛蒜皮的事干什么,搞得自己演戏都没状态了。他咳嗽一声,示意王嘉嘉别打岔,继续摆出笑脸,和董明山聊生意。

董明山道:"赵总,您是房地产的大老板——"

赵泽宇打断他,纠正道:"我不做房地产,我就是个搞投资的,乱七八糟啥都投,投的企业里可能有一些是房地产公司,但说我是房地产老板,那就太抬举我了。"

董明山知道他这是在和房地产商撇清干系,他爸赵忠悯这么大的领导,虽然已经退休,但儿子如果是房地产巨头,早年是否有利益输送就值得商榷了。还有几家娱乐会所,赵泽宇从不承认他是老板。所以,尽管坊间传言那些公司背后都是赵泽宇在掌控,至少在工商的股东注册上,赵泽宇和那些公司一点关系都没有。他旗下只有一家私募股权投资的基金公司,他只是总经理,占了几个点的股份,其他股东层层嵌套,错综复杂,令人眼花缭乱。

董明山忙改口纠正,又说:"赵总,不瞒您说,我上个月在富临区拍了一块地，不知道您对那片地方熟吗？"

赵泽宇摇摇头："不清楚，我平时只负责基金公司的投资，房产、地皮这方面，我是个实实在在的门外汉。"

"您过谦了，您资源多，有件事我可能要麻烦到您，看看您这边能否搭把手？"

"你可以说说看，希望我有能力可以帮到你的忙。"

"是这样的，我拍下了一块地，总共花了五个多亿，交了一个多亿的土地保证金，本来我谈好了几家银行提供后面的贷款，结果我自己这边资质不太够，所以银行审查时给我退回来了。这不，政府已经催我缴纳剩余的土地出让金了，不知道您这边能否帮忙对接一下银行，让贷款早点批下来？"

赵泽宇笑起来："浩然爸爸，这你可找错人了，我只是个基金公司的职业经理人，和银行不是同一个业态，跟银行不熟。既然你贷款资质有问题，钱都没借到兜里呢，你怎么敢花这么高的价钱买地呀？自己能吃几两饭，自己才是最清楚的，吃不下别硬吃，更不要掀了隔壁桌的饭菜。"

董明山一愣，后背发凉，颤声道："我来江北时间短，初来乍到不懂事。"

"每个生意圈，都有这圈子的规则。"

"是是是，您说得对。"董明山重重吞咽了一下，道，"我之前不懂事，现在银行贷款批不下来，我保证金已经交进去了，如果后续尾款交不上，实在很麻烦，恳请赵总想想办法，帮兄弟一把。"

听到"兄弟"这个字眼，赵泽宇轻轻嗤笑一声，一本正经道："我也很想帮你，可贷款资质问题，这些在银行里都有流程，我哪儿有能力帮你疏通这方面的关系啊？"

董明山脸都涨红了，思索了片刻，道："我知道这个事情很麻烦，这么说吧，我在江北只待了几年，就开发过一个小楼盘，没什么资源。赵总您认识的人多，能不能帮兄弟介绍一下有资源能办成这事的人，我可以另外按点数付佣金。"

赵泽宇笑道："好吧，我回头帮你问问看。"

董明山一看这态度，就知道他在随口敷衍，一个人随口敷衍之时，自然是在等对方继续开价。董明山混迹商场多年，对此也是门清，便笑眯眯地继续开口："佣金我可以给到五个点。"

赵泽宇笑着吃口菜，道："这么高啊？我想应该有很多人会抢着做这单生意。"

董明山见状，咬咬牙："如果可以快点批下来，十个点也可以。"

赵泽宇道："我只能说帮你问问，能不能问得到还是未知数。你知道，现在银行监管特别严，如果你这边只是缺少渠道，那我相信你出这么高的佣金，解决这个麻烦完全没有问题。但是如果你说是资质、抵押物不足这些事，现在光靠关系是没用的，银行审批贷款有自己的流程和条件，不符合条件放贷，银行也不敢做啊，这是要负法律责任的，行长是要吃牢饭的。这方面还是靠修内功，光找关系行不通啊。"

董明山连忙问："怎么才能修内功？"

赵泽宇沉吟一下，道："我对你们做房地产的也不是很清楚，按我的经验，如果一家公司资质不行的话，找外部股东来入股，你出让一些股份，外部股东把钱打进来，这不信用就足了吗？钱一个人是赚不完的，一起赚才能把生意做大啊。"

董明山连声道："我也是这么想的，大家一起做，才能把蛋糕做大，可我在江北没什么朋友，赵总您看看，能不能介绍一些人来合作开发？"

赵泽宇抬头寻思片刻，道："我倒是有个朋友在做房地产，这样，我现在打个电话帮你问问。"

董明山急忙感谢他的古道热肠。

赵泽宇掏出手机，拨了一个电话，很快便接通了，他故意打开免提："杜总，我现在在吃饭，我身边有个朋友，是我儿子同学的家长，也是做房地产的，董明山，你认识吗？"

"知道知道，"电话那头的人说，"董总上个月刚拍下富江新城一块位置很好的地，在圈子里也是名人了。"

"董总的公司想找江北本地的开发商入股，将来一起合作开发，你有没有兴趣？"

"当然好啊，如果董总愿意出让一部分股份，我们肯定乐意接。过几天在董总那块地旁边还有一块地要挂牌，如果一起做，那么用董总的公司拍下来，两块地联合到一起，合并开发高档小区，这才能赚钱最大化。"

赵泽宇转头问董明山："你觉得这主意怎么样啊？"

董明山小声说："那块地距离很近，如果能把两块地放一起开发，分成小区的不同期开盘，自然是最好的模式。只是我这边实力有限，所以没打算拿那块地。"

赵泽宇问："我不是很懂你们的开发模式，你确定两块地一起拿下，利润会做得更大？"

董明山道："那是必然的，稳赚不赔的大生意，可那块地贵得多，这个……光靠入股的资金恐怕……"

赵泽宇道："如果生意稳妥，钱不是问题。我提个不成熟的建议，你看怎么样？让杜总入股你们公司，具体的价格，多少比例股份的事，你们俩回头商量。另外，由我们基金公司做财务投资，当优先级合伙人。"

"优先级？"董明山只是个地方上的小开发商，没接触过基金的投资，他不是很懂。

"就是说，我们的基金来入股你的公司，将来楼盘全部卖出去后，给我们一个固定的年化收益，我再把股份退还给你。相当于我们是银行，给你放贷款，当然，我们利率要高一些，比如九个点、十个点。不过咱们儿子是同学，又是好朋友，这块利率我会帮你尽可能弄低。有我和杜总的资金背书，后面银行贷款我相信肯定没问题。另外呢，你也知道，楼盘开发过程中，总会遇到各种各样的麻烦，我相信杜总的能力，他肯定会帮你全部摆平。"

"明白明白，太棒了！"董明山喜出望外，他作为一个小开发商，跟银行贷款的利率也差不多八个点了，赵泽宇只多赚他一两个点，利益捆绑在一起，后续资金链自然稳如泰山。更重要的是，如果能傍上赵泽宇，那不光是钱的问题迎刃而解，更重要的是，一个楼盘在开发过程中，会出现一道道关卡，以赵泽宇在江北的资源，这都不是问题了。许多人跑断腿的事，赵泽宇一个电话就解决了。

他也知道赵泽宇刚才打那个电话是在演戏，具体方案他们早就想好了，这方案是大家共赢的事，他没理由拒绝，当即答应下来。

赵泽宇拿起酒杯和他碰一下。

这时，王嘉嘉站起身，道："你们继续聊，我去外面走走。"

33

步行街上正热闹，两个孩子原本玩得好好的，结果路过一个地摊时，闹起了矛盾。

摊主用白色颜料在地上画出一个大圈子，里面摆着大大小小的陶瓷工艺品，小到手指大的摆件，大到成人小腿高的财神像，由近到远排着。孩子们嚷嚷着要玩。孟真真向老板问了价格，拿出二十块买了二十个圈，一人分了十个。

赵星辰先玩，结果他把圈扔光了，一个都没套到。一旁等待多时的董浩然见轮到自己，正要上去，赵星辰觉得自己刚找到准头，圈就没了，便让董浩然再给他五个，董浩然不肯，两人争了起来，孟真真正要去劝，赵星辰一把将董浩然手里的圈全部夺了过来，还把他推倒在地。

孟真真眼见自己孩子眼眶中噙着泪水，作为母亲，孟真真本能地责怪起赵星辰："你们两个是好朋友，怎么能推人呢？说好的一个人十个圈，你把圈还给浩然。"

"我不还，这圈在我手里，就是我的。"

孟真真道："你怎么能这么霸道呢？"

"什么霸道，你一个臭保姆凭什么骂我？"赵星辰对孟真真大声呵斥道。

步行街人很多，周围路人见一个小孩呵斥大人，都朝他们看过来。孟真真微微红了脸，此时也不知该说什么。

董浩然倔强道："这是我家阿姨花钱买的圈，都送你一半了，你还要抢我的。你如果想玩，叫你爸妈给钱。"

赵星辰不屑道："叫我爸妈给钱？我爸都说了，今天是你们家有事求他，你居然还敢跟我抢东西！"

董浩然被他骂得瞬间噎住，孟真真身份所限，也没法去训斥赵星辰，只好安慰董浩然："浩然，没关系的，阿姨再给你买。"

董浩然点点头，对赵星辰发狠说："以后我再也不跟你玩了。"

赵星辰刚才说出侮辱人的话后，心中也有些愧疚，但孩子的倔强让他不肯低头："你不跟我玩，我还怕你不成，你有本事让你爸妈别求着我家！"赵星辰的狠话刚说完，眼睛就直直地看向了孟真真的身后，露出了畏惧的神色。

"刚才的话是谁教你说的？"一个冷静且严厉的声音从孟真真身后传来，她一回头，赫然看到王嘉嘉像一座冰雕站在那里。

赵星辰低下头，大气都不敢出。

"道歉！"王嘉嘉吐出两个字。

赵星辰低头，不知所措。他心里知道说错话了，可周围这么多人看着，小孩子是要面子的。

"我叫你，向你同学，还有这个阿姨道歉！"王嘉嘉又说了一遍。

赵星辰咬着牙齿，偷偷瞥了眼母亲的眼神，低头走到董浩然和孟真真面前，不情愿地小声说了两句对不起。

"大声点，让大家都听见！"

赵星辰被周围人盯着，眼眶都红了，可是见母亲的态度，他只好重来一遍，耷拉着脑袋，声音放大一些："董浩然，洪阿姨，对不起。"

"你要求他们原谅你！"

"董浩然，洪阿姨，对不起，你们能原谅我吗？"赵星辰眼泪都快掉下来了。

董浩然见他这副模样，也有些被吓住，点点头，忙说："没关系，我们还是好朋友。"

孟真真站在一旁，手足无措，微微侧过头，不想直接面对王嘉嘉，却也没法走开。

王嘉嘉从包里拿出一张五十块钱，递给赵星辰，语气软下来，道："刚才是董浩然的阿姨请你套圈，现在你带着董浩然去前面玩，你们想吃什么想玩什么，你请他。他是你的同学，是你的好朋友，你要拿出男子汉的担当，什么事都要两个人分享。不要再学你爸那一套说话，绝对不许！听见没有？"

赵星辰松了口气，马上道："知道了。"他把圈全部交给了董浩然，说："你来套，套完我们去前面一起玩。"

董浩然把五个圈给他，让他继续玩，两人你推我让了一会儿，都不敢看王嘉嘉，赶紧把圈都套完，一齐跑到前面去了。

见两个孩子跑到了前面，孟真真刚想跟上去，却听到王嘉嘉叫住了自己。

"孟真真。"

孟真真身形凝固住了，除了陈子华，她已经很久没听见别人喊她这个名字了，有时她甚至都恍惚以为自己真的变成了洪梅。

她的脚步再也没法挪动。

王嘉嘉走到一侧，和面对其他人的高冷截然不同，她对孟真真露出了很有亲和力的笑容："我们十年没见了。"

"我……"

王嘉嘉笑起来："你该不会还要在我面前装，王大小姐，我想你认错人了，我不是孟真真，我叫洪梅。"她捏尖嗓子，模仿着孟真真的声音。

孟真真沉默了几秒，也含蓄地笑了起来。

王嘉嘉道："大学快毕业时，警察还来找过我，问你有没有和我联系过。我说没有，我心里想的是，就算有我也不会说，咱们俩什么关系，对吧？说吧，一五一十，老老实实交代，你到底出了什么事？

为什么现在叫洪梅？"

孟真真犹豫了一下，淡淡道："我惹上了一些事。"

"什么事？"

孟真真微微低着头："没……没什么。"

王嘉嘉笑了笑，也没有再问，即便大学时两人是形影不离的好朋友，如今十年不见，也添了生疏，有些事暂时不能问得太细致。

她换了个话题："之前你表哥说你可能在江北，没想到，你真的在这儿，还这么巧，我们遇上了。这江北，说大很大，说小也小啊。"

"我表哥？"孟真真一头雾水，"我哪个表哥？"

"就是你那个表哥陈子华呀。"

孟真真浑身一激灵，道："你……你怎么认识他？"

"你忘了？以前读书那会儿，你说要休学，我还去你们南川市找过你，你跟我介绍过你表哥。"

孟真真连忙笑笑掩饰惊慌，心中回忆起大学时，她因为错信陈子华，因陈子华而休学，王嘉嘉还专门跑到南川找她，当时王嘉嘉见到了她和陈子华，陈子华年纪比她大这么多，她不方便说陈子华是她男朋友，便谎称是她表哥，带着她帮她找工作。

"陈子华……陈子华什么时候找的你？"

"好像三四个月前吧。"

"他找你做什么？"孟真真继续试探地问。

王嘉嘉不以为意："那天我接到个陌生电话，问我是不是王嘉嘉，他说他是你表哥陈子华，十年前见过一面，我才想起来，有一点印象。他说家里人在找你，你应该在江北市，问我你有没有联系过我，我说你没联系过我。过了几天后，他又打电话来，问我能不能帮他在江北介绍一份工作。"

孟真真这才想起那天陈子华说漏了嘴，说"找了你那谁给我介绍的工作"，后面忙遮掩过去了。她气得顿时咬牙道："真是不要脸！"

"怎么了？"

"他！"孟真真羞愧道，"他和你只见过一次面，电话号码也一定是从我手机里找到的，他都没跟你说过几句话，他……他怎么就好意思，居然……居然开口找你帮他介绍工作！"

王嘉嘉自从嫁进赵家后，对各种冒出来的亲戚朋友也是见怪不怪，请她托关系的帮忙的她都一概拒绝，但介绍普通工作的小忙倒也帮过几回，毕竟赵泽宇公司很多，帮远房穷亲戚介绍个谁都能干的工作，比如司机、保安、保洁等，也是按劳所得，不算什么事。

王嘉嘉笑笑，安慰孟真真："谁家都有几个这样的亲戚，也没什么。说起来他来问我介绍工作，我还有点惊讶，正好我听赵泽宇说他公司里之前那个夜班司机生病不干了，我就把他介绍过去当司机了，听说干活挺勤快的，你也不用去怪他。"

孟真真狠声道："他肯定打听到你现在的地位，才会这么不要脸，找你介绍工作。"

"没什么，谁做不是做，又不是什么了不起的工作，赵泽宇也没有因此多给他一分工资，你不用过意不去。对了，我爸爸前几天还提到你，如果他知道你回来了，一定很高兴，有空的话一起去我家吃饭？就像我们读书时那样。"

孟真真犹豫了片刻，点点头。

两人又不咸不淡地浅聊了一会儿，王嘉嘉看了眼手机，赵泽宇给她发信息，准备走了，她将两个孩子叫回来，返回状元楼。

临到包厢，孟真真叫住她，犹豫了几秒，还是说出来："我现在叫洪梅，你……你能不能替我保密？"

王嘉嘉做了个ok（好的）的手势，轻声道："我什么都不会说，但你下一次要告诉我真相。"

孟真真点点头，又不无担忧道："你先生……"

王嘉嘉轻蔑一笑："他不配知道我的私事。"

两人进了屋，屋里的三人都已站起身准备离开，临别之际，王嘉嘉对钱一茹道："你家的保姆洪梅聪明能干，我家里缺个保姆，不如让她去我家干吧？"

此言一出，孟真真顿时大惊，不待钱一茹回答便慌忙谢绝："不了不了，我在董家做得很好，谢谢赵太太的好意，我真做得挺好的。"

王嘉嘉看了眼孟真真的表情，她本意是想孟真真在别人家做得辛苦，还不如多来陪陪自己，见她似乎不情愿，也就作罢，笑起来："开个玩笑啦，老赵不喜欢家里住陌生人，我跟洪梅聊天挺愉快的，下回我借一下洪梅来我家打扫，工资我会另付的，董太太你不会舍不得吧？"

钱一茹虽然觉得王嘉嘉有些莫名其妙，不过王嘉嘉这人态度阴晴不定她也见识过了。面对这么个小要求，钱一茹自然应允："如果您需要，随时喊她过去，您不用给工资，我们会另外给她。"

"好的，那就谢谢你了。"

34

赵泽宇坐上副驾驶位，一关上车门，当着坐在后排的儿子的面，就嘲讽起来："你平时这么傲的一个人，今天是怎么了，管人家借个保姆打扫卫生？咱们家也不至于条件这么艰苦，雇个保姆还需要拼单吧？"

王嘉嘉面无表情，淡淡回应："我不想当着孩子的面吵架。"

两人在外人面前的恩爱和体面，在车门合上的那一刻便荡然无存了。

赵泽宇瞥了眼坐在后排低头玩手机的儿子，赵星辰从赵泽宇一上车，就全程低下头玩手机，没有发出任何声响，只是家长不知道，他的手指在手机屏幕上一动也没动。赵泽宇鼻子哼了下，倒也没再继续。

王嘉嘉发动汽车，一路无言地开回家。到家后，她安排孩子去卧室写作业，随后就来到书房，关上门，看着躺在沙发上看手机的赵泽宇，道："赵泽宇，以后你要跟我吵架，不要当着孩子的面，ok？"

"这不，今天也没吵啊？"赵泽宇低着头，都不看她。

"你语气离吵架也差不了多少了。"

"那你可以温和点吧。"赵泽宇抬头瞥了她一眼，又低头看手机，"我每天在外面那么多工作要忙，精神压力大。你呢，不需要工作，有花不完的钱，你该多体谅我一些。"

王嘉嘉顿时怒道："是谁一定要我把工作辞了，在家管孩子？我跟你说了很多遍，我要出去工作，你是什么态度？"

"好了好了，你出去工作，你能干什么，之前给你钱开店，不是开砸了吗？像以前去电视台当记者，还是去找个班上？赚的那几毛钱够你的油钱吗？我赵泽宇的老婆去给人打工，传出去好听吗？王嘉嘉，我劝你心态放平一点，这社会这么大，换任何一个女人，你跟她说，你不用上班，每天就在家接送一下小孩，其他事都不用你操心，给你住豪宅开豪车，只要在家听话，对婆家态度好一点，受气了稍微忍让些。你出去问问，这样的生活，哪个女人不想过？你呀，是既要又要还要，这世上哪儿有那么多便宜让你一个人全占了啊，你就知足吧。"

"你！"王嘉嘉盯着他，"这话你憋了很久吧？"

赵泽宇懒懒地道："行了吧，话糙理不糙，这些话我原本也不想多说，伤你自尊心，你平时要跟我吵，我也不想多计较，以后你在我爸妈家，给我几分薄面，不要再跟我妈顶嘴了，行吧？"

"你妈？你自己凭良心说，你妈讲理吗？"

"你甭管我妈讲不讲理，你稍微受着点又怎么了？钱、社会地位，多少人羡慕你，也够弥补你那小小的委屈了。"

"赵泽宇！"

"我在呢，有何贵干啊，亲爱的？"

王嘉嘉深吸一口气，不打算跟他吵下去，轻叹一声，问："你今天是不是在设计董家？"

"什么设计啊？"赵泽宇抬起头，望着她。

王嘉嘉非常确信地说："今天你那种表情，就是你一贯的不怀好意，你一定是在设计董家。"

赵泽宇淡淡道："不要以为你很了解我，我是一本你读不懂的书。"

"我也不想读，留给你外面那些好妹妹读吧。"

赵泽宇回讽道："你当然不想读，你想读的是别人那本书。"

王嘉嘉咬牙道："我跟你结婚以来，清清白白，没和一个男人说过半句暧昧的话，你把你自己管好吧！"

"男人应酬，逢场作戏而已，用得着这么斤斤计较吗？我不像某人，做梦都喊其他男人的名字。我呢，我不管在外面怎么样，好歹我每个晚上都回家吧？"

"我就一次喝醉酒之后的梦话，你记恨这么多年，也该够了吧？"

"我跟你做的时候，你喊别人的名字，你问我够不够？"

"你爱信不信，我嫁给你之后，问心无愧，我手机随时可以给你看，你敢给我看吗？"

"你删得快，做事细致稳妥，这点上，我是自愧不如的。"

"你！赵泽宇，自从跟你结婚之后，我完全对得起你！"

"你说是就是吧，以后把嘴糊严实了，别乱喊人名字就行。"

王嘉嘉用力咬住了牙齿，过了几秒，道："我不想跟你吵架，我只是想告诉你，董浩然和小星玩得挺好的，如果你想设计董家，至少考虑一下你儿子的感受。"

"小孩子懂什么，大人的事和小孩有什么关系？"他抬起头，慢条斯理道，"我就跟你说实话吧，你知道董明山害我损失多少钱吗？我们本来商量好了围标，我花了这么多时间、精力还有钱，全部安排妥当，结果冒出个董明山，三个多亿能拿下的标的，最后被他五个多亿抢走了。他还好意思跟我提出，帮他弄到贷款，给我几个点的佣金，打发叫花子呢？你说的完全 very（非常）正确，我就是设计董家了。"

"你想怎么样？"

"生意上的事，不用跟你说，说了你也不懂，我本来只是想让董明山亏几个亿来弥补我的损失，今天他有句话让我非常不高兴，他称呼我兄弟，这么个低等人，跟我称兄道弟，我非常生气，他这些年攒的这么点家底，这回彻底没救了。你让小星少和他们家小孩玩就是了，学校里交几个朋友，容易得很，谁不想跟我们家小星交朋友呢？"

"你不要用你成年人的那一套来定义孩子。"

赵泽宇叹口气："孩子总归也要变成大人的，这就不需要你操心了。"

王嘉嘉冷笑："变成你这样的人吗？"

赵泽宇鼻子哼一声："我这样的不好吗？你别忘了，你吃的用的，一身在外招摇过市的行头，花的是谁赚的钱！"

王嘉嘉眼睛狠狠眤了一下，眼眶不禁红了起来。

赵泽宇见她这副样子，又略带歉意道："不好意思，一吵架就容易上头，你别介意，我也不是那个意思。你以后也收收你的脾气，这种话我不说就是了。"

王嘉嘉深吸一口气，道："后天我要带小星去看我爸。"

"这周？"赵泽宇挠了挠头，为难道，"这周恐怕不行了，我答应了我妈，要带小星回去。"

"这周还不行？"王嘉嘉激动起来，"我爸已经出狱半个月了，到现在没见过小星一面！我要把他们接到家里吃饭，你也不同意！前两个礼拜你都说和你爸妈约好了！小星只是你们赵家的孙子，就不是我们王家的外孙吗？"

赵泽宇将手机放到一旁，长叹一口气，道："你知道我爸妈……我爸妈很要面子的，你爸刚出狱，他们……嗯，他们觉得小星去看你爸不太好。这样，你再给我一点时间，我来安排，行不行？"

王嘉嘉虽然早就知道是这个原因，但听到赵泽宇亲口说出来，心里还是忍不住颤抖了一下，道："我爸就应该去死是吗？"

"话不是这么说的，嘉嘉。"

"那应该怎么说？你当年答应过我什么？"

"什么啊？"赵泽宇故作不解。

"我爸被抓后，你家里明明反对你追求我，你跟我保证，你和我偷偷领了结婚证，生米煮成熟饭，你爸妈不得不帮忙疏通关系，让我爸早点出来。是你的保证，才让我偷偷跟你领了结婚证。结果呢，你爸是怎么说的？你爸专门找公检法开会，说必须重判，顶格判刑，不然别人会以为你们赵家在徇私枉法！如果我不嫁进你家，我爸反而早几年就能出来了！这么多年来，你爸妈不但没帮我爸半点，还一直瞧不起我家。你答应我的呢，做到了吗？"

赵泽宇站起身，咳嗽一声，道："我不知道我爸妈会这么固执，但是你能看得出我当初对你的心意是真的，我不顾家里人反对，偷出了户口本，偷偷和你领证，这显然是真爱。"

王嘉嘉冷笑："真爱？这么多年来，你妈一直认定是我用手段诱骗你跟我偷偷结婚，如果是真爱，你为什么不告诉她，我当初不愿意嫁给你，是你一直用我爸的事来求我答应的？"

赵泽宇叹口气："我也要面子呀，这话怎么说呢？"

"我就不需要面子吗？"

赵泽宇向后一仰，叹息道："每隔一段时间，这个问题就要吵一遍，车轱辘一样，有意思吗？"

"没意思，但是我已经不想再惯着你们家了，赵泽宇。我爸出狱了，我一定要带小星去看他。"

赵泽宇不耐烦道："我跟你说了，过阵子，我爸妈又不可能一辈子不让小星去你父母家，我们只是暂时摆个态度给我爸妈看，我过几天再去说说话，跟他们沟通一下，这不就行了吗？"

王嘉嘉冷笑："你爸妈想看到的态度是，我们也不想让小星去见他外公外婆，是不是？"

赵泽宇抿抿嘴，无话可说。

王嘉嘉道："赵泽宇，你知道你最可悲的一点是什么吗？是自卑啊！不管你在外多么风光，你骨子里就是自卑，你妈从小管你往东，你不敢往西，你不敢违逆她，你不管多么努力，你妈始终不满意，你妈总是拿你跟更优秀的人比，你活到现在四十三岁，依然在讨好着你妈。"

"闭嘴！"赵泽宇抓起桌上的书本直接砸到了墙上。

王嘉嘉轻笑一声："赵泽宇，你坦白说吧，你是不是想逼我主动提离婚？"

赵泽宇紧紧咬着牙，狠声道："离婚？绝对不可能，你就死了这条心。"

"你妈一直嫌弃我，你跟我离婚，这不是正合她的意？你总算可以成为你妈希望的样子了。"

赵泽宇深呼吸几下，极力压制着愤怒，道："你不用管她的意思，总之，我不会同意离婚。"

"为什么？"

"因为我爱你，行不行？"

"你爱我？"王嘉嘉嗤笑，仿佛听了个笑话，"你是不是怕我跟你离婚，要分走你一半的钱？你想多了，我胃口没这么大——"

赵泽宇打断她："王嘉嘉，你记住，以后别跟我提离婚，我不同意！"

王嘉嘉怒道："你既不肯对我好，又不肯放我走，你到底想怎么样？"

"就现在这样过着吧。"

"不可能，这样的日子我受够了，我接下来会每周问你一遍，直到你不耐烦答应了为止。"

赵泽宇无所谓道："你问吧，我永远不会答应的。"

"那我就去起诉，到时你爸妈可别说，又丢了你家的脸。"

赵泽宇眼中怒火迸发，起身冲了过去，一把抓住王嘉嘉的头发和胳膊，将她推到旁边的沙发上，不顾她的挣扎，将她的连衣裙从背后整条撕破，压倒在沙发上，拉下内衣，从身后抓住她，报复性地揉捏起来，王嘉嘉骂了几声，更激起了他的征服欲，他一边骂着脏话，一边狠狠地拍打着王嘉嘉，渐渐地，王嘉嘉也放弃了挣扎，发出了低声的呻吟。

赵泽宇一只手继续压着王嘉嘉，另一只手火急火燎地脱掉了自己的裤子，可他脱掉裤子后，过了一阵子，他放开了王嘉嘉，自己走到一旁把裤子提了上来。赵泽宇侧着头，脸有愧色，强行支撑着自己的脸面："在吵架的氛围里这么做，不太好，这样你肯定也不会舒服的

吧？哎，算了算了，改天吧，今天是我错了，我跟你道歉，嘉嘉，对不起，我会尽快跟我爸妈说，我们带小星过去看你爸。"

王嘉嘉转过身一看，赵泽宇已经穿好了裤子，她朝赵泽宇下体打量了一眼，那里一马平川，毫无起伏。

赵泽宇注意到她的眼神，解释道："最近我工作特别忙，压力很大，一直没休息好，加上刚才吵架，情绪上没起来也是正常的。"

王嘉嘉一言不发，拉起破碎的衣衫遮掩住身体，狼狈地走出了书房。

赵泽宇看着关上的书房门，重新拿起手机，上面正在讲解肾阳虚和肾阴虚的区别，他叹了口气。

35

高墙大院，绿茵环绕。

四明花园是江北的老牌别墅小区。近年随着城市重心东移，位于老区的四明花园已经不再属于核心地段，不过里面住的基本都是离退休老干部和上了年纪的富人，小区环境幽雅，周围设施便利。

中午，赵泽宇开车带着妻儿来到其中一座别墅，保姆开了门，赵星辰兴高采烈地跑上楼找爷爷玩，赵泽宇上楼和父亲说话，留下王嘉嘉一人像局外人一样孤独地坐在沙发上，听着孩子在楼上跑来跑去的脚步声。

过了些时间，面容保养得饱含光泽、着一件鹅黄色针织衫的李青笑着从楼上走下来，走到楼梯的一半，看到王嘉嘉坐在客厅，脸上的笑容瞬间荡然无存，换上一副冷面孔，走过去，朝沙发上一坐，拿起面前的水杯看了眼，自语道："怎么没有水啊？"

王嘉嘉坐在沙发上，看着手机里的新闻，仿佛全神贯注，注意力都在手机上，对李青的话置若罔闻。

李青不满地大声嚷嚷："林林，你过来，倒茶！"

四十多岁的保姆林林从厨房小跑出来，嘴里称呼她"青姐"，耐心地给她倒好茶，又跑回厨房忙活。

李青再次抬头看了眼王嘉嘉，对方依旧自顾自地玩着手机，她鼻子缓慢地吸了口气，道："刚才听小星说，他在学校里没什么朋友，同学们都不跟他玩，总爱欺负他，集体孤立他，你知道这事吗？"

"欺负他，不至于吧？他不欺负别人就已经很好了。"王嘉嘉继续玩着手机。

"你这是什么话？"李青语气里已经透出不满了。

"同学、家长、老师都知道他是你们的孙子，谁敢欺负他？"

"那他为什么说班上的同学都欺负他，老师也不管？"

王嘉嘉放下手机，道："小孩说的话，家长也不能全信。"

李青哼了声，道："我没见过哪个当妈的连自己孩子的话都不相信。"

王嘉嘉没有回应，低头又打开了手机。

李青脸上的表情愈加不满："后天周一，你去趟学校，找他们班主任，这个事情要严肃地跟班主任说，小孩子欺负人，搞孤立，这个问题很严重，必须马上解决，这对小星的成长很不好！"

王嘉嘉淡淡道："我倒是觉得还好，让他从小知道，光靠家庭背景，只会让人怕他，不会让人喜欢他。"

李青顿时把杯子啪一声扔在桌上，道："王嘉嘉，你什么意思，你想干什么？"

保姆在厨房停下了工作，几秒后，楼上的嬉闹声也暂停了。

王嘉嘉放下手机，朝楼上喊："赵星辰，你下来。"

几秒后，赵星辰胆怯地出现在楼梯口，畏惧地看看母亲，然后慢慢走下楼梯。

"你跟你爷爷奶奶告状，学校里面有人欺负你了？"

赵星辰看看奶奶，又看看王嘉嘉，不知所措。

李青连忙起身，挡在孙子前面，护着孙子，道："你别吓唬小孩，小星，你回楼上去玩。"

赵星辰如释重负，刚要跑回楼上，王嘉嘉冷声道："站着，我没让你走。"

赵星辰又停下脚步。

李青气得发抖，冷笑一声，道："王嘉嘉，你嫌麻烦，不愿意去找他们班主任，我让人给他们校长打电话。"

"用不着吧，这么点小事就找校长，别人会觉得我们家小孩也太娇生惯养了，你觉得班主任会喜欢这样的小孩吗？"

"小事？你知道被同学孤立是多严重的事情吗？班主任如果不管，就把班主任调走好了。"

王嘉嘉冷笑道："真厉害，一句话就要把班主任调走。"

"你觉得我在开玩笑？"

"当然不是，你一个电话，别说班主任，校长都得来登门道歉。难怪啊，赵星辰在学校里这么霸道，别人愿意跟他玩才怪。"

李青怒道："王嘉嘉，你今天到底要干什么？"

"没什么，只是觉得你们的教育理念不是很适合他。"

李青道："暑假时我们已经做了很大让步了，本来小星在这旁边的机关小学上得好好的，多少人花钱托关系想进机关小学都进不去，你呢，觉得小星跟我们一起住不好，非要把他调到这么普通的小学——"

"蓝青是重点小学。"王嘉嘉纠正她。

"重点？就那样的重点，跟我们这里的小学能比？你问问全江北的家长，哪个不想让孩子进这里？就你那个所谓的重点小学，班级同学孤立小星，班主任都不管，能教好孩子吗？依我看，下个学期把他转回来，你要是舍不得儿子，那你就住我们家吧。"

王嘉嘉正要继续和她争执，楼上有人咳嗽一声："好了好了，两个人都退一步，不要吵了。"

赵忠悯戴着一副老花镜，从楼梯上走下来。他虽然已经退休了几年，但多年养就的官威让他脸上总是有一股不怒自威的神色，王嘉嘉会顶撞李青，但是本能地不敢顶撞赵忠悯，这是几十年当大官、当大家长形成的气场。

即使赵泽宇和李青，在家也是顺着赵忠悯的。

赵忠悯说一不二。当然，孙子赵星辰是唯一可以肆无忌惮和他玩闹的人。

赵忠悯坐到了沙发上，伸手示意王嘉嘉也坐下，劝道："都是一家人，有事情要先分析，再沟通，实事求是地解决问题，道理是讲出来的，不是谁声音大谁就是对的。"

王嘉嘉和李青都不再言语，王嘉嘉坐回沙发上，身体微微前倾，深吸一口气，道："爸，我有件事要说。"

赵泽宇见状，忙坐在她旁边，笑着挽过她，在她肩膀上稍稍用力捏了下，王嘉嘉没有理他，继续说。

"我爸出狱半个月了，还没见过外孙，我下午带小星去看看他。"王嘉嘉说话不卑不亢。

"不行。"没等赵忠悯说话，李青就打断她，"小星转学的条件是周末来我们家，这一点是你同意的。今天是周末。"

王嘉嘉道："除了周末，他平时都要上学，哪儿有时间？只是一个下午，晚上我就送他回来。"

李青还是说："不行。"

"怎么能这样？我爸也是小星的外公啊！"王嘉嘉眼眶忍不住泛红，想要博得赵忠悯的同情。

赵忠悯道："你们俩谁也不要争了，问小星自己的意见吧。"

李青马上对孙子说："小星，你晚饭想在哪里吃？林林今天买了大闸蟹，我还找人托运来了海里的螺，都是你最爱吃的，下午就能送到。"

赵星辰脱口而出："我想在奶奶家吃饭。"

王嘉嘉寒声警告："赵星辰！"

李青马上护在孙子面前："你不要吓唬孩子，孩子想在我们这儿，你也听到了。"

王嘉嘉又喊了一句："赵星辰！"

赵星辰有些畏惧地看着妈妈，却不敢说话声援妈妈。

王嘉嘉狠狠瞪了儿子一眼，失望地站起身，夺门而出，眼泪再也控制不住地落下来。

赵泽宇见状，立马跟着跑出屋，追上去，拦住王嘉嘉，低声道："王嘉嘉，你又闹什么！我跟你说过，你不要跟我妈顶嘴，你在我爸妈家稍微忍着一点脾气。我不是跟你说了，这事情从长计议，我这几天会跟我爸妈谈妥，最迟下周让小星去见你爸妈，你又发什么疯？"

王嘉嘉冷笑起来："看一下外公外婆还需要从长计议？这都第三个周末了，为什么还不能去？"

赵泽宇低吼："不是不能去，是我要先跟我爸妈谈好！你怎么这么几天都等不住，再等几天怎么了？今天我出门时是不是又跟你交代了一遍，你别为这事跟我妈吵架，我会跟她沟通的！"

王嘉嘉冷淡地看着他："赵泽宇啊，我在你家是多么卑微啊？你妈以前有句话说得对，我配不上你们赵家，是我们王家高攀了。"

赵泽宇咬了咬牙，把怒气压回去，声音柔了下来："哎，你别在乎我妈的话嘛，她一个上了年纪的妇女，偏见是很难改变的，我爸为人做事还是很公道的吧？"

"你爸为人公道吗？你自己心里一清二楚。"

王嘉嘉一把打开他的手，快步走出了别墅。

赵泽宇叹口气，回到别墅，又摆出一副笑脸，跟父母解释道："嘉嘉就是小孩子脾气，我回去再哄哄她。妈，你别老和她计较，她不懂事，你大人有大量嘛。"

李青道："都是你惯出来的。"

赵泽宇憨憨笑道："这不是一物降一物，她是我老婆，我宠着她一些也是应该的。"

36

王嘉嘉迎风走在路上，她用了很大力气，还是控制不住眼泪往下掉。

这些年她在赵家受的委屈已经足够。

她爸爸王甫民曾经是江北市南岸区城市规划局的副局长，是个不大不小的干部，逢年过节，谈不上门庭若市，也是人情往来不断。王嘉嘉从小家庭生活条件优渥，长相出众，成绩优异，从来不乏追求者，内心一向是骄傲的。

直到突然有一天，王甫民因为涉嫌严重违纪被纪委带走，后来因受贿和滥用职权被判刑，一夜之间，处境颠倒。单位里的人都和王家划清界限，昔日笑脸相迎的亲戚朋友也都转以冷眼相待，甚至还有人在出事前几个月过年时来王家拜年，送了一百来块的酒，也上门要了回去。追求王嘉嘉的人一开始还在安慰她，说一定是误会，后来得知检察院都提起公诉，王家还得卖房交罚款后，这些人也都悻悻远离了。

当时的王嘉嘉刚入职电视台不久，本来正受单位重用的她，也因此受牵连，被调去了边缘岗位。

人情冷暖，一望而知。

恰在此时，正在追求她的赵泽宇向她提出，如果王嘉嘉愿意嫁给自己，赵忠悯会出手帮忙，让相关单位关照王甬民，想办法让他早些放出来。

为了救父亲，也是被赵泽宇这样身份的人在这种时候能不顾影响、雪中送炭的行为所感动，王嘉嘉答应了赵泽宇的追求，两人很快确认了关系。

赵泽宇选了一个周末带她回家见父母，结果就在见面的前一天，赵泽宇告诉她，他父母知道王嘉嘉父亲是王甬民后，慑于政治上要撇清干系，竭力反对这门婚事，但是他赵泽宇已经认定王嘉嘉是一生所爱，他下周一就拿出户口本，去和王嘉嘉领证，等生米煮成熟饭后，赵忠悯和李青自然得认她这个儿媳妇，到时亲家这个忙，他们不帮也得帮。

王嘉嘉觉得违逆父母的婚姻会有诸多麻烦，但赵泽宇信誓旦旦地保证，他不是一时冲动，而是经过深思熟虑的，他了解父母的脾气，只要他们俩真的领了结婚证，父母也只能支持。于是，在赵泽宇的软磨硬泡、百般恳求下，年轻的王嘉嘉也背着她妈妈，偷出家里的户口本，与赵泽宇仓促地领了结婚证。

拿到结婚证后，双方才告知各自的父母。

王嘉嘉母亲这边，赵泽宇登门道歉，表示他父母不同意这门婚事，但他实在太爱王嘉嘉了，死都不肯放弃，只能先用这招把证领了，他再去说服父母；他一定会对王嘉嘉百般呵护，让她放心把女儿交到他手里。王嘉嘉母亲见他们已经领证，即便反对也来不及了，只能默认既成事实。

赵泽宇父母这边，他迟迟以时机不成熟为由，百般推托，不愿向赵忠悯夫妇摊牌，和领证之前的赵泽宇判若两人，简直就像是骗婚，但赵泽宇这样的家境，何必要骗婚王嘉嘉呢？

直到几个月后，王嘉嘉怀孕了，赵泽宇才第一次把她带回婆家。

王嘉嘉犹记得她第一次来到赵家时，赵忠悯没现身，李青则一直在和牌友打麻将，欢声笑语不断传出，却完全不理会赵泽宇和王嘉嘉两人。赵泽宇陪着王嘉嘉坐在客厅里看电视，一直低声恳求王嘉嘉忍耐。见丈夫这副态度，王嘉嘉也体会他身为人子，在这个家庭中间的不易，忍着满腹委屈，尴尬地在沙发上坐了整整一个下午。

直到牌友散去，李青才视若无睹地走过来，在沙发主位上坐下，神情冷漠地跟赵泽宇闲聊几句，仿佛压根看不见王嘉嘉的存在。

在赵泽宇的眼神示意下，王嘉嘉给李青倒了一杯茶，小心翼翼地递过去，轻声喊了句："妈。"

李青面对捧到面前的茶，依然视若无睹，问赵泽宇："你爸什么时候回来？"

赵泽宇小声赔笑道："爸说今天还有个会，要晚点回家。"

李青轻叹一声："你爸坐这个位子，肩上的责任重，盯着他的人很多。你现在大了，翅膀硬了，做事有自己的主张，可你做事之前，能不能掂量一下，你做的事会不会有人说闲话，会不会让他丢脸，会不会让他在政府里难做人？"

王嘉嘉微微弯着腰，一直捧着茶杯的手早已发酸，不禁颤抖了一下，茶水溅出了一些到地上。

李青露出嫌弃的表情，依然对她的存在视而不见，赵泽宇见状接过茶杯，递给李青，李青还是不理会，赵泽宇只好将茶杯放到了她面前的桌上。

李青又聊了几分钟后，茶水的热气已经散尽，赵泽宇拿起茶杯，倒掉冷的茶水，递给王嘉嘉，示意她再奉一杯。

王嘉嘉悄悄咬着牙关，忍住满腹委屈，重新倒了一杯茶，再次起身，弯腰递到李青面前。

李青还是当作没看见，自顾自地跟儿子说着话："卢秘书长，你爸的老下属，他儿子比你还小几岁，你记得吧？去年从美国名校回来，跟林省长的千金刚刚订婚，今年就要办婚礼了。"

赵泽宇勉强应着："我和他儿子不熟。"他看李青依然没有喝茶的意思，只好再次接过茶杯，放到桌上，示意王嘉嘉坐下。

王嘉嘉眼珠向天花板转了转，强忍着没让眼泪掉下来。

又聊了几分钟，茶杯里的热气再次消散。

赵泽宇轻轻拍了拍王嘉嘉的腰，安抚她，示意，她又倒了一杯茶，捧到李青面前。

这一次，赵泽宇说："妈，我不跟你说了吗？嘉嘉昨天去医院检查过了，她怀孕了。"

李青这才正眼瞧了瞧王嘉嘉，接过茶杯，轻轻抿了一口，放到了桌上，此后偶尔颐指气使地跟王嘉嘉闲聊几句，态度依旧是不咸不淡，直到吃完这顿赵忠恺不在的晚餐，赵泽宇带着王嘉嘉告别离去，走出家门之际，李青掏出一条别人送的爱马仕围巾，披到王嘉嘉的脖子上，嘱咐两句："我知道你是个聪明的女人，既然怀上孩子了，那就怀上了，我们家也是厚道人家。有什么需要跟泽宇说，单位上班就不要去了。"

这一天的经历，王嘉嘉终生难忘。

此后多年，除了刚生下赵星辰时，李青对她的态度和善些许，其余时候一直都是不咸不淡，赵忠悯夫妻也从来不跟亲家来往。

这一切王嘉嘉都忍了，她一方面不想让母亲和在狱中的父亲知道自己过得不好，另一方面也靠着委曲求全来讨好赵忠悯夫妇，希望他们能够出手帮忙，照顾王甬民。

可是呢，这么多年了，赵忠悯夫妇从没有帮过任何忙，始终认为是王嘉嘉耍了心机和手段勾引他们的儿子，上位嫁进赵家，再主动怀孕绑定赵家。后来王嘉嘉还得知，赵忠悯甚至专门召集公检法开会，要求重判王甬民，以免他在别人嘴里落下口实。

对此，她和赵泽宇吵了无数次，赵泽宇从一开始的安抚，到后来的不耐烦，王嘉嘉为了孩子、为了脸面、为了自己的父母，一次次忍下来了。

事到如今，父亲刑期一天不少地坐完牢出狱了，赵家竟然半个多月不让赵星辰见外公。而这一切，她只能默默忍受，跟父母解释赵星辰最近上补习班，没有时间，不愿让他们知道她在赵家所受的委屈。

茫茫街头，熙熙攘攘的人群，王嘉嘉手机响起，是父亲王甬民的电话。

看到屏幕里的"爸爸"两个字，她吸了吸鼻涕，重重咳嗽一声，走到人行道角落，接起电话时，所有负面情绪都已经被压了下去："爸爸！"

王甬民充满期待地问："嘉嘉，你们下午几点过来呀？"

"嗯……待会儿，半下午的时候就过来。"

"好嘞，你妈早上菜买少了，被我说了一顿，泽宇和小星今天想吃什么，你妈待会儿再去多买点来。"

"呃……都可以，没关系。"王嘉嘉知道赵泽宇和赵星辰都不会去了，可是此时此刻，听到父亲期待的声音，她这话怎么说得出口呢？

挂掉电话，王嘉嘉不知所措，要回到赵家，跟李青道歉，跟赵泽宇说软话，求他带着儿子过去吗？她实在说不出口，尤其是想到李青的那副脸孔，父亲已经出狱了，她也不想再和赵家委曲求全了。可是父亲坐了这么多年的牢刚刚出来，一连半个多月都没见过外孙，此时此刻再告诉他，今天还是见不了，她也说不出口。

思来想去，她突然想到了孟真真。

37

孟真真从菜市场回来，刚进小区，早已等候她多时的丁虎成就迎上来，从口袋里摸出一盒阿胶，递给她。

"这干什么？"

"阿胶啊，给你补补，你不是最近经常失眠睡不好，浑身没力气吗？我问了别人，这是气血不足，你回去，整点黄酒，泡化了，每天喝一点。"丁虎成讨好地看着她。

孟真真心头一热，收下了，笑了笑："你这人还挺细心的，不过以后别买了，这东西是智商税，又那么贵。"

丁虎成憨笑着摸摸头发本就不太富裕的脑袋，伸手帮她拎菜。

孟真真嘴上说着别让人看见了，打了他一下，把菜交到他手中。

丁虎成嘿嘿一笑，走在前头，一边说着："其实老丁我啊，细心得很，你不说啊，我也知道，你这人啊，心里总爱藏着事，喜欢胡思乱想，这样才会气血不足。咱们俩也已经相处一段日子了，我这人怎么样，你也看得到，以后你心里有啥事，告诉我，别一个人放肚子里，闷声不响的，咱们俩要走得长远，得彼此信赖，你说是不是？"

他一愣，转头发现她已经停下了脚步。

"你咋了？"

孟真真表情复杂："老丁，你以后别对我这么好。"

"这……这是怎么了？"丁虎成脸上挂着尴尬又委屈的笑。

"我们能处多久还不知道，现在说这话太早了。"

"呃……我知道我条件不好，我这不，在其他方面多努努力，弥补一下吗？"

"不是的，"孟真真吸了口气，犹豫几秒，道，"我自己还有一些事没有处理好。"

"那就慢慢处理，不急，以后的事以后再说，船到桥头自然直。"丁虎成也没有追问到底是什么事。

孟真真咬了咬嘴唇："至少，暂时不要对我这么好了。"说完，她快步先走了过去。

两人进了五号楼的大厅，丁虎成走在一旁，悉心嘱咐着："我看你呀，肯定是工作累着了，你做住家保姆不久，身体吃不消也正常，小孩子上学每天要起这么早，你睡眠本来就浅，睡不深沉，这一下睡眠时间不够的话，身体会更虚。"

两人刚走过一楼大厅的公共沙发，突然，沙发那边传来一声咳嗽，孟真真侧头看了眼，顿时吓得一个激灵，陈子华正坐在沙发上，斜着眼朝他俩打量着。

孟真真立即接过丁虎成手里的袋子，低声道："好了好了，你快回去吧。"

丁虎成道："我送你到电梯，看着你上楼啊。"

"不用了，你走吧，别人看到该误会了。"

"怕什么，物业本来就规定，保安要帮业主家拿东西，我这不想和你多待一会儿——"

"你走吧，我可不想被业主开除！"孟真真严肃地板起脸。

见她生气了，丁虎成立马不敢再纠缠，觍着脸笑道："我走，我马上走，你别生气，别生气啊。"

看到丁虎成走出了五号楼，孟真真这才折返回公共沙发，看着陈子华："你来干什么？"

陈子华眼睛微微一眯："你是准备跟我在这儿说呢，还是找个没人的角落？"

孟真真环顾四周，领着陈子华到了后边没人的楼梯转弯口。

一到角落，陈子华就直接将她翻过身按在墙上，一只手捏她胸，另一只手摸她大腿。孟真真转身用力一把把他推开。

"放开！有事说事。"

陈子华冷哼一声，欠身退开两步，道："现在碰都不让我碰啊，怎么，跟那保安勾搭上了？"

孟真真别过头，不搭理他。

"说吧，你跟那死肥猪什么关系？"

"正常，没有关系！"

"什么他想跟你多待一会儿，你当我聋了？"

"这和你没有关系，我的生活不需要你来操心。"

"和我没关系？"陈子华狠狠瞪着她，冷声道，"真真，我可是为你坐过牢，还为你杀了人！你说这种话，你对得起良心吗？"

孟真真不想跟他纠缠下去，不耐烦道："陈子华，你为什么会在小区里？"

"我当然是来找你的。"

"你为什么不发信息？"

"发了呀，我给你发信息说了我在楼下大厅，谁知道你跟那死肥猪聊得热火朝天，都没看手机。嘿嘿，今天这趟我要是没来，我头上被人戴了绿帽都还不知情。"

孟真真掏出手机，看了一眼，他确实发过信息，那时自己在回来的路上，没有注意。

"你来小区找我干什么？我警告你，你如果害我被辞退，你也死定了。"

陈子华嘿嘿笑起来："行，小区不让来，那我以后都去你家好了。"

孟真真咬咬牙，道："行，那房子给你住吧，我不去了，你爱住多久住多久，住到租期结束为止。"

陈子华一把捏住孟真真的脸，逼问道："你真绝情啊，我问你，你有没有和那个胖子睡过？"

孟真真倔强地和他对视，过了几秒，否认了："没有。"

"真的没有？"

"没有。"

陈子华盯着她的眼睛又看了一会儿，这才把手松开，悻悻道："我想想也没有，这胖子一个臭保安，都快当你爹的岁数了，又肥又老又穷，一点都配不上你这个女大学生。"

"我这个女大学生？"孟真真轻笑一声，仿佛这是个多么讽刺的名词，遥远的称呼，无限的唏嘘和感慨。

陈子华哼了声，道："真真，以后你离其他男人远一点，像那种臭保安要是再纠缠你，我去教他看清楚自己。"

"你不要影响我在这里的工作。"

"那就看你怎么做了。"

孟真真长长吸了口气，问："你今天来找我干什么？"

"跟你说说何超龙。"他故意在这个名字上停顿，对他们俩来说，何超龙是个敏感的名字，"何超龙那个手机，我一直用着，以便回别人信息，免得别人起疑。最近呢，我接了几个电话和视频。"

陈子华看着孟真真疑惑惶恐的神色，又笑了起来："别紧张，我说的是接到几个视频电话，可我没接。"

陈子华掏出了何超龙的手机，给孟真真看微信记录，介绍起来。

"这个是他老家的朋友，说自己马上要结婚了，大概是想收红包，我就发文字恭喜了一下，对方明显不高兴了，还打电话来问，我没接。王慧问什么时候见面，我说最近去外地跑个业务，不在江北，她叫我回来联系她，真是个骚货。还有何超龙他爸打来视频，我说在外面信号差，他爸发语音说他表哥家装修，问能不能借两万块钱，我说最近不宽裕。"

孟真真翻着何超龙手机里的微信和电话记录，不无担忧道："你还是把手机扔了，万一有人觉察出你不是他……"

"放心，我有分寸，该回的信息要回，这样才能不让人怀疑。要是手机一关扔掉，过不了多久，他家里人就会意识到不正常，要报警的。等过几个月实在瞒不住了，我就把手机一扔，谁来查都没用，到那时，所有当天的监控录像都被覆盖了，这世上除了你和我，谁都不知道他去哪儿了。这个秘密，永远只有我们俩知道，很安全，放心吧。"

听到"只有我们俩"时，孟真真不由得看了他一眼。

"你找我就是说这事？"

"这么重要的事当然要和你当面说了，嗯……顺道和你提一句，最近我一朋友要开个店，我呢，准备也往里投个十几万块钱，你知道，我出来后工作时间不长，手里没太多钱，所以呢，想找你借一点。"

"投资，你也搞投资，是赌博吧？"

"哎呀，真真，你怎么老把我往坏处想呢？我做的这一切，哪怕以前赌博，我根本目的是什么？你以为是我自己喜欢赌？我还不是想多赚点钱，都是为了我们俩的将来。"

"我没工夫听你的鬼话，你赶紧给我走，以后别来找我。"孟真真不想理睬他，绕开他，走了两步，回头又道，"还有，你不要再去骚扰王嘉嘉。"

"哟，王嘉嘉，你见过我们老板娘了？"

"我真没想到你这么不要脸，居然打电话给王嘉嘉，让她介绍工作。"

"话不能这么说，关系放着也是放着，能用就用呗。"

"她跟你很熟吗？你凭什么找她给你介绍工作？"

陈子华憨笑道："在当今社会生存，就要磨得开脸面，这不也是巧合，我听说她嫁给了赵泽宇，刚好以前你手机里有她电话，我就试试看呗。介绍工作对她来说不就一句话的事吗？你看，现在这样子不挺好，我在她老公手下做事，离你也近。"

孟真真狠声道："我警告你，以后你不要再来骚扰我，我跟你没有关系！"

陈子华眯起眼，幽幽道："真真，你要是这么对我，就太没人情味了。我知道，你说的是气话，是吗？毕竟，咱们俩一起经历过的事，那是注定要一辈子捆在一起的。"

38

陈子华走后，孟真真收拾一番情绪，回到楼上，躲进厨房，默默地洗菜、做饭。她了解陈子华的为人，何超龙被杀那天晚上，陈子华之所以会先撬门躲在房子里，就是因为他知道孟真真的钱不能存银行，只可能以现金的形式藏在家里，只是孟真真藏得很隐蔽，他翻了行李袋也没发现隐藏的一层。

当时陈子华看到编织袋里掉出来的六七万块现金时，眼睛都直了，只不过那天他要稳住孟真真，所以没有提钱。这六七万块钱是孟真真这些年打工攒下的绝大部分积蓄，她用着洪梅的银行卡，不敢在卡里存太多，万一卡主人知道卡里的钱多，去银行办挂失，那么她的积蓄就一把清空了，所以每次工资刚打到卡上，她就去自动取款机把现金取出来。

上次被陈子华看到这笔钱后，孟真真就知道他不会罢休，可如果给了他第一次，就一定会有下一次，就像血吸虫一样，永无止境地吸附。

孟真真做完钱一茹和董浩然的午饭，钱一茹接到了王嘉嘉的电话，挂下电话，她转告孟真真，赵太太让她去家里帮忙打扫卫生，她嘴里嘀咕着王嘉嘉真是莫名其妙，上次说借她家的保姆用用，以为是开玩笑，没想到这年头，还真有借保姆的。可毕竟是王嘉嘉提出的要求，钱一茹不敢回绝，只好让孟真真过去一趟，明天是她的假日，让她下午弄完就早些回家，不用再回来了。

与此同时，孟真真也收到了王嘉嘉的微信，十分钟后开车到楼下来接她。

两人碰面，王嘉嘉早已将从赵家出来的情绪收拾干净，开心道："真真，今天我帮你请了假，走，咱们一起去我爸妈家吃饭，我爸妈见到你一定很惊喜。"

"啊，今天，这么急吗？我意思是，虽然我也很想念叔叔阿姨，可是……"孟真真不知道王嘉嘉因为没法把孩子带回去，怕父母失望，所以临时叫上她来转移父母的注意力。大学时期，她们俩是最好的朋友，王嘉嘉经常带她去家中吃饭，王家夫妻都对孟真真很照顾，所以对于这么仓促的见面，孟真真颇为不好意思。"我都没收拾打扮一下，而且，我什么都没准备，两手空空。"

"是我的疏忽，临时通知。东西我车上有，随便拎两盒，你不用难为情，去我家不需要客套，他们老两口什么都不缺，你能来陪他们一下午，就是最好的礼物。至于打不打扮，你现在也很漂亮，自信一点。"王嘉嘉笑道。

孟真真笑道："和你这个大美女走在一起，你让我怎么自信得起来？"

开着车，两人一路说说笑笑，不再是前天第一次碰面时的生疏拘谨。孟真真侧着头，看着正在开车的王嘉嘉，恍惚中，仿佛回到了大学时代。

王嘉嘉还是像大学时那样光鲜亮丽，时光似乎只在她身上添了一些成熟的风韵。年轻的时候，孟真真和王嘉嘉走在一起时，她就很羡慕王嘉嘉，羡慕她的美丽，羡慕她的家庭，羡慕有那么多人议论她、追求她，那时的孟真真就是王嘉嘉的陪衬绿叶，现如今，王嘉嘉更是一朵高高在上的鲜花，自己呢？连绿叶都不是了，只是路边一株枯黄衰败的野草吧。

她羡慕，并不嫉妒，因为她只有王嘉嘉这一个朋友。

车子行到半途，王嘉嘉提醒孟真真："我爸现在身体不太好，坐了十年的牢，上个月才出狱。"

"什么？王叔叔为什么坐牢？"孟真真很惊讶，在她的印象里，王甫民是一个老实本分、儒雅的好人。

王嘉嘉撇嘴，摇摇头，道："贪污。"

"不可能吧……"孟真真连连摇头，不可置信，"叔叔不是这样的人。"

王嘉嘉叹息一声："我也不相信，可事实就是这样。"

王家已经不在孟真真记忆中的住址，王甬民夫妻现在住在郊区一个很旧的老小区的筒子楼里。

十年前，当时的南岸区城市规划局副局长王甬民因为贪污问题被双规，后来判了十年，为了缴清个人罚金，王妈妈把家里的房子卖了。

王嘉嘉嫁给赵泽宇后，本想给父母重新置办一套新房，但王妈妈因为赵家本来就反对这门婚事，一直看不起王家，花女儿的钱更是会给赵家留下话柄，于是坚决不要王嘉嘉的任何资助，用自己仅剩的积蓄买下了郊区一个老小区的小房子，从此在这里居住。

小区里面没有停车位，王嘉嘉在小区外面停好车，从后备厢里拿了几样礼盒交到孟真真的手里，让她拎着："待会儿你就说这些都是你买的。"

孟真真接过手一看，两瓶茅台酒，一盒茶叶，一盒铁皮石斛，全是价值不菲的礼物，拿这些东西让她充面子，她顿时难为情了："这……这不好说是我买的吧，我……我回头折现给你？"说完这句，她顿时因说出这话显得疏远而更加羞愧，忙道："我的意思是……"

王嘉嘉佯装没有听见她的嘀咕，指着小区："我爸妈现在住这儿，走，你来我爸肯定特别高兴。"

刚进家门，就见王甬民和一个老头坐在老旧的扶手沙发上聊天，如今的王甬民身形肥胖，年纪不到六十岁，却已白发稀疏，看上去堪比七十多岁的老人，孟真真在这两个老头中辨认了几秒才对上号，他现在和她印象中的十年前那个神采奕奕、谈吐风趣、为人和善的王叔叔完全是判若两人。

王甬民还没注意到孟真真，一见王嘉嘉，就起身介绍起来："嘉嘉，这是你周叔叔，和爸爸以前是同事，你还有印象吧？今天周叔听说你要回来，特意过来看看你。"

周叔站起身，讨好地笑着，说出那句成年人都很讨厌的长辈专用台词："嘉嘉，你小时候我还抱过你呢，你还记得我吧？"

王嘉嘉淡淡地扫了眼旁边的几盒礼品，道："不记得，周叔找我有什么事？"

周叔搓搓手，不好意思道："是这样的，我刚跟老王说了情况，我也不兜圈子了，实在是很不好意思要来麻烦你。我家小儿子这不刚过了市公务员的笔试，嘉嘉，你看能不能帮帮忙，面试的时候打一声招呼？"

王嘉嘉冷淡道："这种事你让他靠自己，靠别人是没用的。"

"赵市长他——"

"我公公已经退休一年多了。"

"赵市长虽然退休了，可他的话还是很管用的，所以——"

王嘉嘉打断他："好的，我把他电话给你，你自己问一下他吧。"

一旁的王甬民夫妻一齐低声责怪她："嘉嘉，你怎么能这样？"

王嘉嘉不理会他们，走过去拿起那几盒礼品，塞回周叔手里："我们家不收礼，你回去吧。"

"这——"周叔尴尬地推让几下，见王嘉嘉一脸肃然，完全不跟他客套，他只好悻悻地收起东西，转身离去。

王甬民和妻子忙跟到门口送了几步，责怪女儿不懂事，让他不要介意，将他送走。他笑哈哈离去，到了很远的地方，朝墙角吐了口痰，咒骂了几句。

反身回到家，王甬民立刻斥责起来："嘉嘉，你做事不要这么生硬，这样很容易得罪人的！"

"得罪人？那也是记在赵家头上。"王嘉嘉鄙夷道，"以前你出事的时候，你单位那些同事个个都在落井下石，后来我跟赵泽宇结了婚，又个个来上门讨好，这样的人得罪就得罪了，怕什么？"

王甬民摇摇头，气得不知该说什么，这时他才注意到孟真真，问："这位是……有点眼熟啊。"

"叔叔，你猜我是谁？"孟真真将礼盒放在一旁，笑着凑过去逗他。

"真……真真？"王甬民辨认了好一会儿，"真的是你啊！——老婆，孟真真，嘉嘉大学时的同学。"

王妈妈也认出来了，夫妻俩俱是高兴，忙让她坐下，给她倒茶，嘘寒问暖，询问近况。

孟真真不想在他们面前强撑面子撒谎，便如实说现在在别人家里当保姆，夫妻俩愣了一下，随后想到孟真真大四被开除，后来又听王嘉嘉说警察也在找孟真真，也能理解曾经重点大学的学生如今做保姆的落魄，没有追问原因，依然热情地招待她。

几人先是按照惯例，集体回忆了一番大学时的孟真真，王妈妈这才想起来："嘉嘉，小星呢，你不是说今天要把他带过来吗？"

王嘉嘉早就准备好了理由："小星今天培训班临时改了时间，调到了下午，来不及了，这周先过不来。"

"上完课你去接一下呗，你看我都准备了一桌子菜。"

王嘉嘉眼神躲闪："下课都很晚了，再去接过来肚子都饿扁了。"

"这什么话，你爸想看一眼小星，都眼巴巴地盼了半个多月了。"

王嘉嘉撒起娇来："妈妈呀，你准备的一桌子菜可不会浪费，你看，我这不把孟真真给你们带来了吗？你说浪费可就把真真当外人了。"

孟真真不明所以，好心道："嘉嘉，待会儿我去接吧，你留在家里帮阿姨干活。"

王嘉嘉瞥她一眼，低声推托道："不用了，你是客人，怎么能麻烦你？"

王甬民看着女儿的表情，眼神一转，连忙打圆场："没事没事，等以后空了再见，今天刚好真真过来，孩子在这儿，反而闹腾得紧。"

王妈妈看着王嘉嘉躲闪的眼神，已经猜到了情况，不禁怒火中烧，此刻也顾不得孟真真在场，质问道："嘉嘉，你跟妈说实话，是不是赵家不让你带小星过来？"

王嘉嘉脸上的笑容渐渐消失，只剩下尴尬。

王妈妈大为不满："凭什么，就凭赵忠悃是大官，就可以这样瞧不起人？小星是他们的孙子，也是我们的外孙！上次你爸的接风宴，订好了酒店，你跟我说酒店排错日子，约不进了，只好取消。现在呢，都半个多月了，你爸还没见过小星，我和你爸心里都清楚，不是你不肯带过来，是赵家不想小星跟我们家有往来！"

王甬民叹口气，忍不住问："你们都结婚这么多年了，他们为什么连小孩都不让我们见？"

王嘉嘉低声道："赵泽宇说过几天会让小星过来的。"

王甬民问："为什么要过几天？"

王嘉嘉沉默了几秒钟，突然，情绪再也绷不住了，眼泪夺眶而出。

一旁的王妈妈心疼地哄着女儿，叹息道："有些事，嘉嘉不肯说，我们心里也清楚。你这几年坐牢，刚出来，身体不好，我忍着没告诉你，我想等嘉嘉忍不住了，她自己来跟你说。前阵子的接风宴，没订上——嘉嘉，这事是不是赵家弄的？"

王嘉嘉颤抖着身体，默认了。

王妈妈抹起了眼泪："这些年，赵家总不让小星来我们家，这些事我不想提，因为我知道，嘉嘉心里比谁都苦。"

王嘉嘉顿时哭得像个小孩："他们家嫌弃你的身份，不想让小星跟我们家往来。李青还教小星，教小星说你是罪犯，叫他不要……不要……"

这话一出，王甫民夫妇顿时愣在了当场，王甫民站起身，将痛哭流涕的王嘉嘉揽入怀，心疼道："嘉嘉……"

孟真真站在一旁，听着王嘉嘉的委屈，她没有想到，王嘉嘉如此风光的外表之下，还有这么落魄的一幕。

王嘉嘉哭了一阵，抬起头，毅然道："爸，妈，今天真真也在，我也不瞒你们，我要跟赵泽宇离婚，他死活不同意。"

王甫民问："离婚？你和他关系已经这么差了吗？"

王嘉嘉点点头。

王妈妈在一旁拱火："离了也好，我早就听别人说，赵泽宇天天在外面和乱七八糟的女人鬼混。嘉嘉早几年就跟我说她想离婚了，就是怕你在里面坐牢，不安心，这才一直忍到了现在。"

王嘉嘉道："我早就不想过了，赵忠悃夫妻也巴不得我跟赵泽宇离婚。唯独赵泽宇，我跟他提过几次，他始终不同意，让我死了这条心，他不可能跟我离婚。"

王妈妈帮腔道："他不对你好，又不肯放你走，他自己在外面逍遥快活，他到底想怎么样？"

王甫民斥责老伴："从来都是劝和不劝分，哪儿有你这样做妈的，还劝女儿离婚？——嘉嘉，这事你不要听任何人的意见，你要自己想清楚。"

王嘉嘉道："我早就想清楚了，前几年如果不是考虑到你，考虑到孩子还小不懂事，我早就提了，现在时间也差不多了，我和赵泽宇早没有感情了，他们家也从来都瞧不起我们家，巴不得我跟他离婚，孩子在这样的家庭里长大，还不如离了对孩子好。唯独赵泽宇，死活不同意离婚，还威胁我，如果我非要离婚，我以后就再也看不到小孩了，他还要再娶个老婆，让小孩改口喊别人妈，太气人了！"

王甫民坐回沙发上，大口喘气，过了会儿，他重重叹了口气："我去找赵泽宇谈谈吧，看看他到底是怎么想的。"

"他不会听你的。"

王甫民思索片刻，望着窗外，慢慢道："他一定会听我的。"

王嘉嘉疑惑地抬起头："为什么？"

王甫民道："你就别管了，总之，我有办法，我去跟他谈。——哎，真真，你今天刚来，就遇到我们家里的这些破烂事，让你难堪了。"

对于王甫民的话，王嘉嘉顿时心下起疑，不过暂时也没继续问，等到孟真真帮着王妈妈烧菜做饭时，她走进王甫民的小书房，合上门，问："爸，你刚才话里有话，你为什么说赵泽宇肯定会听你的？"

王甫民一愣，打哈哈道："我毕竟是长辈，跟他讲道理，他总是会听一些的。"

"就这样？"

"是啊。"

王嘉嘉怀疑地看着他，毕竟是亲爸，言行举止的一丝异常都逃不过女儿的眼睛。

王甫民连忙转移话题，道："其实依我看，赵忠悯夫妻不喜欢你，赵泽宇还是爱你的。别人说他在外面鬼混，你看见了？……既然你也是听人说的，那就是了。他平时每天晚上回家吗？……你也说了他每天晚上都回家。他是生意人，生意人在外面应酬在所难免，外面的风言风语也不能全信，他每天晚上都回家，像他这样的生意人，已经算难得了。赵忠悯夫妻巴不得你们俩离婚，我知道赵泽宇的性格，他很听他爸妈话，如果他真对你没感情，他也巴不得跟你谈离婚了。这几年我用的进口胰岛素笔，很难买到，他托关系每个月都准时给我送来，这对他来说不算什么大钱，但难得他有这份心。如果能过，我还是想你们好好过日子，他们家不让我们见小星，那就不见，我们不想你因为我们受委屈啊。如果不是因为我，想必你在婆家也不会这么艰难。你和赵泽宇是有感情基础的，我觉得这是可以试着修复的。毕竟，有缘分才能修成夫妻，当夫妻不容易啊。你再好好考虑考虑。"

王甬民拿起胰岛素笔，撩开衣服，在自己身上扎了一下。他患有很严重的糖尿病，每天都要靠胰岛素笔来维持血糖稳定。

王嘉嘉摇了摇头："爸，你不了解真实情况，有些事我都没跟你说。什么胰岛素笔，这些鸡毛蒜皮的事根本不用他做，他吩咐一句，秘书就会去办。你倒是记着他的好，可是你想想，这些年他有来探监过吗？他来过几次我们家？我妈见过几次小星？他们家从来就没把我当自己人看。他如果真对我有感情，会让我受这些委屈？哪怕他夹在中间，难道赵忠悯夫妻有千里眼顺风耳，一天到晚盯着我们？他不能平时抽空把小星带过来？有件事我憋了这么多年，你已经出狱了，我也不妨直白跟你说，当年他答应我，只要我嫁给他，他就会想办法让你早点出来，否则，那时我并不喜欢他，怎么可能这么快跟他走到一起？可是这么多年下来，他想过办法了吗？赵忠悯帮过忙了吗？他一拖再拖，找各种理由推托，开始是说风口紧，不好操作，后来又说他爸快退休了，退休前托关系捞人不好，再后来又说干扰司法，会留下话柄，再之后就说退休了，已经说不上话了，反正刑期也快满了，不差这一年半载。如果他们家真愿意帮忙，你还会被顶格判吗？如果他们家愿意帮忙，哪怕现在赵忠悯退休了，他都能想出办法！我后来才知道，你判刑前，赵忠悯为了撇清关系，还特意开会，要求政法系统对你从严判刑，只有从严判刑，才能让人觉得你这桩案子是咎由自取，他们赵家是清清白白的。"

王甬民刚扎完胰岛素笔，听到王嘉嘉这番话，胰岛素笔直接掉在了地上，整个人向后倒进椅子里，颤声问："你……你刚才说的，都是真的？"

王嘉嘉没注意到他的反常，继续说："我后来才知道，赵泽宇承诺把你捞出来，是借口，是托词，是追我的时候许下的空头支票，简直是骗婚。可我念及当时他不顾李青反对，不惜偷户口本出来跟我领证，赵泽宇这种对家里言听计从的男人能为我做到这份上，坦白说，我很感动。所以哪怕我知道他的承诺是托词，他从没找过赵忠悯捞人，我也忍了。可后来这些年，无数次争吵，我们俩的感情早就荡然无存了。"

"你……你说，当时他向你承诺，他会想办法把我弄出来，所以你才嫁给他？"

"对啊，我那会儿刚分手不久，还没完全走出来，根本没想谈恋爱。赵泽宇在追我，可我压根不喜欢他，更别提他还有李青这么一个妈，如果不是他答应会捞你，我怎么可能嫁给他？图钱？还是图他家权势？哼，这些我可不稀罕。现在想来，他那时背着父母跟我结婚也只是一时冲动罢了。"

"他不是一时冲动啊。"王甬民忍不住差点说出真相。

"什么意思？"

"你……你为什么现在才告诉我？"王甬民心疼地看着女儿。

王嘉嘉道："这些年你在里面过得也不好，我怎么能告诉你这些呢，让你还得为了我担心？"

王甬民吞咽了几下，说不出话来。

39

孟真真的到来暂时让屋里充盈着欢笑声。

以前读大学时，王甫民夫妻知道孟真真家在山区，家境贫苦，靠坚忍不拔的毅力走出大山，考入大学，所以对她格外照顾。比如他们时常会不小心"多买"了一套衣服，送给孟真真，王嘉嘉经常周末回家，返校时夫妻俩都会让她多带一些零食给孟真真。

孟真真心里早就暗自决定，等工作赚钱后，要多来看看他们，只是后来再也未能相见。

这个下午，他们和孟真真聊这些年的生活。孟真真不敢提及她被通缉的身份，只是轻描淡写地讲她这些年的工作经历。

这些年来，由于不能用真实证件，孟真真做不了正儿八经的工作，不能乘坐飞机、火车，她做过各种临时工，酒席端盘子、城市绿化带翻新、小工厂赶订单时的短期工人、草莓园里的季节看护、小型养殖场的帮手等，几乎做遍了市面上的各种临时工种，每次领工资时她都以银行卡丢失为借口，管老板要现金。至于住宿，她要么住在工作的宿舍，要么从郊区上了年纪的农民那儿租一两百块的破房子。每份工作少则干几天，多则干几个月，之后她便以各种理由离开，搭乘着路边招揽生意的私人中巴车前往下一个目的地。大部分时候她也不确定下一个目的地在哪里，买到哪儿的票算哪儿，有一次她一路流浪到了浙江宁波，去了一艘渔船上当厨师，跟着捕鱼的工人在海上漂泊了三个月没有上过岸。

这些年，孟真真吃过很多亏，遇到不给钱或者以各种理由克扣钱的老板时，她也没法争取自己的权益，只能忍气吞声，也遇到过发现她证件造假并以此威胁的人，为了摆平事端被勒索钱财，甚至是被迫答应其他的要求。

当然，也遇到过好心人，但不多，即便遇上了好心人，孟真真也不敢真心与人交往，一来是因为她的身份，二来她觉得没必要，她早晚是要离开这个地方的，少点人情羁绊，人生才更加自由。

这样的日子过去在她看来很苦，是看不到尽头，不知道明天的那种苦。

茫茫人海，无依无靠，靠着唯一一点希望才能支撑下去，但这希望又像是风中的烛火，虚无缥缈。在海上漂泊的日子里，每当夜晚来临时，在起伏的船舱中，她透过小窗户，望着满天繁星，她就想，如果最后查到她孩子已经不在人世了，那么她人生的意义又是什么？或许该去自首，坐完牢，出来后好歹也能光明正大地过正常人的生活。

不过现在，这些都不重要了。

人经历再大的苦难，走出来后都会觉得这不过是人生的插曲。

孩子尚在人世，疾病已经治好，她也能陪伴在孩子左右，相较于过去的时光，如今已经是孟真真能想象到的最美好的生活状态了。只不过陈子华出现了。

孟真真讲述着过去的生活，语气轻松。她从王嘉嘉一家人的眼中读出了真诚的同情和担忧，如果说现在这世上她最亲的人是董浩然，那么真正关心她生活的，大概只有王嘉嘉一家了，或许老丁也能算一个吧。

晚餐过后，王甬民夫妇热情地邀请她下周再来，以后就把这里当成江北的娘家。

明天是周日，每周一天的休息日。孟真真不想休息，她巴不得二十四小时待在董家，为了不让钱一茹起疑，她只能和其他保姆一样按时放假休息，放假的前一天回家住，否则哪儿有保姆不要加班费，没日没夜地在雇主家工作呢。

从王家离开时光景尚早，王嘉嘉约孟真真去喝点小酒，就像大学时那样。那时候她们宿舍几个女生去酒吧玩，去的是女生免费的酒吧，总有一拨接一拨的男人凑上来要请她们喝酒，问她们要联系方式，她们将对方打发走，转头讨论刚才那人长一副鬼样，哪儿来的脸跟她们搭讪。毕竟，一般喜欢搭讪的男人不是丑就是穷，更多的是又丑又穷。

两人最终没有去酒吧，只去了路边一家安静的小酒馆，叫了几瓶啤酒和烧烤。赵泽宇可以去酒吧去夜总会，可以喝得醉醺醺，王嘉嘉这样身份的女人却没有这个自由。

"其实你也知道了，今天临时找你，是帮我救急，应付我爸妈，不过最终还是没有奏效，让你看笑话了。"王嘉嘉酒量本就不好，婚后更鲜少喝酒，一瓶啤酒下肚，便已经微醺，"咱们大学的这些同学里，大家都以为我过得最好，其实让我重新选择，我肯定不要过现在的生活。"

孟真真下午的时候，已经了解了大概，说："婆家就因为你爸爸坐过牢，不让小孩跟你们家往来，实在太过分了。"

"从我跟赵泽宇结婚以来，他们家就没正眼瞧过我们家，一直认为是我处心积虑，唆使赵泽宇偷出户口本跟我结婚的。其实当年是赵泽宇死缠烂打，用尽理由说服我，让我偷拿户口本跟他去领结婚证。我跟李青有一次吵架时说过，让她去问赵泽宇，当年到底是谁让谁偷户口本结婚的，赵泽宇还在那边打太极，说都结婚这么多年了，计较这些做什么。他爸妈始终觉得他们儿子为人单纯，被我这个有心机有手段的女人控制着。赵泽宇在他爸妈面前表现得自己跟我很恩爱，好像完全被我拿捏，私底下他又是另一副面孔，你说气不气人？"王嘉嘉喝了口啤酒，每每想到人前人后的赵泽宇，她都有气无处撒。

在所有人看来，一个是父亲刚因贪污被捕入狱的女人，一个是江北市长的公子，年轻有为，两个人偷出户口本悄悄领了结婚证，人们只会以为王嘉嘉是个心机极重的女人，利用美貌和手段骗婚赵泽宇。

孟真真安慰她："你往好的方面想，除了性格，他对你还是挺好的吧？"

"你是说物质方面？"

孟真真点点头，不管怎么说，大多数女人都会羡慕王嘉嘉的生活，如果能有她这样的物质条件，其他方面受些委屈也就忍了。

王嘉嘉看着手腕上价值几十万块的表，轻笑着摇摇头，喝了一口酒，道："看着我好像物质条件很好，其实啊，真真，我能拿出的钱还没你多，你信吗？"

"怎么可能？"

"赵泽宇给我一张他的信用卡，我在任何一处地方花钱，他都能收到通知，除此以外，他每个月给我五千块钱，他的意思是，我想买什么，就刷他的卡，我不需要花钱，用光了再问他要。我所有的花销都在他的控制之中。他们家经常拿这一点来羞辱我，说我不用上班，每天在家花钱，还有什么不知足的。他们家都这么说了，我哪儿还有脸刷信用卡，只能用这五千块钱。像我身上的东西，没有一个是我自己买的，都是他买的，也不过是为了他的面子。"

"你有没有考虑出去工作？"

"一开始我在电视台工作，我爸被捕后，我被边缘化了，之后因为我嫁给赵泽宇，台里又让我担任核心记者。后来因为我报道了一则政府的敏感新闻，他爸很生气，他妈就打电话让电视台把我辞退了，然后我就怀孕了，赵泽宇不让我出去工作，过了几年，我又想去上班，赵泽宇不同意我给人打工，出钱让我开个店，我不是开店的料，赔了，更成了他的话柄。再之后这些年过去，我也丧失工作能力了。"她苦笑一声，"以前年轻时不懂，现在后悔了，女人的生活该由自己把握，而不能寄托在男人身上，搞得现在我在他们家眼里，就是一条充满心机的寄生虫！"她恶狠狠地羞辱着自己，灌下一大口酒。

孟真真出了个主意："其实你可以换一种思路，反正他们家已经认为你是寄生虫了，那你干脆使劲花钱，不能被他们白羞辱了。你用尊严只换了每个月五千块，那当然太少。要是每个月换个五万十万的，他们想要你的尊严，就全给他们吧。"

王嘉嘉哈哈大笑起来："你这个解题思路，另辟蹊径啊，可惜啊，我的性格，没法想这么开，要不然我也可以过得很潇洒。对了，你呢？上次你答应我，这一次见面，你会把你的秘密告诉我。"

40

陈哲的办公室里，陈哲扔给段飞一份复印的资料，在一边介绍起来。

"这是死者孟真真的档案。十年前她在江北大学读书，说起来，跟老段你还是校友。"

段飞抽出档案复印件中的一张，上面学历的最后一栏是江北大学。

"我找人去江北大学联系了她当年的班主任，结果发现一件很有意思的事，孟真真读大学的时候，有个女生是她的同班同学、同寝室舍友，公认的最要好的朋友。有一次，孟真真的父亲摔伤了，住院需要很多钱，孟真真家境差，治疗费差出一大截，于是这个女生在学校发起捐款，老师同学一共捐了一万多块钱，其中五千块是这个女生拿出来的。这个女生的名字叫王嘉嘉，王嘉嘉现在是赵泽宇的太太。"

段飞问："王嘉嘉现在在哪里？"

"王嘉嘉从赵泽宇被传唤的第二天开始就失联了，我们问赵泽宇，问他们家人，都不清楚她在哪儿，但是查了交通系统，她肯定还在江北。我有个预感，王嘉嘉在这起案件中扮演了很重要的角色。"

段飞点点头，指向档案："孟真真一个山区姑娘，好不容易考上了重点大学，最后怎么是肄业，没有拿到毕业证书？"

"这事我们问过学校了，孟真真大四的时候被学校开除了。"

41

孟真真出生在江北隔壁南川市的山区，她的人生记忆里就没出现过母亲。

小时候，父亲和其他长辈告诉她，母亲生完她没多久就病故了。长大了一些她才知道，她妈妈是山上买来的媳妇，生完孩子之后，家里人以为她妈妈不会逃了，放松了看管，谁知她妈妈趁人不备逃出了大山，从此音信全无，再也没有回过家。

妈妈逃去了哪里，后来生活怎么样，对她这个女儿是否挂念，孟真真永远不会知道了。

孟真真的父亲名叫孟走山，人如其名，一辈子在山上讨生计。花光所有积蓄买的媳妇跑了后，他也没钱再娶，从此再没成家。他对女儿倒是极好，靠着在山上种四季豆、砍毛竹运到镇上，勉强赚些奶粉钱，孟真真就这样长大了。

在这个地方，女孩子的命运大都是早早地外出打工或嫁人，有些是自己无心上学，但更多的是被迫终止了学业，要阻断一个女孩的求学路不需要太多理由，愚昧两个字就足矣。

孟走山和那些人不一样，他尊重女儿的意愿，孟真真想上学，他便砸锅卖铁也要送她上学。

孟真真不负所望，在周围人都没有读书意识的山区农村，她硬是靠自己的努力考上了市区的重点中学，高考后又顺利进入了"211"的江北大学。

正当孟真真依靠读书走出大山，进入名校，展望着毕业后走出与父辈不同的道路时，意外发生了。

大三下学期，孟走山用一辆小三轮运一车两千多斤的毛竹下山时，在山路的拐弯口，轮胎轧到一块石头，毛竹顶到山壁上，孟走山连带着小三轮车整个滚下山，摔出了十几米深。孟走山当场昏迷不醒，被路过的村民送到县医院后，当天转送到了条件更好的市一医院。经过检查，孟走山颅内出血，情况非常危险。

接到医院的通知后，孟真真连夜从江北赶回南川，在医院看到了昏迷不醒的孟走山。医生告诉她，按CT的出血点位判断，就算把人抢救回来，也会预后不良，孟走山还能不能认出孟真真都是个未知数；但孟走山才五十多岁，救回这条命的可能性还是很高的，不过需要每天住ICU，一天开销在五千块左右。

救不救，由家属决定，医院只能说抢救回来的可能性很大，但不保证一定救得回来。

孟真真毫不犹豫地选择了抢救，孟走山没有医保，医院让孟真真先存五万块到治疗账户中，孟真真一时凑不出这么多钱，只能先存进一万块，剩余的需要在第二天晚上筹到。

孟真真家里只有不到五千块的积蓄，她求爷爷告奶奶，向山上邻居挨家挨户地借钱，五百块、一千块，凑来了一万多块钱，第二天存进了账户暂时应急。

ICU 的开销如流水，万把块钱续不了几天的命。

当孟真真第二次找邻居借钱时，大家纷纷劝她不要抢救了。理由不用邻居们多说，孟真真也懂，但毕竟是拉扯自己长大的父亲，她没多犹豫，还是毅然决定要救。

走投无路之下，她看着小广告上的无抵押贷款找到了一个叫五哥的人。五哥在南川市里经营了几家棋牌馆，同时也雇了几个人在周围一带偷偷放高利贷。

五哥所谓的无抵押贷款只是个噱头，若是借一两千块钱，当然可以无抵押，但孟真真开口便是借五万块，这个数额怎么可能无抵押就放给她。当今社会，放高利贷的也挑人，如果还不上，他们也不敢把人卖了吧。

五哥得知孟真真是个没谈过恋爱的女大学生后，明示钱可以先借给她，他介绍个老板包养孟真真。他甚至可以多找几个老板让孟真真挑一个看起来顺眼，谈得到一块儿的，毕竟她是名牌大学的学生，和其他没文化的女人不一样。

正当孟真真面临现实抉择时，当天来还五哥赌债的陈子华看到这一幕，一把拉过孟真真，说孟真真是他亲戚，不懂事，怎么跑这里来借钱了。说着把她硬拉了出来，到了外面，陈子华告诉孟真真这伙人是放高利贷的，里面套路很多，今天这钱一旦借了，哪怕只借一两千块，以后恐怕都很难还清了。

陈子华一副知心大哥的模样，问她一个大学生何至于沦落到来借高利贷。在了解到孟真真的困境后，陈子华当即拿出一万块钱借给孟真真，让她明天先应急，至于剩下的钱，陈子华让孟真真带着山林土地证去信用社，他认识信用社的哥们，两三天就能放款。

后来，孟真真问过陈子华为什么第一次见面就帮自己，陈子华回答说因为他对孟真真一见倾心, 当时孟真真看起来那么可怜和无助, 他也不知道为什么, 就很想帮她解决困难。

时隔很久之后, 孟真真才明白, 这世上哪儿有什么天生注定的缘分。

可惜当时的孟真真不懂。陈子华二话不说就借钱给她, 她心中满是感激, 当看到陈子华拍着胸脯让自己放心的时候, 孟真真更是对面前这个比自己大整整十岁的男人, 产生了一种没来由的信任感。

孟真真以为有了陈子华的帮助, 咬咬牙就能挨过这一关, 可惜她的命运注定不会顺遂。孟走山在抢救到第十八天时, 颅内血块再次破损, 生命危在旦夕。医生告诉她, 现在没有抢救的必要了, 如果一直在ICU, 用管子插着, 哪怕再活一个月也有可能, 但实际上孟走山已经属于脑死亡, 离开ICU不超过一个小时就会彻底死亡。

前后花了十多万块, 其中大部分都是借来的钱, 结果连命都保不住, 面对这个结果, 孟真真濒临崩溃, 在医院大闹了一场, 最后被保安拉了出去。赶来的陈子华眼见孟真真被人推搡, 跟保安打了一架。两人被赶来的民警当作医闹双双带走。

民警训诫两人不要做医闹, 有事情走法律渠道, 如果再闹事, 就要拘留, 甚至刑事拘留。

孟真真和陈子华在派出所被关了一夜, 第二天回到医院, 孟走山已经躺在了太平间里。收拾起所有的不甘和委屈, 孟真真带回父亲的遗体, 火化, 安葬。

陈子华一路帮忙料理孟走山的后事, 孟真真心怀感激, 从小到大, 除了父亲之外, 孟真真第一次受到别人不求回报的关照, 虽然这个男人年纪大, 文化程度也不高, 但给了她真正的依靠。

彼时孟真真刚刚丧父, 一个人初入社会, 陈子华于她就像是定心丸、避风港。

处理完后事，孟真真回了趟学校参加期末考试。暑假时，她便搬到了陈子华的住处，当了陈子华的女朋友。身上背了十多万块的债，陈子华手头也很拮据，于是孟真真准备找份暑假工赚钱。

陈子华读书不多，却有很多创业梦想，只是从不付诸实践，当然，那时候的孟真真觉得他特别聪明。陈子华没有正经工作，主要收入是帮五哥要账，五哥会给他三个点的提成。要账的工作不好做，孟真真好几次看到他身上有伤。孟真真劝他换个工作，但他说做其他工作没有这个来钱快，他有很多梦想，现在是原始积累阶段，他如果不做这行，怎么替孟真真还债？这让孟真真很是感动。

王嘉嘉在电话里听孟真真说她谈了个没什么学历的男朋友后，曾委婉地劝说，她是大学生，长得也漂亮，未来有很多选择。孟真真明白这个道理，但她也清楚，其实是她离不开陈子华，她对陈子华除了依赖，还有一种感恩，她总觉得自己欠了他很多。

王嘉嘉见多次劝不动孟真真，恨铁不成钢，便想直接骂醒她："孟真真你这么缺男人吗？你想谈恋爱的话在学校里找啊，或者我给你介绍，一个小混混你图他什么？"孟真真笑笑说："别的男人不可能第一次见面就借给我一万块。"王嘉嘉说："我可以借你啊，你等着，我跟我爸妈商量一下，你欠的钱，我们想办法帮你还了，这样你就不会觉得欠那个小混混的了，等你以后工作赚钱了再还我们。"

对于王嘉嘉的帮助，她谢绝了。有些人之间的关系就是这样，她把王嘉嘉当好朋友，这是真的，如果王嘉嘉有难她愿意倾尽所有相助，这也是真的，但等到她自己有所求的时候，她不愿意受这么大的恩惠。

孟真真后来想起来，可能是因为自卑情绪作祟，王嘉嘉出身好，长得好，受欢迎，越是面对这样幸运的人，她越不敢将自己不幸的一面展露出来。她不开口，她们就还是平等的同学、朋友关系，一旦开了口，两个人之间的天平就会发生微妙的倾斜，所以她宁可去向陌生人借钱，也不愿王嘉嘉来出这么多钱。

那通电话后她们不欢而散，孟真真当时没当回事，她那时候太年轻了，太相信自己的第一眼直觉。她觉得陈子华没有王嘉嘉说得那么不好，他虽然没钱，没学历，也没有正经工作，但他挺聪明的，又爱自己，心地善良，孟真真总觉得只要两个人心在一起，劲往一处使，生活总会越来越好。

现在想来，其实命运已经暗暗地给她很多次提示了，但她没有抓住。或许第一次发现陈子华赌博的时候，第一次发现他酗酒的时候，第一次发现他油嘴滑舌诓骗自己的时候，她就该醒悟的，可她没有。

她劝陈子华改掉那些坏习惯，好好踏实工作，劝了很多次，陈子华总是嘴上答应，实际行动又是另一回事。每次孟真真多说几句，陈子华就开始自怨自艾："唉，你是大学生，瞧不上我，你会和我在一起是因为我帮过你，这是感激，不是爱，你迟早会离我而去的。"孟真真心里愧疚，便不再多言，反而劝他不要这么想。

暑假快结束的一天晚上，孟真真看到陈子华满身是伤，起初陈子华不肯说，后来在她反复追问下，陈子华才告诉她，原来三个月前陈子华借给她的钱，不是他的，是他挪用了帮五哥要回来的赌债，这几个月他一直在拆东墙补西墙，结果还是被五哥发现了。五哥给他最多一个月时间，不先弄三万块回来，就弄断他一条手臂。可是现在全身上下他都凑不出一千块，拿什么弄到三万块？

孟真真和他商量对策，陈子华最后支支吾吾给了个建议，他认识一个大哥开了一家会所，去陪酒的话一天能有一千块。说完，他又满心自责，这种话怎么能对自己女朋友说出口呢，虽然只坐台不出台，但毕竟是陪酒。

孟真真听完也陷入了思索。她知道夜场不是她这种大学生该去的场合，但眼看着时间一天天过去，陈子华时不时身上多一块涂着红药水的伤，她于心不忍。于是孟真真问，陪酒小姐，真的只要陪喝酒就够了吗？陈子华连连点头，说最多被人摸两下。

孟真真最后还是去了夜总会，那时她已经大四，同学们都在忙着找实习，孟真真也向学校里打报告说自己在实习，但没人知道她其实是在夜总会"实习"。为了尽快挣钱，孟真真别无他法，唯一的安慰是每天深夜下班后，不管几点，陈子华都会在会所的后门等她，晴天带夜宵，雨天带伞，天气冷带外套，孟真真一出来，他就把孟真真整个人裹住，抱进怀里亲来亲去，一边嘘寒问暖，一边又道歉说自己没用。他答应孟真真，等攒到了钱就去创业，从小开始做，脚踏实地，不走邪门歪道，等他赚到大钱之后会给孟真真加倍回报。

在会所工作一段时间后，孟真真发现自己怀孕了。陈子华一听，皱了下眉，问她打算怎么处理。孟真真打算生下来。陈子华面露忧色，迟疑了两秒没有搭话。孟真真问他难道不想和她要个孩子吗？陈子华马上回答，他很渴望，可是现在条件不成熟，他们没钱，孟真真又在读书，在校大学生不读书跑去生孩子，这传出去不像话。孟真真说现在大学可以结婚生子，只是本科生这么做的比较少。她已经成年了，本来就想着和陈子华过一辈子，既然怀上了，那就顺其自然，这是天意。她准备再上几周的班，手里先攒一两万块，之后就辞职不干了。

几天后，孟真真提前下班回到家，陈子华发现她脖子上有勒痕。她告诉陈子华，有个客人连点了她三天，要她出台，给她一万块小费，她不愿意，那个客人今天觉得太驳面子了，喝多了酒就打了她，说她出来卖还装纯。经理事后找到她，把她劝退了，说她上这么久的班一次都不出台，得罪了好多客人，既然不想出来做，那就在家歇着。

陈子华安慰了她一会儿，帮她一起骂客人和经理。慷慨激昂地发泄一通脾气之后，陈子华给自己点了根烟，抽了一口，深深地叹了口气，说可是她不上班，钱从哪儿来？孟真真疑惑地看着他，他马上改口说他去想办法赚钱，他来养活孟真真。末了，他又替孟真真生气，那个客人打了她，让对方白打可不行。孟真真问他还能怎么办，难不成为这么点小事报警？陈子华嘿嘿一笑，说不如让他掏几万块钱医药费出来。

三天后，孟真真来到一家豪华酒店的大堂，那个打了她的客人看到她，笑呵呵地搂着她一起进了电梯。

进了房间后，孟真真先去洗澡，她赤裸着出来，催促客人去洗。客人洗完，同样赤裸着来到房间，刚想扑上去，孟真真的电话响起，接起电话，就传出陈子华劈头盖脸的怒骂，他看到她和一个男人进酒店了，逼问出房间号，又让客人接电话，骂他睡了自己老婆，这事没完，不给两万块，他马上带人上来。

客人当场就反应过来了，急忙穿好衣服，拽着孟真真，骂她敢玩仙人跳，这是犯罪，孟真真还想狡辩，谁知客人直接打电话给酒店前台，让前台派保安上来，同时直接报了警。

孟真真想逃跑，可她此刻没穿衣服，又被客人控制着，无计可施，只能向客人认错求情。客人依仗他们没发生性关系，警察来了也不怕，不肯罢休。

酒店外，陈子华美滋滋地等结果，却一直没接到电话，重新打电话过去，也没人接。十分钟后，一辆警车停在酒店楼下，警察进去没多久，便将客人和衣衫不整的孟真真双双带上了警车。

孟真真被带到派出所后，敲诈勒索的证据不足，但卖淫证据确凿，拘留七天，罚款五百块，同时通报给学校。学校得知孟真真卖淫，就将她开除了。

42

从小酒馆出来后，时间尚早，王嘉嘉叫代驾回家，孟真真慢吞吞地踱步在城市里，她不想回巧克力公寓，那里有何超龙的阴影，她更害怕陈子华出现。

走过一条郊区的老街，那里有一家快打烊的农化品小店，孟真真已经走过了小店，一分钟后，她退了回来，站在店门口的马路对面，静静地看着老板按着计算器。

看了一会儿，她随意地走进店中，买了几包玉米种子、一只老鼠笼和一瓶毒鼠强。回到巧克力公寓，她走进垃圾间，将玉米种子和老鼠笼都扔进了垃圾桶，只将毒鼠强揣进了口袋。

回到楼上，孟真真刚用钥匙打开家门，就见卧室方向透出淡淡的光，好像是手机屏幕。下一秒，传出了打火机的声响。

孟真真脚步停在门口，深深叹口气，将钥匙朝旁边桌台上重重一抛，冷声道："你到底有完没完？"

这时，卧室的方向温暖的光线透了过来，丁虎成手捧蛋糕，上面插了一支蜡烛，从屋子里走出来。

孟真真以为是陈子华没拿到钱，又撬门不请自来，正要发火，见走出的是丁虎成，尴尬地呆立原地。

"别生气别生气，我是想偷偷给你一个惊喜。"丁虎成用他粗笨的手，小心地把蛋糕放在了桌上，转头向她道歉。

"你……你这是在干什么？"孟真真立刻把怒火收了回去，下一秒，又惊出一身冷汗。

她此前把钥匙交给丁虎成之时，还没遇到陈子华，也压根没想到陈子华有朝一日会找上门。如果今天丁虎成来她家，恰好被找上门的陈子华遇着了，会发生什么？她想都不敢想。

桌上除了蛋糕之外，还有一束九朵包装好的玫瑰花。

"今天是你的生日啊，刚好你明天休息，所以我……我就想给你制造个惊喜，不知道……不知道你会生气。"丁虎成憨憨道，他的外貌很难让人联想到他会制造浪漫惊喜。

"我生日？"孟真真一愣，她是七月份的巨蟹座，生日还早着呢。

"对啊，你怎么连自己生日都忘了？"丁虎成犹豫了一下，拿过鲜花，走上前交到孟真真手中。

孟真真想起来，今天是"洪梅"的生日。

后面的蜡烛将两人的影子在墙上投映到一起，孟真真的眼珠上反射着晃动的烛光。

她看着丁虎成憨厚的笑容，笑容底下是局促不安，一副害怕她生气责骂的模样，她不禁心下感慨万千。

她接过鲜花，花束看着简单廉价，面前的男人从头到脚怎么看都和浪漫搭不上边，她却热泪盈眶："谢……谢谢。"

丁虎成见她展露笑颜，神色也轻松了，关上门，将她拉到桌边，用他混浊的嗓子唱起了生日歌，拍着他那汉堡般的胖手为她送祝福，唱完后，他让孟真真许愿。

渺小的火焰在蛋糕上晃动，孟真真轻轻闭上眼睛，这一刻，她忘了陈子华的威胁，忘了现实的困难，这一刻，她只希望可以陪伴儿子好好长大成人，同时，她还许了一个奢侈的心愿，也许她可以试着打开心扉，和丁虎成走下去试试。

夜已深，熄了灯。

丁虎成很快睡着了，呼噜声仿佛能将巧克力公寓震塌方，孟真真躺在枕侧，痴痴地望着老丁的侧脸，凝视良久，把脑袋紧紧地靠了过去。

这份粗糙的爱，让人心安。

43

王嘉嘉推开家门，赵泽宇正坐在客厅中，看着手机，脸上毫无表情，冷峻如铁。

王嘉嘉没有看他，径直穿过客厅，走向洗手间。

"站着。"赵泽宇头也不抬，问她，"去哪儿了？"

"我爸妈家。"王嘉嘉冷淡回应。

"怎么这么晚？"

"在我爸妈家多待了会儿。"

"多待？这都几点了？"

"你几点回家我有问过你吗？"

赵泽宇放下手机，转过身，道："你五点多就从你爸妈那里出来了，这都几点了，这中间几个小时你去哪儿了？"

"你怎么知道我五点多就出来了？"

"你爸打电话时说的。"

"我爸给你打电话了？"

"对啊，你还有什么话说？"

王嘉嘉略微觉得有些反常，王甫民和赵泽宇几乎没有交集，她爸出狱后，赵泽宇也就来看过一次，匆匆走了。她不禁好奇："我爸打电话说什么？"

"你爸——"赵泽宇眼神闪烁了一下，似乎在刻意回避什么，站起身道，"就说你脾气不好，让我多让着你一些。"

"我脾气不好？"王嘉嘉冷笑，"这句话是你加的吧？"

赵泽宇抿抿嘴，刚放下臭脸，突然闻到一股酒味，顿时变了脸色，冷眼瞅着她："你去哪儿喝酒了？"

"酒馆。"

"跟谁？"

"女的朋友。"

"是谁？"

"和你没关系。"

赵泽宇眼皮动了一下："是不是找男人去了？你哪儿有什么女的朋友？"

王嘉嘉呵一声："我本来有很多女的朋友，跟你结婚后，一个都没了，我现在想通了，我没必要这么活。"

赵泽宇怒道："那你打算怎么活？"他上前一把揪住王嘉嘉的衣服，在她身上闻来闻去，"该不会是和你老情人约会去了吧？"

王嘉嘉一动不动，只是冷漠地盯着他。

赵泽宇不管不顾，手伸进她的裤子里："我看你是不是找了男人！"

他摸索着，王嘉嘉仿佛是一具站立的雕像，任他摆布。他触摸了一会儿，一把将王嘉嘉拽了过来，摔在沙发上，从她背后一只手按住她的头，另一只手扒下她的衣服，正要解自己的腰带，却感觉到自己身体泄气，男人这种时候，越想让自己表现得强硬，越适得其反。他只能停下动作，一把将王嘉嘉用力推开，一秒钟内化身编剧，把打算强行暴力征服女人的剧情临时改写成真的在检查身体。

"干的，好吧，我暂且信你不是去约会，你说，你到底和谁去喝酒了？”

王嘉嘉回过头，一脸不屑地瞧着他：“赵泽宇，你总这样，有劲没劲呢？”

赵泽宇装作听不懂，兀自说：“什么有劲没劲，我问你的是，你跟谁一起喝酒了？”

“老同学。”

“哪个啊？”

“女的老同学，你不认识，够了没有？”

赵泽宇悻悻地坐到一旁，开始了理性讨论：“嘉嘉，你今天跟我爸妈这么冲撞，你知不知道我很难做？在他们面前我是不是从来都在维护你？我跟你说了那么多遍，这件事我会解决的，你为什么几天都等不了呢？”

王嘉嘉疲惫地摇摇头：“等不了了，等太久了。赵泽宇，我跟我爸妈说了，我要跟你离婚，他们也都赞成。”

赵泽宇惊醒：“你跟你爸说，你要跟我离婚？”

“说了呀。”

赵泽宇警惕地问：“你跟他都说了什么？”

“就是如实说啊。”

“你爸怎么说？”

“你这么在乎我爸的态度干什么，又不是他要跟你离婚，赵泽宇，你这样耗着我何必呢？我想过了，很多人都会遇到婚姻困境，与其勉强每天难受着，离了，对你，对我，都好。你为什么就是不同意？”

“这件事你不用再提，我们不可能离婚，你就死了这条心！”赵泽宇不容置疑地扔下这句话，走开了。

44

第二天，孟真真醒来时，丁虎成已经早早去上班了，她平时很容易惊醒，昨晚她睡得很沉。

她抬头看着桌上的鲜花和吃剩的蛋糕，仿佛这是一场梦。

一阵敲门声响起，让她的这场梦提前烟消云散了。

"谁啊？"

"是我。"陈子华的声音让屋子里的温度陡降到冰点。

孟真真的身体被冻结住，下一秒，她惊醒，急忙把吃剩的蛋糕、纸质小托盘和鲜花藏到储物间的角落里。

"你咋这么慢吞吞的，上厕所呢？"

"你怎么知道我在家？"孟真真收拾完，不得不拉开门，脸色冰冷地看着他。

"你猜。"陈子华笑眯眯地就要上来抱孟真真。

孟真真决然推开他："离我远点！"

"对我这么冷漠吗？没有点温度，真是伤透了我的心啊。"陈子华摸着自己的心脏，"你不要紧张，我不是给赵老板开车吗？老板今天让我把他的孩子从爷爷家送到董明山家，说是董家邀请他儿子一起去动物园，我听董家夫妻说你今天休息，我当然要来看看我天天挂念的好老婆了。"

"我和你没有关系。"孟真真拒绝他的亲热之举。

"啧啧，哪儿有老婆一直不让老公碰的，你可真没良心，我为了你，处理了何超龙，帮你解决了这么大的威胁，你呢，一点感情都没有，还对我冷冷淡淡。你该不会喜欢上别人了吧？——咦！"

陈子华看到垃圾桶里扔着一支塑料花造型的生日蜡烛，顿时皱起了眉。

孟真真顺着他目光一看，暗道不好。昨晚把蜡烛花扔进了垃圾桶，刚刚匆忙之间，哪里想得到这么多细节。

"谁过生日啊？"陈子华不咸不淡地说着，抬起头，盯向孟真真。

"昨天董太太生日，蛋糕没吃完，叫我带回来了。"

"哟，连蜡烛都带回来了啊？"说话间，陈子华拉开冰箱门又关上，接着在客厅转了一圈，朝卧室张望一眼，随后走进了储物间，环顾一圈后，目光落到了面前的一个大纸板箱上，纸板箱的四面都立得高高的，而不是合上的，他挪开纸板箱，后面藏着蛋糕和玫瑰花。

陈子华脸色顿时变了。

他眼睛一眯，闯进卧室，来到床边，看到床上的两个枕头，他拿起两个都闻了闻，随后一把将枕头扔在地上，猛地冲过去直接甩了孟真真一个大巴掌，掐住她的喉咙，将她按到墙上："你这个水性杨花的婊子，老子为你杀人，你不让老子碰也就算了，还把其他男人带回家，你有没有点良心，你良心是不是被狗吃了？"

孟真真咬紧牙齿，尽管被他掐得快要窒息，还是强撑着一声都不哼，死死地盯着他。

"说，哪个男人，跟你什么关系？买花买蛋糕，搞这些破玩意儿！你是收钱给他睡，还是让他白睡了？"

孟真真依然不作声。

两人对视了一会儿，陈子华突然松开了手，一把将孟真真抱在怀里，恳求道："真真，对不起，我不该打你，我已经改过自新了，我不能让你再看到这一面，可我实在太难受了，我吃醋，我吃醋，你懂吗？只有爱你的人才会吃醋，越在乎你的人，越会计较感情。我爱你，这世界上没有人比我更爱你！你告诉我他是谁，好吗？"

孟真真仿佛是个死人一般被陈子华搂住，她想着如果现在手里有把匕首，她一定会毫不犹豫地朝陈子华的腰上扎进去。

陈子华哄了她一会儿，发现她完全不为所动，松开手，声音又冷下来："这一次你背叛我，我原谅你了，答应我，没有下一次了，好不好？"

孟真真盯着他，冷冷道："我再跟你说一遍，我和你没有关系了，也不想再有关系。"

陈子华阴沉地笑起来："你觉得可能吗？"

孟真真恶狠狠道："你不用威胁我，大不了我和你同归于尽，我最多坐几十年牢，你说不定就被枪毙了。"

"是吗？你有这胆子你就去告，让你最在乎的人知道你都干过什么，让董明山一家知道董浩然的亲生父母是杀人犯！"

孟真真一巴掌打在了陈子华的脸上。

陈子华笑笑，不以为意，指着她："我警告你，你和那男人立刻断掉，不要再让我看到，绝对没有下一次！绝对！"

孟真真盯着他，浑身战栗。

陈子华二话不说，将孟真真扑倒，粗鲁地将她的衣服扒开。孟真真就像一具尸体被陈子华宣泄着原始情绪。

轻快的口哨

45

酒店的行政套房里，董明山挂下电话，兴奋地对坐在旁边的赵泽宇说："赵总，5号地块以起拍价拿下了，起拍价只加了五百万！"

赵泽宇站起身，和他重重击掌："太棒了，这下就齐全了！"

"这次多亏了赵总您，不光提供了资金，其他竞标公司还都卖您面子，没有竞价，这才得以用起拍价就把地拿下来。"

赵泽宇连连摇头："这话说的，怎么是卖我面子呢，我又不做地产。其他公司没竞价，自然是因为他们公司的评估团队觉得这块地没有潜力，不值起拍价这个钱，董总你独具眼光，深度认识到了它未来的价值。话说回来，上回要不是董总你抬价，这块地政府的起拍价也要不了这么多。"

他摆摆手，表示一切都过去了，略带深意地夸赞一句："人不能赚到他认知以外的钱，董总，这钱啊，就该让你赚！"

董明山连连点头称是，讨好道："赵总，过几年项目结束后，我另备一份大礼，感谢您的鼎力相助。"

赵泽宇站起身，笑说，既然事情办妥了，那他也可以放心离开了。他让董明山这几天尽快把土地保证金先缴完，后面才好走银行的抵押手续。时间就是金钱，每一天都在烧钱，项目越早开始越好。

董明山兴奋地表示，他早就准备好了，下午就去银行，把钱打进政府的财政账户里，剩下的事还需要拜托赵总运作。

赵泽宇客气地敷衍一阵，心满意足地离去，回到楼下的商务车上，笑容立刻收敛，他挥挥手，对开车的陈子华说："去公司。"

"地拿下了吗？"一旁位子上的田花花问道。

赵泽宇脸上含笑："当然了，起拍价略微加了一点，意思一下，政府那边也交代得过去，不然直接起拍价拿走，被媒体报道了，有围标的嫌疑。"

坐在前排副驾驶座上的杜总道："要不是上回被董明山抬价，这块地起拍价至少还能便宜一个多亿，不过现在这个价格依旧很划算。我只是不太明白啊，赵总，咱们投入这么大的成本，光那些围标的单位和个人的好处费就花了上千个，虽说这钱是董明山出，可用的都是咱们的资源。咱们这么帮他，图什么啊？我们只占他公司百分之二十的股份，您的基金公司提供给他的优先级资金，也只收他十个点的固定利息。大头的好处都叫董明山拿走了。他上次害我们损失的钱数以亿计，我们还赔了这么多单位的围标费，这次起拍价也被他抬高了。我觉得太亏了吧，还不如我们自己拿了这块地，再跟董明山合作，前后两块地联合开发。"

田花花也说："是啊，上一次竞标时，我们一切安排妥当，明眼人都看得出那块地的竞标内定有主，董明山又不是三岁小孩不懂事，一个外乡人，居然敢冒出来跟我们抢，我们不但前期费用和佣金全赔进去了，最后地也没拿到。有上一次的溢价标杆在，政府这次的底价才会抬高，我们以后买其他地，价格上的操作空间也被狠狠压了一头。这笔账怎么算都是亏的，不整他已经算厚道了，您怎么还跟他合

作，把第二块肥肉的大头留给他？"

赵泽宇冷笑："牢骚太盛防肠断，风物长宜放眼量。你们不要计较眼前一城一地的得失。我让杜总低价入股他公司，我再提供给他优先级资金，你们如果是他，会怎么想我的用意？"

田花花思索了一下，脱口而出："他肯定觉得您怪他上次抢了那块地，所以要强行低价入股他公司，再用比银行高的利率借给他钱，占他的便宜，来弥补损失。"

"既然他觉得我是占他的便宜，那他为什么愿意杜总公司来入股？"

"他知道您的能量，如果能和您合作，他出让一部分利益，后面您会保障他整个项目顺利进行，还能帮他赚得更大的好处。"

赵泽宇笑道："所以他到现在都以为我是在帮他。"

田花花和杜总两人都不解："难道您不是在帮他？"

赵泽宇笑道："董明山今天就会把这次土拍的定金全付了，付完后，两个月内，他需要支付土地尾款。"

两人不解："那又怎么样？"

赵泽宇解释道："董明山手里没什么现金，上一块地的定金他用的是银行的贷款额度，为了筹集尾款，他更是把自己公司的项目、房子、汽车这些资产全部抵押了出去。这一块地呢，他定金用的是我们的入股资金加上我借给他的钱，后面的土地尾款，他还需要继续向银行借。"

"然后呢？"两人还是没明白。

陈子华一边开车，一边不动声色地竖起耳朵，听着他们的对话。赵泽宇只把他当个公司里的司机，这段时间看他人也挺勤快，从不多嘴多事，所以对他没什么防备。

赵泽宇幽幽道："如果银行不借给他钱呢？"

杜总道："如果银行不借，他土地尾款付不上，地就会被政府收回去，保证金全打了水漂，他公司八成要破产了。不过这对我们没有好处啊，他公司破产，我们入股，还有借给他的钱也全没了。"

赵泽宇道："你忘了，我和他签订的合同里有这么一条，我借给他的是优先级资金，他如果无力偿还，就需要把股份按账面价值折算给我。如果他资金链断了，他现在就是资不抵债，整个公司都得赔给我。到时，不光现在的两块地，他整个公司都是我的，还要倒欠我一堆钱，还会因为担保欠银行一屁股债，成了失信人。"田花花和杜总面面相觑，杜总渐渐明白过来："上次只有一块地，即便几家银行不放款给他，以原来的资产他也能想办法去融资，凑足土地尾款，不足以让他资金链彻底断裂。所以您才故意提供给他资金，让他把今天的地也给拍下来，这样杠杆就高了，资金缺口就更大了。"

赵泽宇点头，道："我早就查过他的底细，今天他这块地一拍，两块地合起来的资金缺口，三个董明山的身家都填不上。"

两人连连点头，田花花恍然大悟："他如果只拿了上一块地，小富即安，我们也拿他没办法。他自己想赚更多，上钩了，那是自找的。人心不足蛇吞象，他害我们损失这么多，这个办法才解气！"

陈子华嘴角微微一翘，留心听着。

杜总又问："我们和本地一些银行关系不错，可如果他手续齐全，抵押物充足，或者他去找外地银行，我们也很难让银行不放款，就算说动几家，也没法让所有银行都拒绝他的贷款。"

赵泽宇虽然人脉很广，但也不是只手遮天，不可能做到在董明山资质合格、抵押物充足的情况下，让所有银行都不放款给他。

赵泽宇道："我查了他的抵押物，最大的一块资产是他现在开发的悦峰园的未来现金流。悦峰园第二期开盘在即，他很快能收到回

款，所以他上一次才敢出这么高溢价跟我抢地。我们现在只要掐断他悦峰园的收入，他立马就破产了。"

田花花问："怎么掐断？"

赵泽宇道："简单，让他拿不到预售证，卖不了房。"

两人都骇然。

赵泽宇这是设计了一套连环计要直接将董明山整到破产。

他先跟董明山合作，还故意摆出要占董明山便宜的样子，让董明山消除警惕。否则如果他真正按市场行情合作，董明山会想，自己抢了赵泽宇的地，赵泽宇为何还要帮自己呢？两人合作之后，赵泽宇让董明山再拍下一块更大的地，两块地合起来的巨额土地尾款，董明山只能向银行借，可此时如果董明山自己的楼盘拿不到预售证，开不了盘，银行自然不肯放款，于是董明山交不上土地尾款，两块地都会被政府收走，保证金没收，瞬间就会资不抵债。赵泽宇按照条款协议，可以不花一分钱占了董明山公司的全部股份，到时董明山就会从一个上亿身家的地产商变成比普通人还不如的失信人员，从天空跌到地底。

陈子华文化程度有限，听不懂赵泽宇所说的商业布局，但他听明白了，这一套组合拳下来，董明山就破产了。

他不动声色，继续开车。

到了公司，赵泽宇正要叫田花花和杜总一起去他办公室，他教两人接下来该如何操作。秘书过来告诉他，他的老丈人王甬民来了，正在办公室里等着。

46

赵泽宇站在办公室门外，深吸一口气，做好表情管理，一把推开门的瞬间，已换上热情的笑容："爸，您怎么来了？有什么需要，您打个电话，我就去了，怎么还亲自跑公司一趟？"

王甬民拉着脸："你这么大的老板，我想见你一面可不容易。"

"瞧您这话说的，我和嘉嘉是夫妻，同住一个屋檐下，咱们都是一家人啊。您有事啊，直接来我们家就好了。"

"去你们家？你家门槛太高，我年纪大了，迈不过去。"王甬民道。

赵泽宇对他的冷嘲热讽置若罔闻，招待王甬民落座，自己在一旁坐下，继续赔笑："您今天找我有什么事吗？嘉嘉没跟我提您要过来啊。"

"她不知道的。今天是我来找你。"

"哦？"赵泽宇微微眯了下眼睛，依旧笑着，"我们都是一家人，您有什么话尽管跟我说就是了。"

王甬民质问道："你和嘉嘉现在关系怎么样？"

"挺好的呀。"赵泽宇看他根本不信这个说辞，又补充说，"夫妻间有时候磕磕绊绊总是难免的，小吵小闹也是生活的一部分，但是我们俩是有感情基础的，偶尔的一点点矛盾不会影响根本。"

"你在外面是不是有很多女人？"

赵泽宇坚决否认："不可能，绝对不可能！我做生意，外面有应酬是难免的，有时候会有风言风语传出来，不过有一点我是坚决做到的，不管在外面应酬到多晚，哪怕到了凌晨两三点，我也一定回家睡觉。您可以去问她，这么多年来，除了出差，我可以说，只要我人在江北，就没有一夜不归宿过。我不敢自夸做得多好，但是我周围的老板，这么多年来从来没有一天夜不归宿的，就我一个了。"

见赵泽宇这副态度，王甬民原本要"兴师问罪"的架势也稍稍减弱了些，语气稍显缓和："那你们之间到底是怎么回事，她要离婚。"

"她说着玩的，爸，您可别当真，我对她是很有感情的，何况孩子都这么大了，不管是为了彼此还是为了小孩，我都不会同意离婚。我们有时候吵架，话赶话，但是基础感情是坚固的，是经得起时间考验的。"

"那么，不让我们看小星，这事怎么说呢？"

赵泽宇抿了下嘴，道："我妈这人，有点偏见，性格也强势，我比较难做……她就是拗着一口气，越跟她拗着，她越要较劲，我只能顺着她一些。我答应您，过几天，最迟这周末，我肯定把小星带过去。"

王甬民冷笑一声："那么你爸，这位大领导对我们家也有那么大偏见吗？"

"我爸……还好吧。"赵泽宇模棱两可地道。赵忠悯不像李青，他从不会嘴上说谁不好，他一向是所谓的具体问题要具体分析，讲公道话，摆事实讲道理。

王甬民摇头，苦叹一声："我问你一句，你和嘉嘉都结婚这么多年了，你爸妈还是瞧不起我们家。到底是因为我们家小门小户，配不上你们赵家的门第，还是因为我贪污坐了牢，你爸妈想和我们家撇清关系？"

赵泽宇尴尬地笑笑，答不上来。

王甬民盯着他看了半晌，郑重地问道："你爸这位大领导，是不是从来就不知道，我这个牢，是替你坐的？"

赵泽宇脸色顿时一变。

王甬民长叹一声，继续说："我当年也是鬼迷心窍，你找到我，说帮你们改了规划，你爸会挺我到市里面工作。那时我不到五十岁，想着再往上爬一爬，就答应下来了。后来引起一些群众的不满，闹到集体上访，你下面的房产公司找人去对付闹事的人，结果把带头的人弄失踪了，事情捅破天，你下面那家房产公司的老板畏罪自杀。你跟我说，让我出来顶罪，你和嘉嘉都快结婚了，如果你出事，嘉嘉一定伤心欲绝，而且你爸也承诺了，只要我一人顶罪，他会想办法尽快让我出来，否则所有人都进去，我该坐的牢也少不了一天。"

提及此事，王甬民不禁想起当年事发后，调查组即将到来，他已经做好了认罪的打算，结果这时赵泽宇找到他，跟他说，希望他能一个人把事情扛下来。赵泽宇和他分析了利弊，如果供出赵泽宇，王甬民没证据能证明此事牵涉到赵忠悯，两人甚至都没见过面，到时赵忠悯肯定会动用关系保儿子，王甬民该背的罪责一样都不会少；如果王甬民肯一个人扛下所有，一来赵忠悯到时会想办法早点让他出来，二来赵泽宇和王嘉嘉正在热恋期，按赵泽宇的说法，两人马上要结婚了，赵泽宇已经是王甬民的准女婿，为了女儿的幸福，他也该一个人扛。

一正一反权衡之下，王甬民选择一个人背全部的罪责，来保全这个未来的女婿。

当然，王甬民改规划的动机必须是个人腐败，这样才不会牵涉其他人，可他从没有收过一分钱，受贿的赃款压根不存在。于是赵泽宇便让王甬民告诉调查组，房产公司老板承诺事成之后会给他一大笔钱，所以他一时财迷心窍协助改了规划。而房产公司老板在调查组找上门之前就已经投河自杀，这下死无对证，一切就看王甬民的口供了。

王甬民回忆起历历往事，心情更是激动："你当时跟我说的是，调查组一定要有个结果，在这件事上，我的责任是逃不过去的，你和嘉嘉即将结婚，我一个人进去，好过我和你都进去。我当时为了嘉嘉的幸福，答应了。可直到现在我才知道，你骗我！"

赵泽宇装无辜道："爸，我……我没骗您啊，我和嘉嘉确实没过多久就结婚了啊。"

"你和她结婚是为了让我安心坐牢，不要翻供！"王甬民怒道，"你跟我说的是这一套，你跟嘉嘉说的又是另一套。当时你单方面在追嘉嘉，嘉嘉不喜欢你，你和她说，只要她嫁给你，你就会想办法把我捞出来，结果她信了你的鬼话，同意嫁给你！你跟我说，让我为了嘉嘉；你跟嘉嘉说，让她为了我。你骗了我们两个！"

自从那一日王嘉嘉把赵泽宇当时跟她说的话告诉王甬民后，王甬民如遭雷击，原来，赵泽宇骗了两个人。

赵泽宇让王甬民一个人背锅，来保全他这个准女婿；又跟王嘉嘉说，只要她嫁给他，他就想办法把她爸救出去。

父亲为了女儿，牺牲自己的自由；女儿为了父亲，委屈自己的爱情。

赵泽宇则抓住了父女俩为了不让对方难过，都不会把苦衷说出来这一点。

这是两头骗！

现在王甬民甚至猜测，当年涉案的房产公司老板自杀，不一定是自杀，而是被赵泽宇灭了口。

赵泽宇面色一变，他本以为父女为了彼此而付出的事，王甬民和王嘉嘉会对彼此永远保密，谁承想王甬民现在竟当面揭破他当年两头骗的谎言。

他站起身，点起一支烟，幽幽地问道："爸，这件事嘉嘉知道吗？"

王甬民直白道："我当然不能让她知道。"

如果王嘉嘉知道原来父亲坐这么多年牢是为了自己，不知该有多难过。而她也是被赵泽宇蒙骗，仓促地走入了婚姻。赵泽宇的两个谎言毁了父女两个人的人生，他这个罪魁祸首却还好好地活着，呼风唤雨，说一不二，这要是被王嘉嘉知道了，不知道心理上会受多大打击。

"不知道就好，不知道就好啊！"赵泽宇松了口气，转过身，饱含歉意，"爸，不管怎么说，有一点我从来没有骗过您和嘉嘉，那就是我对嘉嘉是真心的。我毕竟是赵忠悯的儿子，我追嘉嘉时，可不是看中她是您的女儿。实话实说，当时，我确实对你们存在一些欺瞒，但我是真的想和嘉嘉结婚，共同走过一辈子。这么多年过去了，到现在，我对嘉嘉依然一心一意。至于说我在外面有女人，那都是应酬，逢场作戏罢了，嘉嘉也是听别人风言风语瞎传，我今天在您面前放下一句话，如果她有一天抓到我和其他女人在一起的证据，我自愿离婚，净身出户！夫妻之间，除了出轨以外，其他矛盾都是可以商量解决的，我绝对不会同意离婚，这是我的立场。您今天来找我，我承认，我确实做得不太好，我也向您保证，我接下来会尽可能对她好，弥补不足，您也好好做做她的思想工作，我们是有感情基础的，孩子也半大不小，不要再提离婚的事了。"

王甫民打量着他，见他这副态度，一时之间，也弄不清楚他们夫妻俩到底是什么状况，是嘉嘉把夫妻矛盾说得太夸张了，还是确实过不下去了。毕竟自古以来都是劝和不劝分，如果根源仅仅是婆媳矛盾，那么夫妻俩也不值当离婚；如果夫妻俩已经毫无感情了，那么过下去对女儿来说也是一种煎熬。王甫民便说："我希望你能做到你说的，你要是对她好，能够好好把日子过下去，那自然最好；如果你做不到……我这些年坐牢都是为了嘉嘉，她过得不好，我——"

赵泽宇眼睛微微一挑："您怎么样？"

王甬民道："我出狱以后，段飞找了我好几次。"

"段飞找你？"

"段飞找我和嘉嘉没关系，我也没告诉嘉嘉。他找我，一直想打听当年的事，他认定我是替人顶罪，想让我说出来，重新立案调查。"

赵泽宇怒道："段飞就是记恨嘉嘉嫁给我了，显而易见是针对我，也不瞧瞧自己是什么东西，就是个小小的检察官，也配跟我赵泽宇比？"

王甬民叹口气："你如果对嘉嘉好，那自然最好。你如果做不到，也不好骗我，你们正常离婚，放过对方，也算是好聚好散了。"

"离婚？绝对不可能！"赵泽宇喝道。随即他意识到自己态度过激了，低下声来，道："爸，我会改的，您放心吧，我会对嘉嘉好的。对了，爸，以前我手写过一份东西，不知道还在不在您那儿？"

王甬民警惕地盯着他："我一直好好放着。"

赵泽宇道："爸，这东西如果可以的话，还是烧掉吧，万一不小心被人看到了，那……那就很麻烦了。"

王甬民哼道："你放心，当年调查组都没搜出来，哪儿能这么容易不小心被人看到。如果被人看到，肯定不是不小心。"

赵泽宇连忙道："爸，咱们都是一家人，咋说那种话？"

王甬民冷静道："泽宇，你要是担心这个，大可不必。你如果想和嘉嘉好好过下去，那就做给我们看，也让你爸妈不要做得太过分。你如果同意离婚，那也好，嘉嘉不会管你要太多财产，你看着给一些，再让她可以自由地看小孩，尽量减少对孩子的影响，这样大家都活得通透。这两条路，你选任何一条，那些事永远都不会有人知道，这也是我坐的这十年牢为嘉嘉换来的，我唯一能为她做的。你如果还像现在这样，既不同意离婚，又不肯对她好，就算你手写的那份东西还给你，或者烧了，你也别想高枕无忧，你那些事情，就算我不知道的，我也大概能猜到。"

赵泽宇低声问："什么事啊？"

王甬民隐晦道："判决书上给我行贿的房地产商人，在调查组还没来时，就畏罪跳河自杀了，他肯定不是自杀。"

赵泽宇忍不住倒抽一口气，急忙说："爸，我对嘉嘉有真挚的爱，离婚绝对不可能，我会改正，对嘉嘉好，您拭目以待吧。周五我带嘉嘉和小星一起去看你们，您今天的话，我一定牢牢记在心里！"

赵泽宇将王甬民送到电梯口，回到自己办公室，站在窗口，目光复杂地看着从大楼底下走出来的王甬民，过了一会儿，他突然吹起了轻快的口哨。

47

赵泽宇今天早早回了家，掏出一颗西地那非的蓝色小药丸服下后，便开始了等待。

很快，王嘉嘉给赵星辰辅导完功课，走出了房间。

赵泽宇坐在客厅的沙发上，刚要起身迎上去，忽地看了眼手表，吃下药之后还不到五分钟，还不行，他只能继续耐着性子等待。——中年男人一向比年轻人更有时间观念。

王嘉嘉收拾着家里，在客厅穿过了几回，赵泽宇一直坐在沙发一角冷漠地玩手机，每次她经过，赵泽宇都会抬头看她一眼，却又不言语，显得古里古怪。王嘉嘉心里不解，也懒得跟他说话。

终于，半个小时一到，赵泽宇生龙活虎地站起身，冲进卧室，像野蛮人的王一样，从身后一把抱住了王嘉嘉。王嘉嘉把他推开，板着脸问："你干什么？"

"当然是……复习一下夫妻生活。"赵泽宇满脸堆笑。

"需要吗？你又不缺女人。"王嘉嘉冷漠地挣脱开束缚。

"你别乱说，压根没有的事。走吧，我给你看个东西！"这一次，赵泽宇丝毫不生气，兴高采烈地拉住王嘉嘉的手就往外走。他们俩除了在公开场合秀伉俪情深之外，上一次赵泽宇这么兴致高昂地牵她的手都已经是远古时代了，对赵泽宇突然的变化，王嘉嘉有点手足无措。

赵泽宇拉着她径直出门，坐电梯到了地下车库，来到自己的车后，按下后备厢开关，打开，后备厢里满满全是鲜花，中间的红玫瑰摆出爱心形状，里面还有一个礼盒。

王嘉嘉不解地看着他："你这是干什么？"

"亲爱的嘉嘉，我为这些年你受的委屈，还有我对你造成的伤害而诚挚地道歉！"赵泽宇紧扣王嘉嘉的手，弯腰鞠躬。

"你这又是唱哪出啊？"王嘉嘉打量着他。

"俗话说，浪子回头金不换，"赵泽宇诚恳道，"以前都是我的错，我经过深刻反思，设身处地从你的角度思考，你这些年为了我们这个家，已经付出了太多，受了太多的委屈。"

王嘉嘉疑惑地瞧着他："说吧，到底发生了什么事？你不用来这一套。"

"呃……"赵泽宇摸了摸额头，难为情道，"也没什么，今天你爸找了我，你知道吗？"

王嘉嘉盯着他："我爸找你？他找你说了什么？"

赵泽宇试探地问："你不知道啊？他没跟你说？"

王嘉嘉摇摇头，道："他没跟我说。今天他去哪儿找的你，我怎么不知道？"

"他来我公司找我了。"

王嘉嘉疑惑："他去公司找你了？"

"是啊。"

"他找你说了什么？"

赵泽宇继续试探："他真的什么都没跟你说吗？"

"没有，别讲相声了，赶紧说。"

赵泽宇道："他跟我讲了你受的种种委屈，他还说你很想离婚。你知道的，我一直不同意离婚，从来不同意，完全不同意，以前不同意，现在不同意，将来还是不同意！我和他沟通了很多，我反思过，确实是我做得不好，伤了你的心，我脾气不好，拉不下脸来好好哄你。现在我希望你能重新给我机会，让我好好弥补。"

王嘉嘉疑惑地看着他。

"来，你拆开礼物看看。"赵泽宇语气温柔。

王嘉嘉面对赵泽宇突如其来的热情，到此刻依然是半信半疑。

她和赵泽宇相处这么多年，了解赵泽宇的性格。他如果对人高傲，或者表现出不屑，有距离感，抑或肉眼可见的敷衍、逢场作戏，那都很正常，没什么，这就是赵泽宇本来的模样。可如果他对人表现得特别亲近，让人有种如沐春风的舒适，让人觉得他这个人特别好，那他八成是在设计人，后面跟着阴招。

尽管赵泽宇在她面前一向表露出本性，在家人面前不需要隐藏，可她对赵泽宇今天反常的变化，还是感到了微微的不适。

她满腹狐疑地拆开礼盒，里面是一个按王嘉嘉形象雕刻出来的塑胶人偶模型，她不由得眼前一亮。

赵泽宇欣喜地问："怎么样，喜欢吧？"

王嘉嘉皱起眉，既没有点头，也没有摇头。她爸跟赵泽宇究竟说了什么，能让他突然像变了个人？

赵泽宇道："周五你接小星放学后，直接来我公司，我们一起去你爸妈家吃晚饭。"

王嘉嘉一愣，今天的赵泽宇简直好像被人夺舍了一般，可面对赵泽宇的主动示好，她也不能一直冷漠应对，毕竟他们还是夫妻，于是，她也只能点点头。

赵泽宇心满意足地笑了，拍拍她臀部："我们赶紧上楼吧，先来一场温故而知新。"

"我先洗个澡。"

"别洗了，现在效果最好。"

"什么效果？"

"爱你的效果。"

48

董明山最近心情大好，自从拉上赵泽宇合作后，他的运势一路高歌猛进。

在赵泽宇的帮助下，他得到了几家银行的授信，额度充足，随着第二块土地顺利收入囊中，后续只要走完抵押协议拿到贷款，办完交接手续，便能正式进入开发阶段，数亿的收益近在眼前。最近，"悦峰园"第二期楼盘也已经封顶，申请预售证的事有赵泽宇帮忙，自然不在话下。

此刻的他完全没有意识到一个能将他从天堂劈到地狱的闪电正在头顶的云团中酝酿着。

有了商业上的来往，董明山和赵泽宇两家人的关系也日渐亲近，前几天赵泽宇让司机送来了一箱空运的海鲜，龙虾、鲍鱼、生蚝、野生大黄鱼等，这么一箱子价值数千，这让董家人受宠若惊。

董浩然和赵星辰在学校里也成了好朋友，每个周末都聚在一起玩耍。

看到董家三口开心，孟真真也着实高兴，平日里拖地都格外用劲。

对她而言，生活中最大的隐患还是陈子华，陈子华有她身份的把柄，手里还沾着何超龙的命案，陈子华就像一颗定时炸弹，孟真真预感他一定会爆，却不知道什么时候爆。无法预期的恐惧，才是最大的恐惧。

每天，有人的时候，孟真真生活如常，用笑脸应对一切，可一旦剩下她一个人时，陈子华的阴影便忍不住浮现在她心头。

早上，孟真真提着食材返回尊邸，刚进小区，就远远瞅见了丁虎成。

自从周日早上陈子华闯进她家，发现了她家还有其他男人的痕迹后，孟真真这几日以来一直避免和丁虎成接触，对丁虎成的关心问候也是不理。

她不知道该如何处理，只能逃避。

她低下头，急匆匆地朝五号楼走去，还是被丁虎成截住了。

"来来来，我帮你，我帮你。"丁虎成不顾她的推托，抢着拎过她手里的东西。

孟真真心情复杂，跟在一旁。

"洪梅，这几天你为什么一直躲着我，发生什么事了？"

"我没躲着你。"孟真真随便撒了个谎。

"你别骗我了，我看得出来，几次在楼下遇到你，你都故意走开，给你发消息你也不回，周末时我们不还好好的吗？到底是怎么了？"丁虎成追问。

"没什么，我最近身体不太舒服，过些时间就好了吧。"孟真真加快脚步，走到了丁虎成的前面。

"怎么身体不舒服了？"丁虎成虽然不信这个答案，却又不敢问得太直接。

"没事，老丁，你好好照顾自己，我没事的。"她说完，又机械地重复一句，"我没事。"

丁虎成抿抿嘴，轻叹一声："洪梅，你要是遇到什么事，告诉我，我帮你一起想办法，一起解决啊。"

孟真真微微停顿一下，又接着往前走。

"是不是什么金钱方面的困难，你不好意思跟我提？你跟我说吧，我手里头攒了五六万块钱，你需要的话，都拿去先用着。"

孟真真完全停下了脚步，转过身："老丁，我们相处的时间不长，其实你完全不了解我到底是个什么样的人，你傻不傻，把你这几年的积蓄都拿出来给我？你就不怕我是骗子，我故意想找理由，骗你的钱？"

丁虎成憨笑道："不可能，你不是这样的人。如果是，那我也认了。"

孟真真笑笑，叹口气，道："我没事的，女人周期性的心情起伏，过段时间就好了。我先上楼了。"

"你真没事吗？"丁虎成又问了一句，除此之外，他也问不出所以然来。

"过段时间就好了，最近让我静一静吧，不要联系我了。"孟真真从他手里接过两袋食材和水果，不顾伫立在原地的丁虎成，快步走进了五号楼。

她刚走到电梯处，旁边的楼梯通道里就探出一个脑袋，冷声问："该不会你那姘头就是这死胖子吧？"

看到突然冒出的陈子华，孟真真浑身一个激灵，差点跳了起来："你怎么在这里，你怎么进来的？"

"正常走进来的啊。"陈子华悠然地从楼梯通道里走出来，道，"走吧，站这儿总不合适吧，上楼去聊聊。"

孟真真想起王慧的前车之鉴，立刻说："你想干什么？董先生和董太太还在楼上！"

"你甭骗我了，"陈子华笑笑，"我早上过来就是给董先生送文件的，我亲眼见着他们夫妇俩出门了，你还用这理由堵我？"

孟真真道："你有话就在这里快说。"

"咱们的事，三言两语说不清楚，走吧。"

这时，电梯门一开，一名业主从里面出来，经过他们身边，认得孟真真是这里的保姆，便多瞅了一眼，顺便打量了眼旁边的陈子华。

陈子华当即装成网络维修师傅，对孟真真大声说道："你带我上去看看路由器，我要先排除一下路由器的故障，一般网络连不上都是路由器的问题。"

孟真真怕引起旁人怀疑，只好硬着头皮走进电梯，刷了电梯卡。

出了电梯，到了门口，孟真真不愿意开门，陈子华又说："咱们都到门口了，你还不请我进去坐坐，你不怕站这里说来说去，被电梯里的人听到吗？"

孟真真无奈，只得打开房门，放陈子华进屋。

刚进屋，陈子华便从后面抱住孟真真，开始上下摸索。

孟真真直接将菜扔到地上，挣扎着推开他："陈子华，你住手！

上一个保姆就是因为董先生和董太太在查电梯监控时，发现她带男人上楼，被辞退了，如果我有那么一天，我也没什么好顾忌的了！"

见她这一次的抵抗如此坚决，陈子华只好停下手，悻悻地走到一旁，环顾着整个董家："这董家可真够有钱的啊，住这么大的豪宅，可惜啊……"

"可惜什么？"

陈子华笑而不答，往沙发那边走过去，孟真真当即呵斥："那不是你该坐的地方。"

陈子华哼一声，依旧大大咧咧地往沙发里一躺，道："可惜啊，这房子马上就住不成喽。"

孟真真不明所以："你到底要干什么，陈子华，我钱都已经被你拿光了，你还想怎么样？"

"这事先不急，待会儿说。"陈子华站起身，走到餐桌旁，在孟真真眼神警告下，还是不管不顾地拿起餐边柜上的玻璃瓶装高档纯净水，拧开喝了一口，"这么贵的水味道也没有不同，有钱人都脑子有病吧。"

孟真真咬牙切齿，却对他无可奈何。

"先说说吧，那死胖子就是你姘头？"

"他是小区保安。"

"我没问他是不是小区保安，我问的是，他是不是你姘头？"

"你是不是脑子有病，保安帮我拎一下东西，你也要管？还有，谁帮我拎东西，和你有关吗？"

陈子华狠声道："真真，这话我已经说了很多遍了，我为你付出了这么多，你却背叛我，但是，我本着咱们夫妻是一辈子的关系，我给你最后一次机会。我再问你一遍，睡你的王八蛋，是刚才那臭保安吗？"

孟真真和他对视了几秒，道："不是。"

"那到底是谁？"

孟真真咬着嘴唇，不说话。

陈子华面色肃然："我也希望不是他，要不然，你能让这么个老保安上你的床，我都替你丢人。"

孟真真抽了抽嘴角，不理他。

陈子华盯了她一会儿，道："感情的事，往后再说，今天我找你有正经事。"

孟真真想到了何超龙，不禁惶恐："什么事？"

谁知，陈子华说的不是这个："你信不信，董明山一家即将遇到大难？这大房子啊，很快就要易主了。"

"你把话说清楚。"

陈子华一笑："我问你，最近董明山是不是挺开心的，一直在夸我们家赵老板？"

孟真真当然知道，最近董明山每天回家就兴高采烈地把赵泽宇一顿夸，说赵泽宇又帮他引荐了哪些人，送了他什么礼物，赵泽宇这地位的人如此对他，他受宠若惊，高官子弟教养就是好，相处起来让人如沐春风。为了回报赵泽宇，董明山也三天两头让钱一茹准备高档的酒水和其他礼物，给赵泽宇送去。

"赵老板做的一切，都是在设局，目的是一口吃掉董明山。猪在被宰之前，都以为主人喜欢它的白胖可爱。现在董明山的脖子已经架在案板上了，可怜，他自己还浑不知情，早上还跟我一个劲地夸赵总人好。"

"你到底什么意思？"

陈子华喝了口水，道："我问你，你想不想看到董家破产？"

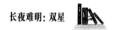

"你别说废话。"

"那你打算就这么一直守在小孩身边，守一辈子？"

"这和你没关系。"

"甭管和我有没有关系，我得先知道你的态度。你如果觉得董家破产也没事，你可以把小孩领过来，自己养大，那赵泽宇设计董明山的事，你也不用放在心上。如果你想让咱们孩子继续在这有钱人家里长大，你只以保姆的身份陪在他旁边，那今天的事，和你就有大关系。"

孟真真微微思索几秒，咬了咬牙，问："赵泽宇怎么设计董家了？"

"那也就是说，你不想看到董家破产？"

"你快说！"

陈子华笑道："董明山花了五个多亿拍下一块地，你知道吧？"

董明山近来在饭桌上的话题，绕不开两块土地的事，孟真真自然也知道这回事。

孟真真说："董先生说这块地过几年开发完成后，他能大赚几个亿。"

"也许吧，正常情况下是这样。"

"然后呢？"

"这么跟你说吧，赵老板亲口说的，董明山之前抢了他一块地，害他损失了好几个亿，所以他这次设了个局，先让董明山误以为赵老板在帮他，再怂恿董明山拍下另一块地，买下这块地的钱，全部都是董明山靠赵老板的帮助借来的。过段时间后，赵老板会想办法让董明山的整个资金链断掉，到时，按照他们之间的协议，赵老板不用花一分钱就能夺走董明山的整个公司，董明山不但要破产，还会欠下一屁股债，从此成了失信人。什么房子啊，车子啊，都会被银行收走。"

孟真真怀疑地看着他："董先生这么有钱，怎么可能一下子就破产？"

"有钱人顷刻间破产，比比皆是，没什么稀奇的。董明山虽然有钱，可跟赵老板比起来，也算不上什么了。赵老板在江北的地位，董明山跳起来都够不着他膝盖，董明山还以为赵老板真会把他当朋友。赵老板亲口说的，现在前戏已经做完，就等着收网，收网的时间没几天了。"

孟真真问道："他怎么做能让董先生的资金链断掉？"

"这些商业上的事，具体的，我也不是很懂。总之，现在董明山已经完全落进赵老板的大网里了。"

孟真真冷冷地盯着他："你会这么好心，专程跑来告诉我这件事，让我提醒董先生？"

陈子华笑道："那当然，董浩然毕竟是咱们俩的孩子，我也盼着他生活在富贵人家，我可不想看着咱儿子好不容易投胎到了富人家，才上小学二年级，家里就破产了。"

孟真真完全不信他的鬼话，缓缓摇头："陈子华，你从来就不是有良心的人。"

陈子华也不生气，坦然笑笑，算是默认这个评价，道："你现在就算提醒董明山也没用，合同签了，地也拍了，他已经掉进了赵老板的袋子里，他就算知道了真相，也只能眼巴巴地望着赵老板把口袋拉上。何况，你一个小保姆，说什么话，董明山能信你？"

"那你来找我做什么？"

"你上个礼拜是不是去过赵老板家里，帮忙打扫屋子？"

"你怎么知道？"

"我听到赵老板跟人抱怨，说他太太脑子抽了，借董明山家的保姆来用，王嘉嘉对你的表现很满意，还跟赵老板说，她还要再找你过去。赵老板不习惯家里有住家保姆，所以一直以来都是王嘉嘉打电话给保洁公司，临时派保洁阿姨过来。他没想到王嘉嘉会找董家借保姆，共享保姆这件事，实在给赵老板丢脸。"

王嘉嘉为了以后还能和孟真真见面聊天，本想鼓动孟真真辞掉董家的保姆工作，来她家做。赵泽宇不接受保姆住在家中，所以王嘉嘉便打算让孟真真白天来她家做保姆，晚上回去自己住。

孟真真没告诉她董浩然是自己儿子，寻了借口，暗指同学关系如果变成雇佣关系，会影响两个人的友情。王嘉嘉作罢。

陈子华看着孟真真："现在能救董家的人，只有你了。"

"我能做什么？"

"董明山不是刚出社会的小青年，基本的风险意识总是有的。可咱赵老板放话说，过些天能轻松让他资金链断裂，用的一定不是正儿八经的手段，一定见不得光。要是你去赵老板家，偷偷在赵老板的书房或者什么地方，装个隐藏的摄像头，咱们远程把他的一举一动都给拍下来，到时肯定能抓到他的把柄。"

"你要我偷拍赵泽宇？"

"对呀，我这么跟你说吧，赵老板明面上只是个基金公司的老板，实际上，他下面有很多产业，都是别人帮他代持的股份。有些事，赵老板是跑不掉的，比如说行贿，比如说逃税，比如说和人一起串标，低价弄政府项目，还有他那个基金公司，背后肯定有见不得光的人持着干股，这些都是我听说的，我不知道的自然更多。这些事，随便拎出来一个，管叫他头疼害怕。当然了，这些事情，他在外面肯定不会表现出来，不过私底下，总有彻底展现的那一面。你想想看，他这样的人，要是能拍到他私底下真实的一面，不光能够抓住他的把柄，救了董明山一家，甚至还可以……嘿嘿……"

"你想抓着他的把柄，勒索钱财吧？"孟真真一眼就瞧出了陈子华的真实目的，救董家是假，敲诈勒索赵泽宇是真。

陈子华毫不遮掩地笑起来："我原本听说赵泽宇很大方，以前的司机，还有娱乐会所攀上他的老鸨，他身边这些人全都在外开了公司。可我都给他开了这么久的车，公司其他司机不愿意上夜班，都是我主动顶上去，结果也没见他提拔我，也没给我另外的奖金。俗话说得好，大丈夫生居天地间，岂能郁郁久居人下？我就这么老老实实开车开下去，什么时候才能赚到钱，让你过上幸福的生活啊？"

孟真真鄙夷地嗤笑一声。

陈子华道："总之，设备我都准备好了，只要你愿意，就能帮董家避免破产，否则，过阵子董家连个遮风挡雨的地方都没有喽。"

"你自己怎么不去做？"

"我也想啊，可赵老板在车里当着我的面，不会跟人谈到很秘密的话，何况司机又不是只有我一个，如果其他司机发现了监视设备，被赵老板知道了，那我就吃不了兜着走了。他办公室里肯定有秘密，可我一个司机，只有给他拿东西时，进去过一两回，他办公室里里外外都装着监控，想下手也没办法。我想来想去，只有一个地方可行，那就是他家。"

孟真真冷笑："你就不怕我在他家装偷拍工具，被他发现？他如果发现，报警，警察找上我，怎么办？"

"像他这样的人，就算发现被人偷拍，他也不敢报警。因为他不确定摄像头是什么时候装上去的，这期间他是不是说过一些不能说的话。退一万步讲，就算他报警，警察找到你，你咬死不承认是你装的就行了，警察也没证据。"

"一旦警察找到我，核对身份信息，我被通缉的身份不就暴露了吗？"

陈子华挥了下手："你放心吧，你没被通缉，不用怕警察找上你。"

孟真真顿时起疑："你这话什么意思？"

陈子华一愣，意识到说漏嘴了，此刻也不再掩饰，道："跟你坦白说吧，当年我知道是你报警抓的我，可咱们毕竟是夫妻，永远的一家人，我是如此爱你，所以我宁可自己被判刑，也没有把你供出来。当时警察确实怀疑你是我的同伙，可他们找不到你，我又咬死不承认，最后也只能结案，定了我一个人的罪。你看，谁能像我一样，无怨无悔地替你坐了这么多年牢？明知是你报的警，我也不会和你计较，这些都是你欠我的。"

孟真真浑身一颤，震惊得倒退两步："我从来就没被通缉？"

"你要是不信啊，直接带着孟真真这张身份证去派出所查。"

听到他这么说，突然，孟真真彻底失语，一句话都说不出，浑身一阵战栗，内心惊涛骇浪。

这么多年来她东躲西藏委曲求全，为什么？如果她没被通缉，这些苦她根本没必要承受，她大可以光明正大去探监朱小八，问孩子去哪儿了，她可以第一时间找回董浩然，陪着他从牙牙学语到蹒跚学步，不错过他成长过程中的每一个瞬间。她也不需要买洪梅的身份，不需要刺黑痣，不需要怕何超龙，也根本不会被陈子华胁迫，参与何超龙的抛尸……

她是彻底的自由身，她可以光明正大地用孟真真的身份生活，她不会遇上何超龙的命案，她不用惧怕陈子华的威胁，她不用给陈子华一分钱，她不必被陈子华侵犯，她可以跟老丁正常来往，她可以跟王嘉嘉讲实话，她可以让王嘉嘉开除陈子华，她可以自由地在江北呼吸每一口空气。

而现在呢？

孟真真觉得脑子都快要炸了，她不敢再想下去了，原来她可以拥有母子相伴的正常人生，原来她可以在阳光下光明正大地奔跑，但一切都只是"原来"。

如今陈子华只是轻飘飘地说了一句话，可这些年她切切实实失去的人生，又有谁能偿还？

她从未被通缉，这到底是好消息，还是坏消息？

陈子华拍拍她肩膀："这下你放心了吧，这事如果成了，咱们俩敲赵泽宇一大笔，往后的日子，随意逍遥喽。"

孟真真睁着布满红血丝的双眼，可怖地瞪着他，突然冲上去，不管不顾地去抓陈子华。陈子华吃痛把她推开，孟真真又冲上去，就像不要命了一样，抓他，挠他，咬他，仿佛要把所有积压的怨气全都发泄在陈子华身上。

陈子华用力狠狠一把将她推倒在地，完全没法共情她此刻的心情，骂道："你疯了？你没被通缉，你该高兴才对，你打我干什么？"

孟真真坐在地上，怒吼起来："你为什么不告诉我？你为什么不告诉我？你还故意骗我，把我变成杀害何超龙的共犯！"

陈子华理所当然道："我怎么告诉你？我在坐牢啊，我怎么告诉你？你但凡有点良心，来看我一眼，我不就跟你说了？"

此刻，孟真真彻底崩溃了，她霍地站起身，从桌上一把抓过水果刀，直接冲上去就要捅死陈子华。

见她如此疯癫，陈子华也害怕了，瞅着她的动作，一把扣住她持刀的手腕，孟真真张口就咬，陈子华吃痛，另一只手捏住她下巴，将她的嘴巴都捏出了血。陈子华快速说道："我话都跟你说明白了，能救董家的只有你，设备我都准备好了，要不要救董家，你自己决定。"

他一把将孟真真远远推出去，拉开门把手，逃走了。

孟真真枯坐在地上，她的整个世界都黑了。

49

孟真真因为卖淫被江北大学开除，成了她人生的转折点。

她没有脸面对熟人，第二天，她就在熟人的世界里失联了。

她心里有气，她气陈子华想出的仙人跳，她更气自己明明反对，最后怎么就在陈子华的软磨硬泡下，鬼使神差地同意了这个馊主意。

气归气，肚子里还有个新生命，孟真真得接受现实，得找份工作赚钱，以应对即将来到世上的孩子。

她本想寻份仓管这类简单的工作过渡到生产，但还是经不住陈子华的劝说，她想到陈子华的一屁股高利贷是当初为自己欠下的，始终觉得有愧于他，再加上生了孩子后还有各种花销，以及之前跟村里人借的钱还没还清，种种现实压力之下，孟真真重新做起了陪酒女。

做了几个月，还了一半外债，给自己留下一万块，作为孩子出生后的基本用度。怀孕五个多月后，随着肚子开始隆起，孟真真也辞去了陪酒的工作，在出租房里养胎。

十月怀胎，一朝落地，孟真真见到了襁褓里的孩子，她觉得一切都是值得的。只是很快厄运再度袭来，孩子患有先天性心脏病，刚出生没几天就送去急救了，医生说这种病要么是遗传，要么是孕期不良生活作息的影响。

孟真真想来是自己陪酒的这几个月，胚胎受到了影响，懊悔不已。她和陈子华凑了两万多块钱的费用，孩子总算脱离了危险。医生表示，六个月及三岁后，孩子至少要进行两次手术。

为了攒钱给孩子治病，孟真真刚出月子，就重新做起了陪酒小姐，陈子华留在家中照顾孩子。每天赚的钱，她都交给陈子华，这些钱小部分是家庭用度，大部分让陈子华去还欠五哥的债。

陈子华照顾孩子很不细致，饿着冻着是家常便饭，白白净净的娃娃总是被他带得脏兮兮的，孟真真回家经常和他争吵，但陈子华很会哄人，三两句就能让孟真真消气，孟真真也体谅他一个大男人难免有些粗心，两个人继续磕磕绊绊地过着日子。

一段时间后，孟真真发现陈子华总是有还不完的债，他就像是个无底洞，不管孟真真赚了多少钱，交到陈子华手里后都有去无回。于是她独自找到了五哥，问陈子华到底还多少债。谁知五哥说陈子华从没欠过他钱，谁都知道陈子华爱赌博，手里又没任何财产，当初连孟真真一个女大学生五哥都不愿意直接把钱借出去，怎么可能借给陈子华这种一穷二白的赌棍？至于五哥要账经常揍陈子华，那更是无稽之谈，五哥只是开了几家棋牌室，放高利贷也是小额居多，他又不是黑社会，怎么可能到处揍人。再说，陈子华是个狠人，早年打架把人捅伤坐过牢，这人做事不要命，之前五哥让他收账，他把人打伤，最后还是五哥自己倒贴钱私了的，这也是为什么五哥把他辞了，不让他继续收账。

五哥见孟真真还不相信，便直接告诉孟真真，陈子华的钱，不是拿去赌博，就是拿去嫖娼了。

当天傍晚，孟真真假意跟陈子华说去会所上班，实则躲在家楼下盯梢，结果果然发现，自己前脚刚走，陈子华后脚就抛下孩子独自出门，去了一家棋牌室的私人赌场，还和一个妓女模样的女人勾勾搭搭，被孟真真当场抓了现行。

　　回到家后，陈子华解释，他一直想让孟真真过上好生活，可他没有本钱，就想着去赌博来攒够本，谁知道一输再输，他就越来越难以自拔。至于刚才那个女人，那种场所逢场作戏而已，他和那女人没实质关系。他又说："你上班不也得让客人占便宜，我不也都是睁一只眼闭一只眼，深深体谅你的难处，没嫌你的钱脏吗？"

　　孟真真顿时感觉生活很荒唐。"我喜欢被人占便宜吗？我让人占便宜赚的脏钱，却被你拿去打牌，拿去给其他女人！你为什么要瞒着我你坐过牢？"

　　陈子华又拿出那套解释，他自卑，怕孟真真一个大学生看不上他，如果说出来自己坐过牢，估计孟真真会离他而去。

　　孟真真又问他，为什么要骗自己欠了五哥的钱？为什么要伪造身上的各种伤，说是要债人打的？

　　陈子华本来还在疑惑孟真真怎么会突然知道自己的老底，听到这话才恍然大悟，原来是五哥这王八蛋出卖了他。

　　孟真真质问他："我上班赚钱，忍受着男人的骚扰，你怎么能忍心把小孩一个人丢在家里，自己去赌博，去玩女人？"陈子华跪下来，抓着孟真真的手，求她原谅，他说他已经改过自新，会戒掉赌博，好好照顾他们母子俩，说着还挤出几滴眼泪，担心孟真真没看到，还故意抹了抹眼睛。

　　孟真真联想到陈子华过去的种种，到今天才知道被骗了很久，见他又是下跪发誓假哭这一套熟悉的操作，已经免疫。

　　陈子华哭了一会儿，发现孟真真不为所动，索性破罐子破摔，他站起来怒骂："以前我看在你是个大学生的分上，尊敬你，听你的话，每次你生气都是我觍着脸来哄你，你还真把自己当回事了，你看看你现在这样子，你配吗？"

两人大吵了一架，孟真真一夜无眠，第二天开始她不再去会所上班，整天在家看着孩子，不让孩子离开自己的视线半步，至于陈子华，孟真真当他不存在，哪怕晚上睡在同一张床上，孟真真也只拿他当空气。陈子华想碰她，孟真真就把他甩开，陈子华用强的，孟真真就咬他。

一开始的几天里，陈子华因为自己理亏还忍着，过了些天后，陈子华终于不耐烦了，孟真真不让他过性生活，他就去扭小孩出气，孟真真为了护着孩子，只能无奈配合他。试了几次后，他发现这一招对孟真真极其管用，屡试不爽，只要他去扭小孩，孟真真凡事都会顺从。

孟真真骂他不是人，竟然拿自己小孩出气，陈子华则嘿嘿一笑，说："你早听我的话不就完了。"

就这样，孟真真像行尸走肉一般生活了半年，她想过带着孩子逃离，可一时间却不知道该逃到何处去。

半年后，孟真真带着孩子去医院复查，医生说三个月内要进行第一次手术，手术费用大概六万块。

孟真真回到家，和陈子华说了这事，陈子华抱怨费用太贵，现在是六万块，过几年还要再做手术，到时候不知道还要多少钱，而且这孩子一出生就体弱多病，不是发烧感冒就是肺炎，这半年已经花了好几万块了，往后小毛病肯定少不了，兜里的钱全交给医院得了。

陈子华劝孟真真继续回会所上班。孟真真拒绝，她已经是孩子的妈妈，不想小孩上幼儿园时，开家长会，遇到其他学生的爸爸是认识她的客人。

陈子华多次劝说无望，又给孟真真分析，哪怕他们俩都出去打工，几个月里也凑不出六万块钱，现在家里不但没积蓄，还欠着外债，谁也不会借钱给他们。医生都说了三个月内要动手术，如果等他们靠打工攒够手术费，指不定孩子坟头都长草了。

陈子华很了解孟真真，你跟她说要赚钱，她听不进去，但如果打着孩子的名号，她什么都愿意相信，什么都愿意去做。

可孟真真即便答应了重新做陪酒小姐，陈子华依然不知足，因为孟真真不肯出台，所以收入越来越差。

陪酒干了没多久，陈子华又给孟真真出了新的主意："真真，不是我逼着你去做坏事，只是你也看到了，咱们赚钱太慢了，时间迫在眉睫，要救孩子，咱们必须找到赚快钱的门路。"

陈子华所说的门路还是仙人跳。

孟真真第一次参与仙人跳就被抓了，这次说什么也不肯。她说："陈子华，这种钱拿在手里不脏吗？"陈子华笑了，说："难道有钱人的钱就来得干净吗？再说了，穷人哪儿有资格嫌钱脏不脏，穷人唯一要做的事情就是活着。"孟真真想给孩子积德。陈子华嘲笑她说："孩子命都要没了，还积德？你说咱孩子去地下报到的时候，是会感谢他妈积德行善呢？还是埋怨他妈没留住他的命？"

最终，孟真真还是被陈子华说服了，陈子华当即喜笑颜开，抱着她的脑袋猛亲，说："真真，我就知道你是个聪明人。"孟真真看着他，发现陈子华整个人都很陌生。

陈子华把孩子托付给亲戚照料，他则和孟真真去了外地城市，通过网上招嫖的方式把人引过来，实施仙人跳。两人流窜多地，一连做了七八起，软硬兼施，遇到执意报警的，他们便放弃，就这样，短短十来天就弄到了六万块钱。

攒到手术费后，孟真真便要收手，她要回南川接孩子，谁知陈子华推三阻四，找各种理由推托。几次三番下来，孟真真起了疑心，执意要见小孩。陈子华见遮掩不住，便坦白告诉她，他把孩子卖了。

孟真真呆愣住了。

陈子华自顾自地解释着，一来，这孩子出生就有病，不是感冒发烧，就是肺炎，加上先天性心脏病，接下来几年还要做几次手术，医生都说了不一定能根治，谁知道是不是医院又想骗钱，白掏这么多钱，最后还留不住，那就亏大了。二来，这小孩出生后，他们的关系就没好过，连夫妻生活都没了兴趣。孟真真有了孩子后，老想着陪小孩，不愿意做老本行。这孩子对他们来说实在是个累赘，这下卖了反而赚了三万块钱。

后来陈子华说了什么孟真真都听不清了，她耳边嗡嗡地响着，只看到陈子华丑恶的嘴脸在眼前晃动着。

这一回，孟真真终于彻底认清了陈子华。把孩子交给亲戚，他们俩铤而走险赚医药费是假；陈子华想通过孟真真赚钱，将母子分开卖儿子是真。孟真真当即要报警，陈子华则撕破脸，说："你要是报警，这么多起仙人跳咱俩是一起干的，我进去了，你也得进来，孩子照样给了别人。要么这样，你再帮我赚个几万块钱，我去把孩子买回来。"

孟真真当即就抄起手边的东西往陈子华身上砸了过去，她声嘶力竭地吼道："那是你儿子，是让你随便买来买去的东西吗？"孟真真冲过去要打陈子华，陈子华还手，一下就把孟真真推倒在地，第一次对孟真真拳脚相向。

被陈子华狠揍了一顿后，孟真真平静了下来，往后的几天，她也不闹了，就这么继续留在陈子华身边，整个人很安静。她准备逃离陈子华，但首先，她得知道孩子被卖到了哪里。

后来有一次，陈子华喝醉了酒，孟真真套他话，得知孩子给了一个叫朱小八的朋友，具体卖去了哪里就要问朱小八了。

陈子华喝醉酒断片了，醒来后不记得跟孟真真说过这些，也不知道孟真真坐在自己面前，看着醉倒的自己，兀自出神了很久很久。

陈子华带着孟真真继续做仙人跳。

他通过网络把一个男客人约到了酒店，孟真真和男客人见面后，便找了个借口离开房间，随后打电话给陈子华，让他十分钟后去房间。不久后，陈子华来到酒店，拿出事先准备好的房卡上了楼，敲开房门，他一把将客人按倒，说客人睡了他老婆，要他掏钱。

结果陈子华却见孟真真不在房间里，便问他老婆在哪里，客人说下楼了，还没发生过关系。陈子华心里疑惑，但事已至此，也只能硬着头皮向客人继续勒索。没想到就在此时，警察找上门来。

原来孟真真打电话和陈子华接头后，就下楼报警，说有人仙人跳。警察来敲门查房，客人如实供述，陈子华被抓了起来。孟真真躲在酒店不远处，亲眼看着陈子华和客人被警察押上警车。

这辆警车带走了陈子华，同时也将孟真真这些年的荒唐岁月一并带走。

陈子华被抓后，孟真真躲躲藏藏了几个月，回来偷偷找到五哥。五哥说陈子华因为仙人跳的事被警察抓了，警察从他转账记录里找到了好几个受害人，涉案金额好几万块，得判好几年了。五哥又告诉孟真真，之前派出所的警察来找他打听过孟真真的下落，五哥让孟真真千万要藏好了，别被警察发现了。孟真真感激五哥的帮助，又向他打听朱小八的行踪，却得知朱小八因拐卖妇女被警察抓了，暂时出不来了。

朱小八一审被判了六年，孟真真查了网上的审判资料，朱小八的罪状里，没有卖小孩这一条。她一直以为陈子华被抓后，肯定把她是同伙供了出来，她成为被通缉人员，所以她只能东躲西藏这么多年，直到朱小八出狱，才去问他孩子的下落。

她做梦也没想到，陈子华竟然没供出她，他在看守所里守口如瓶，始终没供出同伙是谁，警察怀疑过是孟真真，但因为一直没找到她，最后也只能结案，她从未被通缉。

50

陈哲和南川市公安局的刑警开了一场线上会议，这才弄明白孟真真用假身份的缘由。

当年陈子华落网后，南川市的警察用尽审讯技巧，他始终说仙人跳的另一名女性同伙是一名性工作者，在他威逼利诱下参与的，女同伙只负责接客，对后面他敲诈勒索的具体事情并不知晓，而且他也不知道对方的真实姓名。

警察当然知道他在撒谎，通过调查，掌握了陈子华和孟真真的关系，自然就怀疑同伙是孟真真。警察通过各种渠道寻找孟真真，可惜一无所获。一名受害者在监控里认出了女同伙，可监控没有拍到面部照片，警察能找到的孟真真照片也是多年前的旧照，受害者难以辨认，加上陈子华一口咬定同伙不是孟真真，从法律层面，警察没法对孟真真进行通缉。最后案子来回调查了大半年，在找不到孟真真的情况下，把材料提交给了南川检察院，最后检察院只能将陈子华敲诈勒索，另一名女性性工作者身份未明，对敲诈勒索过程不知情的公诉材料提交给法院，最后判了陈子华六年。

这期间，孟真真一直以为自己被通缉，所以才用了洪梅这个假身份。

办公室里，陈哲把一些材料交给段飞，介绍道："这次南川的刑警帮我们重新查了一些资料，那个叫五哥的被传唤后，说漏嘴，孟真真早年和陈子华生下小孩后，陈子华因为孩子有先天性心脏病，就背着孟真真把小孩卖给了朱小八。南川刑警重新传唤了朱小八，他说他把孩子放在了江北儿童福利院门口，看着小孩被领走他才离开。"

董浩然是孟真真的小孩这一点，他们早有猜测，所以段飞并不意外："就是董明山家的孩子？"

陈哲点点头："这也是孟真真用洪梅的身份在福利院工作小半年后，突然来到尊邸当保洁的原因。"

段飞思索片刻，问："她是董家小孩的亲生母亲，董家夫妻知道吗？"

"我们问过董明山和钱一茹，他们俩都说不知道。但是，钱一茹私下找到我，说老董确实不知情，但她是知情的，而且孟真真在出事前，曾经给她打过一个电话，说不管未来发生了什么事，让她和老董永远向孩子保密，永远不要让孩子知道亲生母亲是谁。所以她恳请我们一定要对外保密。作为交换条件，我也问了她关于孟真真和赵泽宇的纠纷，她说到了偷拍。"

51

人可以活得很久，可有的人在二十岁的时候就已经死了。

陈子华走后，过了许久，孟真真才渐渐缓过来。

关于陈子华让她偷拍的建议，她不考虑。

一来，陈子华说董明山很快会破产，孟真真完全不信，肯定是他故意危言耸听，想让她偷拍赵泽宇，进而敲诈一笔钱财罢了。更何况，王嘉嘉是她最好的朋友，就算王嘉嘉和赵泽宇关系不好，甚至有可能离婚，可王嘉嘉和赵泽宇毕竟是一家人，孟真真背着王嘉嘉去她家装摄像头，这像什么话？

几天后的早上，正在吃早餐的董明山接到了公司员工的电话："董总，售楼部出事了。"

董明山镇定自若地问："出什么事了？"

"刚才我们售楼中心一开门，一期楼盘的一名业主就带着一群媒体记者上门，说我们的实际施工情况和当时销售时的宣传不符，他要维权。"

董明山并没有太在意："怎么不符了，我记得没什么区别吧？"

董明山对"悦峰园"的整个设计和施工都很清楚，这是他举家搬到江北后开发的第一个项目，精装交付，目的是要在江北打响口碑，所以他宁可少赚钱，各种材料用的都是大牌，施工过程他也每天亲自监督。

"悦峰园"第一期已经交付了一半，收房的业主都对房屋品质很认可，一些细节小问题，他们也都配合业主的要求进行整改，所以他认为今天只是小事一桩。

"他说原来有两个阳台，现在只有一个了——"

"那两个阳台本来就连一起，现在两个合成一个大阳台，面积还多了三平方米。"

"话是这么说，可他说我们变更设计没有通知他，他就想要两个小阳台。"

"他脑子有病吧？"

"他还说木地板、墙纸、卫浴五金，列了一堆东西，说我们最后使用的，跟当时卖房时宣传的品牌不一样。"

"原来的牌子断货了，给全体业主换的全是更贵的东西，这事销售通知过每个业主。"

"他坚持说他没接到通知，也没签过字，谁知道东西是不是更贵。他还说楼下围墙和大楼的距离缩短了两米——"

"这是设计师在符合规划的情况下，尽可能增加了套内的实际面积。"

"话是这么说，可他非说我们变更设计方案。他还说我们销售时的宣传画上，小区东面是高档商场，现在还是一片荒地——"

"那块地又不是我们的，是政府规划造商场，政府什么时候把商场弄起来，又不归我们管。"

"还有我们地下车位的实际位置和设计图上有差别，我们缩小了车位的间距，多划出了一些车位。"

董明山道："那也是符合建筑标准的。"

"小区西侧对面有个村集体的活动中心，他说那里经常办白事。"

"这关我们什么事？又不是我们的房子！我们能管得了别人这么多吗？这人是成心来找碴，想讹钱吧？"董明山不耐烦了，气得吼起来，孟真真和钱一茹都停下手里的动作，看向了他。

董明山懒得理会，让公司里的人去应付，结果他还没出门，又接到了公司员工的第二通电话。

"刚才业主带媒体记者去他房子里检查装修问题——毕竟是他的房子，我们也没权拦着不让他进去，结果他们在房子的卧室里拍摄，外面客厅固定边柜旁边的插座突然着火了，整个柜子都烧了起来，现在他们说我们的装修有消防隐患。"

"哪儿来的消防隐患？消防部门全都验收过了。插头着火，肯定是电路的问题啊，给他修不就得了。这装修的电工怎么回事，怎么弄出这么大的故障？还有那柜子，我明明记得用的是防火板，怎么会烧着的？"董明山不明所以，他压根没往人为的方面想，还以为是装修公司的施工质量不过关。这么多房子，个别的施工马虎或偷工减料，也在所难免。

"业主准备带着媒体去住建局和消防部门反映情况，这件事今晚要上新闻，我担心影响我们二期开盘。"

董明山恼怒道："我知道了，你找业主和媒体协商一下，看看他们有什么诉求，我待会儿过去处理。"

"我刚问了业主有什么诉求，他说没有诉求，就是要曝光黑心开发商。"

董明山眉头一皱，道："有什么问题给他解决不就好了，他是想狮子大开口啊？"

"不清楚，我感觉今天他们是有备而来的，今天这几家媒体来的还都是当家记者。"

董明山一愣，房子交付的一些纠纷问题，属于很常见的民生新闻，算不上大事，媒体怎么会派当家记者过来呢？凭借多年商场的经验，他隐约感觉到今天的事不简单。他意识到了问题的严重性："你的意思……有人要搞我们？"

"是的。"

挂下电话，董明山的眉头拧到了一起。

如果只是正常的业主，哪怕遇到那种吹毛求疵的业主，开发商也总有办法应对。正常情况下，业主都是先提出问题，满足不了，他才会找媒体反映，可今天的业主，没和开发商沟通，直接找了媒体，几家媒体的当家记者一齐行动。

此人今天提出的问题，除了电路着火有些棘手外，其他都不是大

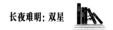

事，可要是媒体刻意渲染一遍，事情就可大可小了。

个人行为不可怕，就怕这是竞争对手在背后搞事，那么就意味着这只是开始，真正的大戏还在后面。

董明山做生意多年，遇到的或听到的各种下黑手的手段也是不胜枚举，他思索起来，如果这是商业上的黑手段，接下来会发生什么呢？突然，他打了个寒战，因为他联想到，最近他正在申请二期楼盘的预售证，如果事情闹大，预售证没有批下来，那么以二期楼盘的现金流为抵押向银行申请的贷款就有批不下来的风险，到时麻烦就大了。

钱一茹不无担忧地看着他，问："很难处理吗？"

董明山还不清楚今天事情的具体情况，此刻也是不置可否："二期的预售证正在办理，就怕突然出这些事，预售证下不来，影响银行的后续贷款。"

钱一茹安慰道："这么严重吗？"

"我这是最坏的设想，应该不至于。"

钱一茹建议道："如果遇到麻烦，你可以找赵总帮忙，他现在和你利益捆绑在一起，他在江北人脉广，什么事都能摆平。"

董明山一听，松了口气，捧着钱一茹的脸蛋亲了一口，连连夸赞："还是我们家大宝宝最聪明，临危不乱，我要好好向宝宝学习。我先过去看看能不能处理，自己能办的，就不麻烦泽宇老弟了，实在不行，我再找泽宇帮忙。"

孟真真担忧地望着董明山，刚刚电话里的内容她断断续续听清了一部分，此刻再联想到陈子华的话，她预感今天的事和赵泽宇有关。

周围人都说赵泽宇在江北拥有非同小可的本事，遇到这样的事，既然赵泽宇可以轻易地摆平，那么如果这事就是赵泽宇干的，他自然也能轻易地火上浇油，把麻烦闹大。

董明山和钱一茹仍在谈笑风生，完全没意识到董家即将面临灭顶之灾。

孟真真有了一种风雨欲来的危机感，她想到董浩然，从小生在富人家，过惯了衣食无忧的生活，如果董家真的破产，他该怎样应对生活的落差？

52

董明山离开不到一个小时，钱一茹就接到了他的电话。

一旁收拾桌子的孟真真竖起耳朵，听到董明山急促的声音："一茹，你现在快点来一趟明州派出所。"

钱一茹忙问："去派出所做什么？"

"唉，我刚到售楼部，几个农民工就围上来，跟我要工钱。他们是装修公司找的工人，装修公司没给他们结完工资，找我闹个屁！我跟他们说，我跟装修公司签的合同，我和装修公司的结款按照合同来，装修公司有没有给他们结工资，我不知道，也不关我的事，然后他们就冲上来拽我，不让我走，我还手了一拳，后来都被带到派出所了。"

"你会被拘留吗？"

"现在还不知道，别说这么多了，你先过来。"

挂下电话，钱一茹忧心忡忡，简单跟孟真真交代一番，匆匆出门。

孟真真站在阳台上，靠着栏杆，望着楼下的小区，陷入沉思。

短短一个早上，又是业主带一堆媒体来维权，又是农民工讨薪，这肯定不是巧合。

现在能救董家的人只有她了，陈子华的这句话在她脑海里浮现出来。

如果她去赵泽宇家装监控器，这是赤裸裸地在利用王嘉嘉对她的友情；如果什么也不做，董家真的会破产吗？应该不会吧，董明山经商这么多年，攒下这么大一笔家业，即便被赵泽宇设计，也不至于就破产吧？

楼下小区，丁虎成从保安室走出来，他每次走在小区里，总会不自觉地抬头看看董家的阳台，于是，这一次便和孟真真的目光撞在了一起，四目相对。

孟真真已经几天没有理丁虎成了，他完全不知道自己做错了什么，此刻，他只能朝她笑笑，伸手挥了挥，向她打招呼。

看到他憨厚挥手像动画片里熊大的模样，孟真真尽管还想继续保持对他的距离感，却忍不住莞尔，她把身体缩回阳台后，正要转身离开，陡然瞥见老丁身后十余米处，陈子华昂着头，瞪着眼睛望着她，然后手指隔空用力地指了指老丁。

孟真真浑身一个激灵，退到阳台墙壁后，偷偷看着楼下，只见陈子华径直朝丁虎成走过去，两人不知说了些什么，一同走向了远处。

孟真真又惊又怒，此刻一刀捅死陈子华的心都有。

彷徨徘徊了几分钟，孟真真的手机铃声响起，不用看也知道，自然是陈子华。

"楼上有人吗？"

"你想干什么？"

"家里没人的话我上来，有人的话你下来。"

"你到底要干什么？"

"别跟我废话，是你下来还是我按门铃？"

孟真真怒极，深吸一口气，强行让自己冷静下来，眼珠一转，道："你先去巧克力公寓等我，我等下过来。"

陈子华一天不死，她的天空每天都是长夜难明。

孟真真刚到巧克力公寓楼下，早已等得不耐烦的陈子华就一把抓着她胳膊，催促着上楼。

一进门，陈子华一把掐住她脖子，一路将她拖行到沙发，当先就甩了她一巴掌："你找的姘头果然就是这又老又丑的死胖子保安啊！我是不是警告过你，你以前跟谁好过，我可以原谅，但你必须断了，没有下一次！结果呢，今天你还在跟这死胖子楼上楼下眉来眼去，潘金莲和西门庆啊？我呸，五十岁的西门胖庆！你可真是不挑食，怎么着，这一堆上了年纪的肥肉在你身上滚来滚去，你是不是觉得很刺激啊？"

孟真真抹了抹嘴角被打出的血丝，瞪着他："陈子华，你刚才找他说了什么？"

"瞧把你紧张的，怎么，怕我跟他说你的底细？怕他不理睬你了？"

"我和他已经分了，没有关系了。"孟真真停顿一下，补充道，"你也是。"

陈子华又一个巴掌抽了上去。

孟真真毫不畏惧："有本事你打死我，我怕你不敢。"

"你！"陈子华举起手，咬牙停顿了半晌，最后松开了力气，让她坐起来，在一旁委屈道，"真真，对不起，我没控制住是因为我真的太爱你了，你想，如果我对你没有感情，我对你不是真心的，你和其他男人怎么样，我又怎么会气成这样呢？你答应我，以后再也不会和其他男人有瓜葛了，好不好？我求求你，答应我，好不好？"

孟真真冷淡问："你刚才找他说了什么？"

"我就故意找他搭个话，试试你的反应罢了。怎么，你到现在还在担心我跟他说了什么坏话吗？他一个又老又丑的胖保安，在你心里，有这么重要吗？"

"你到底跟他说了什么？你不说也没事，我会知道的。"

陈子华急道："你怎么知道，你还要继续跟他联系？"

"这就不需要你管了。"

陈子华拽住她手腕，狠声道："你如果跟他断不掉，我就让董明山夫妻知道董浩然是我们的小孩！"

"你除了这一招就没有新鲜的吗？"孟真真轻蔑地看着他，"你如果不怕何超龙的事曝光，你就这么做吧，我不会再受你摆布了。"

陈子华松开了手，吃惊地看着她，甚至感觉到了一种莫名的惧怕："今天你怎么像变了个人？你是为了那个死胖子？为了那个死胖子，你忍心这样伤害我吗？"

"我不为了谁，我为了我自己。我懒得跟你吵，吵得我口渴。"

孟真真站起身，走到另一侧的桌旁，拿起电水壶接上自来水，插上插头，摸了摸口袋里的混合着安眠药和毒鼠强的粉末，她已经测试过了，没有什么味道。又拿出两个窄口的深色陶瓷杯，因为用窄口深色陶瓷杯看不出水的颜色是不是纯透明的。她将粉末倒入其中一个杯子里，稍微倒了一点水，晃开。然后她就一边等水烧开，一边佯装收拾桌子。

她已经受够了，她今天要把陈子华留下来。她脑海中设想过很多遍，安眠药和毒鼠强混合后，不知哪个先起作用，如果安眠药先起作用，自然最好；如果毒鼠强先发作，陈子华在剧痛中也没有太多反抗能力，孟真真会拼尽全力将他弄死在房间里，不给他逃出门的机会。

至于陈子华死后，警察是否会查到她，便听天由命吧。

坐在沙发上的陈子华没有注意到孟真真的异常，他叹口气，语气柔下来："真真，我也不想和你吵架，我以前做了那么多对不起你的事，你怪我，怨我，找了其他男人，这都是我活该。可我只想和你重新开始，我会用真心打动你，把你的心焐热，让你的心重新回到我这里。好了，这件事暂且不去说了。今天董明山的公司出事了，你知道吗？"

孟真真微微一皱眉，道："你说。"

"我听说，今天会有人去他们楼盘闹事，晚上他们楼盘就会上江北的大新闻，具体是什么，我也不清楚，总之，董明山距离破产，已经进入倒计时了。"

孟真真看着正在加热的烧水壶，问："几个人去楼盘闹事，就能让董先生破产？"

"你可不要小瞧，我跟你说，今天的事是个开场，后面还跟着其他手段，赵老板放话董明山这一次肯定破产。赵老板要是没十足的把握，还能让我这个司机听到他们的谈话？一定是有百分百的把握了。现在能救董家的人，只有你了，真真。"

孟真真默不作声，一边是董家、浩然的正常生活，一边是她最好的朋友王嘉嘉。

陈子华看出了她的犹豫，继续做思想工作："赵老板说了，他查过董明山的财产，房子、汽车等所有个人资产董明山都已经抵押出去了，一旦后面资金链断裂，董明山什么都没有，还要倒欠银行一屁股债，一辈子都还不清的债。如果你想借此机会把浩然领回来，那就看着他们家自生自灭吧。可我们的浩然已经过惯了有钱人家的生活，跟着我们，他会接受吗？继续留给董明山夫妻，那时他们连住的地方都没喽。"

孟真真沉吟着。

陈子华继续说："现在方法很简单，偷拍设备我今天带来了，你只要想办法偷偷装在书房、卧室这些地方的角落，一旦拍到赵老板的秘密，不就可以凭此让赵老板高抬贵手，放董家一马，救了他们吗？我跟你这么说吧，赵老板这种人物私底下绝对有很多不可告人的秘密，有些秘密是可以要他命的。只要拍到了，百分百拿捏他。"

"你今天找我的目的就是这事吧？"

"这是一方面，另一方面是想和你修复感情，结果却看到你和那胖子，唉！"

孟真真冷笑："你为了说服我去偷拍，我和别人眉来眼去的事，暂时也不计较了，是吧？"

"真真，你不要挖苦我了，你只要答应我，和死胖子不要再有来往，过去这些我都不计较了。事有轻重缓急，赵老板对董明山收网就在这几天了，如果这几天不能拿到赵老板的把柄，你以后想帮董家也没机会了。现在咱们孩子未来的人生走哪条路，遥控器就握在你的手里。"

孟真真还在沉吟。

陈子华继续说："偷拍设备很小，你这么细致的人，肯定不会被发现。你拍到秘密后，过几天再找理由去王嘉嘉家里，偷偷把设备拿出来，神不知鬼不觉。只要我们掌握了赵老板的把柄，也不需要把视频拿出来，只要给赵老板打一个匿名电话，他也不知道我们是怎么拿到他的把柄的，王嘉嘉自然也不会知道是你偷拍的。"

孟真真站在原地，考虑了许久，问："只能去他家里偷拍吗？"

陈子华叹道："但凡还有其他办法，我早自己干了。他家一般人可进不去，所以才更容易偷拍到不能公开的秘密。"

水沸腾，烧开了。

孟真真把杯子里的毒药倒进了水槽，冲走了。

53

偷拍设备的针孔摄像头很小巧，前面一个摄像头，连着一块电路板和信号发射器，后面是一根电源线，可以连接蓄电池或者插座。

如果孟真真能在赵泽宇家中寻到合适的隐蔽插座位置，那自然最好，可以给针孔摄像头长期供电，否则只能用蓄电池，蓄电池只能维持三天的电量，三天后孟真真需要再进入赵泽宇家偷偷更换蓄电池。

调试过程很简单，孟真真安装好摄像头后，数据就会实时上传到云服务器，云服务器的存储空间有限，陈子华多掏五百块买了一台二手笔记本电脑，电脑上装好软件，保持开机状态，云服务器上的内容便会自动下载到电脑中保存。

孟真真试了几次摄像头的安装和调试后，陈子华便带着电脑准备离开，孟真真将他拦下，要求将电脑留在她手里，否则她决不会去偷拍。陈子华无奈之下，也只得妥协，叮嘱孟真真，拍到的东西一定要给他看，他们俩是一家人。

另一边，王嘉嘉每天的生活很无聊。

她刚毕业就嫁给了赵泽宇，成了江北六频道民生新闻栏目白金眼的当家记者。不久后，她采访报道了一则涉及地方政府的敏感新闻，当时本地媒体全部噤声，台里领导误以为王嘉嘉的报道是受到了赵忠悯的示意，于是公开播了出来。

赵忠悯看到新闻大怒，让秘书给电视台打电话，一通电话过后，王嘉嘉便被电视台辞退，此后多年再也没有正儿八经地上过班。

王嘉嘉不是保姆，生活节奏却和孟真真这个保姆大同小异，每天除了接送小孩，中间便待在家中，看看电视手机，偶尔逛街，晚上辅导完赵星辰的课业，一天就过去了。

王嘉嘉的朋友本就不多，没上班后，社交圈更是几近封闭。应酬活动倒是有一些，但她不热衷，来找她的人多是有求于赵家，一个个觍着脸曲意逢迎，她看了只觉得没意思，至于官太太和富太太群体，王嘉嘉自认和她们这样的吉祥物不是一路人。

长此以往，王嘉嘉待人越发冷傲，更找不到真心的朋友了。所以，当孟真真主动表示来她家给她烧几个菜尝尝时，她自然欢迎之至了。

中午，孟真真拎着食材到了王嘉嘉家，手脚麻利地在厨房忙碌开了。

王嘉嘉想帮忙，孟真真抓起她葱白的玉指，笑她从大学开始就是十指不沾阳春水的公主，这双手天生就是享福的，别帮倒忙了，就在旁边陪着聊聊天吧。

王嘉嘉笑说自己也学过烧菜，可赵泽宇父子都不爱吃她做的，赵泽宇这人神经质，不肯要住家保姆，所以平时也没人给她烧饭，大部分时候她都自己点外卖。有时她也去妈妈家吃，但距离远，懒得折腾，一周也就去上一两回。

孟真真打趣："那我以后经常来，这样白天咱们也有个伴。"

两人又闲扯起来，孟真真打听赵泽宇平日里在家做什么，和她相处得如何，她便如实说两人早就分房睡了，很少有性生活，赵泽宇是典型的中年男人，外强中干，害怕和老婆独处，每天回家就进书房，门一关，一待就是几个小时，也不知道他在书房里做什么。

了解到赵泽宇在家的大部分时间独自待在书房后，孟真真突然"想起"今天在超市买菜时，排队的人多，她随手把排骨放在一旁，结果忘拿了，现在只有几样蔬菜，一道荤菜都没法做。王嘉嘉说不打紧，她冰箱里有海鲜，而且她对吃的不挑剔。

孟真真却执意要秀一下厨艺，准备奉上她的招牌菜"糖醋排骨"，她摘下围裙便要下楼去买排骨。王嘉嘉自然不好意思，便让孟真真留下，她去小区斜对面的超市买，十分钟后回来。

待王嘉嘉一走，孟真真马上停下手里的工作，直奔赵泽宇的书房。

赵泽宇的家也是大平层，面积比董家略小。

书房关着门，孟真真仔细打量了一下门把手，没有任何暗记，小心地转开。

进入书房，二十多平方米，后面是一排书架，前面是一张高档的办公桌，桌上放着水杯，杯中尚有水，还有电脑、打印机、一些文件等。

她四处查看了一番，很快发现了书架的一排书背后正好有一个插座空着，原本那是安装装饰挂灯的地方，被几本书所遮挡。书架上的书都是大部头，纸张崭新如刀，书脊上面覆了层轻薄的灰尘，观赏价值远大于书籍本身的用途。

环顾一圈，选来选去，这处依然是最好的位置，其他地方，要么太过显眼，要么拍摄角度很不理想。这里刚好可以用书遮挡，后面还连着一个插座，能给针孔摄像头持续供电。

赵泽宇只要不专门盯着书架细看，很难发现这个隐蔽的针孔摄像头，只要能寻到赵泽宇暗中使坏的罪证，或者其他见不得光的违法犯罪勾当，有此把柄，就不怕他将董家逼上绝路。

到时她再来王嘉嘉家，找机会将摄像头拿回来，王嘉嘉也不会

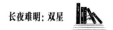
知晓。

偷拍的东西留在孟真真自己手里，不在陈子华手中，主动权也抓在了自己手中。

孟真真深呼一口气，平复心跳，将这一排书一齐挪出了一部分后排空间，安装好摄像头，用左右的书将摄像头夹起来，调试一番，摄像头正对办公椅的角度，不走近仔细观察，不会发现摄像头的存在。

54

事情的发展正如陈子华所说，赵泽宇出手，就是要置董明山于死地。

董明山没有被拘留，因为是对方先动手他才还了一拳，派出所调解后，双方互不追究打人责任，都放了出来。

晚上董明山回到家，孟真真从夫妻俩的交谈中了解了后续的情况。

打人的农民工一出派出所，就向等候在外的记者举报，因为董明山拖欠工钱，所以他要爆料，董明山为了节约成本，使用不合格的装修材料，部分线缆用的是三无产品，存在严重安全隐患，一批木板也是无牌商品，检验证书是伪造的，房子的装修成本每平方米撑死不到两千元，而对外销售号称是每平方米八千元的高档精装修标准。

举报内容，有真有假，董明山有知情的，也有不知情的。比如有部分线缆是三无产品，董明山压根不知此事。每平方米不到两千元的装修成本对外号称八千元，这是地产行业的普遍做法，每家公司都这么宣传，可由内部人员直接爆料出去，一时间就成热点新闻了。再加上今天记者采访时，刚好遇到房屋里的电路短路，引发一场小型火灾，更是将小区推向风口浪尖。

火灾发生后，媒体记者当场就反馈给相关监管部门，几个部门仿佛早就等待此刻一般，半个小时内就全部赶到现场进行全面检查，当天就发现了多处问题，于是勒令停工整改。

这一天，业主维权，采访时发生火灾，农民工讨薪，内部人暴露偷工减料、虚假宣传，同时发生了。

赵泽宇一出手就是组合拳，而董明山对这一切至今仍蒙在鼓里。

客厅里，董浩然扒拉一口饭，望向了卧室房门，父母心情都不好，俩人吃不下东西，回屋关上了房门。

董浩然怯弱地转头问孟真真："洪梅阿姨，爸爸妈妈怎么了？"

"你先吃饭，爸爸工作上遇到了一些麻烦，你不要担心，大人会处理好的。"

伺候董浩然吃完饭，孟真真陪他去房间里做功课。趁着间隙，她打开手机，正要搜索关于"悦峰园"的新闻，却见"悦峰园"的新闻已经登上了短视频同城热搜的第一，并且热度仍在持续上升中。

视频中，一名业主正在向记者讲述"悦峰园"房屋的种种问题，随即一声惊呼响起，镜头转过去，拍到了起火的柜子。

新闻下方配了文字：内部人员爆料"悦峰园"房屋存在重大安全隐患。

评论区一片指责开发商的骂声，房子刚交付就出现火灾，还是在记者来采访的时候发生火灾，如果已经入住，岂不是要闹出人命。

紧跟着一条新闻是董明山殴打讨薪农民工，镜头中只拍了董明山朝着抱头的农民工挥拳，马上被其他工作人员拉开的画面，掐头去尾，将农民工先动手的一幕给剪了。评论里更是对其一片骂声，要求政府必须严厉查处这种无法无天的黑心商人。

每一条评论都让孟真真胆战心惊。

门外，钱一茹来到客厅，打开电视机，转到本地的新闻频道，也正在播放此事，住建部门向媒体回应，他们已经勒令"悦峰园"停工，后续会进一步跟进，严厉调查悦峰园的情况，积极回应业主关切问题，切实保障业主利益，对开发商在建设过程中的任何违规违法行为，坚决零容忍。

董浩然听到外面电视机的声响，停下手里的笔，低声询问："洪梅阿姨，外面电视里是不是在说爸爸造的房子着火了？"

孟真真安慰他："你只管自己写作业，爸爸工作上的事，他一定能处理好。"

"爸爸妈妈心情不好是因为这件事情吗？"

"大人在工作上难免会遇到一些麻烦，就像你写作业也会遇到难题一样。每个人的生活，都是遇到难题再解决难题，都是这样的。"

"可我感觉挺严重的，我没见过爸爸妈妈这个样子。"董浩然已经上二年级了，不再是完全懵懂无知的小孩，他能清晰地感受到，今天家中气氛异常压抑。

孟真真心下一紧，看着董浩然忧心忡忡的神色，如果董家真的破产，她简直无法想象董浩然该怎么面对。

此刻，她不再犹疑早上的决定，心中对王嘉嘉的负罪感也少了几许。

听到客厅里的新闻报道，一身疲惫的董明山也走出了房间，手里捧着手机，一直在打字。

钱一茹抬起头："你问得怎么样了？"

董明山叹气道："事情越闹越大了，我刚才又问了几个领导，都说要全部重新检查整改，没彻底整改好之前，预售证是不可能批下来的。哪怕整改完了，预售证也要过一些时间，等新闻热度退了，才会批下来，否则，他们没法向群众交代。"

钱一茹担忧道："预售证不是已经批了很久，说很快就批下来吗？"

董明山无奈道："谁知道今天会发生这一堆事。"

钱一茹道："预售证批不下来会怎么样？"

董明山皱眉道："我后面的贷款是用未售房产抵押的，如果预售证下不来，贷款就出问题了。刚才银行的经理看到新闻，都在问我情况。"他重重地叹口气，董明山比起普通人当然算有钱人，可他是房地产开发商里的婴儿，手里就一个"悦峰园"的项目，"悦峰园"的成败，关系到他未来的一切。所以在此之前，他对"悦峰园"的质量极其上心，材料都挑好的，他对"悦峰园"的口碑有十足的把握，这才敢去投后面更大的项目，谁想口碑这东西一天就可以彻底颠覆。

"你找过赵总了吗？"

董明山道："我早上到公司就打了赵总电话，赵总让我放心，大家同舟共济，媒体这边是小事，他能帮我全部摆平。结果到傍晚了，赵总打电话来，说事情闹太大，他兜不住了。"

董明山语气中透着埋怨，心想如果不是赵泽宇一开始满口答应会摆平，他自然会想其他渠道，他在江北做了几年生意，多少也有一些人脉资源，虽然不能保证把这事摆平，但也不至于闹到这个程度。

埋怨归埋怨，他可不敢去责怪赵泽宇，预售证批不下来，如果银行贷款因此出问题，只能靠赵泽宇的资金支援了。

董明山想了想，掏出手机，给赵泽宇打去求救电话，谁知赵泽宇接起电话后，没等他开口，就劈头盖脸一顿骂："董总，不是我说你，事情怎么会闹到这么大？你找的装修公司是街头摆摊的吗？你用的什么屁材料？当着记者的摄像机，橱柜都能烧起来。你要对这件事情负

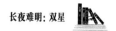

全部的责任！"

董明山连忙认错："是是是，都是我的责任。赵总，现在住建的领导已经把我们二期的预售证暂停办理了——"

"'悦峰园'都闹成这样了，还不暂停办理预售证，别人还以为住建收你黑钱了呢！"

"可……可如果二期的预售证下不来，银行那边……我原来的借款协议怕会要求我增加抵押物，我上次为了拍地，把个人资产都抵出去了，老的借款出事，新的借款下不来的话，我怕咱们合作的项目，会出大问题。"

"那你想怎么样？"

"您这边……您这边能不能帮我融一下资，或者……或者帮我做抵押担保，以防后面的借款万一出了问题，咱们新拍的这两块地的尾款就交不上去了。"

"你开什么国际玩笑呢？事到如今你还叫我帮你融资？我赵泽宇是傻子吗？被你董明山耍？"

"不不不，赵总，您听我说，您帮我，我可以出让更多的股份，哪怕大部分利润都给您也行。"

赵泽宇冷笑："我跟你合作是给你面子，我是看上你项目的利润了？"

董明山一个劲地求情认错："可事情已经发生了，您如果不肯施以援手，咱们都会遭受损失。"

"谁跟你是咱们？我跟你说，我这边是优先级资金，你如果后面资金链断了，我们公事公办，按合同走。"

"您……您看在咱们两家孩子是……"他也实在没脸说出"看在咱们两家孩子是同学的面子上"这句话了。

赵泽宇摁断了电话，只留下了嘟嘟嘟的忙音。

董明山面如死灰，整张脸的皱纹全部嵌了进去。

"真……真这么严重吗？"钱一茹从未见过丈夫这副表情，一下忍不住，眼眶红了，眼泪滴了下来。

董浩然躲在房门后，看见大人哭了，惶恐不已。

孟真真轻声安慰他，让他继续做作业，大人的事，大人会解决好，不要让爸爸妈妈担心。

董浩然很担心，一直到了晚上十一点，孩子撑不住了才渐渐睡去。

孟真真来到客厅，主卧门关着，隐约还能听见董明山夫妻在商量。她叹了口气，回了保姆房。

她此刻很冷静，很清醒，董明山夫妻现在压根还不知道这是赵泽宇在布局，现在唯一能救董家的机会就在她身上了。

她打开电脑，拖动视频，将画面拉到今晚赵泽宇回到书房的场景，用倍速播放起来。

55

书房中，赵泽宇挂下电话，怒气冲冲的脸上下一秒就被笑容所覆盖。

他悠然地躺进沙发椅，掏出手机，继续看着"悦峰园"的新闻，嘴角不时露出得意的笑，剧情发展比他设想的还顺利，他才是真正的导演，比起演艺圈的导演，不知道高明到哪里去了。

看了每一条评论，这才心满意足地关掉新闻，他信手从抽屉中摸出一支笔，一边把玩手里的笔，一边拨出几个语音电话，给电话另一头的人下达新的指示。

"杜总，你水平可以啊，安排的这个业主简直是演技派……你下面的人基础工作这次做得很扎实，要好好奖励奖励，把悦峰园研究得透透的，那里面的大小毛病，恐怕连董明山自己都不晓得，全被你们挖出来了，连沙盘和实际楼房有那么一点点不一样的地方，都发现了。记者来的时候着火的事怎么弄出来的？这一出知道的人不多吧？……偷换材料的人没有和你直接接触？那就好。后续的安排要跟上，不能给董明山翻身的机会，要打，就要一棒子打死，否则前面所有铺垫的成本都打了水漂。"

"花花，这两天你让人多找几家媒体，热度要保持，事情要继续发酵，杜总会安排更多的料爆出来喂给媒体，悦峰园的事要继续闹大，这样领导不给批预售证才更理直气壮，把董明山的现金流彻底弄断。"

"李局，你好你好，今天的事情辛苦你了……对对，你们只是公事公办。论起政治站位，还是李局你站得高，看得远。悦峰园肯定还有更多的问题，你再等几天，我这边会安排妥当，不会让你们难做，你们正常监管处罚就行了……客气了，我会替你向我爸妈问好，你放心。"

这几个电话打完，赵泽宇收敛表情，凝神端详起手里的笔，思索了几分钟，又打出一个电话："测试结果怎么样？……必须万无一失……虽说是一家人，可我也没办法，他给我的两条路都不好走。这些事电话里不说了。你还年轻，你不懂，活到我这个年纪，命运总是要掌握在自己手里的。"挂下这个电话，赵泽宇将手里的笔齐眉举起，看了许久，放回了抽屉。

电脑屏幕前，孟真真检查完今晚的视频，赵泽宇的几通电话显然证实了他找人陷害了董明山的公司，可是这几个电话，是否属于他违法犯罪的证据呢？她不是很确定。

至于赵泽宇的最后一个电话，她听不懂什么意思。

她合上电脑，手机里是陈子华的一连串信息，都是让她回电话。孟真真不情愿地拨过去。

刚接通，陈子华就急迫地问："怎么样，今天的新闻你都看到了吧？我就说赵老板一旦出手，对董家来说就是灭顶之灾。你什么时候有机会去赵家把东西装了，宜早不宜迟啊，晚了，谁都救不了董家了——"

"我已经装好了，不需要你出主意。"

"这么快，看来你心里比谁都急。"陈子华笑起来。他本来还担心孟真真顾虑王嘉嘉，犹犹豫豫不愿动手，没想到当天就搞定了，不由得欣喜地问："你装在赵老板家的哪个房间？"

"书房。"

"书房？真真，你可太棒了！怎么样，你有没有检查过今天的视频，赵老板回家在书房待得多吗？"

"检查过了，今天没情况。"

"没关系，赵老板总不能天天在书房里违法犯罪，只要后面抓到一次就够了。"

"你很急吗？"孟真真冷淡地说。

陈子华掩饰道："我主要是想帮你。这样吧，商业的事你也不懂，平时你忙，不如你把视频传给我，我帮你来监视他，肯定会抓到他的把柄，帮助董家渡过难关。"

"用不着。"孟真真拒绝。

陈子华语气中微微透着不满："真真，这个办法可是我想出来的，设备加电脑花了好几千块呢，你如果在视频里发现任何赵老板的秘

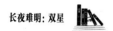

密，必须第一时间告诉我啊，要是我发现我当了活雷锋，我可不会甘心的。"

孟真真懒得搭理他，问："接下来赵泽宇还会做什么？"

"我不清楚，我会替你留意的，最重要的还是要好好监视他，你得答应我，视频也要给我看。"

56

"'悦峰园'的事是你做的吧？"副驾驶座上，王嘉嘉问正在开车的赵泽宇。

自从前几日王甬民找过赵泽宇后，他宛若重获新生，变成了一个对家庭负责、对妻子爱护、对孩子有耐心的好男人。

尽管王嘉嘉对赵泽宇突然的变化至今仍觉不可思议，但毕竟结婚这么多年，赵泽宇变好了，她没有理由不接受。

原本夫妻间的隔阂冷漠，赵家对王家的轻视鄙夷，这些年承受的委屈，让她只想赵泽宇同意离婚，放过彼此，如今赵泽宇的改变让这个念头逐渐散去，如果赵泽宇能继续这样，那她也没有更多的诉求了，哪怕李青依旧是那副尖酸的嘴脸，赵忠悯仍是一副虚伪的大领导面孔，她也愿意忍耐。

年轻的时候人可以说放手就放手，说自由就自由，潇洒率性。过了三十岁，人就没办法只为自己活了。上有老下有小，中间夹着一个不尽如人意的伴侣，但凡生活中还有些光亮，也就凑合着过下去了，再过一二十年就都老了，未来哪儿有这么多新鲜期待。

面对王嘉嘉的询问，赵泽宇佯装没听见，一脸漠然。

"别装了，我知道肯定是你。"王嘉嘉笑着翘翘嘴角，她没有责怪赵泽宇的意思。一来生意场本就是残酷的；二来她不知道孟真真是董浩然的生母，在她看来，就算董家落魄了，孟真真大不了换个人家当保姆便好了。

"商业上的事情，你不懂，我没必要跟你解释。"一瞬间，赵泽宇仿佛本能般，又回到了正常的他，王嘉嘉诧异地看向他。下一秒，他意识到自己态度上的冷漠，忙换上一张笑脸，对王嘉嘉逗弄道："咱家老婆最聪明，你从头到尾都没参与过公司上的事，你怎么猜到是我设计的？"

王嘉嘉轻笑道："你这人，骨子里傲得很，董明山让你损失了这么多钱，你可不会忍气吞声，还对他这么好，帮着他。你这人啊，只有心里想着要对付别人时，才会突然对别人好，心机太深了。"

这话一说，赵泽宇眉角不自禁地跳动一下，余光看了眼王嘉嘉，见她没有更多的引申义，方才放下心来，笑着解释道："好好的一块地，几家公司都已经商量好了一起合作开发，结果被突然冒出来的董明山给破坏了，把那块地抬高了两个多亿抢走，周围其他地块以后有了这个溢价标杆，都得涨一圈，损失不可估量。本来这一片区域都是我组的局，我这次不光输钱，还丢了面子，总得找补回来吧，也要警告那些小暴发户，没有我赵泽宇，光有钱在江北什么也干不了。"

"你工作上的事我不会过问，只是咱们，"王嘉嘉努努嘴，"两家孩子玩得挺好的，这以后……"

赵泽宇有些不耐烦："孩子的事，无足轻重，我可没心思管。"

王嘉嘉见他又是这样的态度，不敢再跟他谈工作了。

今天是周五，赵泽宇答应了今天孩子放学后一起去王嘉嘉父母家吃饭。很快，他们在学校接上了孩子，驶到目的地，赵泽宇在外面停好车，拎出大包小包的礼品。

到了王家，王甬民夫妇见到许久未曾见面的外孙，喜笑颜开，也将此前对赵家的不满抛诸脑后，见女儿和女婿之间的关系也恢复了正常，甚至比正常夫妻更亲密，也满心欢喜。

闲聊了一会儿，赵泽宇示意王甬民进了书房，关起门来。

赵泽宇率先承认错误："爸，上次您教育得很对，我经过了深刻反思，以后我会好好待嘉嘉，弥补前些年犯下的错误。我爸妈这边，我不能逃避问题，我小时候家里管得严，我从小怕我爸妈，到现在养成了习惯，你也知道我爸妈性格很强势，以后我会尽量在中间磨合，毕竟我和嘉嘉都结婚这么多年了，小星也大了，我爸妈会理解的。"

听他这么表态，王甬民心中踏实许多，反而主动替赵泽宇开脱起来："你爸妈的为人性格我也知道，他们心地不差，嘉嘉从小也娇生惯养，受不住气，她肯定也有做得不对的地方，以后她做得不好，你直接跟我告状，我会骂她。你一个生意人，生意做这么大，有时候男人在外应酬也是难免的，你只要对嘉嘉好，我就放心了。"

两人又互相理解了一番，赵泽宇轻轻叹了口气，这声叹息没有躲过王甬民的耳朵，王甬民问他："怎么？"

赵泽宇欲言又止。

"你有什么想法，可以直接说出来。"

"爸，还是那件事。"赵泽宇抿了抿嘴唇，很为难地开口，"爸，您当年坐牢前，我和您签过一份协议。"

王甬民脸色微微一变，当年赵泽宇找到他，求他认下罪名，保他脱身，也不是光靠一张嘴。赵泽宇亲笔写下一张承诺书，上面明确承认了房产公司的幕后老板就是赵泽宇，王甬民帮赵泽宇顶罪，赵泽宇必须娶王嘉嘉为妻，必须对她好，给她幸福生活，下方有赵泽宇的亲笔签名和手印。

这一纸承诺一直被王甬民藏着，即便当年办案人员上门搜查，也没有找到这薄薄的一张承诺书。正因为王甬民手里有这张承诺书，他才对王嘉嘉说，他去找赵泽宇谈一定有用。如果赵泽宇依然我行我素，既不肯对王嘉嘉好，又不肯放王嘉嘉走，那王甬民也只能破釜沉舟，将这张承诺书交给上级机关。赵泽宇的牢狱之灾可就逃脱不掉了。

王甬民点点头，道："我藏着的。"

赵泽宇诚恳道："爸，我知道这张纸，对您或者对嘉嘉，都是个保证，但从我的角度来看，心里总是慌的。我知道如果我对嘉嘉好，您肯定不会把这张纸拿出来。可是说句难听话，万一……我是说万一您身体有个什么情况，您看您现在糖尿病这么严重，每天都要用胰岛素笔，万一出了问题，这张纸藏哪儿只有您知道。要被外人捡走了，那对我可是灭顶之灾；哪怕是自己家人，如果嘉嘉知道了当年的事，她会怎么看我，我们夫妻关系又怎么走得下去？"

王甬民坐在椅子上，眼神躲闪着，没有回应。

赵泽宇又说："爸，这东西始终是个隐患，万一被其他人看到了呢？其实您也用不着担心，如果将来我对嘉嘉不好，您可以去举报当年的事，就算没有这张纸，还有您这个证人在，当年的许多事，您都知道得一清二楚，如果您去举报，我哪里还有活路？咱们是一家人，我和嘉嘉都结婚这么多年了，如果一家人还互相提防着，那怎么成呢？"

王甬民被他说得有些动摇。这时，王嘉嘉敲门，喊他们出去吃饭。

王甬民悄悄对赵泽宇说："我再考虑考虑吧。"

俩人心领神会，不再继续这个话题，王嘉嘉浑然没有觉察俩人脸上的异色，只当赵泽宇改过自新，开始真正把他们当一家人了。

57

周日的晚上，王甬民经过反复权衡后，偷偷给赵泽宇打去电话，约定第二天早上在公司碰面。

赵泽宇说得对，就算没这张纸，如果赵泽宇翻脸，还有他自己这个证人，何必再留着这张纸威胁自家人呢？

挂下电话，王甬民从书架上抽出一本黑色厚壳的书，用一把美工刀将书封从中间处撬开，原来这厚壳书封的中间被挖出了一块空隙，里面放着一张折叠着的泛黄的文件纸。

王甬民掏出纸张，展开后端详了几遍，将纸装入一个信封，揣进衣服里。

第二天一大早，赵泽宇就来到了公司，不一会儿，保安部经理唐显友就进了他办公室，在他眼神示意下，关上门，凑近密谈。

"都准备妥当了吗？"赵泽宇眼睛暗沉，声音发哑，他也是心中焦虑不安了一整夜。

唐显友点点头："应该没问题。"

赵泽宇瞪眼道："应该？"

唐显友低下头："毕竟这个办法没有真正试过，不知道会不会出意外。"

赵泽宇愤怒地咬起牙。

唐显友小心劝说："赵总，老头子自己都说了，如果你们和平离婚，他会把当年的秘密守下去，他毕竟是小星的外公，就算你们离婚了，他也不至于告发我们。他都这么说了，你也没必要维持这段婚姻了。"

赵泽宇不耐烦道："我已经跟你说过，我绝对不会跟王嘉嘉离婚。我这么多年不离婚，不是怕离婚了王甬民要告发我！而是我从来就没想过要和王嘉嘉离婚！王甬民必须除掉，否则后患无穷，其他的你别废话了。"

"今天早上一过，如果你想法变了，就没法子再——"

"叫你弄其他人没见你这么磨叽，你不要把他当我老丈人就好了。"

唐显友小声应道："呃……好吧，那我就按计划来。"

不多时，王甬民来到公司，赵泽宇热情地将他迎进屋，关上门，给他端茶倒水。

过了会儿，王甬民掏出信封，递过去。赵泽宇接过手，难掩欣喜，急忙拆开，掏出纸张，里面果然是他当年亲笔给王甬民的承诺书。

他将纸张收起来，又小心问："爸，这张东西，您没有复印过吧？"

王甬民微微皱了下眉，见他这么提防自己，有些不满，道："从来没有复印件，这张纸连嘉嘉妈妈都没见过，我相信你的表态，所以才把这东西还给你。不过泽宇，你可不要欺骗我，就算没有这张纸，还有我这个人在。"

"那当然，爸，我知道您承受了很多，整件事也确实由我欺骗开始。不过都过去这么多年了，我和嘉嘉也结婚这么久，孩子都这么大了，大家现在是一家人，爸，您就不要再记恨我了。"

王甬民重重叹了口气，道："只要你对嘉嘉好，我这些年……就那样了吧。"

赵泽宇又连忙做下各种承诺。

过了些时间，王甬民准备回家。赵泽宇百般挽留他一起吃午饭，今天老丈人难得过来，不管怎样也得一起吃个饭，他都已经让秘书安排好了。

盛情难却，王甬民便留了下来，准备吃饭时再提点提点赵泽宇，他总感觉赵泽宇这人不够真实，像玻璃上覆了一层水汽。

周一的早晨总是忙碌的，俩人聊完，赵泽宇请他留在办公室里休息，他要去给公司的管理层开例会。

王甬民独自留在办公室，一边喝茶，一边看着老年手机上的新闻，坐得久了，他起身去上厕所，来到厕所门口，见门外立着一块牌子："维修中。"王甬民没有他们公司的电梯卡，去其他楼层不方便，他心想自己只是上个小便，里面某个设备维修也不打紧，便走了进去，谁知，这一步进去后，他便再也没有出来。

58

深夜，赵泽宇离开派出所，回到家中，推开门，就见到两眼通红、悲痛欲绝的王嘉嘉。

"我爸为什么突然没了？"

赵泽宇走上前，试图搂住她，被她一把推开："你说，我爸到底是怎么没的？"

赵泽宇抿了抿嘴巴，坐进沙发里，垂头丧气，叹息道："法医查了原因，胰岛素过量。"

"怎么会胰岛素过量？"

"早上你爸来我公司找我，我约了他一起吃午饭，让他在办公室等我，我去开会。结果我会开完，回到办公室没见着他，就打他电话，打了几个电话都没人接，我去问前台，前台说他没走出去过，我就问其他员工，其他员工猜他是不是在上厕所，我就让人去看看，结果真的在卫生间，找到的时候人已经……已经走了。"

他吞咽一下，继续说："后来的事你也知道了，我马上报警，再打电话给你。警察来调查，看了监控，又看了现场，结论是你爸去卫生间上厕所时，进了隔间，关上门给自己用胰岛素笔打胰岛素，他打了两支胰岛素笔，过量了，就在卫生间里休克了。因为今天卫生间在维修，暂停使用，所以之后一直没人进卫生间，没人发现，没来得及抢救。"

"我爸为什么会打两支胰岛素笔？"

赵泽宇摇摇头："不知道，地上扔着两支胰岛素笔，警察猜测你爸年纪大了，健忘，多打了一支。照理说，就算打了两支，后果也不会这么致命，你爸今天早上吃早餐前应该已经打过了，他搞忘了。加上他年纪大，出现休克征兆时，没有及时跑出卫生间喊人。唉，刚好公司男厕所早上水管爆了，保洁在门口放了维修的牌子，没人进去，要不然换到平时，他休克后，也早就被人发现了。"

王嘉嘉质疑地看着他："他今天去你公司做什么？"

赵泽宇叹口气，道："和上次一样，他还是来找我谈我们俩感情的事。早上他还说上一次找我谈话后，我改变很大，他很欣慰。"

"不可能，你撒谎！"王嘉嘉完全不相信，王甬民为了褒奖赵泽宇浪子回头金不换，又专程跑到公司去了？怎么不定做一面锦旗，写个"江北好女婿"送上门？

赵泽宇沉吟几秒，眼珠转了好几个三百六十度，装作撒谎被识破，只好坦白："你爸想要我出面，去找我爸妈商量一下，让小星能定期去看看你爸妈，还有，让我爸妈对你好一些。"

王嘉嘉抓起沙发上的抱枕，朝赵泽宇砸过去，吼道："你爸妈，

你爸妈，如果不是你爸妈平日做得太过分，我爸也不会去找你！"

赵泽宇没有半点脾气，低头捡起抱枕，放回沙发上，自责道："你说得对，都是我没做好，都是我的错。"

王嘉嘉把头整个埋进了手臂里。

赵泽宇坐到她旁边，机械般地轻抚着她的背，目光冰冷。

PART

6

怀疑

59

一天后，警方以意外结案，将王甬民的尸体移交给家属。随后，家属送去火化，又在小区旁边的社区活动中心设了灵堂，按算命先生给出的日子，两天后下葬。

操办丧事总是很折磨活人，尽管有丧葬服务公司来打理，但像通知亲朋、约火葬场时间、办死亡手续、租赁场地、公墓选坟地、酒店订餐、采购各种物资、记账等，还是要家属亲力亲为。

赵忠悯夫妇每天会来一次灵堂，毕竟亲家不来，会惹其他人说闲话，不过是待一会儿便走，赵星辰这几天住到了爷爷奶奶家。

因为是赵泽宇的老丈人去世，每天来吊唁的宾客很多。王嘉嘉母亲听闻噩耗后，几天都没缓过来，王嘉嘉让她躺家里休息，可她大部分时候还是坚持来灵堂里坐着，望着王甬民的骨灰盒发呆。王嘉嘉强忍悲伤，撑着一口气料理各种事宜。这几天也幸亏赵泽宇全程张罗一切，又找了他的下属过来帮忙，这才不至于手足无措。望着老公忙碌的背影，王嘉嘉心中有一份归属和依赖。

这天下午，王嘉嘉、赵泽宇在灵堂和丧事操办负责人商量琐事，王嘉嘉手机铃声响起，她拿起一看，上面是一个没有在通讯录里的手机号码，她正要滑动接起，突然，她认出了这个号码，忙按了两下挂断。

一旁的赵泽宇瞥到这一幕，问了句："怎么挂了？"

王嘉嘉掩饰道："骚扰电话。"

赵泽宇没再理会，转头继续和人商量丧葬事宜。

王嘉嘉在旁边待了会儿，说去下洗手间，匆匆离开，赵泽宇一边继续和人说着事，一边盯着王嘉嘉的背影，眼中隐现一抹怒色。

王嘉嘉来到洗手间，回拨过去，片刻后，传来段飞的声音："嘉嘉。"

王嘉嘉刻意保持距离："不要这么叫我，你有什么事？"

"你现在方便说话吗？"

"你说。"

"我听说你爸去世了——"

王嘉嘉打断他："你不用过来，不方便，我不想引起我老公的误会。"

"我知道，"段飞停顿片刻，道，"我找警察了解过，你爸是在赵……赵泽宇的公司去世的。"

"对，那又怎么了？"

段飞犹豫了几秒，道："你如果方便的话，我们见一面，我有些事想和你当面核实一下。"

王嘉嘉微微皱眉："什么事不能在电话里说吗？"

"嗯……关于你爸的一些事。"

半个小时后，王嘉嘉脱掉麻衣，离开灵堂，避开众人，悄悄摘下绑在手臂上的稻草，这是当地的风俗，死者下葬前家属手臂上都要绑稻草。她走到离灵堂很远的路口，打了辆车，行到了几公里外一家生意惨淡的咖啡厅，段飞已经在最里面一个位子上等候多时。

"节哀顺变，听到王叔去世的消息，我也很难过，你可一定要挺住啊。"见到王嘉嘉，段飞关切地说道。

王嘉嘉连日缺少睡眠，没什么耐心，坐下后，脾气有些急躁："你到底有什么事？快说吧。"

"那我就直接说了。你爸为什么去赵泽宇的公司，你知道吗？"

"他找泽宇聊一些琐事，怎么了？"

"什么琐事？"

"家庭琐事。"她奇怪地看着段飞，"你为什么问这些？"

段飞皱了皱眉，道："什么样的家庭琐事需要你爸去他公司里谈，不能在家说吗？"

王嘉嘉不想婆家的事被外人知晓，淡淡道："这些我就没必要告诉你了，还有其他事吗？"

段飞身体稍稍向后缩了缩，道："那我换个说法，这是你爸自己告诉你的，还是赵泽宇事后跟你说的？"

王嘉嘉瞳孔微微收缩："泽宇事后告诉我的。"

"也就是说，你爸去赵泽宇公司，你事先不知情？"

王嘉嘉盯着他，感受到异常，缓缓点了下头，问："你想说明什么？"

"你爸属于意外死亡，按照程序，按法医尸检结果，他确实死于胰岛素过量，派出所的人查了监控，当时他进厕所前后，没有其他人进出过，所以给出了意外死亡的结论。我事后得到消息，就委托刑警朋友再去查了一遍，他们从没遇到过胰岛素笔连打好几支死亡的情况，他们重新看了监控，发现监控前后各有三十秒的时间是缺失的，所以又派人去了赵泽宇的公司，要求调取监控的原始文件，结果硬盘坏了，于是，这件事就这样不了了之。"

王嘉嘉盯着他："你想说明什么？"

"你爸去找赵泽宇之前，有没有跟你说过什么？"

"没有。你到底想说什么？"王嘉嘉不耐烦了，突然，她瞳孔收缩，"你知道我爸去世后，为什么要让刑警去调查？"

段飞吸了口气，道："你爸当年受贿入狱，只有他的口供，没有资金往来的证据，他交代是他更改规划后，房产公司的老板承诺会给他钱，而那个老板，在他被留置之前就失踪了。一开始以为是畏罪潜逃，几个月后发现那个老板在河里溺亡，当时以自杀结案了。这些你大致也知道。其实，当时调查人员发现，整个项目关联的多家公司，都疑似和赵泽宇有关，不过关键证人自杀，各家公司背后股权关系错综复杂，你爸坚持是他想受贿才更改了规划，和其他人无关，加上赵泽宇的家庭背景，最后案子是以你爸一个人入狱收尾了。"

王嘉嘉冷冷地看着他："你继续说。"

"按着我们这么多年的办案经验，这案子怎么看，都像是你爸在替人顶罪。"

王嘉嘉心头不禁一颤，突然想起当日她和爸爸诉说这些年在王家受到的委屈后，爸爸说要去找赵泽宇谈谈，当时她就觉得爸爸话里有话，结果爸爸找赵泽宇谈完的当天晚上，赵泽宇突然像完全变了个人，对她体贴照顾，无微不至。她又想起赵泽宇去爸爸妈妈家，爸爸和赵泽宇关上门说话，她推开门进来时，俩人脸上都有着不自然的表情。她再联想到她爸两次去赵泽宇的公司，事先都没告诉她，而赵泽宇回家后却旁敲侧击，问她爸有没有跟她说过什么。

想到之前的种种，她不禁陷入了迷茫。

段飞接着说："其实你爸出狱后，我单独找过他几回，我问他是不是替人顶罪，他既没有承认，也没有否认，他不肯告诉我实情，但我看得出，他藏着心事。"

王嘉嘉顿时抬起头，狠狠瞪着他："所以，你认为我爸是替泽宇顶罪，这一次是泽宇杀害了我爸灭口？"

"我没有证据，我只是猜测有没有这么一种可能，所以想当面向你问问，你自己回忆回忆，你爸这些年有没有跟你说过什么？"

"没有！"王嘉嘉大怒道，"泽宇是我丈夫，王甬民是我爸，我爸刚死，还没下葬，你跑来跟我说，我丈夫杀害了我爸？你太过分了吧？"

"我——"

"你现在让我觉得恶心，段飞！"王嘉嘉端起咖啡，直接朝段飞脸上泼去，站起身就走。

"嘉嘉——"

"闭嘴！"王嘉嘉停下脚步，转身道，"我是有老公的人，你不要用这种称呼喊我，以后也请你自重，保持距离！"

说完，她咬住牙齿，怒气冲冲地朝门外走去。

60

办公室里，陈哲继续告诉段飞："以我多年看人的经验，钱一茹对孟真真的死，肯定不知情。另外，我还查到陈子华曾经托王嘉嘉介绍工作，去赵泽宇公司当司机，一直是赵泽宇的夜班接送司机，上个月他离职了，暂时也联系不上他。"

段飞思索道："陈子华是赵泽宇的司机，又是孟真真的前夫；王嘉嘉是赵泽宇的太太，又是孟真真最好的朋友。这两个人都是赵泽宇和孟真真的关系连接者，现在这俩人都联系不上了，肯定和案子有关。"

陈哲点点头，道："这两个人肯定很关键，不过现在还有一条更关键的线索。"

段飞问："是什么？"

陈哲起身，专门为段飞沏茶，一边幽幽地问："段飞兄，你作为一个检察官，平时都是等着我们公安把菜买回来交到你手里，你再烧菜给法院吃。这回你这么积极干什么，从头到尾忙前忙后，南川的公安、检察院都是你去联系的，又是找证人，还要跑学校，你把我们公安的活全给干了啊。"

段飞理所当然地道："重大案件，我们检察院可以提前介入侦查，我帮你做了这么多工作，你还不乐意了？"

"乐意是乐意，就是不知道这是出于公心还是私心？"

段飞捧起茶，手不由得抖了下："你什么意思？"

陈哲笑起来："你会去学校查，我就不会去吗？我不光问出来孟真真和王嘉嘉的关系，我还不小心问出了你和王嘉嘉的关系。"

段飞顿时脸上一片酡红。

"王嘉嘉读大四时，你这个已经在社会上摸爬滚打好几年的男人，想要老牛吃嫩草，把魔爪伸向校园，最后她还真被你这不讲武德的臭流氓追到手了，有这回事吧？"

段飞咳嗽一声，老脸通红。

王嘉嘉大四的时候，去了电视台实习，做了法制线的记者。那时段飞在市检察院工作，刚刚通过考核，成了员额检察官，拥有独立办案的资质。机缘巧合之下，王嘉嘉接连几次采访都遇到段飞，慢慢地，两个人发展成了男女朋友关系。拥有一个检察官男朋友后，王嘉嘉的采访工作更加顺利，段飞在公检法系统中总有一些老同学或熟人，王嘉嘉每次遇到难进的门，都靠段飞厚着脸皮帮她联系采访对象。

当年的赵泽宇还经营着律所业务，经常跑检察院，赵忠悯尽管已经调任去了市政府，但他是老检察长，赵泽宇和检察院里的人都混得很熟。一次他去检察院办事时，遇到正带着王嘉嘉找资料的段飞，王嘉嘉这样的大美女，任何人见到都会眼前一亮。赵泽宇便问段飞这女孩是谁，段飞想到在单位里帮女朋友找资料有徇私的嫌疑，便说她是来采访的电视台记者，于是赵泽宇就光明正大地去搭话，要到了王嘉嘉的联系方式，接着开始了猛烈追求。

王嘉嘉本想让赵泽宇知道段飞是她男朋友，但段飞性格软弱，觉得一开始没有向赵泽宇明说，等他都追求了一阵子才提，岂不是彻底得罪了这位大领导的公子哥？后来有一次，赵忠悯回检察院视察工作，私下和段飞提及，他儿子赵泽宇说段飞给他介绍了个女朋友，如果事成了，要好好感谢段飞。这话一说，段飞更是有苦难言。此后，王嘉嘉多次找他商量，该怎么拒绝赵泽宇，段飞自知他无论哪方面都比不上赵泽宇，又不敢让赵泽宇知道真相，懦弱的他选择了渐渐疏远王嘉嘉，还专门向单位申请调到下级的渝中区检察院工作。最终，王嘉嘉在对他多次失望之后，两人选择了分手。

听段飞大概讲了一遍经过，陈哲忍不住痛骂起来："你可真是个软蛋啊，我就没见过你这么窝囊的男人！"

段飞没有辩解，男女交往，要讲门当户对，一方的颜值也需要另一方的实力匹配。当赵泽宇出现后，段飞自认各方面都比不了，以他的性格，他只会退出，这是改变不了的结局。

人人都有软弱之处，陈哲也懒得管他的感情观，他只想着破案。

"所以呢，这案子你是不是从头到尾都知道真相，故意在我面前卖弄？难怪案发当天你非得请我吃饭，你早知道孟真真会死吧？"陈哲肃然道，"老段，我跟你申明一下原则问题，如果你涉案，你一早就知道孟真真会死，这事你们检察长也保不了你。我只能建议你，现在说，争取个宽大处理，拖到后面，你的罪责就更大了。"

段飞道："我确实有所隐瞒，但我对案件真相确实不知情。我和王嘉嘉谈恋爱时，她提到过以前有个好朋友孟真真，我也是案发后才联系起来。"

听段飞斩钉截铁地撇清关系，身为好朋友的陈哲也算松了口气，问："那你案发当天为什么会太阳打西边出来请我吃饭，别说这也是巧合？"

段飞掏出手机："我在案发当天下午收到了一条信息，是用何超龙的手机号发的。"

短信页面上写着："段飞检察官你好，今晚望江街上可能会发生一起重大刑事案件，由于涉案人员的背景很大，希望你能在现场全程监督警方的调查工作。"

"后来我打对方电话，对方关机了。这事我不确定是不是玩笑，可我从业这么多年来，第一次收到这种短信，没办法，只好借请客的名义把你叫来坐镇。"

"你为什么直到我揭了你的短，才把短信亮出来？案发后一直不说？"

段飞抿抿嘴："因为我看到涉案人是赵泽宇。"

"赵泽宇怎么了？你是要报十年之仇，故意不掏出线索，想把赵泽宇往死里整？"

段飞皱了皱眉，道："有些情况我没有查明之前，不能乱给出怀疑。"他顿了顿，又道："我一直怀疑王嘉嘉的父亲王甫民是被赵泽宇害死的。"

61

王甫民去世的第二天，孟真真收到了讣告。

这世界上真正对她好的人不多，王甫民一家对她的关怀，从大学至今，没有因为她身份的变化而不同，就是单纯地把她当亲人。

她受于现实身份限制，没法帮忙料理后事，偷偷去了几次安慰王嘉嘉，送去了白包和没有名字的花圈。

另一边，董明山公司的处境一直在恶化。

董明山每天早出晚归，愁眉不展，从他和钱一茹的对话中，孟真真了解到，预售证暂时不可能批，银行已经暂停贷款，如果他不能在几个月内交上土地的尾款，之前交的钱将被政府没收。

至于以前的贷款，银行经理多次找过他，说最近银行有回款任务，希望他先找过桥资金把贷款还了，还完三天内就把新贷款批出来给他。这是银行的借口，董明山要是真找人借钱把贷款还了，银行绝对不会再批给他钱。晴天送伞，雨天收伞，是银行的一贯作风。

他多次恳求赵泽宇出手相助，赵泽宇借口岳父去世，他忙着张罗后事，没时间管工作。董明山包了个三万块的白包上门吊唁，赵泽宇白包照收，但只字未提要帮忙。

这几天，孟真真一直在心中权衡，要不要把视频给董明山看。

偷拍的理由倒可以解释，孟真真听王嘉嘉无意中聊到赵泽宇，赵泽宇说要设计让董家破产，她对董家有感情，就自作主张在王嘉嘉的家中装了偷拍设备，想要抓到赵泽宇的把柄，帮助董家。可站在董明山夫妻的角度看，洪梅这个保姆会做偷拍的事，性格肯定阴暗、极端，风波一过，他们一定会找理由辞退她。谁也不想把一个危险的女人留在家里。她没法继续留在董家，看着孩子长大了。

她也想过匿名把视频发给董明山，这不过是自欺欺人，去过赵泽宇家的只有保姆洪梅，会把视频发给他的肯定也是身边的人，那么除了保姆洪梅还能有谁？这样做只会让董明山夫妇惶恐不安。

"洪梅阿姨，我们家真的会破产吗？"董浩然放下笔，抬头望着出神的孟真真，"爸爸说，我们家如果过不了这一关，以后这个房子就不能住了，我们要回县城生活，是吗？"

孟真真看着孩子忧虑的眼神，不知该怎么回答。其实这个年纪的小孩，大人的对话，他们都听得懂，他们有自己的思考、想法，也有自己的焦虑。

"不会的，你爸爸开玩笑的。"

董浩然摇摇头："不是开玩笑，昨天……昨天妈妈又哭了。"说完，他又低下头，一声不吭地做起了作业，但是握着铅笔的手指却在微微发抖。

看着这一幕，孟真真再也忍不住，站起身，朝主卧走去。

她决定了，要把视频交给董明山夫妇，不管这个视频最后能不能帮董家渡过难关，她也算尽了自己的一份力。即便过不了多久，她会被董家夫妇辞退，就当报答他们当年从福利院领养了董浩然，帮他治好了病，又让他衣食无忧生活到现在。

看着董明山夫妇，孟真真深吸一口气，拿出了准备好的腹稿说辞："董先生，这一次你公司遇到的麻烦，是赵泽宇在背后设计你。"

董明山错愕道："你在说什么啊？"

"之前赵太太叫我去她家帮忙打扫卫生，我听她说起，赵泽宇记恨你抢了他的地，准备设一个局来对付你。"

"什么？"

"赵老板说你抢了他的地，还指望跟他一起合作，简直是做梦。他要设计一个大圈套，让你陷得更深，让你彻底破产。"

董明山皱起眉，虽然不是很相信保姆突然说出来的话，可听到"让你陷得更深"时，他顿时联想到，一开始自己只拍下了一块地，几家本地银行都不肯放贷，那时的困境尚有回旋的余地，结果他找到赵泽宇帮忙，对方爽快答应合作，还让他贷款拍下了第二块地。到这一步后，资金链一断，他就没有回旋余地了。

董明山将信将疑地问："赵太太怎么会跟你说到这些？"

"赵太太私底下没什么朋友，生活很单调，她看我也上过大学，和我很聊得来，把我当成朋友，没什么防备，就随口聊到了这些。"

董明山不由得埋怨道："你怎么不早点告诉我们？"

"我……我那时想着，你和赵老板合作正在蜜月期，我一个保姆，要是多嘴说赵老板坏话，无凭无据的，你肯定要骂我。"

董明山哼一声，心里也承认如果在这些事发生前，洪梅跑到自己面前说赵泽宇坏话，乱嚼舌根，他不光骂人，恐怕当场就让洪梅走人了。

孟真真接着说："我特意留了个心眼，我想着你们对我这么照顾，我把浩然也当我亲生……亲侄子一样看待，我对你们家有感情。如果赵太太说的是真的，那麻烦就大了。所以我私底下问朋友，怎么才能帮助你们，朋友建议我可以偷偷在赵泽宇书房里装个偷拍监控，说不定能把他违法犯罪的事情拍下来。于是，我就偷偷在赵泽宇的书房里装了一个偷拍监控，这件事我之前不敢告诉你们——"

钱一茹顿时大怒："你胆子也太大了！如果赵泽宇发现他书房被人偷装监控，查出来是你做的，他肯定怀疑是我们在背后指使你，你不是害了我们家吗？"

"我当时没想这么多，我担心万一赵太太说的是真的，那……"

"行了行了。"董明山摆摆手，心想如果当时知道洪梅这么干，他肯定会第一时间向赵泽宇揭发举报，以免引起误会，得罪这位大人物，如今，若真如洪梅所言，赵泽宇一心想整死他，那这事也没什么过意不去的了。"你偷拍到什么了？"

"我拍到赵泽宇打电话，跟人商量怎么对付你，怎么让你彻底破产，我也不知道这些视频能不能帮上忙。"

董明山此刻也不管偷拍赵泽宇有什么后果了，让孟真真赶紧把视频拿给他看。

孟真真回房间拿出电脑，找出她已经保存好的视频。

看完视频，一切了然。

董明山大骂赵泽宇卑鄙无耻，亏他还将赵泽宇当恩人般供着，骂完之后，又陷入沮丧之中。视频可以解读出赵泽宇是幕后黑手，却不能证明，因为这不是证据。赵泽宇没有明确指示手下具体怎么做。更何况，这是偷拍视频，属于非法证据，主管部门不会采信。

董明山思索一番，道："既然知道是赵泽宇设计我，他最终目的还是为了钱，我不如主动把两块地的所有利润全部给他，哪怕赔些钱出去，再向他低头认错赔罪，我想他应该不至于非要把我逼破产吧。毕竟只是商业上的事，又没有深仇大恨。前几天我求他，他不搭理我，肯定是觉得我都到这个局面了，还只想着分一部分利润给他，太没格局了。我明天就找他，低头认错，把全部利润都给他，什么条件都听他的。"他信誓旦旦，信心恢复了不少，夸赞起孟真真："这次幸亏有洪梅，要不然我到现在都不知道问题出在哪里，我光一味地去做楼盘整改，求各家银行，搞来搞去，只要赵泽宇不松口，做其他再多努力都没用。"

刚说完，董明山突然又警觉，一拍脑袋："不好，万一赵泽宇发现被人偷拍，那就彻底得罪死他，再也没有回旋余地了。"

钱一茹一听此言，不由得迁怒起孟真真："洪梅，你为什么要背着我们家做这事？"

孟真真急忙解释："我……我感激你们平日对我好，我想帮你们做点事情。"

钱一茹更生气了："你想帮我们做点事？你真想帮我们，赵太太说的话，你为什么不第一时间跟我们说，你偷偷去她家装监控干什么？如果被发现了，我们该怎么办？你说是你自己想出来的主意，赵老板会信吗？我们家没有对不起你吧，你这么做会害死我们家的，你知不知道？"

"对……对不起，我想着直接把赵太太说的话告诉你们，怕你们不信——"

"你怎么知道我们不信，你就自作聪明了？"

董明山重重咳嗽一声打断争吵，他怕老婆痛骂保姆，把保姆逼急了，现在就把偷拍的事抖搂出去，赵泽宇肯定认为是董明山干的，绝不会相信是保姆自作主张，那就万劫不复了。洪梅此人性格着实奇怪，不能留了，但绝对不能现在撕破脸。

他和善劝说："一茹，你别责怪洪梅，她是为了我们家好，要不然现在这事我们还蒙在鼓里。洪梅，我下个月给你多发五千块奖金，明天，就明天吧，你一定得想办法，明天就去联系赵太太，你上门帮她家打扫卫生，一定要记得偷偷把监控器拿回来啊！"

孟真真看着夫妻俩的反应，已然猜到了他们心中的想法。

尽管夫妻俩平日里对她很和蔼，从不端着雇主的架子，可天然地，她永远只是他们家的保姆，一个可以随时替换的仆人。

她点头应允，退出房间，驻足在董浩然的房门外许久，她知道这件事情过后，董明山夫妇很快会把她辞退，不过她也别无选择了，只要董家能够顺利过了这一关，她以后在附近寻份工作，偶尔有机会能见董浩然一面，有时远远地看，有时恰到好处地路过打声招呼，也是另一种陪伴吧。

62

葬礼后的酒席结束，赵泽宇和王嘉嘉站在酒店门口，送走了最后一拨宾客，王嘉嘉转头看着赵泽宇连续多日操劳留下的满脸胡楂和疲惫，不禁有些心疼，关切道："下午你回家好好歇歇，补补觉，这几天你是最累的。"

"还行吧，我不累，"赵泽宇一边挥手跟正开车驶离酒店的宾客打招呼，一边说道，"最累的是你啊，老爸死了，骨灰盒还放在灵堂呢，你就急不可耐地跑去跟老情人约会了。"他转过头，一脸嘲讽的笑容对着王嘉嘉。

王嘉嘉向后退了一步，差点没站稳。

"说说看吧，这种事你都干得出来，你对得起我赵泽宇吗？"

王嘉嘉吞咽一下，抬头道："我是清白的。"

"清白的，那这中途跑出去干什么？"

王嘉嘉轻描淡写道："没什么，就是随便说了几句。"

"说什么了，说给我听听？"

王嘉嘉只得重复一遍："我和他一直是清清白白的！"

"一直？那就是说你们一直有联系喽？也对，你当年跟我好的时候，另一头跟段飞在床上搞，要不是你喝醉了说漏嘴，跟我坦白，我这辈子都被你们蒙在鼓里。"

王嘉嘉咬牙道："那时是你在追我，我根本没答应你。"

"你不答应我，怎么也不拒绝我啊，那会儿怎么不直接说段飞是你男朋友？"

"我已经跟你解释过无数遍，是段飞这个软骨头不让我告诉你。"

"软骨头？你倒是挺听软骨头的话的。"赵泽宇轻蔑一笑，阴沉道，"说，他到底找你谈什么了？"

王嘉嘉深吸一口气，抬起头，直面对方："他说我爸当年是帮人顶罪，他觉得我爸的死另有蹊跷。"

赵泽宇一愣，眼角抽搐一下，这个微表情变化却没有逃过王嘉嘉的眼睛。

赵泽宇马上镇定心神，冷笑道："你这理由编得就太扯了，你但凡说老情人念及旧情，来看望看望你，但你们什么也没做，说起来也合情合理一些。"

"你觉得这理由很扯吗？"

"我觉得我辛辛苦苦操办你爸的丧事，你守灵期间跑出去约会老情人，极其扯！"赵泽宇低声怒吼道，"死的是你爸，不是我爸，亏你做得出来！"说完，他转身朝远处的田花花大声喊："花花！你去跟酒店结一下账，我有事先走了！"

说完，他脸色铁青地抛下两人，一个人朝停车场走去。

田花花走上前，看看王嘉嘉，略显尴尬道："太太，呃……我去结下账，还有什么需要帮忙的，您吩咐我一声就成。"

王嘉嘉平淡地说一句："不用了。"转身返回酒店，去接她妈妈。

回到家，王妈妈又不禁擦拭起王甫民的遗照，长吁短叹。

王嘉嘉安抚她坐下，闲聊一阵，等她情绪平稳后，组织了一番语言，开口问："妈，爸爸坐牢，是不是为了帮赵泽宇顶罪？"

王妈妈一愣，慌乱否认："没……没有啊，谁跟你说的？"

王嘉嘉盯着她妈妈的表情，道："赵泽宇已经跟我承认了。"

王妈妈又气又急："他干吗要跟你说这个啊？他为什么要跟你说啊？"

听到这个答案，王嘉嘉顿时身体一颤，连日的操劳让她差点没稳住身形，她深吸一口气，强作镇定："爸已经去世了，到底是怎么回事？我要知道真相。"

"这……这……"王妈妈低头，局促不安。

"你如果不肯告诉我，我也会去问赵泽宇，你是我妈，你告诉我，比赵泽宇告诉我，总要好吧？"

王妈妈忍不住哭了出来，过了好一会儿，才逐渐平静，心里权衡一番，这才告诉她真相："其实你爸当年坐牢，我就觉得事有蹊跷，检察官找我做思想工作，问我他是不是在帮人顶罪，我去探监也问了他很多遍，他都否认。上一次你和赵泽宇闹离婚，你爸说他要找赵泽宇谈，我就说他，能谈出什么结果？你爸说赵泽宇绝对会听他的，我了解你爸的脾气，他不会无缘无故说这话。他没办法，才跟我坦白，当年赵泽宇找到他，想让他顶罪，说你们马上要结婚了，所以……所以你爸自愿顶罪。他怕这件事对你造成心理负担，没跟任何人说，一直把这个秘密守了十年，出狱后才知道是谎言。你爸说，你们俩都已经结婚这么久，只要你们夫妻俩能好好过下去，所有的付出都是值得的，所以……所以我也不敢告诉你。可……可赵泽宇怎么会跟你说这些？"

王嘉嘉掏出纸巾，安抚她："妈，别哭了，过去的就过去了，我会过好现在的生活的。"

王妈妈看着女儿成熟的眼神，拍拍她的手，欣慰地点点头。

王嘉嘉抬起头，目光投向了窗外很遥远的地方。

63

丧事结束之后的几天，孟真真一直寻找机会再去王嘉嘉家，想偷偷拿回偷拍摄像头，却因王嘉嘉每天白天都在娘家陪王妈妈，未能成行。

丧事过去数日，赵泽宇紧绷的神经也逐渐放松。

唐显友做得天衣无缝。

王甫民有严重糖尿病，在办公室喝了茶肯定要去上几次厕所，他没有门禁卡，老年人又嫌上下楼麻烦，大概率会进维修中的厕所看看能不能使用。当然，如果王甫民当天没进厕所，他们以后会再想办法。

当天唐显友一直躲在厕所里，王甫民进来后，唐显友从背后偷袭，用沾着迷药的抹布迷晕王甫民，在其昏迷之际，强行给他注射了多支胰岛素，伪造成他自己注射过量。为了保证成功，唐显友足足注射了五支的量，在现场只留下两支空针。唐显友本就是保安部的主管，掌控全楼的监控，随后他删除了自己进出厕所的两小段记录，并且把删除的文件格式化，保证无法还原。

所以当天警察调取监控时，只见王甫民进去，不见其他人进出，两小段被删除的视频的时间差，只当是监控设备故障跳帧罢了。

后来另一组刑警又来公司，要重新调监控的原始文件，不过文件已经格式化，王甫民也火化了，即便警察怀疑，也没有证据了。

如今，赵泽宇手写的承诺书化为灰烬，王甫民这个人证已死，赵泽宇可以高枕无忧了。

晚上，赵泽宇回到家，王嘉嘉从他身前经过去孩子房间辅导作业，夫妻俩都当对方是隐形人，形同陌路。

夫妻俩已经几天没说过一句话了，不过他无所谓，他回到书房，关上门，坐在办公桌后，看了一会儿工作邮件，拿起手机，向田花花和杜总发起了三个人的语音群聊："董明山那边进展怎么样了？"

田花花说："赵总，领导非常确定地承诺，三个月内'悦峰园'别想拿到预售证，如果运作运作，再长时间也能拖。"

杜总接着说："董明山有一笔三千万的贷款两个月后到期，以他公司如今的情况，银行给他续贷是完全不可能的，除非他能找到其他资金来源，否则到时我们只要找信托公司出面，和银行签下三方，承诺我们来出资金进行债务兜底，让银行不给他延期，申请清算，他到时就直接破产了。"

赵泽宇问："如果他能找到其他资金来源，比如他找民间高利贷做过桥呢，他能过这一关吗？"

杜总道："他接下来几个月内还要凑几个亿来支付土地尾款，否则土地和保证金全部会被没收。几千万他可能有办法从民间筹措，几个亿是不可能的，他手里根本没有抵押物。现在的情况，没有一家银行会放款给他，他在江北不可能找到资金来源，如果他在外地找到资金来源，我们是他公司二股东，只要我这边不签字，贷款同样办不出来。"

赵泽宇道："你们做得很好。"

杜总笑道："这样一来，我们用最小的成本，把他手里的两块地都接过来，算是弥补我们第一块地的损失。说起来，即便是这样，算总账，还是没法弥补他抬高第一块地价造成的损失。"

"那就这么办吧。"赵泽宇站起身，每次想到董明山搅局，他就气不打一处来。如果对方是国企、央企或者有背景的大公司，蹦出来搅局，赵泽宇也无计可施，商业社会也不是他只手遮天，可对方只是个小小的董明山，他怎么咽得下这口气？还敢跟他称兄道弟，真是晦气。

赵泽宇意气风发地在屋子里踱步，下令道："明天，杜总你直接去找董明山，问他资金问题怎么解决。到时你就给他两条路，一条是让他把整个公司的股份无偿转让给你，你保全他个人抵押的资产，稍微留点钱给他得了，也不用逼他跳楼了。"

"我怕他不同意。"

"不同意？不同意他三个月后什么都保不住，还得欠下这辈子都翻不了身的债。他要是聪明，就选点家产，好歹还是个有钱人。他要是不想当个有钱人，那就连普通人也别当了。"

杜总道："我明天好好做做他的思想工作，不知道我跟他摊牌后，他会不会猜到这些事是我们在背后操刀，如果他猜到，嘿嘿，我怕他跟我打起来。"

赵泽宇无所谓地笑道："都是成年人，生意场混了这么多年，猜到猜不到，也不需要说出来。"

田花花跟着落井下石："谁让他自己这么不知好歹，一开始那块地，大家都不竞价，他还以为就他聪明，看出那块地的价值，当这么多大公司都不会算账吗？"

杜总道："他做地产的当然知道这是局，无非是抱着侥幸心理捡漏，以为大家没法收拾他。"

田花花笑起来："归根结底还得靠咱们赵总的演技，否则的话，他也不会信这么多好事能落到他头上。"

赵泽宇冷笑一声："区区小孩是同班同学这层关系，还以为我真会当他是朋友，跟我'兄弟兄弟'的，他配吗？小地方的暴发户，没见过世面。杜总，你好好琢磨下明天的说辞，早点把协议签了，我们后面的开发进度要提前。"

田花花对杜总道："杜总，明天可得看你的了，赵总这几天心情不好，你得给他冲个喜。"

赵泽宇问："我为什么心情不好？"

"呃……您家里，您岳父刚刚去世啊。"

赵泽宇冷声道："他去世关我什么事？"

两人一听，尴尬地不敢回应。

赵泽宇信步来到书架前，接着说："其实我最近心情还可以，麻烦一个个解决了——"突然，他的视线落在了两本书中间，藏在书中间的摄像头反射出的镜头光泽，刚好晃了一下眼。他顿时愣住，快步走过去，将两本书推开，一个隐藏式摄像头赫然呈现在面前。

"赵总，赵总？"

"赵总，信号不好吗？"两个人听赵泽宇话说一半停下，未再开口。

赵泽宇深吸一口气，道："我有事，先这样。"

挂下电话，他一把拉开门，朝儿子房间大喊："王嘉嘉，你给我滚出来！"

片刻后，王嘉嘉和赵星辰一前一后走出房门，两人都畏惧地看着额头血管暴出的赵泽宇。

王嘉嘉安抚儿子，把儿子哄回房间，独自走向书房。

王嘉嘉压低声音，冷淡道："有什么事私下说，不要当着孩子的面吼，可以吧？"

赵泽宇见她这副漠不关心的面孔，更是火冒三丈，一把将她拽进屋，直接撕破脸："我好心好意对你，你竟然设计搞我！是你爸教你的，还是你自己想的？我警告你，你要害我，我保证你吃不了好果子！你全身上下花的每一分钱都是我赵泽宇赚来的，你还真当自己这张面孔，配得上你现在的生活？你出门在外，风风光光，你靠的是谁，别人凭什么给你脸？你靠的是我赵泽宇，靠的是我们赵家的脸面！"

王嘉嘉面对他突如其来的羞辱，还没缓过神来，几秒后，眼里噙满泪水，但一滴眼泪都没往下掉。

"赵泽宇，你说完了吗？我今天做了什么事又惹到你了？"

"你做了什么事？"赵泽宇将隐藏摄像头抽出来，重重地摔到她面前。

王嘉嘉看着摄像头，不明其意："你这是什么意思？"

"什么意思？你自己干的，你还问我什么意思？你想干什么，偷拍我？想拿到我的把柄再提出离婚，让我不得不答应你的条件？你爸教你的，还是你自己想的？你和你爸跟我这儿唱双簧呢？"

"什么偷拍你？"

"你还要抵赖？这东西是什么，我就问你这是什么？"

王嘉嘉拿起摄像头看了看，扔回桌上，冷淡回应："不是我装的，还有，我爸已经死了，你积点口德。"

"不是你还能是谁？家里除了我们三个人，还进过第四个人吗？"

王嘉嘉正色道："赵泽宇，我说了，不是我做的，就不是我做的，我想抓你的把柄，用不着这招。"

赵泽宇见她这副态度，稍稍冷静下来，以他这么多年对王嘉嘉的了解，她说的八成是实话。

赵泽宇盯着她，语气缓和下来，再次确认："王嘉嘉，真的不是你装的？"

王嘉嘉压抑着怒火,道:"你说过很多次让我别进你书房,我不会自讨没趣!"

"那你觉得是谁装的?"

王嘉嘉冷冷道:"我不知道,你有这份闲心怀疑我,还不如再好好找找,家里就装了这一个吗?"

赵泽宇一听,瞬间惊醒,连忙把书架上的其他书都翻了一遍,周围茶几、天花板,他一寸寸地仔细检查,最后,又拉开抽屉,想看看里面是否装了窃听器,可他刚把抽屉拉开,突然意识到王嘉嘉还站在面前,立刻惊慌失措地把抽屉推了回去。

王嘉嘉敏感地捕捉到他动作的异常,目光冷冷地盯着抽屉:"抽屉里有什么东西,你这么紧张?"

"没东西。"赵泽宇站在书桌后,恢复了镇定。

"没东西?拉开给我也看看?"

赵泽宇恢复了冷漠的态度:"工作上的东西,跟你没关系,你可以出去了。"

王嘉嘉冷哼一声:"今天你说的话,我都记下了,这才是真正的你。"

半个小时后,赵泽宇从书房出来,走到客厅,站在茫然玩着手机的王嘉嘉面前,态度虽不再凶恶,但也不亲近,是和过去一样的不冷不热的态度:"最近,你有叫保洁来过家里吗?"

王嘉嘉头也不抬:"没有,有也会提醒保洁,不要进你的宝贝书房打扫。"

赵泽宇以前专门叮嘱过,书房里有许多工作上的保密文件,不许任何人进去,也用不着保洁打扫。平日里,王嘉嘉懒得进,免得不小心动了东西,又引起争吵,赵星辰知道爸爸脾气不好,也不敢去书房瞎闹。

赵泽宇又问："我记得，你把董明山家的那个保姆叫来过我们家，最近一次是什么时候？"

"上个礼拜。"

王嘉嘉脱口而出，随即一愣，心中思索了一番，在书房偷拍赵泽宇的摄像头一定是近期装的，否则摆在书架上，早就会被发现。摄像头当然不是赵泽宇装的，也不是她王嘉嘉装的，近来一段时间，进过他们家的只有孟真真一个。还有一点，孟真真连着几天都问她是否在家。

想到这儿，王嘉嘉整颗心沉了下来，种种迹象表明，偷拍摄像头就是孟真真装的。她将孟真真当作最好的朋友，对她没有防备心，可对方却来她家偷偷装了监视器。

赵泽宇继续问："你说，会不会是那个保姆装的？"

王嘉嘉紧紧咬着牙，尽量装作无所谓的样子，冷淡回应："我不知道，你可以直接问她。"

64

夜已深，王嘉嘉像猫一样，悄无声息地推开了卧室门。

她瞥了眼次卧，那是赵泽宇睡觉的房间。

自从前些年赵泽宇性能力不太行后，他都睡在次卧，两人已经分房多年——许多中年男人都这样，天不怕地不怕，就怕老婆叫他来睡下，有时候故意找碴吵架，有时候故意在外喝酒晚归，就可以理直气壮地分开睡，能躲一天是一天。

此刻，赵泽宇的次卧房门紧闭。

今晚争吵之时，赵泽宇打开抽屉那一刻的怪异表情，深深印在了王嘉嘉的心里，她不知道抽屉里有什么，但她知道，肯定藏着很重要的秘密，而且，这个秘密很可能和她或者和她爸爸有关。

王嘉嘉没有开灯，借着窗外的亮光，看着书房的房门，她轻轻转动门把手。

来到书桌后，她小心翼翼地缓缓拉开抽屉，另一只手举起手机，她没有打开手电筒，只是点亮屏幕，照进抽屉。

抽屉里除了几张空白的文件纸，干干净净，什么都没有。

看来赵泽宇已经把抽屉里的某样东西拿走了，他会藏到哪里？他的包里？

王嘉嘉抬起头，借着手机屏幕微弱的光，向书房的沙发方向扫过去，结果下一秒就照见，赵泽宇端坐在沙发上，身体隐没在黑暗中，仿佛与沙发融为一体，面无表情地静静盯着书桌后的王嘉嘉。

王嘉嘉吓得差点尖叫起来，最终没发出任何声音，被赵泽宇冷冷地盯着，她整个身体都僵住了，不知所措。

赵泽宇没有发火，也没有问她想干什么，只是冷冰冰地说了句："回你房间睡觉。"

王嘉嘉默不作声，转身走出书房，关上门，回到了自己的卧室，提心吊胆地躺在床上，彻夜难眠。不过奇怪的是，赵泽宇当晚没有找她的麻烦，第二天早上起床，她给赵泽宇和孩子准备好早餐，赵泽宇也是正常吃饭，只不过夫妻俩和前几日一样，没有任何交流，昨晚的事，就像一场梦游。

65

"董总，快坐快坐。"办公室里，赵泽宇热情地将忐忑的董明山邀进屋，关上门，亲自为他烧水泡茶。

昨晚他发现被人偷拍后，回头就给田花花和杜总打去电话，对付董明山的行动全部暂停，又让杜总第二天把董明山约到他公司。

田花花和杜总很不理解赵泽宇为何短短半个小时态度就来了个大转弯，赵泽宇也不解释，让他们照着办就是了。

"赵总，这是？"董明山既然知道了赵泽宇是幕后黑手，今天接到电话，他心想这就是场鸿门宴，却也不敢直接撕破脸，把这事摊开来说。

成年人之间最重要的一条游戏规则就是，你很清楚对方在演戏，对方也清楚你在演戏，双方都知道对方知道自己在演戏，可大家依然会心照不宣地演下去。

赵泽宇给他倒了一杯茶，递到面前，关切地问："最近资金问题解决得怎么样了，能不能按时到位？"

董明山眉头微微一皱，不知对方葫芦里卖什么药，坦白说："目前看来比较难。"

"哎，老董，有困难咱们一起解决，做生意嘛，总会遇到一些磕磕绊绊，但凡事都是可以商量，可以沟通的，最后达成一个大家都能接受的方案。沟通、商量、解决，嗯，是这样吧？"

董明山勉强挤出笑容，点点头。

赵泽宇笑笑，模棱两可地说："老董啊，你觉得现在这个事情，怎么处理比较好？"

"我……赵总，您希望是怎么样？"董明山心想现在自己公司这个处境，完全是人为刀俎我为鱼肉，哪儿有什么讨价还价的余地。

"那我就直说了。"赵泽宇道，"第一，我来想想办法，找找资源，看看能不能帮你解决预售证的事。第二，你手里的这两块地，既然后续资金困难，不如我去说服杜总，由他的公司接手，整个来操盘，你什么都不用做，一分钱也不要你垫，前期你投入的资金由杜总先行垫付还给你，最后项目结算完，额外再分你一成的利润。你觉得怎么样？"

董明山有些不敢相信自己的耳朵，他打算和赵泽宇商量的是，整个项目转让，他不但一分钱不赚，赔个几千万也成，总好过倾家荡产。谁知赵泽宇如今胜券在握，却提出这两个条件，还能让他赚一些钱。

这就相当于董明山之前拍下的地，原价卖给赵泽宇，他一分钱都不亏。而且接下来他什么也不用做，几年后，赵泽宇还会分他一成的净利润。

他吃惊地重复一遍："您说帮我弄到预售证？还把前面土地拍卖的保证金都还我，我什么都不用投入，最后项目完成，还分我百分之十的利润？"

赵泽宇纠正道："意思是这么个意思，但表述不是这么个表述。我只是个投资人，既没有政府关系，又不搞房地产，我只能想办法找人去帮你落实这两件事。"

董明山连忙心领神会地点头："明白明白，一切都按赵总您说的办，我全听您的。"

赵泽宇笑道："你觉得满意吗？"

"满意，满意。"

"几分满意啊？"

"十分满意，不，十二分满意。"

"那就好，希望老董你是真心满意这个解决方案，我就怕你一个不满意，又找人来我家里弄点小动作，防不胜防啊。"

董明山一听，脸色大变。

赵泽宇笑起来："别紧张，我说了，有误会，有矛盾，咱们都是可以商量的，没有什么事是完全不能协商，不留余地的。老董啊，这事我还真挺佩服你，我是万万没想到你还会这招。"他突然脸色一冷，"我是个特别注意个人隐私的人，我做生意这么多年，还从来没遇到过这个手法，董明山，你不但有脑子，你还很有胆！"

董明山听到这句话，手里的茶杯吓得直接掉到了桌上。

赵泽宇冷哼一声，替他拾起茶杯，重新给他倒上茶，道："你不要觉得我是怕你，我是个要面子的人，你懂吗？实事求是地讲，人与人之间的所有关系，都是可量化的筹码，能不能谈到一起，无非是筹码够不够。可如果有人都不肯拿出筹码来谈，直接想来威胁我赵泽宇，我明确告诉你，这违背了江北基本法！"

董明山连忙解释道："赵总，这件事不是我指使的，是我们家的保姆自作主张的决定，我到前几天才知道这事。"

赵泽宇轻笑："你家小保姆的自作主张？"

"赵总，我可以用我全家性命立下毒誓，这件事绝对不是我想出来的，是我家保姆自作主张，我之前完全不知情。"

"你家小保姆还懂偷拍设备、软件这些东西吗？"

"洪梅上过大学，我才中专毕业，我们家电脑上的这些东西，就她最懂。"

"你家小保姆为什么要这么干？"赵泽宇瞧着他冷笑。

董明山忙说："她……她上次去赵总您家，她……她听您太太说……"

"说什么？"

董明山换了个说法："说我可能会遇到一些困难。"

"我太太告诉了你家小保姆？"赵泽宇眉头微微一皱，露出一丝怨恨的神色。

"她……也不是直接说，大概就是随口提了一嘴。"

赵泽宇脸色冷漠："然后呢？"

"洪梅她觉得我们夫妻对她很好，尤其她和我们家孩子关系特别好，所以……所以她担心我们，就自作主张了。直到大前天，她看到我快……快走投无路了，她拿出视频给我看，问我视频能不能帮到我，我……我看了后，觉得没什么用处。我当场就叫她找机会把设备拿回来，以免引起您的误会。"

赵泽宇问道："你真觉得这些视频，什么用处都没有？"

"我……"

赵泽宇道："话都聊到这份上，不如开诚布公，刚才我答应你的条件，是明摆着的，法务已经拟好合同，待会儿我就和你签意向的全面合作协议，你也不要藏着掖着，视频里你都看到什么了？"

董明山犹豫了一会儿，说："看到……看到您打了一些电话，不过……不过这也是正常商业手段。"

"就这些吗？"

董明山不敢看他："对对。"

"那如果我不找你，你打算怎么办？"

"我……"

"老董啊，相逢一笑泯恩仇，不打不相识，化敌为友也是件美谈。"

"本来我想，我想再求求您，只要……只要不破产，什么条件我都答应您。"

"否则呢？你想用偷拍的东西来威胁我？"

"不不不，"董明山连忙否认，"这些视频也威胁不了您，可我想……我想您也是很在乎面子的人……视频里您说的话，虽然算不上什么，可说出去也有损您面子。"

听到这个回答，赵泽宇盯着他看了几秒，淡淡道："你说得没错，我是个要面子的人，这事就到此为止，你如果对我刚才开出的条件满意的话，待会儿我就和你把协议签了。"

董明山求之不得："那当然最好。"

"视频怎么处理呢？"

"我回头就找洪梅，把视频删干净。"

"不用回头，就在这儿吧，我看着删，有问题吗？"

"没问题，完全没问题，"董明山道，随即又担忧道，"那个协议……要不先签了？"

"我会用协议画个饼，诓你删视频吗？你觉得我的承诺都是空气，做不了准的，对吗？"

董明山吓得脊背直冒冷汗。

66

孟真真刚将董浩然送进校门，一转头，跑车旁，王嘉嘉戴着墨镜，斜靠在车门边，努了下嘴："上车。"

昨晚赵泽宇发现偷拍装置时，孟真真已经睡下，所以并不知晓偷拍已被发现。

她如常地坐进车里，问："嘉嘉，你妈妈身体怎么样了？"

"关门，系上安全带。"王嘉嘉没有回答，冷若冰霜，大墨镜下看不出表情。孟真真隐约预感到出事了。

王嘉嘉发动跑车，猛踩油门冲出去，油门发出巨大轰响，旁边送孩子的家长吓了一大跳，破口大骂。

车子开出一段，来到红绿灯前等候，王嘉嘉目视前方："视频在哪儿？"

孟真真看着她，沉默半晌，低声道："嘉嘉，我……我对不起你。"

王嘉嘉没有理会，冰冷地问："视频在哪儿？"

孟真真抿了抿嘴唇，道："在电脑里。"

"电脑在哪儿？"

"还在董家。"

绿灯亮起，王嘉嘉直接从直行道上实线变道到左转待行道，等左转灯一亮，她一打方向盘转过去，径直驶到了尊邸小区的楼下。

"电脑拿下来，我要看。"

"嘉嘉……"

"我现在不想跟你说别的，我要看视频！"

孟真真默默下车，回到楼上，董先生夫妻已经出门，她带上电脑，回到王嘉嘉的车里。

王嘉嘉看了眼电脑，问："你家在哪儿？"

孟真真指了指前面的巧克力公寓，王嘉嘉一脚油门踩了出去。

两人上了楼，王嘉嘉让她打开电脑，找出她截取出来的赵泽宇的视频。

孟真真坐在一旁，一言不发。王嘉嘉全神贯注地打开一个个视频文件，快速查看，最后，在一条视频前停下来。

视频中，赵泽宇一边把玩着手里的笔，一边打着电话，不断向电话另一头的人嘱咐。

前几个电话都是在说董明山的事，直到最后一个电话。

"测试结果怎么样？……必须万无一失……虽说是一家人，可我也没办法，他给我的两条路都不好走。这些事电话里不说了。你还年轻，你不懂，活到我这个年纪，命运总是要掌握在自己手里的。"

王嘉嘉将这几句话反复听了很多遍，再将视频暂停，放大画面，放大到赵泽宇的手几乎占据了整个屏幕，从那支笔的中间图形可以看出，他手里拿着的是一支胰岛素笔。

王嘉嘉一动不动，半晌后，她手臂突然从桌上滑落，双手仿佛脱臼一般垂落，整个人呆若木鸡。

孟真真看到这一幕，以为是她欺骗了王嘉嘉的缘故，心中万分愧疚，轻声道："嘉嘉，我……我真的对不起你。"

王嘉嘉转过头，冷哼一声："连你也对我这样……为什么，为什么？董明山给了你多少钱？"她突然情绪崩溃地吼起来，"为什么连你也要这样对我！董明山给了你多少钱！多少钱可以收买你出卖我！"

"不是董先生让我做的，整件事是我一个人做的。"

"你一个人做的？呵呵，他们只是你的雇主，他们没给你钱，你会出卖我？"

孟真真深吸一口气，豁出去了："我不是为了他们，我是为了董浩然。董浩然是我的亲生儿子，我不能看着董家破产。"

67

孟真真彻底向王嘉嘉坦白了自己的所有秘密，屋子里安静了好一会儿，王嘉嘉张了张嘴，有很多想说的，最终只是叹了口气："早知道是这样，当年……我说什么也要把你劝回学校。"

孟真真的笑容有些惨淡："当时我和陈子华在一起后，你一直想骂醒我，是我执迷不悟。这些年我一直在后悔，当年如果听你的话，现在走的又是另一条路了。"

王嘉嘉苦笑："听我的话？我自己这些年也是过得一塌糊涂。"

孟真真深吸一口气，诚恳道歉："嘉嘉，装监控这件事，我对不起你，可是，我不后悔。我一开始就想过，你很可能会发现，你会很难过。可我没有选择，我只希望董浩然可以在董家快乐地成长，只要董家能过了这一关，我进监狱，我坐牢，我都无怨无悔。"

王嘉嘉轻轻地摇着头，呢喃起来："我不怪你了，我不怪你了，如果不是你，我这辈子都不会知道爸爸的真相，永远都不会知道爸爸的真相了……"说着，王嘉嘉整个人虚弱地倒在了孟真真的怀里。

"什么真相？"

王嘉嘉的眼泪肆意横流，无力地笑起来："陈子华害了你的人生，可赵泽宇，不光害了我的人生……我怎么都不会想到……想到……他会杀了我爸爸！"

轰隆，房间里仿佛无形中炸响了一声惊雷。

孟真真悚然问："什么意思？赵泽宇杀了你爸？"

王嘉嘉哭得浑身颤抖，几近窒息，孟真真将她扶到床上，拿来毛巾替她擦脸，安抚她的情绪。

哭了许久，王嘉嘉才停下来，渐渐恢复了理智。

"上周一，我爸去赵泽宇的公司，最后死在了厕所的隔间。法医查看后说我爸重复打了两支胰岛素笔，休克后迟迟没人发现，导致死亡。"

"我当时就有点奇怪，我爸虽然身体差，可他记性一点都不差，平时对自身身体状况也很注意。他早上已经打过胰岛素笔，怎么出门口袋里还装了两支？早上注射完才几个小时，怎么会重复注射？那时我压根没往其他地方想。我爸死后，段飞找过我，他怀疑我爸的死有蹊跷，他找刑警调过监控，监控录像有两段缺失。我把他骂走了，因为无论赵泽宇对我好或者不好，我都不可能把他和我爸的死联系到一起。直到我看了你偷拍的视频，彻底颠覆了我的三观。"

"这视频怎么了？"

王嘉嘉起身，来到电脑前，指着视频中赵泽宇手中的笔，说："他手里拿的，就是胰岛素笔。过去他都是让采购的人直接把胰岛素笔寄给我爸，从不用经过他的手。就算这一次寄给他了，他也应该交给我，让我带给我爸。再退一步讲，就算他还没来得及交给我，他也不会把整盒的胰岛素笔拆开，更不会放到他书房的抽屉里。书房是他办公的地方，他连小孩都不让进，他只会把很重要的东西放进书房的抽屉里。"

"这个……也许只是巧合，或许是他没在意，买了胰岛素笔忘了告诉你，随手放在书房里了。"

"我也想这么安慰自己。昨晚他当着我的面拉开抽屉后，立马关上了，我问他抽屉里是什么，他不肯说。我半夜去书房偷偷查看，结果他一整晚都守在书房。直到刚才我看到了视频，才知道抽屉里藏的是胰岛素笔。其实他昨天大大方方让我看，随便胡诌个理由就能解释过去，我不会想到是他杀了我爸，可是他做贼心虚了。还有视频最后他打的那个电话，将我爸爸的死代入，就知道那是他在吩咐手下要对我爸动手。连他手下都在劝他，可是他！"

孟真真依然觉得不可思议："赵泽宇……他没有理由杀你爸啊？"

"我爸手里肯定有他的把柄，只不过……"王嘉嘉冷静下来后，回想整件事，思路渐渐清晰，可有件事却想不明白。

王甬民找赵泽宇面谈了一次，赵泽宇当天态度就来了个一百八十度大转弯，说明王甬民肯定有能够威胁赵泽宇的把柄。

可她和赵泽宇毕竟是夫妻，有共同的孩子，俩人不管是好好过下去，还是和平离婚，王甬民身为小星的外公，怎么都不会把小星的爸爸送进监狱。

那么赵泽宇为什么非要杀害王甬民灭口呢？

难道他既不同意和王嘉嘉好好过下去，又不同意离婚？那算什么心态？

王嘉嘉始终想不明白一点，赵泽宇对她到底是一种什么感情，既不对她好，又不放她走。王嘉嘉离婚条件要的很少，对赵泽宇来说简直是九牛一毛，离婚后，赵泽宇自由了，赵忠悯夫妇高兴了，王嘉嘉也不用看他们脸色了，大家都好，他为什么一直不同意离婚，甚至不惜杀害王甬民？

王嘉嘉不明白赵泽宇的心理，可她知道，就是这个生活在同一个屋檐下的男人，杀害了这个世界上最宠她的男人。

爸爸临死时躺在卫生间冰冷的地板上，是怎样的一个场景，那个时候他心里又在想些什么？

这时，孟真真接到了董明山的电话。

68

电话那头，董明山让孟真真现在就带上电脑，来赵总的公司一趟。

挂下电话，王嘉嘉将视频拷贝了出来，嘱咐孟真真，待会儿到了赵泽宇公司，不能透露她俩刚见过面。

孟真真来到赵泽宇的办公室，董明山坐在沙发上，手里正捧着一沓合同审阅。

见到小保姆，还没等董明山开口，赵泽宇就开口："你叫洪梅是吗？不用紧张，老董和我之前有点误会，现在我们已经化敌为友了。先前他让你来我家装监控，这件事我不追究了——"

"不是我——"董明山刚想辩解，偷拍是洪梅自己的主意，跟他没关系。

赵泽宇瞪他一眼："老董，你看完协议了吗？没看完就继续看。"董明山吓得不敢再言语，低头看协议。

孟真真坦然看着对方："赵总，装监控这件事，不是董先生的主意，是我自作主张。我大前天第一次把视频拿给董先生，他知道后，立马要求我把偷拍设备拿回来，以免引起你的误会，以为是他教我这么做的。"

"你自作主张？你知不知道这么做是违法的？"

"我知道。"

赵泽宇笑着看向董明山，故意说："老董，你给了保姆多大好处，她不惜违法犯罪也要帮你，你们俩该不会有一腿吧？"

董明山连忙说："没——"

赵泽宇拍拍他肩膀，警示他别说话。

孟真真心里清楚赵泽宇是在试探她，看看她和董明山交代的话中是否有矛盾之处。

她不假思索，很自然地将那天对董明山夫妻说的理由复述一遍，见保姆和董明山交代的内容一模一样，赵泽宇一时也不确定是两人对过了口径，还是真的是洪梅自作主张，不过这些都是次要的，最重要的是视频得全部删除，不能留下备份。

赵泽宇笑笑："你不用紧张，之前我和老董有些误会，现在误会已经全部解除了，对吧，老董？"

董明山连忙点头："对对。"

赵泽宇问孟真真："视频存在哪里？"

孟真真如实回答："有一部分存在网络云盘上，有一部分我下载到了电脑上。"

"那么现在就删了吧？"

孟真真用征求的目光看向董明山，董明山也说："洪梅，你就按赵总说的办，全部删光。"

孟真真点点头，打开电脑，连上网络，通过账号登录到云服务器上，当着赵泽宇的面，删除了云盘上的数据，随后又删除了下载到电脑上的视频。

做完这一切，赵泽宇问："其他地方还有这些视频吗？"

孟真真摇摇头："没有了，都在这里。"

赵泽宇拿过笔记本电脑，合上，道："这台电脑我帮你销毁了，没问题吧？"

"没问题。"

赵泽宇点了点头，转向董明山，说道："老董，我拿出这份协议，是我的诚意。如果我知道视频另外还有留存，我同样会撕掉这份协议。"

董明山急忙问："洪梅，你都删除干净了吗？"

孟真真确定道："全部删除了。"

赵泽宇这才稍稍放心，看着孟真真，竖起大拇指，不知是夸赞还是嘲讽："老董啊，你家真是找了个不得了的保姆。"

送走董明山和孟真真后，赵泽宇返回办公室，脸色刹那阴沉下来，一把将桌上的整套昂贵茶具掀翻在地，掏出手机把田花花和杜总都喊了来。

两人一进屋，看到满地的残渣，以及满脸怒火的赵泽宇，田花花惶恐道："这……这是怎么了？听……听法务说，您……您和董明山签了全面合作协议？"

杜总也小心翼翼地嘀咕："董明山不是快破产了吗？"

赵泽宇咬牙道："是快破产了，结果却被他们家小保姆救了！"

"小保姆？"

赵泽宇将偷拍的事简单讲了一遍，两人将董明山痛骂一通。

赵泽宇咬着牙齿，来回踱步，道："你们暂时先放董明山一马，但预售证不能批给他。让他活，但又不能彻底活。这个仇，我一定会报！我赵泽宇活到这个年纪，从没有被人骑到头上过，董明山！我一定要教他重新做人！"

骂完后，他又对两人说："这次所有损失都由我出，其他小股东还有一起为这事出过力的，跟他们说，是我个人的主意。我老婆年纪小，口无遮拦，商业上的事她不懂，不怪她，损失我担着，没赚到的钱以后我其他项目让利出来，不要让其他人知道是王嘉嘉乱说话引起的，知道吗？"

69

刚从赵泽宇公司出来，一坐上车，董明山就问："洪梅，视频你还有备份吗？"

孟真真想到只有王嘉嘉拷贝了一份，她当然不能说出王嘉嘉，便摇了摇头。

董明山略微失望地叹了口气。

孟真真小心地问："董先生，你不是和赵泽宇签了协议吗？他不会再害你了吧？"

"协议虽然签了，但他如果后续不履行，只需要赔一千万违约金。不过你偷拍的视频，我开始还以为没什么作用，可赵总极其重视，不但没追究偷拍的事，还跟我签了协议，说明他很注重名声。或许可以这么理解，他设计整我，涉及有关部门的领导，他不想把事情弄大，所以才停手。不管怎么说，这一关暂时过了，我想他也不确定我们手里有没有拷贝视频，我好好伺候着他，后续资金跑通了，公司就彻底安全了。洪梅，这一次我们家都得感谢你。"

回到家，董明山先把钱一茹拉去房间说了会儿话，待他们出来后，钱一茹拿出一封一万块的红包，孟真真执意不肯收，百般推托后，红包金额改为两千块，她才收下。

钱一茹还专门给孟真真放了两天假作为奖励，放假她不好推托，哪儿有保姆不想要假期的。董浩然听爸妈说洪梅是他们家的功臣，看到父母久违的笑脸，他也开心地拿出自己手工课做的小礼物，送给她。

晚上，孟真真离开董家，走出小区，穿过十字路口，回到巧克力公寓，她把董浩然做的小玩具插进空瓶子，放在窗口，望着对面的尊邸，心中怅然若失。

今天董先生夫妻虽然感谢她，但他们此刻说不定就在商量着该怎么辞退她这个危险人物。今天偷拍赵泽宇，明天会不会伤害董家？今天董太太突然给她放假两天就是个信号。当然，她还能在董家再待上一阵子，董先生夫妻怕激怒她暂时不会辞退她，但也就是最后一阵子了。

她和董浩然相处得再融洽，也没有用处，她只是个保姆，可以随时更换的保姆。

　　这时，手机铃声响了，她拿起来一看，又是陈子华。

　　她收拾情绪，接起，冷冰冰地问："什么事？"

　　陈子华笑道："你在哪儿呢？"

　　"我在董家，你有什么事快说。"

　　"我想你了，我想见你。"

　　"我在董家。"

　　"是吗？可我在你家。"

　　陈子华的声音突然从手机里变成了在门口，孟真真一个激灵，闭上嘴，不敢发出声音。

　　"开门吧，我知道你在里面。"

　　孟真真沉默了几秒，最后只得打开房门。

　　陈子华淫笑着进屋，将门一关，顺势抱住她。

　　孟真真早有防备，一把将他推开，退后几步，抓起水果刀，挡在身前："你别碰我！"

　　"真真，你怎么还是对我这么见外啊？"陈子华坐在沙发上，点起烟，"我听说赵老板放过董明山一家了，是吧？你可以放心了。那么，董家这次怎么感谢你救他们于水火之中啊？"

　　"和你没关系。"

　　"和我没关系？"陈子华用力捏住烟头，"这事归根结底是谁的功劳？谁给你通风报信，谁出的主意，谁给你买来了电脑和器材？"

　　孟真真咬咬牙："你想怎么样？"

　　"你帮董家这么大的忙，他们给了你多少红包？"

　　孟真真眼角抽搐一下，拿出口袋里的红包，扔到桌上："都在这儿，你拿着赶紧走。"

陈子华拿起红包一捏，厚度让他不太满意，掏出后一点，竟然只有两千块，顿时炸了："你没骗我？你没藏起来？他们董家亿万家财，这次能够平安过关，结果才给你这么个屁大的红包？"

"就是这些，我都给你，你还想怎么样？"

陈子华虽然嫌红包太小，但还是塞入了口袋，放话道："这事没完，老子光买电脑和偷拍设备就花了几千块，没勒索到赵老板，还想着从董明山这边补点，想用两千块打发我，做梦！这该死的董明山！我绝不罢休！"

"陈子华，你不要太过分，董浩然也是你的小孩！"

"那就更应该多管他们要钱了。你想，咱们孩子都给了董明山夫妻，让他们享受了天伦之乐，你呢，每天只能看着小孩，都不能让他喊一声妈。于私，小孩的爱给了他们；于公，这次要不是咱们，董家就破产了。于公于私，给个一百万块都不过分吧？结果给两千块，打发要饭的呢？"

"无耻！"孟真真气极，直接将水果刀朝他扔过去。

陈子华伸出手臂一挡，感到一阵刺痛，抬手一看，手臂外侧被扔过来的水果刀戳了一下，不严重，微微出了点血，他却仿佛受到了致命伤，号叫起来："你用刀扔我，我都被你弄出血了！"

孟真真看着他，眼里只剩下厌恶。

陈子华大怒，冲上去，一把拽过孟真真的头发，将她压倒在沙发上，骂道："老子这次为了帮董家，冒了这么大风险传递情报，还自掏腰包买设备，结果就拿到两千块？你还要帮着外人说话！你给我记住，我们俩是一家人，永远是一家人。"

孟真真脑袋被他死死压住，斜眼恶狠狠地瞪着他："我死也不要跟你当一家人！"

"你！"陈子华抓着孟真真的衣领，从后背用力扯破她的衣服，再强行扒掉裤子。

孟真真一动不动，躺在那里任由摆布。

陈子华见孟真真像个死人一样，努力了几次都进不去她的身体，遂失去了兴趣，放开她，重新点起烟："真真，我回来后，你就没给过我好脸色，是不是因为那个死胖子？"

孟真真咬住出血的嘴唇，不说话。

陈子华掐住她的下巴，强迫她转过头来："说，是不是还没跟死胖子断干净？"

孟真真依旧不说话，牙龈上的血渗了出来。

陈子华抓住她头发摇晃："问你话，是不是还没分？"

孟真真对疼痛浑然不觉。

陈子华与她对视了一会儿，松开手，站起身，扔掉烟头："我再给你最后三天，如果你再不分干净，我来帮你分。你别想离开我，你永远离不开我！下一次来找你，别给我看这种脸色！"他摔门出去。

孟真真瘫在沙发上，望着屋子里的狼藉，此刻，她感觉身体和灵魂都不再是自己的了。

窗外夜色正浓，远处纵有微光，也照不到她的这个角落。

70

入夜，赵泽宇一回家，就站在客厅，怒气冲冲地把正在房间里辅导小星功课的王嘉嘉喊出来。

"我赚钱养你，让你吃好喝好不用上班，住豪宅开跑车到处招摇，我只要你做好一件事，带好小孩！你呢，吃里爬外，这次被洪梅那个小保姆装了监控器，全是你搞出来的！你的嘴巴是有多大？你跟她说我要对董明山下手干什么？你知道这一把我损失多少钱，我损失多大的面子，我被董明山那个暴发户当傻子看！"

王嘉嘉任他辱骂，毫无波澜："所以，你是被董明山威胁了？"

"我收拾他的计划全作废了！"

王嘉嘉淡淡道："你在书房做了什么违法犯罪的事，被他们偷拍到了吗？"

赵泽宇收敛了怒容，眼神一闪，道："也不是违法犯罪，就是生意上的一些手段，如果被外界知道，影响不好，我为了面子，暂时妥协。"

王嘉嘉冷笑起来："既然没有违法犯罪，我觉得你应该直接报警。你跟警察说，董家的保姆潜入家里，偷装监控，侵犯隐私。这样一来，警察不光会帮你把董家人和小保姆抓了，还会找到所有的偷拍视频文件，全部销毁，不会外流出去。否则的话，你暂时妥协了，可你怎么确保他们没把视频另外拷贝，另外保留，以后再威胁你一次？"

"我——"赵泽宇被她这么一反问，给不出反驳的理由，只好随便抛下一句，"你完全不懂，我懒得搭理你，神经病！"

他刚要转身回书房，王嘉嘉道："我神经病？我爸一死，你就原形毕露了吧？"

赵泽宇缓缓转过身，目光阴沉："你在说什么呢？"

"你忘了对我爸的承诺了吧？"

赵泽宇盯着她："你爸跟你说过什么？"

王嘉嘉试探道："一个承诺。"

"什么承诺啊？"

"你心知肚明。"

赵泽宇眼睛微微一眯，走了过来："你把话给我说清楚。"

"你答应过我爸什么，你自己忘了吗？"

赵泽宇骂了句："你今天脑子抽风了吧，话都说不利索。"

"是我脑子抽风了，还是你抽风了，不久前刚说过的话都记不得了？"

赵泽宇狠声道："你到底想说什么，把话说清楚，王嘉嘉！"

王嘉嘉哈了声，道："这周末小星不去你家了，我带小星去陪我妈两天。"

"要去你自己去，小星周末要去我爸妈家，这是大家商量好的。前些天你爸丧事，小星每天都去，你家也该知足了。"

王嘉嘉惨淡地笑道："我爸丧事，小星每天来拜祭，不是应该的吗？你们赵家的脸是有多大，我们王家是有多卑微啊，这都变成施舍了？"

"不然你想怎么样？王嘉嘉，吃饭砸锅的事少干，委屈你一下也不是无条件的，你所有生活都是我送给你的。你这张嘴害我今天白白损失几个亿，看在夫妻的分上，我都不跟你计较了，你该知足了！"骂完后，赵泽宇不再管她，转身走回书房。

王嘉嘉身体瘫软，一下子倒在了地上。

过了会儿，赵星辰小心翼翼地打开门，朝书房看了看，门已经关上了，这才快步跑过来，拿了几张纸巾，塞到王嘉嘉手里，缩在一旁。

王嘉嘉将儿子紧紧搂进怀里。

赵星辰怯生生地问："妈妈，你和爸爸是不是因为董浩然的爸爸吵架啊？"

王嘉嘉无声地摇摇头，望着窗外。

窗外夜色正浓，远处纵有微光，也照不到她的这个角落。

71

深夜，赵泽宇走出书房，从玄关柜上拿走了王嘉嘉的车钥匙，悄悄出门，坐电梯到了地下车库，坐上王嘉嘉的跑车，用手机连上了跑车的行车记录仪。

第二天，办公室里，唐显友吃惊道："你说太太怀疑你？不可能吧，警察都没看出来，就算段飞跟她说过些什么，可他顶多是猜测，什么证据都拿不出来，她是你太太，不至于怀疑你吧？"

赵泽宇蹙着眉，道："她八成知道了王甫民帮我顶罪的事，王甫民的死会不会怀疑到我，我不是很确定，可我昨晚看了她的行车记录仪，她昨天早上送完小孩后，把那个小保姆接上车，去的地方应该是小保姆的家，她应该看过了小保姆偷拍的视频。"

"我听花姐说，董明山安排小保姆在你家书房装了监控，拍到了一些商业上的事，你不得不和董明山妥协。"

"这是说给他们听的，商业上的事传出去我根本不怕。我抽屉里放着胰岛素笔，我有时候会拿出来。我怕王嘉嘉认出了我手里的胰岛素笔。"

唐显友道："那也不能证明什么吧？胰岛素笔本就是你这边托人买的，你放在抽屉里也很正常吧？"

"视频确实不能证明什么。"

"那就不需要担心了，王甫民和当年的小郭总，都是我亲手处理的，和你从头到尾都没有半点关系。赵总，你放心，我这条命是你的，哪怕我有一天被抓了，我横竖是个死，怎么都不会牵连到你。"

"说那话。"赵泽宇摇摇头，"你的忠心我从不怀疑。王甬民人都火化了，这世上什么证据都翻不出来了，我是不想王嘉嘉怀疑到我，毕竟我们俩是夫妻，还要长久地过下去。"

唐显友的命确实是赵泽宇的。

二十年前，赵泽宇刚大学毕业不久，他学的是法律，毕业后做了律师，因为赵忠悯当时是江北市检察院检察长，赵泽宇刚进律师行业就当上了江北第一大律所的合伙人。

彼时的唐显友正十几岁的年纪，跟人打群架斗殴，结果打斗中对方一人倒地身亡，同伙几人都把责任推到唐显友身上，唐显友父亲到检察院门口跪地求情，被路过的赵泽宇看到。赵泽宇那时还是满腔热血的法律青年，本着公义之心，去了解情况，得知唐显友实际上未满十八周岁，家里为了让他早点出来工作，才找人把他身份证上的年纪改大了，如今却成了量刑的关键。

唐显友家境贫寒，请不起律师，赵泽宇免费代理他的案子，寻找证据帮他要回了真实年纪的证明，又对案件证据提出疑点，证据链上无法证明他是杀人主犯，当然了，这是赵泽宇律师生涯的第一起刑事辩护案，检察院和法院自然也照顾了一些。最终，唐显友被判了三年，出狱后，唐显友父亲带着唐显友登门跪地感谢赵泽宇救命之恩。

当时的赵泽宇除了是律所的合伙人外，自己已经在外做起投资，发了些小财，见出狱后的唐显友还没找到工作，便把他留在身边当司机。后来唐显友父亲患重病，赵泽宇借给他二十万块。那时的二十万块对赵泽宇来说，也不是一笔小数目，唐显友深受感动。

这二十万块让唐显友的父亲多活了几年，从此唐显友一直对赵泽宇死心塌地，忠心耿耿。

　　赵泽宇手里的两起命案，都是唐显友一手操办，整个过程赵泽宇都择得干干净净。

　　赵泽宇叹口气，说了心里话："我和王嘉嘉虽然平时吵架，但生气时说的话不做准的。我和她这么多年夫妻，又有孩子，对她肯定是有感情的。要不然我也不会选择放弃几个亿，跟董明山暂时妥协。"

　　赵泽宇看唐显友还是不太理解，说得更直白一些："我和王嘉嘉是不会离婚的，我跟她日子还得过下去，所以我不能让她把王甬民的死怀疑到我头上。这不是证据不证据的事，我不能让她怀疑我，谁都可以怀疑我，她不可以，你能理解吗？"

　　唐显友对赵老板的婚姻情况知道得比其他人多一些。

　　王嘉嘉多次提过离婚，赵老板父母也希望两人离婚，唯独赵老板虽然每次都骂王嘉嘉神经病，不知好歹，但绝口不提离婚的事。赵老板在父母面前，在其他员工面前，都表现出一副呵护老婆的样子。就拿昨天偷拍的事来说，起因是王嘉嘉向董家小保姆透露了赵老板在设局，暂停对付董明山，前面的人力、物力还有动用的关系网，这些投入的资源都白费了，遭受损失的可不只有赵泽宇，还有许多有利益关系的伙伴。赵老板当着田花花和杜总的面，却要他们保密，所有责任都由他赵泽宇担，不要让其他利益伙伴知道是赵老板的太太闯了祸。赵老板平时应酬，虽然在夜总会里也是左拥右抱，可他每天晚上都回家，从不在外过夜，大家都觉得他是个好老公。

　　可赵老板在外竭力维护王嘉嘉的同时，唐显友却知道，两人私下经常争吵。

　　如果说赵泽宇是为了维护家庭和睦的形象工程吧，赵泽宇既不是当官的，又不是名人，似乎也不需要。如果赵泽宇真的爱王嘉嘉，那么赵泽宇也没必要非将王甬民灭口，不然哪儿有现在这么多事情。

所以唐显友理解不了老板的心理。

他嘴上还是很理解："明白明白，你很爱太太，毕竟生活在一个屋檐下，你不想让她怀疑你。"

唐显友抬起头，看到赵老板出神地望着窗外，呢喃自语："彻底征服一个女人的全部，可真难啊。"

"啊？"唐显友连忙咳嗽，他仿佛听到了不该听到的内心独白。

赵泽宇回过神来，道："我跟小保姆说过几句话，以我这么多年看人的眼光，这个小保姆很不简单。从王嘉嘉和这个小保姆说话来看，两人好像很熟，不像只是来家里打扫过几次卫生的样子。得好好查查。"

唐显友问："我该怎么做？"

赵泽宇思索许久，道："你不是会偷东西吗？"

唐显友尴尬地咳嗽："我会简单的开锁，以前坐牢时跟狱友学的，我出狱了一直跟着你，哪儿需要去弄这些勾当？"

"无所谓，都一样。你去查一下小保姆住哪儿，然后你去她家安装偷拍的设备。昨天我在行车记录仪里看到王嘉嘉和小保姆一起去了她家，以后大概还会去，我要知道她们俩会聊什么。"

PART

7

更大的隐患

72

"你到底遇到什么事了？"江边的长椅上，丁虎成满是不解地看着孟真真。

几日不见，丁虎成似乎更老了一些。孟真真在对他冷暴力一段时间后，面对陈子华一而再的威胁，她不得不先和老丁做个了断。至于陈子华……也快了……

"没有遇到什么事，就是想告诉你，老丁，我们分手吧，以后不要再联系了。"

"为什么呢？到底发生了什么事？"丁虎成双手紧捏在一起，仿佛一个五十岁的胖小孩。

"你不要再问了，你把我家里的钥匙还给我，我们……"孟真真低垂着头，不敢直视他，仿佛是怕被看出心中的不舍，隔了几秒，说出后面几个字，"好聚好散。"

"不是的，洪梅，我们之前不是相处得好好的吗？怎么前阵子开始，你突然就像变了个人，对我越来越冷淡。我是做错了什么惹你不高兴了吗？你告诉我呀！"不得不说，五十岁也好，二十岁也好，面对女方提出的分手，男人的问话都是大差不差的。

"不喜欢了，这就是最大的理由。时间长了，我厌了，不想和你在一起了。"

丁虎成坚定地摇着头："你不是这样的人，洪梅，我知道的，你不是这样的人，你肯定遇到难处了。你遇到什么事了，你告诉我，老丁我虽然没什么大本事，但是你遇到了事情，我愿意陪你扛下去。你是不是遇到什么经济上的困难了？"

孟真真深吸了口气，绝大部分男人，哪怕是条件不错的男人，也不敢跟一个不是那么知根知底的女人说出这番话，如果女方说她的困难就是缺钱呢？那么作为男人，说出这番话后，是帮还是不帮？

"我没有遇到事情，也不需要你帮忙，我就是想分手，厌倦了。"

"洪梅，求求你告诉我原因，让我死也死个明白！"丁虎成想伸手搂住孟真真的肩膀，孟真真缩回身，此处是公共场所，丁虎成碍于情形，也不好做大幅度的动作，只好将手收了回去。

"好，我告诉你原因。"孟真真抬起头，目光坚定地看着他，"你配不上我。你年纪比我大这么多，又贪吃，又胖，从不会节制自己，嘴巴老是带着一股子酸臭味，除了吹牛你啥都不会，身体素质也差，要得急完事快，我还年轻，你满足不了我，你工资还没我高，你说，你哪点配得上我啊？"

"我——"丁虎成一下被噎得说不出话。

"我虽然只是一个小保姆，可我要找，随随便便找个男人都比你强。你会什么，你能给我带来什么？你是没结过婚呢，还是年纪轻？你是长相好呢，还是有文化素质？你是工资高呢，还是有积蓄？你什么都没有，凭什么要求我和你在一起，我才三十岁出头，我为什么要委屈我自己？我要么找个年轻力壮的，要么找个有钱老头。在你身上我能图什么？一开始你不就是借着抓到我的把柄，想要占我便宜吗？

被你得手了，你还不满足吗？凭你这副模样，你想霸占我一辈子？我不想说，是不想让你下不来台，你还非要逼我说出这些话来！有意思吗？"

丁虎成紧紧抿着嘴，声音颤抖："我……我知道了。"

他艰难地转过身，正要离去。

"站住，把我家钥匙还给我！"

丁虎成缓缓转过身，摸了一下口袋，道："钥匙现在没在身上，我……我会还你的。"

说完，他慢慢地向前走去。

孟真真坐在原地，面孔像死人一样，眼神空洞地看着丁虎成慢慢离开的背影。

丁虎成走到小区路上，同事经过向他打招呼，他艰难地摆出若无其事的样子回应。

上了年纪的男人啊，即便是分手，也必须轻描淡写，因为这个社会上啊，人们是不会理解这个年纪的男人的，上岁数的男人，也配谈恋爱？

碎金的夕阳挂在远空，连影子都是那么模糊不清。

73

入夜，头戴鸭舌帽、身穿工装服的唐显友开着一辆面包车来到了巧克力公寓的地下停车库。他拎着一个工具箱下车，谨慎地四下巡视一番后，没有坐电梯，从楼梯通道走到了十二楼。

他走到楼梯通道口，探出头朝走廊看了眼，无人，便闲庭信步地来到了洪梅的出租房门口，确认一下房号，没错，随后便动作熟练地转下门上的猫眼，从工具箱里掏出可转弯式挂钩，伸进猫眼后，轻轻一扣就将房门从内打开。

陈子华偷开门锁的工具和技巧都是从唐显友处所得，唐显友自然比陈子华更加专业。

开门后，唐显友从容地将猫眼转回，关上门，开始了他的布置工作。

洪梅是住家保姆，除了每周一天的假期，平日不回家，这些他都已调查清楚，所以他可以仔细、从容不迫地干活。

唐显友先是拿出一块干抹布，将自己的鞋底擦干净，进到屋中，仔细地翻查物件，他也不知道要查什么，只是赵老板让他摸清这小保姆的底细，然后再装上监控。

每拉开一个抽屉，他都很小心翼翼地翻动，将物品原模原样地放回，再推回抽屉。看了一圈，并没有什么特别的发现，唯独在一个抽屉里找到了许多儿童的图画，图画大多没有画完，上面全是褶皱。这些都是孟真真几个月来收集的董浩然的物件，比如董浩然画画，画到一半发现画错了，他便随手折起来扔进了垃圾桶，孟真真便偷偷捡出来，展平后带回家。除了图画外，抽屉还藏了一些字帖、不要的作业本、手工玩具。孟真真进董家第一天就知道，她迟早要离开，以后呢，也许偶尔能够正常地在路上相逢、相见、打招呼，也许只能躲在远处看看，也许永远也见不到了，所以，她一直为分别的那一天做准备。

人活着，总要留点东西做个念想吧。

唐显友检查一番，没有什么收获，便四处查看起环境，寻找合适的位置装上监控。

观察了一圈，天花板的吸顶灯是最好的位置。

他搬来凳子，站上去，正要卸下灯罩，却听到门外走廊传来脚步声，脚步声来到门口位置堪堪停下，几秒后，便传出掏钥匙的声响。

唐显友急忙跳下去，抓起地上的工具箱，闪身躲进了储物间。

片刻后，房门打开，啪一声，客厅的白炽灯点亮，一身酒气的丁虎成闯进来。丁虎成手中拎着两袋各式各样的零食，都是洪梅爱吃的，他把零食放到桌上，坐在沙发上。

丁虎成粗糙的双手摩挲着沙发套，环视着屋子，像是要把这里的一切记忆都复刻进脑袋里。看了一阵，他掏出香烟，一支接一支地抽了起来。抽了足足半个小时，他重重叹息一声，摸出口袋里的一把钥匙，不甘心、不舍得又无可奈何地放在了桌上。

不知过了多久，唐显友猫着腰，缩在储物柜底下，趴得腰酸痛，总算听到外面男人起身准备离开的声响。

谁知丁虎成走到门口，转头看到了桌上的纸杯，里面全是他扔的烟头，他摇摇脑袋，叹口气，从门口的柜子上拿出一只垃圾袋，回头开始打扫房间。

总得把洪梅的屋子收拾干净了。

他动作很慢，知道这一次离去后，将来怕是再也没机会踏进这屋子了。

他细致地收拾着，从卫生间找来抹布，将桌子擦拭一遍，又拿出拖把开始拖地。

唐显友小腿蹲得难受，终于忍不住，身体向后方柜子轻轻倚靠来借力，柜子板材低劣，发出了轻微的吱一声，他连忙把身体扳正。

正在打扫卫生的丁虎成听到了储物间里传出的异响，尽管很轻微，可在这大晚上却显得格外清晰。他停下动作，将拖把放到一旁，走向储物间查看。

丁虎成刚走到储物间门口，只见一个戴着帽子和口罩的人从储物间里跑了出来，夺路而逃。丁虎成做了多年保安，也有过几次抓贼经历，他本能地伸出粗壮的大手一把扣住对方的手臂。

唐显友被他拽住，眼见逃不脱，转身便抡起拳头朝丁虎成脸上砸去。

丁虎成个子不高，但身形壮实，扛揍，硬挨了几记拳头后，一边嘶吼着"抓贼啊"，一边和对方扭打起来。

唐显友听他喊着抓贼，急于挣脱，情急之下不再留手，掏出口袋里的老虎钳便朝他脑袋狠砸。唐显友杀过人，行事比一般歹人狠得多，一旦动手就不会留情，也不会计较后果，几下就砸得丁虎成连忙松手，护头抵挡。唐显友又是一记砸在对方的耳朵上，丁虎成当场耳鸣，倒在地上翻白眼抽搐。

唐显友见此情形，权衡了几秒，如今的局面，一个入室抢劫加故意伤害跑不掉，怕是要蹲十年牢了，索性一不做二不休，他当下心一横，蹲下身，抓起丁虎成抽搐的脑袋，在他毫无反抗能力之下，用力一掰，丁虎成当场殒命。

唐显友第一时间关掉灯，喘着粗气望着躺在地上不再动弹的丁虎成，嘴里骂了几句脏话发泄心中的紧张，深呼吸，过了几分钟，才勉强让狂跳不止的心脏稍稍平复一些，不过心跳依然很剧烈。

他静静听着周围的动静，刚才的打斗极其激烈，他害怕周围人听到动静报警。

不过也不知是因为打斗持续的时间短，还是这里的住户本就人多杂乱，常有人聚在屋子里喝酒打牌，住户们已经习以为常，他等了足足半个小时，也没人来过问。

他心跳逐渐平复下来，看着地上的尸体，感到无比晦气。

他不过是想依样画葫芦，来这个小保姆家里偷偷安个监控，盯着她的举动，完全没想过平白无故添一条人命。这下闹大了！

74

午夜零点，正准备洗漱的赵泽宇接到了语音电话。

许多人都怕半夜接到电话。城市里的打工人最怕半夜接到老家的电话。老家父母最怕半夜接到子女的电话。

赵泽宇最怕半夜接到唐显友的电话。

他已经有种不祥的预感了："怎么了？"

"我刚刚给小保姆家装监控。"唐显友很紧张，不知该怎么跟老板开口。

"然后呢？"

"出……出事了。"

"出什么事，你被当小偷抓了？"

"不是。"

"你讲相声等着捧哏呢，赶紧说啊！"

"我正要装的时候，屋子里不小心进了个人，我不知道他是谁。"

"你他娘是让我猜呢？"

"我把他弄没了。"

"什么弄没了？"

"就是……就是弄没了。"

"你！"隔了一秒，赵泽宇才反应过来，大脑登时一片空白。

"纯属意外，突发状况，刚才他——"唐显友正想解释。

赵泽宇立刻打断他，怒道："电话里别给我胡说，现在要怎么样？"赵泽宇已经竭力在压低声音了，要不是王嘉嘉和小孩在家，他都要直接在电话里大骂起来了。

"最好……最好能今晚处理，我不敢离开房间，我需要一个大袋子，这里没有东西。"

"你他妈——就一个袋子是吗？……再另外弄辆车？行吧行吧，我来安排，今晚一定要处理好，不能出意外。"

赵泽宇挂掉电话，嘴上低声痛骂唐显友真是个草包，心中焦躁不安。

他只想监视孟真真，看看王嘉嘉和她到底是什么关系，万万没想到，莫名其妙闹出一条人命。

好不容易王甫民的事翻篇了，这么多年的威胁告一段落，谁承想又弄出新的事端，此刻他真想让唐显友去自杀，一了百了。

事到如今，怎么善后才是当务之急。

今晚必须把事情解决，否则拖到明天，祸福难料啊！

唐显友要处理尸体，在公寓里当然不能分尸，只能把尸体运走。运走尸体，需要东西来装，总不能拽着尸体的两只脚，一路拖到汽车上。可这大半夜的，赵泽宇去哪里帮他找装尸体的大袋子，如果此时有人卖化肥袋，十万块一个赵泽宇都会二话不说当场买下。

他思索着，家里的大箱子可以装尸体，可家里的箱子在主卧的衣帽间，王嘉嘉睡在主卧，而且大半夜他拿一个箱子出门，岂不是又有把柄落在王嘉嘉手里了。即便王嘉嘉睡熟了，他把这么大的箱子带出门，也会被监控拍下来，只要拍下来，都是未来潜在的风险。这条路肯定走不通，得想别的办法。思来想去，赵泽宇想到了公司保洁那里有套垃圾桶的黑色大塑料袋。

一时半会儿也只有这个办法，赵泽宇连忙下楼开车，一路上和唐显友打语音电话，双方用很隐晦的语言沟通细节，半个字不提死人。

来到公司，整幢办公楼都是赵泽宇名下的物业，他将车停到地下车库后，找到保安休息室里的值班保安，让他拿出办公楼所有物业部门的钥匙交给他，让几个值班保安全部立刻下班回家，不能在公司停留。保安虽然心中好奇，但是老板的要求，他们也不敢多问。

赵泽宇明天会让唐显友跟这几个保安私下解释，老板昨天半夜在公司临时接待重要人物，不能让任何人看到，所以要保密。

赵泽宇独自来到监控室，仔细查看，确认整幢楼所有人都已离去，他询问唐显友怎么操作后，关掉了整幢楼的监控，并将当晚的监控数据全部删除，外加格式化。随后他去了保洁的储物间，寻出了几个套垃圾桶的黑色大垃圾袋，又看到一个墨绿色的崭新未使用的备用垃圾桶，便将垃圾袋放入垃圾桶中，推着垃圾桶乘电梯到了地下车库，将垃圾桶放到公司备用汽车的后备厢里。

做完这一切，他稍稍松了口气，掏出手机，夜班司机就陈子华一个，只能打给他，让他立刻来公司。

半个小时后，陈子华赶到公司，赵泽宇一见面就叹口气，咒骂起来："唐显友真是个草包，他娘的大半夜去人小姐家，被警察冲了，结果他撞翻警察逃出来了，一路奔到地下停车场，真是胆子够大，两颗蛋怎么没被他跑丢。"

陈子华心里好笑，可唐显友是他领导，他也不能表现得太明显，只好捂嘴装作关切地问："唐总现在怎么样了？"

"冲撞警察可是刑事罪，抓到了要判刑坐牢，他现在躲在地下停车场，不敢动弹呢。"

赵泽宇掏出备用汽车的钥匙，吩咐道："你地图搜一个位置，巧克力公寓，你现在把车开到那边的地下停车场，把他接应出来。"

"巧克力公寓？"听到这熟悉的名字，陈子华不由得愣了一下。

赵泽宇没觉察到他的不对劲，继续说："你去接应一下他，总不能眼睁睁看他坐牢吧？你不用担心，你只是个司机，他不会亏待你的。"

陈子华心中泛起了担忧，巧克力公寓，这么巧吗？他也不敢多问，接过钥匙，马上开车走了。

赵泽宇回到楼上的保安室，在电脑上重新打开了办公楼门口的监控，他要确保不会有人回来，哪怕再小的风险，他也要避免。

他抽着烟，开始了焦急等待。

唐显友那边传来消息，现场已经全部清理还原完毕。

当时搏斗只是撞倒了一些物件，没有打碎重要的家具物品，他把现场可能的指纹脚印都擦了一遍，地上的血迹本就不多，也都用清洁液反复处理了。他上楼时便是走楼梯，没有被电梯监控拍到。他检查了死者的手机，从聊天记录看，死者被小保姆甩了，今天不知道为什么过来，死者没有和小保姆通过电话，也没有发过消息告诉对方他要来，可见小保姆根本不知道死者今晚会来。

只要把尸体处理好，他相信这事能顺利瞒过去。

陈子华开车来到了巧克力公寓的地下停车场，唐显友躲在楼梯通道口的后面，见陈子华下车，他才从通道背后走出来，拉开后车门坐上车，催促着离开，一边诉说今天找小姐从警察眼皮子底下逃出来的经历。

陈子华载着唐显友驶出了巧克力公寓，朝公司方向驶了五六分钟后，来到一处夜市附近的路口，这里停了一排出租车。唐显友叫陈子华停车，他让陈子华把车交给他，他自己开回去，让陈子华打车离开。

唐显友坐上车，看着陈子华招手上了一辆出租车，这才放心地开车掉头回到了巧克力公寓的地下停车场。

他观察周围没有人，遂从后备厢里搬出垃圾桶，一路从楼梯通道回到小保姆家中。

他将丁虎成的尸体放进黑色大垃圾袋，再装入垃圾桶，又细致地检查了屋子的每一个角落，这才推着垃圾桶离开。

下楼也是走楼梯，由于拖着垃圾桶，底下有两个滑轮，他非常小心地一级级台阶逐级而下，每下半层，都要停下脚步，侧耳倾听楼道是否有人经过。

这段路程，用了足足半个小时，总算有惊无险，他浑身浸满冷汗，将垃圾桶重新搬上后备厢。坐上车的那一刻，他总算长舒一口气。

75

"怎么样，办妥了吗？"办公室里，赵泽宇睁着布满红血丝的眼睛，他和唐显友都一夜没睡。

唐显友点点头，许多话电话里不能细说，此刻他才将整个过程详细地讲述了一遍。

昨晚他驾驶汽车一路来到了西郊的双子水库。双子水库是唐显友老家所在乡镇的备用水源地，位于半山腰，需要从国道转过去，再开五公里的山间公路。

正常这种水库，即使再偏僻，也阻挡不了中年男人们半夜垂钓的热情，但双子水库特殊，一来水库位于山窝，除了附近居民，外面的人知道的少；二来通行的山间公路终点是江北最老的一处公墓所在地，离水库几百米，唐显友小时候便总听人说那里闹鬼，别说半夜，大白天水库边都阴气沉沉，几年前水库发生过一起多名小孩集体溺毙的事，因此水库更是罕有人来。

唐显友是附近村民，对水库情况很了解，所以他考虑抛尸地点时，第一时间想到了此处。

他将车停在水库边上一隅，此时已是凌晨三点半，哪怕是不怕鬼的夜钓者也应该已经走了，可他做事一向谨慎，依然花了半个小时沿着水库走了一圈，仔细检查，确认没人后，才从车上拖下装在垃圾袋中的尸体，连套几个袋子防止弄破，再往里面塞入一些石块，用绳子系紧包好，拖到了岸边系着的一条木板船上。每年水库管理部门都会派清洁人员清除水葫芦和垃圾，所以岸边长年累月系着这样一艘垃圾清理船。

他用竹竿将船划出了十几米远，将包裹起来的尸体推出小船，沉入水中，然后划船回到岸边，系好船，现场检查一番，没有遗漏后，这才驾车回去。

赵泽宇皱眉问："你确定这人死了，没人知道吗？"

"我查了微信聊天记录，他没跟小保姆说他会过来，没打过电话，小保姆昨晚也没给他发过信息。现场我处理干净了，以我的经验，看不出屋子里进过人。我之前已经查过巧克力公寓，除了一楼和电梯，其他地方都没有监控，我昨晚没坐过电梯，没有被监控拍进去。"

"那他一个大活人失踪了，他身边人总会报警吧？"

"我今天会找人安排好，以律师捉奸取证为理由，找巧克力公寓的保安调监控，给他塞个大红包，把公寓的监控删掉。就算警察来调查，也没用。"

"你确定警察查不出来？"

"应该没问题。"

"应该应该，那就还是有风险？"

"呃……赵总放心，出事我一人兜着。"

"兜着兜着，你兜得住吗？就算把你灭口，警察查到你就等于查到我。"赵泽宇怒道，"我叫你去查一下洪梅，你莫名其妙弄死个人干什么？刚刚才摆平其他事，我做梦都没想到你给我惹出个更大的！"

唐显友被骂得抬不起头，沉默半晌，胆怯地问："赵总，我看不如……不如索性把洪梅灭口了——"

赵泽宇更加恼怒："死一个还不够，还要再弄死一个？你用你的脑子想想，昨晚这一场意外已经增添多少麻烦，你把洪梅灭口有什么用？洪梅是董明山家的保姆，她失踪了，你说他们会不会报警？洪梅刚做过什么事？给我家装监视器啊，命案出了以后，他们肯定会把这事捅给警察，我自然就是最大嫌疑人了。做事多用脑子想想！"

唐显友吞咽了下唾沫，低声询问："那……那你说怎么办？"

"你每天盯着巧克力公寓，看看警察有没有去调查，希望能过关。"

76

早晨，孟真真一觉醒来，设置静音的手机里有十几通同一个陌生号码打来的未接来电，从五点左右开始，一直打到了几分钟前。

她盯着屏幕上的陌生号码，不知道对方意图，正考虑要不要回拨，陌生号码再次打了过来。

孟真真稍加犹豫，便接起："喂，哪位？"

听到她的声音，对方明显松了口气，欣喜道："真真，你没事啊？"

孟真真顿时脸色一沉："陈子华？"

"你没事就好，没事就好啊。"

"你发什么疯，换手机号打这么多电话干什么？"

陈子华开心道："你在哪儿？在董家还是在你自己家？"

"陈子华，你又要干什么？"

"我关心一下我的爱人啊。"

孟真真怒道："陈子华，大早上的，用陌生号码装神弄鬼，打这么多电话，你到底要干什么？"

"大早上就被你骂一顿。"陈子华嘿嘿一笑，丝毫不以为恼，接着说，"我纯粹是担心你，这是何超龙的手机。"

孟真真身上起了一阵鸡皮疙瘩，低声骂道："陈子华你是不是脑子有病，这手机怎么还没处理？"

陈子华笑嘻嘻道："见面跟你细说。明天是周日，今晚你休息，对吧？我晚上来你家，别躲我，不然我上董家找你。"

莫名其妙的一通电话，最后也是莫名其妙地挂断。

一天的心情从醒来开始便崩坏，孟真真如行尸走肉般开始了一天的工作，给董家三口做早餐时切伤了手，陪董浩然玩数字城堡时简单的加减法总是出错，打扫卫生时磕了好几次膝盖，在阳台晒衣服时，她故意晒得很慢，视线一直扫着保安室的方向，足足晾了半个小时的衣服，都没见丁虎成从保安室出来，她担心自己之前的话说得太过，让老丁难堪受伤了。老丁虽然没什么钱，却也好面子，经常吹嘘自己年轻时多么能干，他常挂在嘴边的老家首富，二十多年前还在他手底下干过活，那时两人称兄道弟，对方后来去创业还是受到了他的点拨，前几年过年回家路上碰到，对方还热情地叫他丁老哥呢。首富创业发达了，公司越做越大，已经上市了，别人都劝丁虎成去找首富，至少能谋个分公司的老总当当，他每每都推说自己不是管理企业的料，到时做不好，伤了兄弟感情，还是干干保安吧。这个故事孟真真听他讲过好多遍，如今孟真真回想起老丁酒后醉醺醺地指点江山、点评国际形势的模样，既觉得好笑，又觉得心酸。今天她来来回回去了阳台很多次，一次都没见到老丁的身影，心中不免一阵落寞。

如果不是陈子华，如今她既可以陪在儿子身边，又寻到了暂时能够依靠的男人，一切都会不一样。

一想到晚上陈子华又将出现，她心中一狠，重新找出毒药，今晚来个了断吧。

她既期待又害怕天黑，可人生的每一天啊，终究还是要经历天黑的。

77

夜幕降临，孟真真早早回家准备，兜里藏了毒药，桌子底下粘着一把锋利的匕首，双管齐下，如果毒药发作陈子华还有反抗能力就用匕首补刀，今晚豁出命也要将陈子华送走。

晚上，陈子华如约而至，一进门就问："昨晚你在哪儿呢？"

孟真真不知他葫芦里卖什么药："我在董家。"

"你昨天有回过公寓吗？"

"没有，怎么了？"

"昨天全天都没有回来过吗？"

"昨天我上班，当然没回过家，你到底要问什么？"

"也是，害得我虚惊一场。"陈子华笑笑。

孟真真怒道："你到底要干什么？你为什么要用何超龙的手机打我电话？"

陈子华拍拍她肩膀，被她打开，依旧嬉笑道："昨天我担心你，我不能用我的手机联系你，万一你的手机在别人手上呢？我一时半会儿找不到其他手机，确认你安不安全，没办法，只好用何超龙的手机了。"

孟真真完全听不懂他的话，道："你有话直说，别跟我玩花样。"

"真真，今天我来是有个好消息，咱们很快就会发一笔财，一笔超级大财。"何超龙笑起来。

孟真真幽幽地盯着他："你还在想着打董家的主意？"

"你别把我想得这么坏，我怎么说也是董浩然的爸爸，我之前说把董浩然的事捅出去都是吓唬你的，谁叫你老是对我不理不睬。之前的所有事都过去了，咱们俩从头开始，现在有一个大机会摆在面前，咱们只要抓住这次机会，接下来半辈子都可以潇洒走人间。"

孟真真边煮茶水边问："你到底想干什么？"

陈子华点起一支烟，绘声绘色地讲起来："昨天半夜，赵老板让我去一趟公司，让我把一辆公司里的备用汽车开到你这儿，对，就是你这里，巧克力公寓。"

孟真真皱皱眉："来这儿干什么？"

"我当时也好奇，这巧克力公寓不是我老婆住的地方吗？赵老板的理由是唐显友嫖娼被警察查了，他从警察手底下逃到地下车库躲起来，让我来接应他离开。"

"唐显友是谁？"

"我们保安部的老大，据说他帮赵老板干过很多脏事，是赵老板最信赖的人。赵老板让我去接应的理由骗得了别人，骗不了我。一来我一听巧克力公寓，就想到了你，自然留个心眼；二来我把车开到地下停车场，唐显友坐上车，叫我把他带出去，可我注意到，旁边停着一辆公司的面包车。我就想，他车子明明就在这儿，干吗要我把他带

出去。而且他这么有钱，怎么会开公司的面包车呢？"

陈子华接着说："后来我载着他开到半路有出租车的地方，他叫我打车回去，把车留给他。我刚上出租车，就看到他掉头驶回去了。我心里就在猜，什么嫖娼从警察手底下跑出来，都是他和赵老板骗我的理由，实际上只是想让我把车送过去交给唐显友。我担心你出事，马上让出租车司机开回巧克力公寓。我绕回地下停车场，一看，果然，唐显友又把汽车开回来了，他从后备厢里搬出一只很大的垃圾桶，推着垃圾桶从楼梯通道上楼去了。"

孟真真问："他推垃圾桶上楼干什么？"

"我当时也弄不明白，情急之下想到一个办法，他最后一定会把这辆车开走，我只要跟住了，就能知道他和赵老板到底在搞什么鬼。可我没车，怎么跟得住一辆汽车？刚好地上有一截断掉的螺丝刀，我就捡起螺丝刀，把他车子的前轮胎扎破了。我回到公寓外面，扫码借了一辆电动车，就在旁边等着他出来。你说我是不是很聪明？"

"然后呢？"

"后来我在路边等了半个小时，唐显友果然开车从地下车库上来了，他开车速度不快，明显是知道前轮爆胎了，可他居然不去换轮胎，一路就压着轮毂开。这说明，他们今晚遇上的事很紧急。他一直用四五十公里的速度开车，我骑着电动车勉强能跟上，一路从市区跟到乡下，最后到了一个水库，我后来查过，叫双子水库。唐显友把汽车停在水库边，我把电动车放进草丛里，悄悄跟上去，看他要干什么。他打开后备厢，从里面拖出一个很重的黑色塑料垃圾袋。他把塑料袋拖到了一艘木板船上，我借着天上的月亮看清了，他拖的是一具尸体。"

孟真真吃了一惊："尸体？"

"对，那包裹形状一看就是尸体，唐显友把船划到水库中间，把尸体沉进了水里。"

孟真真不太相信："你是说，他在巧克力公寓杀了一个人，半夜叫你过来，是送垃圾桶，让他抛尸用的？"

"就是这样！"

孟真真撇撇嘴，压根不信。

陈子华道："你别不信，我用手机把他抛尸的整个过程都拍下来了，你看了就知道。"

他掏出手机，点开一段几分钟的视频。

视频中，一开始光线很暗，陈子华不敢开灯光，画面显得很模糊。唐显友把一个人形包裹拖到船上，将船划到湖中，湖面反射月光，借着月光画面清晰多了。唐显友费力地抱起船上的人形包裹，将其推进了水中。水面荡开几圈涟漪，小船晃悠几下，唐显友趴在船边缘，直到确认包裹沉底后，才划船回到岸上，将船系好，返回了车上。

看完这段视频，孟真真将信将疑，包裹太像人形了；可赵泽宇派手下来巧克力公寓杀了个人，这事也太离奇了吧？

孟真真看着他："所以你就想用这个敲诈勒索赵泽宇？"

"是啊。不过，这件事需要从长计议，后面还需要你帮忙。"

"我？"

"你想，赵老板一看到这视频，是不是百分百怀疑是我拍的？昨晚是我去送的车！所以我得先找个理由从他公司辞职，躲起来，让他找不到我，过几天我再指挥你怎么敲诈赵老板。赵老板有的是钱，可他命只有一条。到时，咱们俩可就发了大财，我们在老家买套房，我再去干点生意，你当老板娘。怎么样，我当年答应过你的生活，这一次肯定能做到了。"

孟真真冷淡道："我不会帮你，你要做自己做，发你自己的财，我不需要。"

陈子华憨笑起来："你再考虑考虑，不急于这几天，毕竟，咱们管赵老板要钱，总好过问董明山要亲子费吧？"

"你——"孟真真刚想骂他，眼珠微微一转，问，"你怎么还不走？"

陈子华笑着站起身，走上来，从背后搂住孟真真的腰，在她耳边吹气："真真，你怎么老想赶我走啊？"

"你干什么？"孟真真娇哼一声。

陈子华脸颊在她耳垂上磨蹭，柔声道："我知道其实你对我一直有感情，只是以前我做的事太伤你的心了，对不对？"

"水……水烧开了，你别乱动，等下冒出来了。"

孟真真闷哼一声，陈子华更得意了，手往孟真真的腿上摸下去。孟真真刚想用手挡住裤子口袋位置，就被陈子华的手抓开，正要继续摸过去，他注意到孟真真口袋里有一个鼓鼓的东西。

"这什么东西？"陈子华注意到孟真真的异常，强行将她的手扯开，孟真真用指甲掐他，他忍住痛，一把扯破口袋，一小包塑料袋装着的红白相间的粉末撒在了地上。

孟真真退到一旁，陈子华蹲下身，用手捏起粉末，过了几秒，震惊地抬起头："老鼠药？"

孟真真缩在桌子一侧，蹲在地上的陈子华看过去，发现了桌下似乎粘着个东西，而孟真真的手有意往那方向遮挡。陈子华奔过去，一把推开孟真真，从桌下拿出了匕首。他转过头，注意到水壶旁的那个窄口深色的陶瓷杯，他走过去，将杯子中的水倒出，水果然是淡红色的，若是装在玻璃杯中，水的颜色自然无处遁形，可装在窄口深色的陶瓷杯中，如果不是直接倒出，他压根不会发现水的异常。

他瞪着孟真真："孟真真，你想杀我？"

孟真真见计划失败，此刻也无所畏惧了，往沙发上一坐，痴痴地望着窗外。

几秒后，陈子华眼中布满红血丝，却奇怪地没有动粗，只是紧紧咬住牙齿，过了一会儿，重重地摔门离去。

78

陈子华离开后，过了许久，孟真真回过头，看着空荡荡的屋子，无力地从沙发上滑下，坐在地上。

她出神了一会儿，突然，对面柜子下露出的一截泛着金属光泽的物件引起了她的注意，她爬过去，伸手摸出，一个挂着玩偶吊坠的钥匙出现在手里。

这不是给丁虎成的钥匙吗？

她身体陡然一震，联想到陈子华说的，赵泽宇的手下唐显友在这栋公寓里杀了人，心中产生一股强烈的不祥预感。

她站起身，仔细打量起屋子里的物件，桌上的一个玻璃杯引起了她的注意，她拿起杯子端详，杯子似乎新了一些，她拉开餐厨柜，里面还立着四个玻璃杯，可她明明记得，她去超市买东西，凭小票转圈抽奖，抽来了一组六个玻璃杯。

她蹲下身，观察地面，地面很干净，一点痕迹都没有，这时，她注意到墙角有一块花生米般大小的玻璃碎片，捡起后，上面残留的标记正是玻璃杯上的商标。

她立即掏出手机，找出丁虎成的号码，拨打过去，已关机。

一晚过去，第二天一大早，她就赶回尊邸，寻到保安值班室找丁

虎成，结果其他保安告诉她，前天半夜丁虎成给经理发了一条辞职信息，自称网络赌博欠了高利贷，别人可能会来单位找他麻烦，他先回老家躲一阵子，这个号码不用了。

孟真真失魂落魄地离开保安室，她知道，丁虎成从不赌钱，纵使他有这样那样的缺点，但他从来不碰赌博，他不可能欠高利贷，更不可能不打招呼就辞职离开。再结合唐显友在巧克力公寓杀了人，丁虎成钥匙在她家，家中被打扫过，玻璃杯少了一个。

这些条件导出的结论只有一个，唐显友来过她家，不知为何撞上了丁虎成，结果唐显友杀了丁虎成，抛尸到双子水库。

想到此处，她下意识就要报警，可是在按下报警电话的一瞬间，她犹豫了。

如果报警，她将视频交给警察，警察自然会调查视频的来龙去脉，也自然就牵出了陈子华，陈子华当天早上用何超龙的手机给她打了电话，那么何超龙的事是否也会暴露？何超龙的死一旦暴露，她不怕坐牢，可是陈子华一定会把全部事抖出来，董明山夫妻知道董浩然的亲生父母都是杀人犯，孩子的未来该怎么办？

孟真真啊孟真真，老丁因为你死了，你却不敢报警！

为什么不敢报警，根源还是因为陈子华！

回到家中，孟真真思索许久，掏出手机，给陈子华打去了电话。

几个小时后，陈子华赶到，进屋后，谨慎地观察了一下屋子，问："找我做什么？"

"你不是想找我帮忙，一起用视频勒索赵泽宇吗？"

陈子华怀疑地打量她："你同意了？"

"我偷拍赵泽宇的事大家都知道了，董家也不会放心我继续当保姆，我也没法留在董家了，我需要钱，我需要为以后的生活做打算。"

"你以后打算怎么办？"

"我还没想过。"

陈子华犹豫了一会儿，小心道："其实我还是想和你继续过下去的。"

孟真真哼了声："还是先说说怎么做吧，你一辈子都在想着发横财，这才是你最关心的。"

陈子华并不否认，道："我过几天就提出辞职，说回老家跟人合伙做点买卖。等我辞职以后，你把视频匿名发给赵老板，跟他要钱，至少得要个五百万。他们看到视频，八成会怀疑到我，因为那天晚上只有我参与了送车。所以就需要咱们俩一明一暗，要让他们知道我们是两个人，又不能让他们知道你的身份，这样他们才会老老实实给钱，放我们安全离开江北，否则恐怕会杀了我们俩灭口。"

孟真真思索片刻，道："你把何超龙的手机，还有视频交给我，我这几天学习一下视频剪辑，到时发一部分视频，不发全部，效果更好。"

陈子华连声夸赞："还是咱们真真想得周到，不愧是大学生呢。"

陈子华把何超龙的手机交给她，正要用微信传视频，孟真真阻止他："不要用微信，视频会压缩，一看就是已经传播过的文件，赵泽宇知道视频还有备份，怎么会给钱？"

陈子华点头："还是你懂得多，我差点因这种小事搞砸了大买卖。那我怎么把视频传给你？"

"用邮箱，发邮件。"

"我没邮箱。"

"我来操作。"

孟真真接过陈子华的手机，注册了一个邮箱，名字叫"ncczh"，用邮箱把视频发给自己后，再将邮件记录删除。她又把陈子华的邮箱悄悄登录在了她的手机上。

做完这一切，孟真真打发他离开，这次陈子华倒是干脆就走，没再动手动脚。

孟真真望着他离去的背影，就仿佛看着一个死人。

79

唐显友误杀丁虎成已经过去一周，迄今为止风平浪静。

丁虎成突然失联后，物业公司联系他家人，家人也联系不上他，遂让公司报警。派出所接警后，初步调查，没有发现异常线索，暂时将其列入了失踪人口。毕竟这社会每天都有许多人沾上赌博躲债的，虽然家里人跟警察说丁虎成没有赌过大的，但一般网络赌博的人都是瞒着周围人的，直到事发后，大家才知道他欠了一屁股债，惊叹不已。

正当赵泽宇以为这事安然无恙地翻篇了后，他收到了一封邮件。

办公室关着门，赵泽宇把一个平板电脑推到唐显友面前。

"赵老板你好，我在双子水库夜钓，偷拍到了一段录像，三天后，五百万，到时联系。"

唐显友直摇头："不可能，绝对不可能啊。"

赵泽宇怒道："那这邮件是鬼发的吗？"

"我当时绕着水库走了一圈，仔仔细细检查过，没看到半个钓鱼佬，而且钓鱼佬咋会认识我？咋会把邮件发给你？"

赵泽宇眉头一皱，是啊，哪怕有人认出唐显友，这勒索邮件为什么发到了他的邮箱？

"你手下有没有人知道这事？"

唐显友伸出手发誓："绝对没有，我一个字都不会提。"

赵泽宇坐进沙发，幽幽道："那这个人只可能是他了。"

"谁？"

"陈子华。"

"陈子华？我当时看着他坐上出租车才回公寓，难道他在后面跟踪我？"说话间，唐显友眼睛顿时亮起来，"难怪那天有个轮胎没气了，原来是这王八蛋故意搞的，放慢我车速啊！对了，我昨天还听手下说，陈子华准备干到月底辞职！"

赵泽宇眼睛微微眯起，看着发件人邮箱的前缀，"ncczh"，道："我记得陈子华是南川人？南川陈子华……名字都对上了，还搁这儿跟我装钓鱼佬。没读过书的人，勒索信都看着寒碜。"

唐显友痛骂道："这王八蛋敢玩这招，我非弄死他！"

赵泽宇闭上眼睛，思索了片刻，道："你跟我说说，他是一个人住，还是有什么人和他生活在一起？平时生活规律怎么样？"

"我听手下的人说过，陈子华租了个隔断的出租房，他是个光棍，没有女人，偶尔在外面嫖站街女。听说他爱赌博，一有钱就去赌，没钱了就向朋友借，撑到发工资的时候还。"

"这种烂赌鬼为了搞钱，什么事都干得出来，难怪他敢向我勒索。"

唐显友冷声道："他这条命也算是到头了。"

赵泽宇嘘了声："具体怎么做，还要好好设计，这次不要留下隐患了。"

80

唐显友把陈子华叫进他的办公室，客气地闲聊起来："我听他们闲聊，说你要辞职？你在我们公司做得挺好的呀，人机灵又能吃苦，赵总和我都很看好你。"

陈子华尴尬一笑，他计划过两天正式辞职，前几天跟同事闲聊时，故意先放风铺垫，称要回老家跟人合伙开店。

此刻，他压根不知道今天早上赵泽宇收到了一封邮件，因为按照计划，他要等到辞职后再让孟真真发匿名邮件，更不知道赵泽宇和唐显友已经锁定了他。

陈子华客气道："唐总，我特别感激您这半年对我的照顾，可我以前野惯了，不适应打卡上班的工作，刚好朋友找我一起合伙开店，我想想，还是回去自己当个小老板快活。"

"你再考虑考虑？"

"不考虑了，您对我这么照顾，我一直纠结怎么跟您开口，既然说开了，那我就正式提吧。"

唐显友惋惜地直摇头："你已经有了主意，我也留不住。你在江北还有什么朋友吗？"

"没朋友，所以我才想回老家。"

"女朋友呢？你这岁数，总不能单身吧？"

陈子华憨憨笑着："我出狱才多久，哪儿能有什么女朋友啊？"

唐显友笑起来："那你平时怎么解决？去娱乐场所玩？"

"我哪儿能像你们老板，去场子里玩啊，玩一趟我一个月工资就没了。你们做老板的有老板的玩法，我们下面人也有自己的玩法。"

唐显友道："别这么说，咱们部门，我当大家都是兄弟，这样吧，晚上我带你去东方花都开开眼界，顺便给你安排个女孩！"

"这……这怎么好意思？"陈子华惊喜，他整天接送赵泽宇、唐显友等人出入会所，心里当然羡慕这种生活。

"咱们部门的人都把我当大哥，大部分人我都请他们玩过。你要走了，我才想起来，好像没给你安排过吧？补偿一下，晚上玩得尽兴。"

陈子华知道唐显友是社会人，对手下很是大方，听说之前有小弟替他打架，他又是给医药费又是带小弟玩女人，只不过陈子华来公司时间短，还没机会替老板挡事，自然也没轮到这些好事。

临走之际，唐显友还请他来一次贵族消费，他如果拒绝，反而显得可疑了。

81

东方花都俱乐部是江北高端的夜总会之一，投资上亿，开业前三天邀请了众多的富豪老板和明星艺人前来捧场，声势极盛。

花都的老板明面上是田花花，内部人都知道，真正的大老板是赵泽宇。

花都的三楼后侧专门留出了四个私人包厢，这四个包厢不与外面的营业场地相通，有专门的电梯刷卡出入，保安和服务人员也是专门配备的。这四个包厢专门用来接待特殊的客人，不能被外界看到来夜总会的客人。

晚上七点，陈子华停好车，来到了花都私人包厢的专用电梯口。

这片区域不管是停车场还是电梯，都与外面的公开区域隔开，就是为了保护私人包厢客户的隐私。平日里这片区域的停车场入口都有保安站岗，不让外人进入，今天却很奇怪，保安不见踪影。

陈子华来这里接送老板的次数不多，所以没有注意到异常，他到了电梯口，发现没人刷卡上不去，便给唐显友发去信息。很快，唐显友亲自下楼接他，来到楼上前厅，一个服务员和女孩子都没有，只有音响在放歌，使得此处还不至于死寂一片。

陈子华不禁心中起疑，紧张起来，唐显友笑着解释道："这里的领班昨天得罪了大领导，刚刚所有人都被花姐叫过去训话了，咱们先去坐一会儿，应该很快就回来了吧。"

陈子华做贼心虚，暗暗警惕，却不敢表露。

他在心里过了一遍整件事，唐显友肯定不知道他偷拍了视频，否则早就找上他了，哪儿会等到今天。应该是唐显友知道他要辞职后，想探探他的口风，毕竟当晚是他送车。

唐显友镇定如常，带着他走进包厢。

陈子华刚进包厢，唐显友就向后一退，关上门，身体挡在门口。

包厢里面，赵泽宇正坐在对面，面无表情地招招手，示意面前一条没有靠背的凳子，让陈子华坐下。

这下陈子华发现不对劲了，他咽了口唾沫，忐忑地打招呼："赵……赵总，您也在啊？"

赵泽宇淡淡道："你这么紧张做什么？放松点，就问你几句话。"

"哦。"陈子华应了声，屁股小心翼翼地贴着椅子坐下，反复给自己做思想工作，不要紧张，他们肯定只是问当晚送车的情况，他们不可能知道自己偷拍了抛尸视频。

赵泽宇打量了他一会儿，道："那天晚上你做得不错，事后也没多嘴跟其他人说，我们都想好好提拔一下你，不过唐总说你要辞职了？"

"嗯……我性格不适合打卡上班，我跟人商量好了，回家一起开个店，做些小买卖。"

"这世道自己做生意还不如上班稳妥，你要是嫌工资少，给你工资加五千块，你给唐总当副手，怎么样？"

"赵总，说实话我特别感激，只是我性格问题，不适应上班，实在辜负您的好意了。"

赵泽宇问："工资直接加五千块，你都不考虑考虑？"

陈子华感激道："不了不了，主要还是因为——"

他话还没说完，身后的唐显友手持一根铁棍，铆足了劲朝他的腰部脊椎骨抡了上去，这一下用劲极重，将他整个人从凳子上打飞出去，他趴在地上扭动，艰难抬头。他的脊柱已经断裂，下半身失去了知觉，钻心的疼痛让他一时失去了说话的能力。

赵泽宇淡淡地说："加这么多钱都不肯留，果然是想赚笔大的啊？"

唐显友为了防止他还有反抗能力，又朝他胸椎位置砸了一棍子，他内脏受损，嘴里吐血，身体扭动都困难了。

唐显友一脚将他踢翻过来，蹲下身，摸出他的手机，用他的指纹开了锁，点开相册，果然找到了偷拍的抛尸视频，递给赵泽宇。

赵泽宇看完视频，又打开手机里的短信，果然看到了注册邮箱的信息。

陈子华脸上惊惧交加，他知道怎么辩解都是无用的了。

赵泽宇淡淡问："这件事还有谁知道？"

陈子华忍着剧痛，艰难开口："只有我知道。"

赵泽宇盯着他眼睛，思忖片刻，似乎在思考他话里的真实性，问："真的只有你一个人知道？"

"对，没有第二个人知道。赵总，对不起，我绝对保密，求你们饶我一命。"

赵泽宇冷笑起来："既然只有你一个人知道，把你弄死，不就一个人都不知道了吗？"

陈子华哀求着："赵总，我嘴巴严实得很，绝对不会说出去，求求你，求求你饶过我的狗命。"

赵泽宇继续试探他："可是只有你一个人知道，弄死你才是保密最好的办法啊。"

唐显友举起铁棍，作势要朝他脑袋砸下去，陈子华吓得顿时就改口了："视频还有备份。"

赵泽宇瞪着他："备份在哪儿？"

陈子华面对死亡威胁，只好豁出去了，反而鼓起勇气，叫了起来："视频我还有一份，交给了一个朋友，我不会告诉你们是谁。除非你们给我钱，我就把视频删掉，把这件事忘得一干二净，要不然你们就算杀了我，我朋友肯定也会把视频交给警察。"

唐显友一脚踹在他脸上，不过脊柱的剧痛已经让他浑身抽搐到麻木，脸上的这点痛已经没感觉了，陈子华也置之死地而后生，忍住剧痛艰难道："如果我今天回不去，我朋友一定会报警的。"

赵泽宇道："你很有骨气，那怎么办呢？我也只能破财消灾了，你现在就打电话，把你朋友叫过来，我们双方一起今晚就把事情谈妥，视频全部删了，你看怎么样？"

陈子华尚未失去理智，当即道："你放了我，明天我们来找你谈。"

"我不想把事情拖到明天，哪个朋友？现在就把人叫过来！"

陈子华狰狞地笑着，他又不是傻子，当然不会配合。

唐显友抓起他的右手食指，用力掰到极限，威胁道："不愿意说的话，我直接掰断了。"

陈子华因剧痛呻吟着，扛不住酷刑，连忙说："我叫我叫，放手。"

唐显友松开手，陈子华本打算供出孟真真，来换他的活路，突然，他感受着上半身的剧痛和没有知觉的下肢，问道："我……我已经残废了吗?"

唐显友道:"如果救治及时,还是能康复大半的,要不要抓紧时间送医院,就看你自己了。"

赵泽宇道:"你要是配合呢,就算落下什么病根,下半辈子的钱你也不用担心了。"

陈子华全身抽搐着,此刻,他突然冷静了,他清楚,不管他是否配合,他也不可能被送去医院了,否则医生看到这样的伤,必然会报警。既然要死,那就……那就别拖累真真了吧。

这短短一瞬间,陈子华眼前浮现出无数过往的画面。他想起几天前孟真真想要杀他的一幕,他没有愤怒,没有恨,他那天摔门而出的那一刻,有句话没说出口:"真真,以后我不会再打搅你的生活了,就算你喜欢那个胖子,也是你的自由。"只是这句话,再也没机会说了。

他望着赵泽宇,痴痴道:"其实我没有备份,求你放我一条活路吧!"

赵泽宇盯着他:"你如果真的没有备份,我就只能送你上路了。"

他还是摇摇头:"我没有备份。"

赵泽宇还是不放心,示意了一眼唐显友,唐显友接连掰断陈子华的两根手指,陈子华一直哭喊着求饶,可他混账了一辈子,这一次始终没把孟真真说出来。

赵泽宇这下总算相信陈子华没有同伙合谋,遂放心了,他站起身,走出门。

唐显友掏出一根绳子,系在他脖子上,用力扯住。

陈子华没怎么挣扎,因为他脊柱已断,反抗能力微弱。

谁也不知道他在这最后的几十秒里在想什么,也许想了很多,也

许什么都没想。

总之就这样，结束了。

82

"赵总，处理干净了。"第二天下午，唐显友来到办公室。

赵泽宇脸上尽是疲惫，挥挥手让他坐下："这次彻底处理干净了？"

"绝对干净。"

"还有没有其他人知道？"

"绝对没有。"

"花花呢？"

"您昨天跟花姐说有重要人物过来，谁都不要留，花姐把所有人都撤走了，全程都是我一个人善后，没有遇到任何人。"

赵泽宇点点头："花花最大的优点是没有好奇心。"

唐显友道："赵总，您就放心吧，王甬民的尸体火化了，十年前的事怎么查，都查不出结果；巧克力公寓拍到我和丁虎成的监控都删干净了；陈子华也化成了灰。所有潜在威胁都没了。"

"陈子华就这么失踪了，会不会有人报警？"

"不会，他父母早就死光了，他有一个哥哥和一个姐姐，不过我听说他早年赌博变卖家里东西，早和家里闹掰了，后来他坐牢，哥哥和姐姐跟他彻底断了关系，他一直都是一个人租房住。"

赵泽宇点点头："你确定吗？"

"我非常确定。"

赵泽宇道："公司内外还有花都的监控，全部删干净，不要留下任何隐患。"

唐显友道："我都处理好了。花都的私人包厢区域，楼上楼下本来就没监控，再把外面的监控记录删除，就算警察查到陈子华来过花都，可我们的监控系统这几天坏了，也查不出任何东西。"

赵泽宇稍稍放心了些，过了片刻，又皱起眉："现在还有个隐患，湖里那具尸体。"

"陈子华死了，尸体没人知道了啊？"

"不怕一万，就怕万一，昨天陈子华一会儿说有备份，一会儿说没备份。也许他是怕死，想拖延时间，可要是万一，万一真的有呢？我们已经做了这么多，绝对不能在这种小细节上留下潜在风险。"

"您说该怎么办？"

赵泽宇深吸一口气："我们按最坏情况假设，陈子华的视频有备份，最后视频还落到了警察手里。警察肯定会去湖里打捞。如果捞出丁虎成的尸体，我们都完蛋；如果什么都没捞到，你跟警察没法解释你抛了什么东西。所以要确保安全，除非捞出来的不是尸体。"

"不是尸体？"

"你把丁虎成的尸体捞出来，彻底销毁，再换上一条大狗的尸体。这样一来，如果视频落入警方手里，你解释说家里的大狗吃老鼠药死了，这么大一具尸体不好处理，所以你包起来扔进了湖里。等警方打开，看到是一具狗的尸体，也拿你没办法。就算你大半夜把狗尸体抛到湖里的举动很奇怪，可你一口咬定，警察也没话说，这世上脑子不正常的人本来就很多。"

唐显友眼睛一亮："这个办法好。"

赵泽宇道："记住，狗的尸体必须包裹成和视频里差不多的模样。"

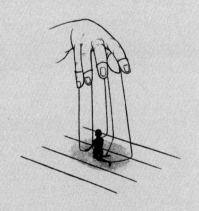

83

孟真真给赵泽宇发去匿名邮件时，已经做好了心理准备。如果赵泽宇没有将陈子华灭口，陈子华自然就会知道她在做局，肯定会回来对她报复，不过她已经不怕陈子华了。

邮件显示已读后，日子很平静地过了三天，她没有收到陈子华的任何信息，到了第四天，她用何超龙的手机拨打陈子华的电话，手机已关机，她长长吐了一口气，陈子华这个伴随了她十年的噩梦般的名字，终于从她的世界消失了。

这一刻，她也不知是什么感觉，照理说应该如释重负，可是也没有，老丁死了，她在董家也待不了多久，很快就会回到过去这些年的状态，一个人，举目无亲，今天的生活和昨天一样，明天的生活也会和今天一样。

关于未来的打算，她也不是完全没想过，过些时间当董家夫妇开始表现出嫌弃她时，她便主动找个理由辞职吧，继续在江北某个地方苟活着，到时可以用孟真真的名字了，至少是生活在阳光下。

回到孟真真的身份后，就要考虑报警的事了，抛尸的视频还在自己手里，到时或者匿名报警，或者直接匿名将短视频发到网上，总之，老丁这个仇，她一定要报。

她一边打扫着房子，一边胡思乱想着，这时，一个电话将她拉回了现实，拉向了另一个深渊。

电话那头，钱一茹焦急道："洪梅，你在哪儿？你快去学校看看，老师打电话来说浩然出事了，你赶紧先过去，我待会儿就赶来。"

孟真真惊醒，放下手里的活计，出门拔腿便朝学校奔去。

她气喘吁吁地赶到学校门口，在保安室登记后，飞奔到办公室："郑老师，郑老师，浩然出什么事了？"

这时，她才注意到董浩然正在一旁靠墙站着，脸上全是泪水，使劲抽泣。她急忙抓着董浩然检查，还当他发生了意外。

"让他站着。"班主任郑老师语气很冷，嫌弃地看着她问，"董浩然父母呢？真是的，家长不来，让你一个保姆过来，太不负责任了，你给他妈妈打电话，让他父母都赶紧过来！"

孟真真不明所以，又不敢多问，只好出了办公室先给钱一茹打电话，转达老师的意思。

钱一茹正在赶来的路上，也急得不行，孟真真安慰她浩然没事，应该是犯错被老师罚站了。钱一茹顿时松了口气，抱怨老师就会吓唬人，话都不说清楚，小学生能犯什么错呢，要么是考试作弊，她小时候考试也作弊，天底下就没有小孩考试不作弊的，要么是打了同学，这虽然麻烦些，但做家长的赔礼道歉一番也就罢了，小题大做。

等钱一茹赶到学校后才知道事情没那么简单。

郑老师几句话就让这两位母亲吓出一身汗："董浩然今天跟赵星辰玩耍，他用弹弓打到了赵星辰的眼睛，几个老师已经送赵星辰去医院了，刚才老师打来电话，情况不太理想，你们家长要做好心理准备。"

董浩然在背后满脸鼻涕眼泪地低声哭诉："不是我弄的，是小星自己打到眼睛的……"

老师不去理睬他。

现在的学生家长都特别爱计较，正常同学打架就够让老师头痛的了，更别说伤到了眼睛，而且伤的还是赵星辰，赵家的独苗苗。

郑老师见两个女人一时间都不知所措，提议道："你们先把董浩然带回家，然后你们家长赶紧去医院看看赵星辰情况怎么样，我待会儿放学后，也和校领导一起去医院，啊？你们要重视，这不是小事！"

钱一茹尚愣在原地沉思后果，孟真真先她一步回过神来，一边跟老师说道歉，给学校添麻烦了，一边拉着钱一茹和董浩然赶紧回家。

84

回到车上，六神无主的钱一茹才想起董明山。后排位子上的董浩然听到爸爸在电话里狂吼，吓得瑟瑟发抖，缩在孟真真怀里哭。

回到家，钱一茹拉着董浩然质问："你哪儿来的弹弓，你怎么会把赵星辰眼睛打伤的？"

董浩然边哭边辩解："不是我打伤的，是小星自己弄伤的……"

"你还撒谎！"钱一茹作势要打他，可她身为养母，心里总觉得孩子有一天会知道真相，所以对董浩然一直有一种格外宠溺的心理，这么多年来从未打过他，今天举起手，还是没能落下去。

孟真真护在旁边，握着董浩然的肩膀，安抚他："浩然，你先别哭，慢慢说，把事情说清楚，到底是怎么一回事？"

董浩然用力吸着鼻子，渐渐停止抽泣，委屈地解释："小星今天拿了弹弓要和我比打瓶子，他没有我打得准，就生气了，他说我们家……说爸爸妈妈，还有洪梅阿姨都是小人，害他爸爸妈妈吵架，我就和他吵起来了。他拿弹弓追着我打，我就逃，再后来，钢珠弹到他脸上，他眼睛受伤了，趴下来哭，其他同学就告诉老师去了。"

孟真真问："钢珠为什么会弹到他脸上？"

"他把钢珠打到了管子上，反弹到了他的脸上，不是我弄的。"

"什么管子？"

"学校里的栏杆。"

听着他断断续续的描述，孟真真和钱一茹大致了解了事情经过。

今天体育课，后半节是自由活动。赵星辰说带董浩然看个好东西，他跑回教室，从书包里偷偷拿出一个弹弓和一瓶轴承钢珠。赵星辰把钢珠当子弹，找来矿泉水瓶当目标，两人比赛，结果几轮下来，赵星辰都输了。他气不过，开始说董浩然作弊，董浩然嘲笑他输不起，两人就吵了起来。吵到后来，赵星辰迁怒于董浩然的家里人，说他爸爸妈妈和家里的小保姆都是小人，董浩然也回击说赵星辰的爸爸是大坏蛋。两个人越吵越凶，赵星辰就用钢珠打董浩然，先是一颗钢珠打在腿上，董浩然吃痛逃跑，赵星辰拿着弹弓一路追，董浩然被逼到了围栏旁。董浩然主动投降，赵星辰罚他站在原地，让自己用钢珠打一次。董浩然只好照做，他紧紧闭着眼睛，双手护头，等着赵星辰打他，结果砰一声，钢珠打在了金属栏杆上，下一秒，赵星辰丢掉了手里的弹弓，双手捂脸蹲下去，大声哭喊起来。其他同学经过，看到赵星辰脸上有血从手指缝里渗出来，全都吓坏了，赶忙去报告老师。老师来询问情况，赵星辰说董浩然用弹弓打伤了他的眼睛。

这时，门砰一声被推开，董明山冲回家，一把抓起董浩然，痛骂道："你这小子怎么这么不听话，这次闯祸了，闯大祸了！"

董浩然害怕得哇哇大叫，孟真真和钱一茹一齐冲上去拦住他。

董明山朝她们喊道："你们还护着他，你们知不知道他闯了多大祸，刚才在医院的老师打来电话，赵星辰的眼球暂时保住了，但是伤到了视网膜，眼睛就算没报废，以后视力也好不了了！你们还要护着他！"说着他举起手，就要朝董浩然屁股狠狠打去，可他也和钱一茹一样，手落下时力道又变成了轻拍。

孟真真抢下董浩然，求情说："赵星辰的眼睛是他自己弄伤的，不是浩然打的。"

钱一茹也拦住董明山，劝他消消火，把事情经过向董明山解释了一遍，弹弓和钢珠都是赵星辰带去学校的，眼睛是他自己弄伤的，和浩然没关系。

董明山被两个女人拦住，重重叹口气，一屁股坐在沙发上。

钱一茹劝道："老董，你别发火，现在我们想想怎么处理才要紧。"

董明山唉声叹气，这事不管是赵星辰自己搞的，还是董浩然弄的，总之，是他们俩一起玩的时候发生的，不知道赵家会怎么处理。赵家要是讲道理，那还好说，赵家要是护犊子，那他们董家怎么解释都撇不清干系了。

一时间，董明山也没了主意，不管怎么样，还是先带着孩子去医院看望一下吧。

85

病房外的走廊上，王嘉嘉将整箱的猕猴桃、车厘子和草莓全部朝地上扔去，又连踢几脚踹飞。

她的身后，赵泽宇、李青站在病房门口，用仇视的目光盯着董家的四个人，赵忠悯则站在另一侧，一言不发。另一旁是学校的正副校长、班主任郑老师，三个人面对这一幕亦是手足无措，不知该说什么。

董浩然吓得躲到大人身后，手紧紧抓着孟真真的衣服。

王嘉嘉冷冷地望着董家一行人，在孟真真和董浩然相互偎依的身上停留了几秒，又移开了视线。

董明山鼓足勇气，一脸愧疚地上前，怯生生地问："小星怎么样了？"

王嘉嘉冷哼一声："眼睛坏了，好不了了。"

身后的李青忍不住冲出来，指着董明山的鼻子就骂："你们怎么教育小孩的？你们有没有家教？这种小孩要是大几岁，我一定要他坐牢！"

赵泽宇拉住母亲，把她劝回病房。

董明山一咬牙，转身一把将董浩然拽过来，巴掌接连拍下去，边打边骂"小兔崽子，惹下大祸了"！孟真真和钱一茹赶紧扑上去阻拦，旁边的学校老师也过来一同劝解。

赵忠悯厌恶地瞪了董明山一眼，赵泽宇看到他爸的眼神，走上去拉住董明山，说："你在这里打小孩算什么样子？别人看到了还以为我们家欺负人。"

董明山连声道："对不起，我们实在是对不起！"

钱一茹也跟着道歉："我明天早上就去庙里求小星快快康复。"

赵泽宇冷淡地瞥着他们："你们回去吧，这里也用不着你们，后面有什么情况会再跟你们说的。"

董明山立刻道："赵总，有什么需要随时吩咐我们，后面小星的治疗赔偿，我们做家长的会负责到底。"

"治疗赔偿？"赵泽宇本来还不冷不热的脸顿时整个黑了下去，一脸滑稽地看着对方，感到相当荒谬，"董老板，你想赔我家医药费啊？真是好大的口气。"

其他几人脸上也生出鄙夷之色。

董明山自知语失，连忙改口："我……我不是这意思。"

赵泽宇哼了一声，挥挥手，王嘉嘉替他把潜台词喊了出来："滚！"

董明山还想说点什么，但看这几人的态度，也只好放弃，重重叹口气，带着三个人灰溜溜地走了。

刚走到停车场，钱一茹心疼地摸着董浩然红肿的脸颊，抱怨起来："他们赵家也太跋扈了，明明是他们家小星自己弄的，根本不关浩然的事，搞得跟我们家犯了多大事一样。老董，不是我说你，你刚才怎么不解释这是他们家小星自己弄的？你还下这么重的手，把浩然打坏了怎么办？"

平日里一贯宠让着太太的董明山，此刻再也控制不住，红着眼睛吼道："你以为我想打小孩啊？我不打，我不打给他们看，我们这一关怎么过啊！"

这些话让全家人都心如刀绞。

一夜无限漫长，所有人都辗转难眠。

86

"小星怎么样了？"办公室里，田花花和杜总都关切赵星辰的情况。

赵泽宇叹口气："昨晚医院找了北京和上海的专家一起远程会诊，小星的眼球算是保住了，可视网膜神经受损严重，最坏的情况是单眼近乎失明，就算恢复得好，左眼的视力多多少少也会受影响，现在我们家就祈求着视力不要受太大影响，千万不要失明。"

杜总道："老爷子肯定心疼死了。"

赵泽宇感慨："是啊，老头子有话都是放心里头，不说出来，其实他心里对小星疼得紧。我妈也是又气又急，真怕他们俩病倒了。"

田花花骂道："要不是董家那个小兔崽子年纪不到，一定给他弄进监狱，找人好好收拾。"

杜总也跟着说："学校这么多人，偏偏董家那小子欺负咱们小星，我看啊，八成是他爸妈教的，上次董家让我们收拾了一顿，他们只能让小孩帮家长出气，结果下手没轻重，害了小星。"

田花花劝赵泽宇："赵总，这下您可不能再手软了，上次已经够给董明山面子了，不但放了他，还跟他战略合作，就这他还不知足，现在居然教唆小孩干出这种事！"

杜总在一旁搭腔："咱们跟他签的只是框架协议，履不履约全看赵总一句话，现在是他们害小星，咱们跟他毁约，理直气壮。"

赵泽宇点点头："你们待会儿发律师函过去，跟他把框架协议解除，再走起诉，向法院申请财产保全，将他资产全部冻结。这次，直接一棒子打死。"

赵泽宇吩咐完，又说："做这些事之前，你们先带段话给董明山。嗯……就这么说吧：'上一次你派个小保姆，来赵总家里装监控，还以此威胁赵总，赵总大人有大量，不跟你计较，还跟你签下了框架协议，白送你富贵。没想到你能教出这样的小孩，那就不要怪赵总翻脸无情了。这一次你还有什么底牌，直接亮出来，如果你手里没底牌了，那对不起，事情没挽回余地了。'"

田花花和杜总琢磨着赵泽宇的话。

赵泽宇画出重点，额外提示："大概就是这么个意思，你们先通知董明山再动手，我的这段话必须带到。"

杜总问："您是怕董明山手里还有某些能够造成威胁的把柄？"

"不是怕，是试他的底牌，对了，这事让他们家那个小保姆也知道。"

"小保姆？"

"嗯，你们一定要按我说的做。"

田花花和杜总都以为赵泽宇担心董明山手里还有视频备份，其实那个视频赵泽宇已经无所谓了，他现在只是担心丁虎成和陈子华的事，即便两具尸体都已经化成灰烬，但这两个人的死都牵涉到小保姆，他始终有些不放心。

这次董浩然弄伤了赵星辰的眼睛，给了赵泽宇一个最理直气壮的试探理由。他可以借此和董明山彻底翻脸，将对方完全逼入绝境，看看董明山或者小保姆到底对这两个人的死是否知情。当然了，如果董明山手里没底牌，那他只能自认倒霉破产了。毕竟上一次这口气，赵泽宇一直咽不下去。

87

董明山彻夜难眠，和赵泽宇签了协议后，日子依然过得提心吊胆，尽管银行不逼债了，可预售证下来之前，一切都有变数，赵泽宇如果撕毁协议，顶多赔偿一千万违约金，这对几个亿的资金缺口来说杯水车薪。他小心翼翼地伺候着赵泽宇，三天两头送东西，生怕赵泽宇变卦。本以为再安稳过段时间，只要预售证下来，后续资金接上，就过了这一关，谁知在这个关口，赵星辰眼睛受了重伤。

他在太太和洪梅的解释中，也相信了赵星辰自己弄伤了眼睛，可是他们家信不信不重要，关键是赵家打算怎么处理。

结果他最担心的事还是发生了。

第二天一早，董明山还没出门，杜总就登门拜访，当着全家人和小保姆的面，传达了赵泽宇的意思。

上一次董明山派保姆潜入赵家装监控，拍到了一些损害赵总名誉的视频，赵总是个要面子的人，本着息事宁人的态度和董明山签了框架协议，没想到这一次董家竟然伤了他的儿子，赵总很愤怒，让杜总带来了解约函，今天他们的律师会向法院申请财产保全。

银行也不出意料地给董明山打来了电话，短短一天时间，噩梦再次上演。

这一天，董浩然也没有去上学，面对家里由自己而起的巨大变故，他虽然是个小学生，但也能感觉出父母此刻的焦虑。

孟真真能做的只有默默打扫房间，为他们准备三餐，除了董浩然稍微吃了几口外，董明山和钱一茹都是粒米未进。钱一茹见到孟真真，责骂她为什么要自作主张去装监控，将他们家害成这样，董明山则摆摆手，说不关她的事，没这一出，他现在已经破产了，怪就怪他贪心。

面对夫妇的争吵，孟真真也不辩解，她收拾一番，向钱一茹请假外出。

她回到出租屋，小心翼翼地整理措辞，给王嘉嘉发去信息，询问她在哪儿。王嘉嘉简单地回复两个字"医院"。孟真真说待会儿过去看看她，等了好久，都没等到王嘉嘉的回复，思忖之下，还是决定直接过去找她。

无论接下来的沟通有多么艰难，就算王嘉嘉不欢迎自己，赶自己走，甚至和自己翻脸，为了董浩然，她都必须去。

来到医院，孟真真不想遇见赵家人，给王嘉嘉发去信息，约在门诊大楼的五楼一隅见面。

王嘉嘉没有回应，孟真真独自在空无一人的门诊大楼等了许久，正以为王嘉嘉不肯来见自己时，伴随着高跟鞋的响声，王嘉嘉从走廊的另一侧来到了她的面前。

还没等她开口，王嘉嘉就率先发话："董明山让你来找我？"

"不是，是我自己来的。"

王嘉嘉没有看她，扭过头，只留给她一个侧脸："孟真真，我知道你想说什么，我看在你的分上才答应见一面，如果换成他们夫妻俩来找我，我理都不会理。"

孟真真自知理亏，她和王嘉嘉有着多年交情不假，但毕竟牵扯到孩子，赵星辰伤到的部位还是那么重要的眼睛，孟真真换位思考了一下，如果这次是赵星辰伤了董浩然，她估计也很难不去埋怨王嘉嘉。

"嘉嘉，我对不住你。"孟真真想要安慰她，伸出手去，王嘉嘉立即躲开了。

"你别这样，我还是讲道理的，小孩子之间的事情和你没关系，我也不想迁怒于你，可我不生气是不可能的。我知道你心疼你儿子，你也替我想想，受伤的是我儿子，小星很可能要瞎一只眼！"

"我知道，这种事情谁都不希望发生……"

"你知道就少说两句！这次小星要是有个什么好歹，我们家肯定要向董明山、钱一茹那两口子追究责任，就算我不追究，李青和赵泽宇也不会放过他们。到时若真要闹起来，你们几个，甭管是亲妈还是养母，一个都逃不掉。我也不想为难你，我会假装不知道你和你儿子的关系，你尽好一个保姆的本分就够了，其他的，少掺和。"

"可是现在赵泽宇他——"

"赵泽宇也是你叫的？"

孟真真心一颤，改口："现在赵总撕毁了协议，董家——"

"那又怎么样？"

"董家会破产的！"

"所以呢？董家破不破产跟你有什么关系？你是担心你儿子吃香喝辣的好日子到头了吧？再说了，董明山要是好好做事，能被赵泽宇抓到把柄？你们要是好好教育小孩，能让他打坏小星的眼睛？我已经很克制我的脾气了，你是什么样的人我了解，可你也替我考虑考虑啊，我不是你的朋友吗？小星不是你朋友的儿子吗？你去董家当了保姆，你难道就改姓董了？"

"嘉嘉，你怎么能这么说我？"

"别说这么'茶'的话，就事论事，这次就是董浩然惹的祸，他惹的祸太大了，我没法原谅。如果是小孩子小打小闹也就罢了，但伤的是眼睛！眼睛！董浩然不是你带大的，没教好不是你的责任，我不怪你，我只要你少说两句，ok？"

"嘉嘉，事情不是这样的。"

"那是怎样？"

孟真真略一迟疑，将实情说了出来："小星的伤是他自己造成的，不是浩然打伤的，弹弓也是小星自己带来的。事情经过是小星要拿弹弓打浩然，弹弓珠子打到了金属护栏上，反弹到了小星的眼睛上，整件事和浩然没有关系。"

王嘉嘉愣了两秒，随即嗤笑出来："没有关系？你这是听谁说的没有关系？所有同学老师都可以做证，你跑来跟我说没有关系？孟真真，你非要袒护你儿子的话，这事情可就没意思了。你别让我难做人。"

孟真真言辞恳切道："嘉嘉，当时的情况我已经问了浩然很多次，确实和浩然没关系，浩然是不会撒谎的。"

"够了！"王嘉嘉咬着牙齿呵斥道，"你什么意思啊？你家小孩不会撒谎，我家小孩就会撒谎？一切都是我们家小星自作自受，我们家小星撒谎，一直在冤枉你们家小孩对吧？孟真真，不是你的小孩才是小孩，你也不用一天到晚把你的小孩挂嘴边，替他开脱。你要不要这么滑稽？"

"嘉嘉……"孟真真看着她，不知所措，深吸一口气，艰难地说，"你和我曾经也都是小学生，小学生也是会撒谎的，我求求你，你可以再仔细问问小星，这件事真的和浩然无关。事情不是这样的。"

王嘉嘉抱着胳膊冷冷地看着孟真真："说完了吗？说完了的话就回去看好你的小孩吧，我不想跟你争，再争下去也没意思，到此为止。董家必然破产，这是赵泽宇说的。"

孟真真走上前，央求道："嘉嘉，赵泽宇那边，你能不能帮忙劝劝？哪怕……哪怕让董家留一些钱，日子过得下去，行不行？"

王嘉嘉冷哼一声："我劝他，他会听吗？何况，这一次我没觉得他做得不对。"

王嘉嘉转身欲走，孟真真拉住她："可是赵泽宇杀了王叔叔——"

王嘉嘉听到孟真真提起王甫民，一把将她甩开："这是我和赵泽宇之间的事，和你没关系，和董家也没关系！"

孟真真拦住王嘉嘉，着急地问："嘉嘉，你现在还想为王叔叔翻案吗？"

王嘉嘉略微冷静下来："这是两码事。我恨赵泽宇，也不耽误我恨董明山夫妻。"

"如果你还是想翻案，我有办法。"

王嘉嘉停下了脚步："你有什么办法？"

"赵泽宇手下有个人叫唐显友，你知道吗？"

"知道，他是赵泽宇最信任的人。"

"十天前，赵泽宇指使唐显友杀人，唐显友杀人后，抛尸到一个水库里。"

在王嘉嘉不解的眼神中，孟真真掏出手机，找出了抛尸的视频，播放给她看，一边解释："你看，这就是唐显友，他杀人后抛尸，整个过程都被拍下来了，只要警察打捞出尸体，就能定他的罪，他被抓了，赵泽宇也跑不了。"

王嘉嘉看着视频中的画面，她当然认得视频中的人是赵泽宇的心腹唐显友，唐显友抛入河中的也是一个人形的包裹。她微微起疑："你怎么知道唐显友往水里抛的是尸体？这视频又是从哪儿来的？"

"视频是陈子华拍的，那天晚上，他一路跟踪唐显友，把整个过程都拍了下来。他本来想用这个视频敲诈赵泽宇一笔钱——"

王嘉嘉打断她："视频为什么在你这儿？"

"陈子华发了我一份备用。"

王嘉嘉无奈地笑了起来："孟真真啊孟真真，你本来可没有打算把这视频给我，只想着联手陈子华敲诈赵泽宇一笔钱。现在呢，你儿子出事了，你着急忙慌地把视频交给我，你是想让我去举报赵泽宇，还是想让我把视频的事告诉赵泽宇，让他放董家一马？这世上像你这样自私的人，应该也没几个了吧？难怪你和陈子华这么般配，原来你们两一直就是一类人。"

"嘉嘉！"孟真真听到如此刺骨寒心的话，不由得全身一颤，解释着，"嘉嘉，不是你想的这样——"

"那你为什么直到现在才把视频拿出来呢？"

"我——"孟真真一时间解释不清她心中的权衡与考量。

"我把你当好朋友，你为了拿到钱，把视频藏起来；现在为了你儿子，你又拿出视频。赵泽宇害了我爸，你又在做什么呢？你为了你的一己私欲，前面想勒索他，现在又拉我一起对付他，还说成是在帮

我，你还是个人吗？"

孟真真后退了半步，整个人呆在了原地，过了半晌，喃喃道："嘉嘉……我有我的难处。"

"你有你的难处，现在你儿子惹事了，就不难了？"王嘉嘉背对着孟真真，握紧了拳头，身体微微颤抖，"你宝贝你儿子，我的儿子谁来宝贝？他坏掉的眼睛怎么办？你能把你儿子的眼睛挖出来赔给他吗？"

88

王嘉嘉把孟真真赶走后，一个人伫立了半个小时，方才平复了呼吸，沉思一会儿，走回病房，关上门，来到赵星辰面前。

王嘉嘉看着左眼裹着纱布的儿子，一股身为母亲的心疼之情喷薄而出，她伸手轻轻抚摸赵星辰的脑袋。

赵星辰抬起头，感受到母亲情绪的异样，小心翼翼地喊了声："妈妈……"

王嘉嘉淡淡地问："董浩然的弹弓是谁给他的？"

"我……我不知道啊。"赵星辰眼神游离躲闪着。

王嘉嘉注意到他的眼神变化："他为什么用弹弓打你？"

"因为……因为他说爸爸要害他们家，他要替他爸爸妈妈报仇。"

"他用弹弓打你，你逃了吗？"

"我逃跑，被他追上了。"

"他跑得有你快吗？"

"我……"赵星辰的脸一下变得通红。

王嘉嘉看着儿子的表情，微微一皱眉："我已经知道了，我不想再听到你撒谎，我再问你一遍，弹弓到底是谁的？"

赵星辰低下头，怯弱地说："是……是我的。"

"你哪儿来的弹弓？"

"是……是周末去奶奶家，奶奶让阿姨做给我玩的。"

"所以你奶奶知道弹弓不是董浩然的？"

赵星辰点点头。

"你是怎么受伤的？"

"我……我用弹弓打董浩然，后来弹珠弹到我眼睛上了。"

王嘉嘉的心沉了下去。

她忍住波动的情绪，继续问："也就是说，你是自己弄坏眼睛的，不关董浩然的事？"

赵星辰嘴巴皱起来，低下头默认。

"你为什么要撒谎，当着这么多人的面撒谎，冤枉董浩然？董浩然不是你最好的朋友吗？你知不知道你冤枉他，现在他学都没法上了，所有人都在责怪他？"

赵星辰嘴角耷拉着，慢慢抽泣了起来，支支吾吾地说着："我一开始生气，故意说是浩然弄的。后来我跟爸爸和奶奶说了，是我自己弄的，爸爸和奶奶都骂我，要我不能改口，不然大家都会骂我，爸爸和奶奶非要我说是浩然弄伤的。我……我也不想冤枉浩然的。"

王嘉嘉心一寒，说："你跟我说实话，你奶奶是怎么教你的？"

"奶奶……奶奶说已经这么多人知道了，我如果改口，我们全家都没面子，学校的老师、同学以后都要说我冤枉好人，没人会理我了。"

王嘉嘉抑制心中强烈的愤怒："这件事也不能怪你，你不要哭了，以免弄伤眼睛。以后遇到事情，不管什么事，诚实是第一位的，你要做个有担当的男子汉。"

赵星辰点了点头。

王嘉嘉离开病房，走到住院部楼下，在空地上徘徊。

愤怒，占据了她整个胸膛。

她想到赵泽宇杀了王甫民，想到赵泽宇欺骗了她父母十年，想到李青多年对她的刻薄，想到越来越像赵家人的赵星辰。

赵家一次次践踏着她的底线。

她抬头望着医院上空，那黑得无边无际的夜空，就这样看了很久，当她低下头时，她的眼珠，仿佛蒙上了一层黑色。

89

"你在这里干什么？"赵泽宇带着李青去看孩子，走到住院部楼下时，遇见了一个人站在空旷地的王嘉嘉，李青一看到她，就一脸不满。

"我下来走走，透透气。"王嘉嘉淡淡回应。

李青冷冷道："你这一会儿都闲不住？留小星一个人在病房，你怎么放心的？你可是小星的妈妈！"

王嘉嘉面无表情道："是的，我是小星的妈妈。"

李青还想多说几句，见势不妙的赵泽宇连忙哄着李青，让她先上楼看看小孩，说嘉嘉一个人陪了这么久，下楼来走走也正常。

李青斥责他一句："你就会护着她！"

赵泽宇笑着把她哄上楼后，来到王嘉嘉身边，顿时换了另一副面孔："王嘉嘉，你就不能在我妈面前听话点，顺着她一点，给我一点面子吗？你非要顶嘴？你看我，在我爸妈面前，我从来都是护着你，从来没说过你一句不好吧？"

王嘉嘉冷笑一声："我已经忍了那么多年了，还不够给你面子？

换来什么了？"

"我爸妈对你是有点偏见，这点我承认，可我一直说你好话，说我们俩很恩爱的吧，你呢？你有脾气就跟我闹，在他们面前忍一下会死吗？我爸妈本来就对你有误解，你还老爱顶嘴，我在他们面前一次一次护着你，你让我抬不起头啊！"

"你又何曾让我们家抬起头过，赵泽宇？"

"你——"赵泽宇怒哼一声，"我不想跟你吵，我上楼了，你要么跟我一起上去，要么自己去远点的地方溜达去。"

"赵泽宇，"王嘉嘉叫住了他，"我有话问你。"

赵泽宇不耐烦地回过身："什么话？"

"你和你妈为什么要教唆小星撒谎，诬陷董浩然弄伤了他的眼睛。"

赵泽宇理直气壮地脱口而出："本来就是董家那个小鬼干的，哪儿来的诬陷？"

"你们自己心里一清二楚，弹弓是哪儿来的？到底是谁用弹弓打谁？"

赵泽宇咬了下牙："小星跟你说的？"

"不然呢？"

赵泽宇道："小孩子不懂事，只会乱说话，我上去跟他说清楚，这件事，不管谁问，问几遍，答案只有一个——董浩然把我们家小星的眼睛弄伤了。"

王嘉嘉质问："你为什么要逼他撒谎？"

赵泽宇不屑道："这是面子，也是利益。小星他自己一开始撒谎说别人弄伤他的眼睛，后面改口算什么？学校里其他老师、家长会怎么看我们家？别人还以为我们家想讹董家那仨瓜俩枣的。还有，董明山那厮，上次居然敢让小保姆偷拍我，我可咽不下这口气。这些生意上的事，跟你说你也不懂。"

"我是不懂，我不懂你为了所谓的利益，所谓的面子，就逼自己的亲生儿子撒谎，诬陷其他小孩，让其他小孩被所有人责骂。你不要把你成年人的那一套放到小星身上，行吗？"

"不就让小星撒个谎，你别给我上纲上线。"

王嘉嘉冷冷地看着他："赵泽宇，要小星撒谎，这是你的主意，还是你妈的主意？"

赵泽宇双手圈住胳膊，瞪着她："王嘉嘉，你到底想干什么？这么点小事你至于跟我吵架吗？"

"我和你们家的思想完全不一样，这不是小事，我不想赵星辰成为下一个你。"

赵泽宇咬牙道："你把话给我说清楚！"

"你爸妈本来就过分宠溺他，才把他教成嚣张跋扈、学校里老师同学都讨厌的小孩，现在又教他撒谎陷害同学，我不想让他成为下一个赵泽宇！"

赵泽宇走上前，逼近她："你再给我说一遍！"

"你爸妈已经教出一个赵泽宇了，现在——"

啪一声，赵泽宇怒极，一巴掌打上去。

王嘉嘉仿佛没有痛觉，站在原地，寸步不移，冷静地说："赵泽宇，我现在很冷静地告诉你，我要和你离婚，我不要你的钱，我只要带走小星，你们家人可以随时来看他，但是小星我要带在身边。"

"你是没睡醒吧？我再跟你说一遍，离婚，你想都不用想，别说带走小孩，你哪怕净身出户，什么都不带，我也不会同意跟你离婚。"

"我爸都已经死了，我家也拿捏不了你，你可以放心跟我离婚了。"

赵泽宇警觉道："你爸到底跟你说过什么？"

"我爸说过什么重要吗？你放心吧，他没留下任何东西能够威胁到你，如果留下倒好了。"

赵泽宇避开她的眼神，道："我不懂你胡说八道什么，总之一句话，我永远不会同意跟你离婚，你想要什么可以提，不要再跟我提离婚！"

"你到底为什么不肯离？怕我提离婚，你赵泽宇没面子？那可以你提呀，我也会承认是你甩了我，我配不上你，还不行吗？"

赵泽宇嘲讽道："离婚？然后让段飞那狗东西接盘，成全你们这对狗男女？"

王嘉嘉怒道："赵泽宇，我再跟你说一遍，我自从跟你结婚以来，没和任何一个异性有越界的行为。十年前我喝醉酒，喊错一次段飞的名字，你记恨了十年，也够了吧？你如果还不放心，我可以立下字据给你，我跟你离婚后，绝对不会和段飞在一起，你还有什么要求，你提呀！"

赵泽宇嗤笑道："你别跟我扯来扯去的，无论什么条件我都不会同意离婚，你如果敢去起诉离婚，我保证你再也见不到小孩。王嘉嘉，虽然你感情上受了一点委屈，但是你凭良心讲，我物质上有没有亏待过你？我当年顶着父母反对的压力，偷出户口本跟你结婚，这么多年来我爸妈一直让我跟你离婚，我一直维护你，替你说好话，我跟他们发过誓，我绝对不后悔，可到最后我还是离婚了，我还要不要脸？"

王嘉嘉退却几步，盯着赵泽宇看了很久，慢慢地笑起来："我知道了，赵泽宇，我总算知道了，我到今天才知道你的真实想法，你一直不同意离婚，其实既不是因为感情，也不是因为面子，你真是一个可怜的人。"

赵泽宇昂然道："我可怜什么？"

"从小活在李青的控制下，今天明天后天，每一天的人生都被李青画好了方向，你再努力，做得再好，在她眼中都是不够的，她永远要你跟更好的人比。你辛苦读书，考上了律师，她觉得你比你爸这当大官的差远了，更比不上你舅舅家的小孩。于是你下海经商，不惜搞违法犯罪的事，想让自己的生意做大，可惜，你生意做得再大，她也觉得没有官做得大好。可怜的赵泽宇啊，你心中有着一股不服输的气，你这辈子唯一违逆她的事，就是偷了家里的户口本跟我结婚，如果最后离婚了，说明她还是对的，你还是错的。你还是活在你妈的阴影下。你在你爸妈面前维护我，不是因为爱，只是因为你想证明，你自己做主，做成功了一件事，你不是你爸妈的影子。赵泽宇，我说得对吧？你是不是很可怜？"

赵泽宇咬住牙齿，太阳穴都鼓胀起来了，浑身颤抖。

"说中你心底最深处的想法了。"王嘉嘉轻蔑地看着他。

赵泽宇想要发声，却发现喉咙干涩，他只好用沙哑的声音低声叫道："王嘉嘉，我懒得跟你废话，总之你记住，这日子过得过，不过也得过，你甭想跟我离婚！你如果再敢跟我提离婚，我——"他停顿住。

"你想怎么样？"

"毕竟有着夫妻情分，我不想把话说得太难听，但如果没有夫妻情分，你家在江北寸步难行！"

90

"我后来问了小星，眼睛是他自己弄伤的。"第二天，王嘉嘉来到巧克力公寓。

孟真真给她倒了杯水，送到她手里，两人相视一笑，彼此的不愉快就这么轻易过去了。

"小星告诉我,他在学校时,一时生气故意说董浩然把他弄伤,后来到了医院,他把真实情况告诉了赵泽宇和我婆婆李青,他们俩一起逼他继续撒谎。"

"他们为什么要小星撒谎?"孟真真不理解,一般人家想让对方赔钱,才会要孩子撒谎栽赃,可赵泽宇家完全没这个必要啊。

"为了面子,也为了利益。李青明明知道弹弓是她给小星的,她还是连哄带骗,要小星一口咬死是董浩然弄伤他的,否则他们赵家不占理,丢了面子。赵泽宇也许是因为上一次他和董明山和解,一直咽不下这口气,这次孩子的事,刚好撞在他枪口上。"

孟真真恳求她:"嘉嘉……你能不能说动赵泽宇?"

"我?"王嘉嘉自嘲般笑道,"他会听我的?"

"那……"孟真真欲言又止。

王嘉嘉看穿她的心思:"你手里的视频说不定可以救董家。但你需要先把事情经过完完整整地告诉我。"

孟真真犹豫了:"可赵泽宇现在还是你的……"

王嘉嘉冷笑一声:"如果你可以把赵泽宇送进监狱,我不但不会阻止,还要助你一臂之力。"

"你要把赵泽宇……那小星……"

王嘉嘉道:"我正是为了小星。赵泽宇已经害了我爸爸、害了我,我不能再任由他们害小星,我没法想象小星长大后,要么是一个仗势欺人的纨绔子弟,要么是像赵泽宇一样阴险卑鄙的人,我不能再退了。"她郑重地看着孟真真,"你要救董家,我要救自己!"

孟真真慢慢点了点头,讲述了陈子华拍下视频的过程,又解释,陈子华事后找到她,胁迫她一起用视频敲诈赵泽宇。结果孟真真发现家里有老丁的钥匙,玻璃杯少了一个,地上有碎玻璃片,老丁却失踪了,孟真真推断死的人是老丁。她想要在合适的时候把视频作为证据交给警察，为老丁报仇，将赵泽宇绳之以法，而不是敲诈勒索赵泽宇。

王嘉嘉目光一闪，听出孟真真的解释中一定另有重大隐情，只是她略过去没说。她思索了会儿，问："陈子华现在怎么样了？"

"陈子华已经被赵泽宇他们灭口了。"

王嘉嘉顿时问："你怎么知道？"

"我——"孟真真一时语塞，胡乱解释，"他好几天没和我联系，我打他电话也关机了，我猜他因为勒索赵泽宇，被发现了，所以就被灭口了。"

"不对呀，你刚才说，陈子华打算先辞职离开公司，躲到暗处后，由你出面来敲诈赵泽宇。你已经把视频发给赵泽宇了？"

"呃……还没有。"

"既然赵泽宇都不知道视频的事，那么陈子华怎么会被他灭口了呢？"

"嗯……可能……我猜的，我也不是很确定。"孟真真在王嘉嘉面前，一时不知该怎么圆这个谎。

王嘉嘉微不可察地笑笑，没有继续追问孟真真话中的破绽，转而问："赵泽宇知道陈子华和你的关系吗？"

"不知道。"

"如果陈子华真的已经被赵泽宇灭口了，那你不担心赵泽宇检查陈子华的手机，发现你的存在吗？你这几天还打他的电话？"

"陈子华手机上和我有关的记录都已经删了，而且我用的是其他人的手机号打他的电话。"

王嘉嘉的目光直直地投向她："所以，你事先就知道陈子华会被赵泽宇灭口，是吗？"

"我……"孟真真更加难以解释了。

"所以，陈子华的死和你有关？"

孟真真彻底哑口无言。

王嘉嘉理了一下思路，想明白了更多的事，继续追问："你说你要为老丁报仇，所以才留着视频，等待合适的时候，交给警察？"

孟真真点点头。

"你为什么拿到视频的第一时间不报警，你这个所谓合适的时候是什么时候，难不成就是陈子华死了以后吗？"

孟真真没有说话，表情已然是默认。

"为什么非要等陈子华死后你才能报警？除非陈子华有能拿捏你的把柄？可你当年其实并没有被通缉，案子已经了结多年，陈子华现在再供出你，不但够不上证据，他还要罪加一等，在这件事上，你不需要怕他吧？所以，他手里还有你其他的把柄，很严重的把柄，对吗？"

孟真真一愣。

王嘉嘉叹口气，道："这些先不管了，现在的问题是，你的视频威胁不了赵泽宇，当然，也救不了董明山了。"

孟真真惊恐地问："为什么？"

"如果事实真像你说的那样，陈子华已经被赵泽宇灭口了，以我和赵泽宇相处这么多年对他的了解，他为人非常谨慎小心，不会给自己留下风险。就算陈子华已经死了，赵泽宇也不知道你的存在，他依然会担心还有其他人看过视频，或者视频还有备份，突然某一天被人发现。以他的行事风格，水库里的尸体肯定已经被打捞出来，毁尸灭迹了。"

孟真真道："可是，警察得到视频，以此审问唐显友，湖里捞不出东西，他也解释不过去吧？"

"他们可以随便找个其他东西，捆成差不多的形状，扔进湖里。理由可以解释得千奇百怪，只要捞不出尸体，唐显友不承认抛尸，他们都是安全的。"

孟真真陷入了沉默。

"你要救董家，现在靠这个视频已经没用了，你要告诉我所有的事，这样我才能想出办法。"

孟真真心里纠结着，毕竟，何超龙的死是她最大的秘密了，世界上知道这个秘密的人现在只有她一个了。

王嘉嘉看着她，没有继续逼问，轻叹一口气："真真，我一直把你当成我最好的朋友，我，以及我爸爸、我妈妈，对你从来都是毫无保留的。"

"我知道。"孟真真低下头。

"我们再次遇见后，我一直替你保守身份的秘密；你当年和陈子华的事，我没有跟任何人说，甚至我都没告诉过我爸爸；你利用我对你的信任，来我家偷装监控，事后我依然当你是我最好的朋友，对不对？这一次小星眼睛受伤，我一开始非常生气，可我就算在最生气的时候，依旧牢牢保守你是董浩然的妈妈这个秘密，我也没有因此迁怒你；这么多年来，我一直当你是最好的朋友，我一直对你完全信任，完全敞开心扉。"王嘉嘉抬起头，眼中泛着泪花，强行抑制住，抽了下鼻子，说，"可你又几时想到过我呢？"

"在我家里装监控的时候，你有没有想过我的感受？你说你拿到唐显友抛尸的视频后，准备在合适的时候交给警察，将赵泽宇绳之以法。可是你那个时候有没有想过，赵泽宇还是我老公呢？你的孩子重要，你的情人重要，你的秘密重要，唯独这个世界上对你最信任的朋友，不重要？"

孟真真脑袋仿佛吭当一声巨响，脸上写满了愧疚之色："嘉嘉，我——"

王嘉嘉手一拦，没让她说下去，继续说："这些都不重要了，我依然把你当成我最好最值得信任的朋友，我现在需要你的帮助，我需要你不再对我隐瞒，我需要你告诉我全部真相，我才能想出对付赵泽宇的办法。"

孟真真含泪重重点点头。

"所以，陈子华手里还有你很严重的把柄，对吗？"

孟真真犹豫了那么一两秒，忍不住脱口而出："还有一个人叫何超龙。"

听完孟真真讲述这半年来的全部事情经过，王嘉嘉思索了片刻，分析道："现在手里对付赵泽宇的证据只有两个，一个是他在书房手拿胰岛素笔的视频，这个视频他可以随意解释，没用；另一个是唐显友抛尸的视频，可我敢肯定，现在水库里面已经没有尸体，同样对他构不成威胁。"

"那怎么办？"

"你先不要着急，我来想办法调查，我在赵泽宇身边，总能更容易寻到证据。但是现在我很担心你。"

"我怎么了？"

王嘉嘉满脸担忧，道："现在不确定陈子华是直接被赵泽宇灭口了，还是怎么样了。如果陈子华供出了你是同伙，或者说赵泽宇查出了你，你很危险。"

"我不怕，我就这么一个人，没什么好怕的。"孟真真坦然道。

"不是怕不怕的问题，我不能再让我身边的人受伤害了。"王嘉嘉郑重地说，"陈子华失联这么多天了，赵泽宇的人没找过你，大概率他不知道你的存在，可是不怕一万，就怕万一，我要在你家，还有你身上，都装上监控和监听装置，我要实时知道你的安全，一旦你出现危险，我才能第一时间救你！"

当天，王嘉嘉就寻来了装置，在巧克力公寓正对天台门的方向装上了针孔摄像头，又让孟真真随身携带录音笔，二十四小时开机，这两样设备都远程连接到王嘉嘉的云盘中。

91

赵星辰住了三天医院后回家休养，等待下周复查。初步检查情况较乐观，对以后的视力影响有限，这让全家人稍稍松了口气。

夜里，王嘉嘉安顿好赵星辰睡觉后，走出房间，就见书房里的赵泽宇探出头，温和地喊她："嘉嘉，你过来。"

王嘉嘉走进书房，往沙发上一坐。

赵泽宇就开始了闲扯，先是谈小星的眼睛比预想中好多了，医生就是爱吓唬人，总往坏里说，这样如果治疗效果不好，家属不会怪医生，如果治疗效果理想，家属会感激他医术高明、妙手回春。接着又跟她道歉，说前几天话说得太重了，他想和她好好过日子，只是有时候工作压力大，所以没能控制住脾气。最后他话锋一转，仿若不经意地问起："对了，我听说你今天专程找了杜总，问他我准备怎么处理跟董明山合作的事？"

"是啊。"

"你希望呢？"

"这是你工作的事，我管不着。"

"那你找他打听这个做什么？"

"我帮董家的那个保姆问的。"

"你和那个小保姆很熟吗？"

王嘉嘉摇摇头："一开始挺聊得来，后来她利用我的信任，来我们家装监控，我跟她闹掰了。这次她又找我，跟我说了一些莫名其妙的话，想让你放过董家。"

赵泽宇眼睛微微一眯，问："什么话？"

王嘉嘉没有直接回答，问："我今天找唐显友问，陈子华去哪儿了，他说陈子华离职了，唐显友这跟屁虫跟你说过的吧？"

赵泽宇一愣，有些结巴，道："哦对，嗯，小唐是提了一嘴，说你很好奇他下面那个叫陈子华的司机。"

王嘉嘉问："陈子华真的辞职了？"

赵泽宇道："我不清楚啊，一个司机的事，我哪儿会在意？"

"你的夜班司机不就他一个，你没问吗？"

赵泽宇突然想起来了："哦，好像那个小陈是说过想辞职回老家做生意什么的，司机那么多，走一个随便再换个就是了。这事和那个保姆有什么关系？"

"小保姆跟我说，董明山家的小孩是领养来的，其实是她的孩子。她年轻时犯过事，小孩送去了福利院，后来她查到小孩在董明山家，她不想破坏小孩现在的生活，就以保姆的身份应聘进去，可以每天看见小孩。所以上次她听我说了一次，你要设计董明山，她才会来你书房里装监控。"

赵泽宇悚然："真的？"

"应该是真的吧，要不然董明山家会不会破产，跟她一个小保姆有什么关系？"

赵泽宇稍稍一思索，逻辑就连上了。难怪上一次他都跟董明山摊牌了，董明山还在坚决否认是他指使小保姆干的，坚称是小保姆自作主张，原来真的是他误会董明山了。他又想到董浩然的长相，确实不像董明山夫妻任何一个，反而眉宇之间和那个小保姆颇有几分相似之处。

"那么这件事跟陈子华有什么关系？"

王嘉嘉撇撇嘴："小保姆后面说的话就莫名其妙了。她说这一次你因为小星，终止了跟董明山的合作，董明山要破产了，让我来跟你求情。这不是莫名其妙吗，我凭什么帮她求情？她看我不肯，就神神道道地说，她手里有一个视频，拍到了唐显友抛尸的过程。死的是一个叫丁虎成的保安，是她的情夫，在她家被唐显友杀了，唐显友把丁虎成的尸体运走抛尸，结果被陈子华拍了下来，陈子华拍下视频的事又被唐显友知道了，于是唐显友又杀了陈子华灭口。说得乱七八糟的，莫名其妙。"

赵泽宇眼皮一颤："然后呢？"

"我问她这些事她是怎么知道的，她说陈子华是她的前夫，我如果不信，就去你公司问，陈子华还在不在公司。所以我今天专门问了唐显友，结果陈子华真的不在公司了。今天小保姆又打电话给我，问我信了没有。我说一个员工离职了，能证明什么？她让我转告你，她手里有视频，如果你不肯放过董明山一家，她就把视频交给警察。我问她，就算真有这么个视频，唐显友杀人抛尸，让我转告你做什么？她说是你指使唐显友干的。我问她她怎么知道，她又回答不上，真是莫名其妙，感觉脑子有病吧。"

赵泽宇听着王嘉嘉这番喋喋不休的讲述，脸色阴沉如水，不禁问："她这些话怎么不告诉董明山？"

"我也问她，她怎么不直接告诉董明山，而让我来转达？她说她不想让董家知道她是孩子的亲生母亲。反正啊，这人好像脑子受了刺激，我听不懂她在说什么，可看看董浩然这小孩，还真的和她有几分相似，说不定董浩然真是她孩子，董家要破产了，她受了刺激，才会幻想出你指使唐显友杀人抛尸这种莫名其妙的事。"

赵泽宇表情干涩地笑了笑："确实是脑子受了刺激，我指使唐显友杀了她的情夫，有病吧，我好像都没跟她说过话，我还杀她情夫？难道我要争她？"

"就是说吧，"王嘉嘉眼睛瞥着窗外，"唐显友如果这么有能耐，连杀了两个人，结果证据落在别人手里了，那还不得赶紧杀人灭口，把证据毁灭啊？"

听到这话，赵泽宇眼里闪过了一丝光亮。

92

"赵总，我把陈子华手机弄出来重新看了，那个小保姆的手机号和微信确实是他的联系人，名字存的是'孟真真'，可小保姆的名字不是洪梅吗？"办公室里，唐显友低声向赵泽宇汇报。

赵泽宇拧着眉："可能是以前的名字吧，难怪小保姆知道视频。"

"这也太巧合了吧？"

"这不是巧合。去我家装监控的事，八成是陈子华想出来的，他那时就想抓我的把柄勒索我了。因为这事你才去小保姆家，结果出了丁虎成的事，还被陈子华偷拍下来，小保姆自然看过视频了。"

"难怪陈子华死前一会儿说视频有备份，一会儿说视频没有备份，八成是想保护小保姆。"

赵泽宇点点头。

唐显友道："我找机会把小保姆绑回来，逼问视频有没有备份，问完后再把她解决了？"

赵泽宇摇摇头："不行，不能这么做。"

"不把她解决，她就是个定时炸弹啊！"

赵泽宇道："这件事我仔细推敲过，小保姆确实看过视频，可她手里有没有视频，需要敲个问号。你想，如果她手里有视频，陈子华失联这么些天了，她如果想敲诈我，早该主动联系我；如果想为陈子华报仇，早该把视频交给警察，怎么偏偏等到我要收拾董明山了，她才突然跳出来说她有视频？她如果想救董明山，也应该直接找我，她去找王嘉嘉，说一些似是而非的话，我想她八成只是看过视频，手里没有视频。"

唐显友点点头，还是有些不放心："万一她手里真的有视频呢？"

"怕什么，我们不是早就做好应对了吗？哪怕她真有视频，交给了警察，警察调查，你一口咬定，家里死了条狗，你抛进湖里喂鱼了。警察捞出来一看，也是一条狗。陈子华已经成了灰，现场你处理干净了，监控也全删了，没有人证。警察哪怕觉得这几桩事情有蹊跷，可你只要咬死了照这个说，人证物证都没有，连个尸体都没有，立个哪门子的命案，命案都没法立，警察还能拿你怎么办？"

听他这么一说，唐显友完全放下心来，两具尸体都化成灰了，相关监控全部删了，现场自己用鲁米诺试剂也测不出血迹。两桩命案，人证物证通通没有，也过了警察破案的黄金期，不管小保姆知道什么，只要他和赵泽宇两个人都不承认，按照他们俩对好的经过来回答，就没有任何办法定罪。何况从警察的角度，这两桩只能定成失踪，连命案都定不了。

赵泽宇继续说："相反，如果你去把小保姆灭口，这件事风险极其大，一个大活人突然不见了，先不说董明山家会不会报警，王嘉嘉也知道这件事，肯定会怀疑到我们这边。"

"那现在我们什么也不做？"

"对，静观其变，继续给董明山那边制造压力，看看那小保姆还有什么手段。"

93

董家偌大的房子里，气氛压抑得让人窒息。

最近这些天董明山也在想办法自救，每天寻关系跑政府部门，想把预售证批下来，但流程始终卡着没动。同时他寻到政府领导，想把地退掉，少缴一些违约金，把大头的保证金退还给他，这是违规操作，自然没有领导敢批；银行、信托公司，他也是到处跑，找融资渠道，可他资产都抵押出去了，第二期项目开不了盘，几千万上亿的融资，没有机构敢批。

山雨欲来风满楼，之前董明山在老家的亲戚朋友那儿一共民间借贷了两千万，如今老家那些人听到风声，纷纷逼他还钱，现在别说两千万，账上资金被财产保全了，他连两百万都掏不出。

老家的几个借款人代表在家里一坐就是一天，到了晚上才好不容易把人哄走，董明山和钱一茹坐在客厅唉声叹气，董浩然小心翼翼地在桌上扒拉着米饭，眼巴巴地瞅着父母，孟真真在一旁小心伺候着，不敢发出声响。

众人沉默了许久，钱一茹忍不住痛骂起来："赵泽宇这分明是要把你逼死啊？明明是他儿子自己弄瞎了眼，非要怪到我们头上，赵家赵家，仗着官二代，也太霸道了，我要去举报，我要去曝光，赵家利用关系仗势欺人，利用关系要把我们搞破产！"

董明山摇摇头："没用的，咱们能说什么，咱们有什么证据？"

"之前不是偷拍了赵泽宇打电话，找人设计你吗？"

"那个电话证明不了具体的事，何况偷拍他家，曝光出去，证据是非法的，手段也是非法的，要坐牢的。视频早就删了，洪梅手里也没有备份。就算有备份，跟赵泽宇鱼死网破，鱼死了，赵家这张网也破不了。"

董浩然看着父母，放下了筷子，红着眼睛说："爸爸妈妈，都是我不好，我不应该和赵星辰玩弹弓，要不然他眼睛也不会坏了。"

董明山皱了皱眉，钱一茹立刻回护道："不关你的事，这是大人的事，本来就是赵星辰自己弄伤了眼睛，他爸才借题发挥，故意搞事情。"

董明山看着孩子，轻叹一声，道："你不要怪自己，这件事和你没关系，你是我们家的孩子，不管爸爸妈妈遇到什么样的困难，你都是我们的孩子，我们都不会怪你。大人的事肯定能解决的，你一个小孩不要有心理压力。等爸爸过了这一关，爸爸就带着你和妈妈，我们一起去玩，地点你们定，这一次我肯定抽出时间陪你们。"

听到夫妻俩这话，孟真真顿时感动得眼眶一红，强忍住才没让眼泪掉下来。她想起自赵星辰受伤以来，董明山夫妻俩就没有怪过董浩然，即使心情再不好的时候，也会安抚孩子。换作其他人，在这么大的压力下，就算明知道这只是赵泽宇的借口，也会忍不住迁怒董浩然闯了祸，毕竟，董浩然不是他们的亲生骨肉啊。他们夫妻俩，从福利院领养董浩然后，很快知道了他的先天疾病，他们没有放弃，没有后悔，花几年时间和重金，治好了孩子的病，这么多年来，都是锦衣玉食，宠爱有加。

他们远比普通的家长做得好，孟真真这么多年来没有尽到抚养责任，内心对董明山夫妻充满了感恩之情。

孟真真想到王嘉嘉愿意帮她，枕边人总有办法，开口安慰他们：

"先生太太，你们注意身体，不要过度焦虑了，再等等看，我想总是有办法解决的。"

董明山顿时警惕："洪梅，你又想干什么？"

钱一茹立刻说："洪梅，你不要再自作聪明了，这件事不是你一个保姆能办的！"

董明山道："洪梅，凭良心讲，你上次做的那事，确实暂时帮了我，我感谢你为了我们家劳心，可从后面的结果看，那件事之后，我们和赵泽宇根本就没了回旋的余地，他认定是我干的了。"他重重叹口气。

钱一茹瞥了她一眼，也把头别了过去，夫妻俩都不再说话，董浩然抬起头，眼巴巴地看着孟真真。

孟真真尴尬地抹了下头发，在这安静的客厅里，她沉吟了几秒，说出了董明山夫妇早就想让她主动说的话："先生太太，我老家朋友想找我合伙开个早餐店，我准备辞职回去，我想做到周五，接完浩然放学后，我就走了，冒昧临时跟你们说，实在很不好意思。"说出这番话的时候，眼泪已经滚滚如雨，控制不住了，她抬手迅速地抹了一下脸，以免过于难堪。

"也好，家里有事情做，好过来城市里打工，洪梅，你回去好好保重。"夫妻俩没有挽留，说了一些台面上的话。

晚餐收拾完，孟真真陪董浩然做作业，刚进屋，董浩然就问："阿姨，你真的要走了吗？"

孟真真点点头。

"是不是因为爸爸妈妈不喜欢阿姨？"

孟真真笑着摇摇头："不是，阿姨家里有事，要回去工作了。以后浩然你听爸爸妈妈的话，要懂事，知道吗？"

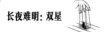

"知道了。"

孟真真欣慰地笑笑，董浩然一向很听话懂事，这一点胜过大多数同龄小孩。她突然忍不住问："浩然，如果有一天，我是说如果，爸爸妈妈经济上遇到很大困难，家里没钱了，你不能想玩什么就玩，想买啥买啥，想去哪儿就去哪儿了，那……你愿不愿意跟着阿姨一起生活？"

她充满期待地等待董浩然回答，董浩然毫不犹豫地说："不愿意，我要跟着爸爸妈妈，就算爸爸妈妈真破产了，我也不怕。"

孟真真脸上闪过一丝失望，又带着欣慰，拍拍董浩然："好孩子，你是好孩子！"

94

王嘉嘉仔细地检查了一遍孟真真公寓的针孔摄像头，整整过了一个周末，赵泽宇也没派人来找过孟真真。她沉吟片刻，掏出手机，约孟真真到一个偏僻的小茶馆碰面。

"嘉嘉，你那边有什么进展吗？"一见面，孟真真就迫不及待地询问。

王嘉嘉摇了摇头："赵泽宇工作上的事从不让我参与，我没有机会接触，至于他做的其他事，更不可能让我知道了。"

孟真真失望地垂眸。

王嘉嘉关切地问："我听司机说赵泽宇在找律师开始起诉董明山公司，是吗？"

孟真真点点头："董先生的一些亲戚朋友也上门来要债了，董先生公司的钱被冻结了，他手里什么钱都拿不出。"

王嘉嘉笑着说："照我看，如果董明山夫妻破产了，你可以恢复身份，把董浩然接过来，你自己带。"

孟真真苦笑着摇摇头。

王嘉嘉有些急切地问："为什么不可以？"

"他们很爱孩子，孩子也很爱他们，我只是一个从没尽过抚养责任的外人，是他们夫妇俩不嫌弃浩然的病，花钱治好，把他养大到现在，就算他们家破产了，我也不能这么做，我也没法这么做。"

王嘉嘉认同道："说的也是，你确实不能把孩子带走，否则孩子不会原谅你。"

孟真真道："你那边也没有办法，现在唯一的办法，只能把视频交给警察，让警察调查唐显友抛尸的案子。"

王嘉嘉叹气道："没有用的，赵泽宇肯定已经销毁证据了，你现在把视频交给警察，那我们连最后的退路都没有了。"

"我们还有其他退路吗？"

"真真，我们俩的目标是一致的，我要顺利离婚，拿回我的正当权益，你要阻止赵泽宇对董家的迫害，我们都是要对付赵泽宇。可是对付赵泽宇，除非有一击致命的把柄，否则有什么用呢？他那些小的违法犯罪，比如行贿，就算我拿到他给官员行贿的证据，可大部分行贿的人是不会坐牢的，就算能把赵泽宇送进去，我能顺利离婚拿到我的权益吗？不能。你能救董家吗？也不能。因为赵泽宇管着所有的钱。只有把他彻底打倒，钱到了我手里，我才能帮助你，帮助董明山渡过难关。"

孟真真说不出为什么，总觉得最近的王嘉嘉似乎和过去有一些变化。

王嘉嘉道："我其实有一个想法，能把赵泽宇送进监狱，甚至可能判他死刑。"

她微微眯了下眼睛，继续说："如果这个计划成功了，警察肯定能够查清楚他过去犯下的所有命案，包括我爸爸的死，还有唐显友杀害丁虎成的事，他全都逃不掉，所有这一切，都会真相大白。"

孟真真惊讶地问："你不是说他肯定把这些罪证都销毁了，没有任何证据了，警察都查不出来了吗？"

王嘉嘉微微一笑："赵泽宇很喜欢设计别人，他应该不会想到，有一天，他也会被别人设计。"

孟真真问："你的办法真的可行吗？"

"当然可以了，只要计划实施了，警察肯定能查出赵泽宇杀人的事实，他们赵家也保不住他，到时，他的大部分财产都会划到我的名下，我肯定立刻停止为难董明山，继续按照他们之前的合同协议，为董明山输血，帮他渡过难关。"

孟真真急切道："你快说说。"

王嘉嘉为难地叹口气："我们没有赵泽宇犯罪的证据，所以整个计划要靠我们来栽赃陷害他，然后再借警察的手，查出他真正的犯罪证据。在我们的栽赃陷害中，最重要的一步，需要你来做，可是实施之后，警察第一时间肯定要找你问话。上一次你想把何超龙的那些事瞒着我，不肯说，可我通过你的几句话就发现了你藏着秘密，这些都是发生过的事实，你没有骗我，你即使想瞒我，也会被我发现破绽。现在需要你做的是陷害赵泽宇，陷害的事不是事实，是我们捏造的。你连用事实都骗不了我，更不用说你要用虚构的经过来骗过警察了。除非——"

孟真真急问："除非什么？"

王嘉嘉苦涩地摇摇头："除非警察从你那里问不出任何话，可这根本是不可能做到的呀。"

孟真真目光一闪，陷入了思索。

PART

9

赢家？

95

周五的晚上，孟真真站在尊邸五号楼下，抬头垂直仰望，楼好高，望不到顶楼的边界。

这是她最后一次来到尊邸，也是最后一次看到董浩然了。

她带来的故事，也该由她来结束。

人生匆匆几十年，生活的意义是什么，是有所牵挂。

有人说，每个人降临在这个世界上，都是带着使命而来的。上大学之前，她相信自己的使命是走出山村，融入城市；遇到陈子华以后，她认为自己的使命是享受爱情，和陈子华一起努力，经营好小家；认清陈子华的真面目后，她对自己的使命迷茫了；直到寻到了董浩然，她才重新明白了使命，那便是守候。

她想等董浩然稍大一些，她找个借口离开，也许跟着丁虎成，也许会遇上其他人，也许依旧一个人，大概继续生活在江北，以另一种方式默默守候。

终究，一切都不存在了。

孟真真深深吸了口气，仿佛在尽可能记住尊邸这段时光的味道。

来到楼上，她找到钱一茹，向她道别，钱一茹去给她准备现金，结算做到今天的工资。

孟真真来到保姆房，慢慢地收拾行李。

董浩然知道洪梅阿姨今天要走，来到保姆房，环绕在她周围，帮忙收拾东西，一边嘀嘀咕咕，表达着小孩子心中单纯的不舍。

"洪梅阿姨，你走了，以后谁帮我改作业啊？"

孟真真握着他的胳膊，忍住所有情绪。

如果要走，是平淡得就像平时一样离开，还是格外珍重、嘱托保重，留下深刻回忆，才能让人在转身之时少一些悲伤呢？

孟真真不知道，千言万语在胸口，不知该如何言说。

她尽量让声音不颤抖："阿姨要回很远的老家，老家还有很多事等着阿姨，以后作业妈妈会帮你改正的。"

"阿姨，你能不能不走啊？"

孟真真摇摇头："每个人都有每个人需要做的事啊，阿姨要做的事，只有阿姨能做好。"

"可是妈妈没有阿姨懂的多，以后谁教我呀？"

孟真真嘴角抽搐一下，不知该如何回答。她从袋子里拿出一本很厚重的相册，交到董浩然的手中。

"浩然，这本相册留给你当纪念。"

这本相册重到董浩然都拿不住，他把相册放到床边，翻看起来，里面全是他的单人照片，从各种角度拍的，都是孟真真这几个月来在董浩然玩耍时偷偷拍下来的，原本打算一路记录他的成长岁月，现在只能提前打印出来了。

"洪梅阿姨，你什么时候拍了这么多我的照片呀？"董浩然开心地翻着相册，翻到后面时，发现最后的几层全部粘连在一起，像书本一样厚。

"阿姨，这几层怎么粘住了，翻不开？"

"等你以后长大了再翻吧。"

她刚说完，却见董浩然拿起桌上的指甲刀，插入缝隙撬动，她正想阻止，粘连的相册已经被董浩然撬开了。里面是被挖空的空间，满满当当夹着的全是红色百元钞票。

"阿姨，你的钱落在里面了。"

董浩然要把钱弄出来还给孟真真，孟真真一把盖住相册，道："浩然，这是阿姨留给你的零花钱，这是我们的秘密，你不要告诉爸爸妈妈，等过几年你长大了，可以拿它买你想买的东西。"

董浩然推辞道："我不要阿姨的钱，我要买什么，妈妈会给我买的，阿姨赚钱不容易。"

看到他如此懂事，孟真真既欣慰，又更舍不得这大好人间，轻吸一口气，把相册的夹层用胶水重新粘好，放到旁边的桌上："爸爸妈妈的钱是爸爸妈妈的钱，这是阿姨对你的心意。阿姨就要走了，阿姨最后一个小要求就是你把这本相册收好，不要告诉爸爸妈妈钱的事，好吗？"

"可是……"

孟真真拉起他的小手，跟他拉钩："男子汉，答应的事一定要做到！"

董浩然点点头。

孟真真深吸一口气，用力地握住他的肩膀，语重心长道："你要听爸爸妈妈的话，好好学习，每天要多练习跳绳，持之以恒，才能长得高，等你长大后……"孟真真停下来，也不知道该嘱托什么了。

董浩然茫然不觉她情绪的变化，天真地说："对了，阿姨，昨天有道数学题，老师给我打了错，妈妈也说我是错的，你来说说看。"

孟真真笑着点点头。

"小明在操场上跑步,他前面有五个人,他后面有五个人,一共有多少个人?"

"前面五个,后面五个,加上小明自己,五加五再加一,就是十一个人啊。"

"你怎么和妈妈算的一样呢?"

"你算的是几个呀?"

"六个呀,操场是圆的啊,前面的人不就是他后面的人吗?"

孟真真一愣,笑了起来,说:"你这个算法也对,是题目出错了,题目没写明白。"

"我明天跟老师说,我这个算法也对。"董浩然开心地大笑,这时,他看到门外墙壁上的不锈钢装饰板上,映出妈妈的身影,妈妈就站在门外的墙壁后,一动不动。

董浩然叫了句:"妈妈!"

钱一茹依然站在原地。

董浩然以为她没听到,又连喊两次:"妈妈,妈妈!"

这一瞬间,孟真真再也控制不住,她知道身后有一道目光在看着她,可她依然控制不住身体,一把将董浩然搂入怀里,第一次如此用尽全力地将儿子抱个满怀。

门外的钱一茹默默看着这一幕。她本是拿着结算好的工资,准备交给洪梅,走到门口时,恰好通过不锈钢装饰板看到董浩然翻出相册里塞满的百元钞票,听到了后面的对话。一瞬间,她也想起了很多事,想到了洪梅为他们家做的事与其他保姆是如此不同,想到了洪梅看董浩然的眼神,想到了洪梅把这里当成自己家,甚至比自己家打扫得更干净,想到了洪梅小心翼翼地讨好她和董明山,似乎很怕被辞退，想到了洪梅与董浩然眉宇间的相似。

她默默转过身，退了回去。

"阿姨，妈妈怎么走了？咦，阿姨，你为什么哭啊？你是不舍得我们吗？"

孟真真松开手，用手背擦了擦眼泪，拎起行李箱，董浩然送她到门口，客厅里空无一人，钱一茹已经回了房间。

董浩然说："阿姨，你等一下，我找妈妈一起送送你。"

等董浩然拉着面容复杂的钱一茹再一次出来时，门已经关上了。

96

陈哲和段飞派人守在蓝青小学外面。

案件调查陷入了困境，赵泽宇不肯说实话，陈子华和王嘉嘉这两个重要线索人物都联系不上，警方掌握的信息量很小。

现在明面上的证据是，赵泽宇无罪，他对付董明山公司的一些事，属于商业纠纷，有没有违规不是刑警说了算的。

离真相似乎就差最后一环，可偏偏最后一环的经过，只有当事人知道。

不过陈哲和段飞很快想明白了一件事，陈子华难找，但王嘉嘉好找。因为王嘉嘉和孟真真一样，她们的身份都是母亲，都是深爱自己孩子的母亲。

下午的蓝青小学操场上，体育课后半节是自由活动，男孩子有些在踢球，有些在玩老鹰抓小鸡，只有赵星辰独自坐在角落，他戴着一副左右两边镜片薄厚明显不同的眼镜，双手托着下巴，落寞地看着周围玩闹的同学们。

呆坐了好一阵，他站起身，来到老鹰抓小鸡的队伍前，也没有和其他同学打招呼，便试图闷声不响地混进游戏队伍里，凑到最后一个同学身后，拉住他后背的衣服，谁知那个男同学转头看到是他，一把把他推开，毫不留情面地道："赵星辰，谁让你过来的，一边待着去！"

自从赵泽宇逃离犯罪现场的视频被人在网上公开后，所有同学都从家长口中知道了"赵星辰的爸爸是杀人犯"，赵泽宇被拘留至今都没出来，江北人都知道，赵家这次没戏了。

赵星辰怯生生地看着同学，问："你们还缺不缺人？我也想一起玩。"

"不缺！"另一个人高马大的同学立在他面前，用肢体语言让他快滚。

另一个长相看着就嬉皮笑脸的男生起哄："我们缺人也不缺杀人犯家的小孩。"

"怎么，你不服啊？想打架吗？瞧以前把你能的。"

"杀人犯，赵泽宇是杀人犯。"其他同学跟着哄笑起来。

赵星辰看着他们，两片嘴唇扁到了一起，眼泪在眼眶里打转。

一个男生拉过一起玩耍的董浩然，喊道："浩然，他爸杀了你家的阿姨，你怎么不一起骂他？你尽管骂，他现在如果还敢欺负你，我们一起帮你。"

"就是就是，我们看到是独眼龙用弹弓追着你打，还冤枉你把他眼睛打伤，坏透了。"

董浩然看了看赵星辰，既没有参与对他的讨伐，也没有维护他，只是避开这个话题，说："我们继续玩吧。"

大家又起哄几句，把赵星辰晾在一边，开始了新一轮游戏。

赵星辰一个人走到角落，背对着众人，小手抹起眼泪。

"小星，小星。"这时，一个熟悉的声音在他耳边响起。

王嘉嘉隔着学校护栏，将赵星辰喊了过来。当看到他一个人抹眼泪时，王嘉嘉已经猜到了大概情况。

"妈妈！"赵星辰多日不见母亲，态度变得格外亲热，激动地问，"妈妈，你去哪儿了？我们都找不到你，奶奶和外婆都不知道你在哪儿。"

"妈妈这几天有事在忙，很快就忙完了，你不要告诉任何人你见过我，好吗？"

赵星辰一脸严肃地点点头。

"你爸杀了人，他出不来了。你奶奶总是骂我，以后我不会再跟你爷爷奶奶有来往了，我问你，你以后想跟着妈妈，还是跟着爷爷奶奶？"

赵星辰想都不想地回答："当然跟着妈妈。"

尽管他平时对王嘉嘉有些畏惧，爷爷奶奶无限宠他，可让他选择其中一方时，孩子当然是选择妈妈。

王嘉嘉心满意足地摸摸他的脑袋，用袖子擦了擦他的眼泪，夸道："好孩子，这一次你要长大了，要学会坚强。"

"妈妈，你多久可以忙完？"

"用不了几天，你再耐心等一下。"

赵星辰点点头，又问："妈妈，爸爸真的杀了人吗？同学们都在说我。"

王嘉嘉愣了下，点点头："你爸爸做了很大的错事。你同学说你是暂时的，你要和同学友爱，再也不能像过去那样欺负人，同学们过一段时间会重新接受你的。"

"我想他们不会。"

"没试过怎么就退缩了？搞好同学关系又不是多难的事，我相信我儿子肯定可以学会改变。"

"我……"赵星辰还是没有底气。

王嘉嘉鼓励他："学会改变的第一步，你要去做一件事。"

"你去找董浩然，向他承认，你的眼睛是你自己弄伤的，好吗？"

"我……"

"这是你撒的谎，害得董浩然被他爸爸妈妈揍了不知多少顿，如果你这都不肯去道歉，让他怎么接受你？如果是他用这种方式冤枉了你，你被我打了，你心里会好受吗？"

赵星辰考虑了一会儿，用力点头："好，我去和他道歉。"

王嘉嘉欣慰道："好孩子，这才是我的好孩子！你再告诉他，你爸爸要让他们家破产的事，不会发生了，这是妈妈承诺的，你让他转告他的爸爸妈妈，不要再为这件事担心了。"

王嘉嘉看着赵星辰勇敢地朝董浩然跑过去，将他叫到一旁，跟他说了好一阵子，还伸手朝王嘉嘉指指，董浩然看到她后，奔跑过来，充满期待地问："阿姨，我们家真的不会破产了吗？"

"不会的，阿姨答应你，过段时间阿姨就来亲自处理这件事，让你爸妈放心。小星之前冤枉了你，你能不能原谅他一次？"

董浩然点点头："我和小星是好朋友，他眼睛坏了，以后我多帮助他。"

赵星辰很是难为情地说："谢谢你。"

"好了，那你们两个人握握手，又是好朋友了。"

两个小朋友握了握手，同时笑了出来。

王嘉嘉道："小星，你再耐心等几天，过几天妈妈就会来找你了。"

赵星辰郑重其事地点点头。

王嘉嘉转身离开，穿过马路时，眼睛余光瞥了眼不远处一辆停着一动不动的黑色汽车，不动声色地走到公交车站，坐上公交车离开。

97

王嘉嘉前脚刚进房间，敲门声就响了起来，她打开门，门外毫不意外地站着段飞和陈哲。

"找你找得好辛苦啊，"陈哲也不经她允许，便踏进家门，东瞅瞅西望望，又瞥向段飞，"连老段都不知道你还有这么个住处，够隐蔽啊。"

段飞在一旁尴尬道："我为什么就应该知道？"

王嘉嘉对他们的出现早有心理准备，随意地介绍："这套是家里之前买来投资的学区房，平时不住人。"

房子装修得简简单单，陈哲大大咧咧地朝沙发上一坐，道："王嘉嘉，是在这儿问呢，还是跟我们去警局？"

"在这儿吧，我不想被赵家人知道。"

"好，那就在这儿开始吧。"他让楼下刚刚负责跟踪的小孙也上来，直接在这儿做笔录。

笔录开始后，王嘉嘉坦然道："你们想知道什么，尽管问。"

陈哲率先问："视频是你传出去的吧？"

王嘉嘉坦然道："是我传出去的。"

"那么也就是说，整件事是你和孟真真联手设计的？"

王嘉嘉道："我说了，视频是我传出的，可我不知道赵泽宇会杀害孟真真。"

陈哲也不反驳孟真真不是赵泽宇杀的，而是自杀，听她继续说下去。

她看了眼段飞："段飞之前找过我，他怀疑我爸的死和赵泽宇有关。"

她看对面几人表情都很淡定，说明段飞已经跟警察说了此事。

"我当时是不信的，后来看到孟真真偷拍的视频——你们知道孟真真是董浩然的生母，她为了阻止赵泽宇设局害董明山，来我家里偷装监控的事了吗？"

对面几人点点头。

王嘉嘉道："希望你们能永远保守这个秘密，不要让董浩然知道真相。"

陈哲道："保护未成年人心理健康是警方的职责，在未来的案情通报中，我们会略去这些。——然后呢？"

"我看过孟真真偷拍的视频，这份监控视频我有备份，视频里赵泽宇手里拿着胰岛素笔，我又通过种种细节，才确信我爸死于赵泽宇之手。这些现在说出来没有意义，只是让你们知道而已，因为我没有任何法律上的证据。后来赵泽宇设局，要把董明山一家整破产，孟真真为了孩子，求我跟赵泽宇说情。我说我没办法，我也想把赵泽宇绳之以法。"

"后来孟真真告诉了我一件事，赵泽宇派手下唐显友去了她家，具体做什么不知道，总之，那天晚上孟真真住在董家，孟真真的情夫住在她家，结果唐显友杀了她情夫，抛尸到双子水库。抛尸的过程被陈子华阴错阳差拍了下来，陈子华想用视频勒索赵泽宇，结果被赵泽宇杀害。"

"什么？"陈哲和段飞异口同声惊呼起来。

"这件事到底是不是真的，我也不知道，但孟真真让我把这件事告诉赵泽宇，逼赵泽宇收手，我跟赵泽宇说过这些事，不过他没当回事，我想应该不可能吧，他派唐显友去孟真真家里做什么呢？就算

去，为什么要杀孟真真的情夫呢？他们可是素不相识的啊。"

"过了几天孟真真又找到我，我告诉她，我跟赵泽宇说过了，赵泽宇无动于衷。她说赵泽宇可能会派人来灭口，她给了我一台电脑，里面有一个监控软件的远程查看账号，将来她如果出了什么事，让我把拍到的录像交给警察。我当时压根不信赵泽宇会因为我传达的话，就来杀孟真真灭口。直到孟真真死后，我第二天拿出她的电脑，看了孟真真装的监控，才看到赵泽宇拿着刀逃走。可那时你们已经把赵泽宇放回家了，我看到他就害怕，所以我逃了出来，躲在这里，怕他们赵家，我不敢用手机，偷偷把视频剪辑出来，匿名发给一些媒体的投稿邮箱。"

陈哲拿过王嘉嘉递来的电脑，打开后，电脑自动登录的邮箱就是用何超龙手机号注册的邮箱，难怪用这个邮箱发邮件。不过这让他们有一点搞不懂，孟真真的电脑里，为什么登录的是何超龙的邮箱？她为什么不用自己的邮箱呢？

陈哲问："孟真真的情夫叫什么名字？"

王嘉嘉思索道："好像……好像叫何超龙。"

"何超龙？"陈哲和段飞再次变了脸色，在他们的猜测中，何超龙应该早就死了，怎么成了孟真真的情夫？

陈哲不禁怀疑起王嘉嘉说话的真实性，又问："按你说的，你是在事后才通过孟真真给你的电脑，看到赵泽宇拿着刀逃走的。你之前并不知道赵泽宇会去找孟真真？"

王嘉嘉点点头："当然了。"

陈哲试探道："如果我告诉你，孟真真是自杀的，不是赵泽宇杀的，你怎么想？"

王嘉嘉怒道："不可能，完全不可能，你们警察不能包庇赵泽宇，视频里记录得清清楚楚！"

段飞接口道："视频只拍到了赵泽宇离开，并没有拍到孟真真的死亡过程。我们不会包庇赵泽宇，这一点你大可放心，但是我们现在缺少对赵泽宇定罪的直接证据，你还有什么可以提供的？"

王嘉嘉摇摇头："没有了。"

段飞道："你再想想，孟真真是否还跟你说过什么，或者给过你什么东西？"

王嘉嘉思索了一会儿，好不容易"想起来"了："对了，我第二天躲起来后，手机收到了一条寄到家里的快递信息，我点开后发现是孟真真寄给我的，这几天我一直没回家，不知道快递还在不在。"

98

孟真真坠楼案发生的前一天，孟真真将一个 U 盘和一份文件装入快递袋后，交给了快递员，实名寄送，目的地是王嘉嘉的家，收件人是王嘉嘉，明明可以次日达，她偏偏选择两天后送达。

快递员走后，她掏出手机，给赵泽宇打了一个电话："赵泽宇，我是洪梅，也叫孟真真，我要和你见一面。"

半个小时后，孟真真来到了赵泽宇的公司，单独进了赵泽宇的办公室，关上门，开门见山地说："陈子华是我的前夫，我知道，他已经死了，你肯定处理得很干净，不会再像丁虎成那样，被拍下来抛尸过程。丁虎成的尸体想必也不在水库了，你们应该彻底毁尸灭迹了吧。不过如果我把视频交给警察，把我所知道的事全部告诉警察，再加上丁虎成和陈子华两个人的失踪，警察肯定要找你们调查，也许能查到证据，也许查不到，可我的口供、视频加上他们俩的失踪，警察难道不会怀疑是你们干的吗？我想你心里一定是害怕的。"

赵泽宇沉默着，一言不发。

水库底丁虎成的尸体已经换成了一条狗的，就算警方拿到视频后去打捞尸体，也对他们构不成威胁。可孟真真知道他们的整个犯罪过程，加上丁虎成和陈子华都失踪了，和孟真真的口供对得上，警方必然会相信孟真真的口供，到时会对他们进行调查。万一在调查过程中，警察发现了一些他们没有想到的细节，这是极大的威胁。

对赵泽宇来说，命案的风险只有零和一百，要么查不到，查到了就是死罪。

他看着面前表情严肃的孟真真，笑了起来："你这人有点搞笑，你在说什么，我听不懂。"

孟真真看穿他的心思，道："你是怕我身上有什么录音或者录像的设备，想套你的话，引你上当吧？你可以让你手下过来，检查完毕，再和我开诚布公地谈一谈条件。"

赵泽宇沉吟片刻，叫来唐显友，耳语一阵，唐显友带她去了隔壁，用电子测试仪器和搜身详细检查了一遍，甚至连隐私地方也没漏，最后，孟真真脱了鞋子，重新回到赵泽宇的办公室。

赵泽宇看着她，这才开口："你找我想做什么？"

"给我一百万，我离开江北，这些事以后再也没有任何人知道。"

赵泽宇手指敲击着桌面，问："我听说，董明山他们家的小孩，是你的孩子？"

"没错。"

赵泽宇怀疑地问："那你为什么想跟我要钱，而不是像上回那样，让我放他们一马？"

孟真真气愤道："你这一次撕毁和董明山的协议，他们夫妻俩全都怪我自作主张偷拍你，才让你们的关系没法修复，他们把我赶出来了。我想明白了，如果他们真破产了，我就公开身份，把孩子领回来自己带。"

"他们把你赶出来了？"

"不信，你可以自己去了解。"

赵泽宇沉吟片刻，道："我先看看视频。"

孟真真让唐显友拿来她的手机，展示给赵泽宇看。

看到视频，赵泽宇的脸沉了下来，没想到陈子华的视频真的还有备份，孟真真并不是在诈他！

他手指敲打了一会儿，过了好久，重新开口："这些事，嘉嘉知道吗？"

"我跟她说过一次，可她不信，这个视频是我昨天从陈子华留下的一个 U 盘中找出来的。"

"这么说，嘉嘉没看过视频？"

"当然，如果我早一些拿到视频，我早就交给董明山了，他也早就拿这个来要挟你了。我没想到他会把一切都归咎于我，还把我辞退。"

赵泽宇思索一下，这个解释说得通，如果孟真真很早就得到视频，她不会等到今天，早就来要挟自己了。

"钱，可以，我怎么相信你？"

"明天晚上，你来找我，我会给你一个解决方案，让你彻底放心。不过，只能你自己来，不要带上唐显友，我怕他会把我灭口。"

99

孟真真走后，赵泽宇和唐显友商量起来，这件事该如何处理。

将孟真真灭口的风险极大，一是她肯定有提防；二是她的活动范围很小，不好下手。

既然不能杀孟真真，那么对她置之不理呢？

正如此刻他担心的，虽然所有证据都没了，可如果孟真真的口供、手里的视频加上丁虎成和陈子华的失踪，摆在警察面前，警察肯定会把赵泽宇和唐显友作为重点怀疑对象，一旦查出点什么，后果不堪设想。

赵泽宇不在乎一百万，在乎的是，钱付出去后，这件事能否彻底翻篇。

最终，赵泽宇决定，明晚准备好现金，他去巧克力公寓和孟真真谈谈，看看她有什么方案能让自己放心。如果孟真真的方案能说服他，就直接给她钱，一劳永逸；如果不能，至少这段时间先稳住她，以后再想办法对付她。时间隔得久了，她再拿丁虎成和陈子华说事，警察更无从查起。

第二天，赵泽宇用陌生手机号打了孟真真的电话，约定了晚上见面时间，见面地点是巧克力公寓顶楼天台，理由是空旷，公共场所，她有安全感。

晚上七点半，赵泽宇独自开车来到了巧克力公寓，与此同时，他让唐显友开另一辆车，他们前后脚到，钱放在唐显友的车里。

赵泽宇做事非常小心谨慎，他注重任何细小的风险，所以他让唐显友提前去了顶楼天台，检查一遍，确认没有任何异常，他便让唐显友留在楼梯通道等着，以便随时应对突发状况。

赵泽宇独自乘坐电梯到了顶楼，经过走廊，看到了1608房间的失足妇女正好开门接客，他来到天台，空无一人，他给孟真真打去电话。

不多时，孟真真手里拎着一个普通的包，走上顶楼。

赵泽宇刚要开口问她怎么样交易才能让双方都放心，谁知孟真真那一刻仿佛被人下了降头，二话不说，把包用力摔在地上，掏出一把匕首，面目狰狞地朝赵泽宇冲了上去。

赵泽宇顿时吓得大惊，不过他对孟真真有所防备，仗着身形高大抬起一脚将孟真真踹倒在地，他正想扭头跑，谁知孟真真简直像义和团贴了符纸的战士，瞬间站起身又向他冲来。赵泽宇来不及跑出天台门，只得先扣住孟真真的身体，不让匕首划伤自己。

纠缠了一阵子，孟真真手里的匕首被赵泽宇打落在地，赵泽宇见她还想去捡，先她一步将匕首抢过，握在手里阻止她，骂道："你是不是脑子有病，你到底想干什么？你——"

话音未落，扑哧一声，孟真真直接朝他举起的匕首撞了上去，匕首整个埋进了她的腹部。

孟真真吃痛闷哼一声，旋即忍着更大的疼痛，咬着牙将身体从匕首上抽了出来，鲜血飞溅。赵泽宇看得目瞪口呆，吓得立即将匕首扔在了地上。

孟真真捂着伤口，强撑住身体，近乎残忍地看着赵泽宇笑了起来，转身跑到天台缺口，先是踢掉了几个放在边缘的啤酒瓶，引起下方人的注意，接着，几乎没有丝毫犹豫地转身，仰面向后倒了下去。

整个过程如此之快，赵泽宇整个脑子都是蒙的，这孟真真想干什么？难道她想用自杀来栽赃嫁祸自己不成？来为丁虎成或者陈子华报仇？或者为了董家？

来不及多想，楼下已经传来喧哗之声，他想着孟真真身上被匕首捅伤，又从楼上掉下去，如果他继续留在天台，几分钟后就将百口莫辩了。

100

警方得知孟真真曾经给王嘉嘉寄了一份快递后，火速赶到她家，从快递柜取到了滞留多日的快递。

里面一共两样东西，一件是 U 盘，里面正是陈子华偷拍唐显友抛尸的视频。警方看到这个视频后，一下子大为振奋。

另一件是孟真真手写给王嘉嘉的一封长信。信上说，她整理物品时翻出来一个陈子华留下的 U 盘，里面记录了一段唐显友抛尸的视频。她担心赵家势力大，哪怕她把视频交给警察，赵家也有能力压下去，所以她再献上一条命，来陷害赵泽宇杀人，把事情闹大。等事情闹大后，王嘉嘉再将视频交给警察，赵家就兜不住了。

看到这个解释，段飞和陈哲都皱起了眉，对这个理由感到很不可思议。现在都什么年代了，又不是几十年前，那时司法相对混乱，还有一些冤假错案、包庇罪犯的情况，现在这个时代，就算赵忠悯还没退休，也不可能兜住儿子的命案。

孟真真会因为这个理由而自杀？

不合常理！

信的剩余部分讲述了孟真真所知道的犯罪经过。不过她在这份表述中，把丁虎成被害，改成了何超龙被害，还说何超龙是她的男朋友。

得到这个重磅证据，警方立刻重新对赵泽宇和唐显友展开了审讯。

审讯室里，赵泽宇和唐显友对这段视频的出现并不意外，两人早已统一好口径，考虑到案发当天虽然公司的监控全部删除了，但道路上的监控还是拍下了一些东西，所以在行程上完全如实回答，只是在具体所做之事上稍加隐瞒。

赵泽宇说当天晚上他去公司处理一些工作上的事，和唐显友没有联系过，也没见过陈子华。赵泽宇和唐显友的联系都是通过微信语音电话，从不打手机，警方在通话记录里查不出结果。

唐显友解释他当天将车开到巧克力公寓的地下停车场，本想去望江街上吃夜宵，结果刚停车，发现抛锚了，自己折腾了好久还不见好，便叫手下员工陈子华去公司开了辆备用汽车过来，送他回家。车开到半路，他手机落在原车上，便让陈子华自己回去，他回到巧克力公寓拿手机，又试图修了一会儿车。最后他开车回到镇上老家，发现自家的狗吃了老鼠药死了，由于附近没地方掩埋，就将狗装进垃圾袋里，连夜运到水库沉下去。

至于陈子华之死，两人都说不知道，只说陈子华自己辞职了，不知去向。

警方反复向他们核实了很多遍，得到的都是同样的口供。

这番解释在时间上一一对应，尽管理由听着总觉得有些牵强，可也说得过去。

陈哲原本以为拿到视频铁证，破案已经铁板钉钉，没想到唐显友拒不承认是抛尸，坚称垃圾袋里装的是一条狗，甚至一脸自信从容，让他们警方打捞出来便知真相，这让他有了不好的预感。

他有些没底气地看向段飞："老段，你信不信孟真真这封信里的内容？"

段飞点点头："孟真真没有必要撒谎，更加没必要用自己的命来撒谎。相反，赵泽宇和唐显友的口供很牵强。比如唐显友开面包车去巧克力公寓，比如他返回巧克力公寓又修了一会儿车，还没修好，比如他家狗死了，他没有找地方挖坑埋了，反而是抛进水库里。"

"我现在最担心的是，赵泽宇和唐显友早就知道了视频的事，将湖里的尸体换成了狗的。如果是这样的话，恐怕很难给他们定罪。"

审讯室里，赵泽宇仿佛在对着摄像头背后的人示威，拍胸脯表示，他和唐显友也认识好多年，这小子年轻时坐过牢，后来一直本本分分，胆子很小，不可能干下杀人抛尸的事，你们警察赶紧把他抛的所谓尸体捞出来，还他一个清白。

打捞队到位后，警方押着嫌疑人唐显友赶到了现场，很快，在唐显友描述的位置下，打捞队从水库底下捞出了一个大包裹。

大包裹里全是水，还有石头，分量很重。打捞队将包裹放置在岸上，警察们都围了上来。

唐显友站在外围，虽然看不见里面的情况，但他胸有成竹。

结果几分钟后，围观警察全部散了开来，同时望向了他，他目光投到黑色塑料袋上，自信镇定的表情霎时间僵在了脸上。

那根本不是狗的尸体，而是一个人。

唐显友吓得直接跌坐在地。

101

"不可能，绝对不可能，你们故意讹我！"审讯室里，唐显友到现在还是一脸不可置信。

"你说我们故意讹你？"审讯的警察都快笑了，"视频都拍到你抛尸了，有视频，有尸体，你的作案时间也符合，证据链已经齐全，你还想狡辩？"

唐显友连声道："不可能，我抛下的是狗的尸体，怎么可能变成人的？"

"你的意思是我们警察专门找了具尸体,当着你的面把你所说的狗的尸体调包了,换成人的?"

唐显友依然坚决否认:"不可能,完全不可能,有人栽赃陷害我。"

警察懒得再跟他废话,猛拍一下桌子,喝道:"唐显友,现在证据确凿,你休想装疯卖傻,你有犯罪前科,如果你配合调查,主动交代,我们尽力给你争取个死缓,你要是继续跟我们演戏,哪怕你零口供我们都可以凭视频和尸体判你死刑。是个爷们就痛快一点,你是怎么杀害何超龙的?"

"何超龙?"听到这个名字,唐显友不由得一愣,他杀的明明是丁虎成,丁虎成的尸体也已经灰飞烟灭,哪儿冒出个何超龙?他从来没听过这名字。可审讯在前,他只能硬着头皮说下去:"我根本就不认识你们说的何什么龙。我抛下的明明是条狗,怎么就变成人的尸体了?"

"视频拍到你抛尸,打捞出来的也是尸体,你还想嘴硬到什么时候?我们可以帮你提前找律师介入,你去问问律师,视频和尸体,这两个证据,哪怕你零口供,法院够不够定你的故意杀人罪?"

唐显友怒道:"我是被人栽赃陷害的,尸体绝对被调包了,你们去做尸检,我就不信这么巧合,这个人也是死于那一天!"

隔壁的段飞和陈哲微微一愣,他们感觉唐显友的这句话似乎有弦外之音。下一秒,他急忙通过耳麦对刑审队员耳语几句。

刑审队员镇定自若地问:"还有谁死于那一天?"

"我……我说的是我家的狗。"

"何超龙真不是你杀的?"

"我根本不认识这人。"

"那你觉得是谁换了尸体陷害你?"

"只可能是孟真真啊！"

"为什么只可能是孟真真？"

"因为——"唐显友突然愣住了。与此同时，警察们纷纷露出了笑容。

"视频不是陈子华拍的吗？陈子华不是离职了吗？你不是不知道陈子华的去向吗？为什么不是陈子华陷害你？"

隔壁的警察和段飞都站起身，他们知道，审讯到了尾声。

唐显友的口供已经攻破，接下来只需要反复从不同角度问，用不了多久他的整套应对逻辑都会崩塌，自然全面招供。

另一边，赵泽宇从审讯的警察口中得知从湖里打捞出了一具尸体后，也连说不可能。警察问他为什么不可能，他又改口称他相信唐显友不是这样的人。可当警察出示给他现场的照片时，他整个人也呆立当场。此后，不管警察再怎么问话，赵泽宇都闭口不答，因为他不知道唐显友会怎么说，如果他们俩的口供对不上，就会立马穿帮。

接下来，警察只需要对两个人互相套话，只要有一个信息没合上，后续的口子只会越撕越大，整个真相浮出水面只是时间问题。

第二天，法医那边传来了另一个消息，从水库里打捞出来的尸体死亡时间至少在三个月以上，而唐显友抛尸的视频，拍摄于一个月前。

这说明，尸体真的被人调包了。

与此同时，案子也确实破了。

赵泽宇和唐显友交代的死者是丁虎成，至于何超龙，他们确实不认识。何超龙这具尸体哪儿来的，何超龙是怎么死的，这可能成了永远的谜，再也无法解开了。

当然了，审赵泽宇和唐显友，不光审出了丁虎成和陈子华两个命

案，警方也在翻过去的案子，包括王甫民之死，相信迟早会有一个
交代。

102

小酒馆里，陈哲和段飞碰杯。

"案子到最后收尾阶段了，过几天整理好就把全套材料发给你。"

"结果怎么样？"后面的具体审讯工作，段飞没有再跟进，这些都
是警方按部就班的程序。

"唐显友的心理防线崩溃后，加上我们的一些合法的、友善的、
文明礼貌的审讯技巧，他当天晚上就全招了。一开始他想把罪责全往
自己身上揽，可他和赵泽宇这么多年的交集实在太多了，还有赵泽宇
给他的钱财明显超出他在公司里的职务身份，很多谎话兜不住。加上
我们不断拿从他那里问出的信息去赵泽宇的审讯室里串门，安排他们
俩的二人转，这几天他们俩也算全撂了。"

段飞笑起来："看来赵泽宇也体验过了你们合法的、友善的、文
明礼貌的审讯技巧。"

陈哲直摆手："他这人嘴更硬，完全审不动，口供已经漏洞百出
了，还要硬撑。后来我们局长都亲自出面了，跟他说：'你的证据链
已经确凿了，这么强撑有什么意义呢？你爸赵忠悯好歹也是江北这么
多年的领导，有头有脸的人物，儿子狡辩来狡辩去，最后还是定了
罪，多难看呢？你要是再不肯说，那我们只好请你爸妈过来给你做思
想工作了。'你还别说，赵泽宇犯下这么多事，他在家可绝对是个大
孝子，听到要把他爸妈叫过来，当场就坦白了，说这些事跟他爸妈都
没关系，全是他一个人干的。"

段飞问："他们犯了哪些事？"

"其他的还要等以后扔进看守所再慢慢问，经济犯罪一大箩筐，不归我们管，大的几起命案够他们俩全死刑了。十年前赵泽宇雇唐显友，杀害了当时帮他代持股份的房产公司老板，伪造成跳河自杀。王甫民的死也是赵泽宇设的局，由唐显友负责实施，唐显友将王甫民迷晕后注射过量胰岛素杀死。后来唐显友潜入孟真真家中搜东西时，恰好遇到丁虎成，将他杀害抛尸。陈子华偷拍下视频，被他们发现后，也紧跟着没了命。这些事赵泽宇件件知情，每一件都间接参与了。至于何超龙的死，确实和他们无关。"

"那是怎么回事？"

"唐显友交代，他们知道陈子华偷拍视频后，尽管已经将陈子华灭口，赵泽宇依旧担心视频外泄，就让唐显友买来潜水装备，深夜去水库里把丁虎成的尸体打捞上来，换成了一具大狗的尸体。丁虎成和陈子华的尸体先后被他带到一处焚烧炉里彻底化成灰了。"

"尸体是孟真真调包的？"

陈哲点点头："那当然了，除了她也没别人了。尸体的生物成分验出来就是何超龙，何超龙究竟是怎么死的，孟真真已经死了，这就是个永远的谜了。根据何超龙尸体上的残留物判断，他的尸体原先应该被埋在一处山上，技术人员比较了水库周围多处地区的土质，都不符合，肯定不是在水库附近，具体埋在哪里，也查不出来了。"

陈哲接着道："孟真真的整个局就是，她将水库中的狗调包成何超龙的尸体，然后在巧克力公寓十六楼的天台入口装好监视器，偷拍赵泽宇。再将赵泽宇引上天台，自己跳楼自杀，陷害赵泽宇。王嘉嘉看到孟真真死后，她以为孟真真是被赵泽宇杀害的，结果见赵泽宇又被放了出来，于是她躲起来，把视频发给媒体曝光。孟真真以死来陷害赵泽宇是第一步,为的是先把动静闹大,第二步用视频才是真正的陷害,这一步下去,唐显友要么承认杀了何超龙,要么只能交代杀了丁虎成的事实。"

段飞点点头,随即提出另一个疑问:"孟真真牺牲自己,就为把事情闹大,真有这个必要吗?"

陈哲道:"也许她比较傻吧,以为赵家可以一手遮天,其实一个退休领导怎么可能兜住命案啊?"

段飞摇了摇头。

陈哲问:"你有什么看法?"

段飞道:"你刚才说,何超龙的尸体曾经埋在土里,查过土质,不是附近山区。"

"对啊,那又怎么了?"

段飞沉默了一会儿,吐了口气:"你别忘了一点,孟真真不会开车!"

陈哲愣了一会儿,突然瞪大了眼睛:"孟真真没办法一个人将何超龙的尸体从很远的地方运过来,调包水里的狗?"

段飞点点头:"这是疑点,不是证据。"

陈哲目光一闪:"那你说是谁调包的?"

段飞没有正面回答,心情复杂地望向窗外的远空:"王嘉嘉读大学的时候,拿过学校运动会的游泳冠军。王嘉嘉会开车。"

陈哲愣了一会儿,恍然大悟:"这才是孟真真自杀的真正理由?这场栽赃,孟真真一个人做不了,需要王嘉嘉协助。而孟真真活着,我们肯定会找到她,审问她,然后她可能把王嘉嘉供出来?王嘉嘉为了摆脱合谋的嫌疑,故意把手机关机了,让我们第一时间找不到她。她谎称孟真真死后,她才去看电脑上的天台视频。她一直知道快递里的东西，她不去拿，等着我们去拿。还有孟真真的情人是丁虎成，根本不是何超龙，而王嘉嘉却告诉我们是何超龙！"

段飞沉重地点点头，补充说："将何超龙的尸体和湖里的狗调包的前提是，孟真真知道湖里的丁虎成尸体已经被调包了，她又是怎么预料到这一点的？她一个多年来一直脱离社会，生活在边缘地带的人，能想出这么完善的连环套，将赵泽宇这样的人一把打死吗？王嘉嘉才是对赵泽宇最熟悉的人啊！"

陈哲倒抽一口冷气，道："可是这些都是疑点，不是证据。"

段飞叹口气："是啊，孟真真死了，所有的一切，都只是疑点，不是证据了。只要王嘉嘉不承认，这些都只是我们一厢情愿的猜测。"

103

赵泽宇落网后，赵家的生活并没有发生特别大的改变，至少表面上看起来并没有。

李青依旧三天两头请人来家里打麻将，赵忠恸不同于其他退休老人爱好健身、种花、钓鱼、养宠物，他没有这些闲情逸致，他除了上网外，热衷参加政协的各种会议和老干部座谈会，以及部门组织的一些调研活动。只是最近这些活动他基本都不去了，也像其他同龄人一样，开始了种花和钓鱼。

阳光正好。

两辆检察院的专车在别墅门前停下，一辆是市级检察院的，一辆是渝中区检察院的。

正在门口摆弄盆景的赵忠恸转过头，看到车上下来了几张熟面孔和几张陌生面孔，对方一行五人，为首的是渝中区的卢检察长，昔年曾是他的下级，身后跟着段飞，另外三个人都是三十多四十来岁的光景，他眼熟，但不认识。

“老领导好啊。”卢检走上前向他打招呼。

赵忠悯拍了拍手，刚想去握，看着自己的脏手，笑了笑，打声招呼：“卢检好久不见了。”他转身拧开水龙头，将手洗净，旁边的段飞很有眼力见地拿起架子上的毛巾递给他。

他擦了擦手，语气很平静：“是好消息还是坏消息？”

卢检略有些尴尬：“老领导，方便的话，我们进屋谈一下？”

赵忠悯当了这么多年领导，话外音中已然知道了结果，他停顿一秒，点点头，领他们走进别墅。

别墅里，赵星辰和王嘉嘉正在客厅一角玩乒乓球，玩乒乓球可以帮助恢复视力，客厅另一头的屋子里，李青正在和牌友打麻将，保姆林林在厨房忙活。见赵忠悯领着五个政府官员模样的人进来，众人都停下手里的动作，看向了他们。

赵忠悯也不与其他人说话，默默地带着五个人走上二楼的书房。

王嘉嘉看见来人中有段飞，继续和儿子一起打乒乓球。

李青喊了两声林林，把保姆叫过来，让她去看看这几个人坐什么车来的。林林跑到门口，不消片刻，回来告诉李青，有两辆检察院的车。

“知道了，你去做饭吧。”李青眼皮抖动两下，故作镇定，打发走林林，继续打麻将。

一名牌友小声问：“检察院的人，是……是你们家泽宇的事吗？”

李青道：“不知道，咱们不用管他们，我们早就找人打听过了，泽宇是被人陷害的，所有证据都不符合，过几天调查清楚就出来了。”

“那是肯定的，你们家泽宇这么大一个老板，肯定是被人陷害的呀！”

李青笑靥如花，继续摸牌。

楼上，卢检等人落座后，谢绝了茶水，说只有几句话，交代完就走。

赵忠悯深吸一口气，平静开口："你们说吧。"

"老领导，具体的案情还没有完全落实，暂时不方便透露，赵泽宇的情况比较复杂，他……暂时是出不来了。"

赵忠悯脸色如常，眼皮轻微抖动几下，问："按你们的经验，大概要判儿年？"

卢检和段飞对视一眼，卢检道："这个……不好说。"

赵忠悯看着他："五年？……十年？……还是更多。"

卢检沉默几秒，道："不好说。"

赵忠悯看着对方，沉吟片刻，道："是出不来了，还是……永远出不来了？"

卢检抿了抿嘴："确实不好说。"

赵忠悯身体微微一颤，手指紧紧握拳，骨节泛白。

卢检指了指身后的另外三人，介绍道："老领导，这三位是纪委的人，赵泽宇在交代的一些事情中，涉及了一些官商的关系，组织上需要找您做进一步谈话。当然，我知道您的为人，但是您也知道，这是组织上的程序。"

赵忠悯点点头，声音细弱："应该的，应该的。"

"嗯……还有您太太，她退休前也是公职身份，她这边的亲戚也有许多在重要岗位上，所以组织上也需要找她谈话。"

赵忠悯点点头，喉咙里发不出声。

不多时，赵忠悯领着几人从楼上下来，他带着三位纪委的人走到李青身后，咳嗽一声，跟她说："青儿，组织上让我和你都过去谈谈话，你，一起走吧。"

李青对组织上的谈话并不在意，问："泽宇呢？"

赵忠悃沉默着。

李青看着他："你说话呀，泽宇什么时候能放出来？"

赵忠悃一言不发，掉头走向门口。

李青明白了结局，她看着等在旁边的纪委的人，说："等我打完这把跟你们走。——你出牌呀，愣着干什么？"

牌友只好扔出手里的牌，另两个牌友也是一言不发，打着哑巴麻将，只有李青一人边打边说着："再来碰一个就听了……哎呀，又不是我的……碰……好了，听牌……哈哈，自摸，和了！"

她啪一下把牌推开，和了。

所有人都默不作声，唯有她的笑声响彻房间。

她突然想起赵泽宇小时候，小时候的赵泽宇性格和小星很像，活泼，淘气，爱惹事，有时也会欺负同学，她管教非常严厉，规定他几点睡、几点起，能吃什么，不许吃什么，不能和哪个同学接触，甚至穿衣服、发型，生活的一切细节，都被她牢牢掌控，她做的一切都是为了把赵泽宇培养成干部子弟里最出类拔萃的存在。

李青的祖父是革命先烈，她父亲是副省长，她的叔叔伯伯、她的两个亲兄弟都在重要岗位上担任领导职务，李青自己也是一样，从来都是争强好胜，在那个年代就成了大学生，年轻时是很多人追求的对象，最后她嫁给了当时只是基层小干事的赵忠悃。

她对自己、对丈夫、对儿子，都要求异常严格。

丈夫仕途一路平步青云，最后当上了江北市的市长，儿子也考入重点大学，毕业后放弃从政，选择经商，也是一帆风顺。

家里的所有一切都按李青的规划运转着。

赵泽宇从小对她言听计从，从不敢违逆她。赵泽宇唯一的一次特立独行，是背着她和王嘉嘉这个犯罪分子的女儿领了结婚证，让赵家面子大失，这件事她自始至终都没有释怀。可是除此以外，赵泽宇的整个人生，正是她一心所希望看到的那样。

怎么就成了这样？

这个家怎么就成了如今的这个模样？

"和了。"这么多年，她搓麻将赢多输少，她总是赢，直到今天这一把，她依然是牌桌上的赢家。

"和了，和了，又糊了，一切都糊了。"她呢喃着站起身，依然挺直着身体，双眼却是空洞的，跟着纪委的工作人员慢慢走出了家门。

身后，王嘉嘉看着李青离去的背影，嘴里似是轻蔑，又似是无所谓，用只有她听得见的声音说了句："赢家？"

104

小学门口，人来车往，王嘉嘉刚换了一辆新款的高档跑车，依旧吸引着周围的家长、学生和老师的目光。

她比过去更加闪闪发光。

王嘉嘉将赵星辰放下车，遇到了也来送董浩然上学的钱一茹，钱一茹对她百般恭维，她欣然接受，不似过去那般孤高冷傲，不近人情了。看得出，两家人现在关系很不错，董浩然和赵星辰成了好朋友，王嘉嘉和钱一茹也仿佛是好姐妹。

王嘉嘉将赵星辰交到老师手中，谢绝了钱一茹一同逛街的邀请，转身返回，却见段飞正站在她的跑车旁，似乎专程在等待她。

"有事？"她笑着，表情轻松。

段飞也笑着回应："这不，跟你汇报一下进展。"

"上车吧。"她轻快地挥了下手。

王嘉嘉开着车，行到了离她家不远的一家茶馆，来到包厢，打发走茶艺师，她亲手为段飞泡茶。

"怎么说呢？"王嘉嘉手里熟练地洗着茶具，用木夹将茶叶挑进精致的茶壶中。

"赵泽宇和唐显友的几起杀人案，刑警那边已经完成了调查，材料送到我们这里来了。十年前，涉案房产公司名义上的老板是在赵泽宇指使下，被唐显友活活淹死的，唐显友把现场伪造成了畏罪自杀，由于当时尸体被发现时已经严重腐烂，警方没有查出约束伤，最后根据赵泽宇他们伪造的电子遗书结了案，你爸爸则在赵泽宇的欺骗和威胁下，顶罪认下了一切。"

王嘉嘉手里的活计没停，这一切对她都不是意外。

"当年赵泽宇为了让你爸爸能够心甘情愿地顶罪，给他写下过一份承诺书，承诺会和你结婚，对你好，承诺书上也写明了他是房产公司的实际控制人，更改规划也是他找你爸做的，承诺事成之后，你爸会升职到市局工作。这份承诺书是赵泽宇一直以来最忌惮的东西。"

王嘉嘉鼻子冷哼一声："我知道我爸手里有他的把柄。"

段飞点点头："你爸出狱以后，得知你这些年在赵家受的委屈，便找赵泽宇谈话，赵泽宇忌惮你爸手里的承诺书，于是一边想办法讨好你们家，一边策划着拿回承诺书，并将你爸灭口，这样一来，就再也没有人能威胁到他。"

"他怎么做的？"

"他和唐显友一起联手策划了灭口的事。他约你爸周一来公司，唐显友在当天早上弄坏了卫生间里的水管，在卫生间外挂出维修中的牌子，挡在门口。你爸身患糖尿病，尿频尿急，喝了茶水后，自然会去上厕所。赵泽宇为了撇清嫌疑，特意去和员工们开会。你爸进入厕所后，被唐显友用沾着迷药的抹布捂住口鼻迷晕，唐显友把他拖到卫生间隔间，给他身上注射了多支胰岛素笔，导致他很快休克死亡。唐显友确认你爸死亡后，在隔间里留下了两支空针，伪造你爸是自己注射过量的，随后他反锁隔间，从顶上翻了出去，造成你爸独自在卫生间隔间注射过量，休克致死的假象。"

段飞说完，看着王嘉嘉的表情，王嘉嘉长叹一口气，倒出一杯茶，递到了段飞面前。

段飞没有喝茶，继续说："警察曾经问过赵泽宇，他为什么非要杀害你爸爸。他如果和你和平离婚，你爸自然不可能把小星的爸爸送进监狱。赵泽宇的回答是，他绝对不会和你离婚，所以只能杀你爸，他才能安心。他不肯回答为什么不和你离婚，只说这和案子无关。"

王嘉嘉没有觉得意外，赵泽宇不肯离婚的理由，她有自己的理解，这是赵泽宇心底的秘密，她也不会告诉段飞这个外人。

段飞继续说："本来这起谋杀做得天衣无缝，可几天后，赵泽宇发现孟真真在他书房里装了监控，将他抽屉中藏有胰岛素笔这一幕拍了下来。他怕引起你的怀疑，这才愿意放弃巨大的利益，和董明山妥协。后来赵泽宇担心孟真真手里还留有证据，就让唐显友趁孟真真住在董家之时，潜入孟真真的出租屋里装监视器，结果遇到了当日来房子里的丁虎成，不小心将丁虎成杀害。赵泽宇让陈子华半夜给唐显友送车，用来处理尸体。陈子华一路想方设法跟踪，偷拍下了抛尸视频。后来陈子华勒索赵泽宇，赵泽宇又让唐显友将其灭口。赵泽宇担心视频流出，安排唐显友将丁虎成的尸体换成一条狗的。可他们做梦都没想到，最后打捞上来的居然还是一具人的尸体。"

段飞笑了笑："孟真真这一招简直让他们百口莫辩，破不了的一个栽赃死局。"

王嘉嘉点点头："孟真真一直很聪明，智商很高，否则，她也不可能从山区考上重点大学。"

"赵泽宇实际上的名下财产非常庞大，按他的说法，你知道的也只是冰山一角，他有很多关联公司，多名股份代持人员当他的'白手套'，他说了，这些合同都在保险柜里，他让你全权处理。这里面很大一部分是涉案财产，需要全部调查完成，才能返还给你，大概需要一年半载吧。"

王嘉嘉见段飞的茶水已经冷却，用夹子捏过来，倒掉，重新换上一杯递过去，淡淡道："这些由你们负责，我不担心。对了，赵忠悯有涉案吗？"

"赵泽宇的意思是赵忠悯对他的所作所为完全不知情，他是借用他爸职务的影响力拉拢各方资源的，可赵忠悯是否真的不知情，现在还不能确定，他和李青都已经被上级带走调查了，案子铺得这么大，谁是谁非，到时自有公论吧。"

王嘉嘉点点头："辛苦你们了。"

"这是我们的职责所在。不过，"段飞面露疑惑，"有两件事，我们没有完全弄明白。"

"你说说看。"

"这些年来，孟真真一直隐姓埋名地打黑工过活，说句实在话，她的社会经验是很不足的，准确地说，她接触的都是社会底层，她只有社会底层的生存经验，很难想象她这么一个人，能想出这么周全的圈套，将赵泽宇这样的人精给整个掀翻了。"

王嘉嘉道："孟真真智商高得很，以前在学校，她成绩一直很好，学东西特别快，她能设计这一切，我是既感到意外，又不是很意外。"

段飞点点头，没有直接反驳，他瞥着王嘉嘉的眼睛，继续轻描淡写地说着："这也仅是我们好奇的点，毕竟一个人有没有实施犯罪的能力和智商，光看外表是看不出的。"

王嘉嘉点头，表示认同。

段飞继续道："还有一个疑惑，孟真真没有驾照，董家夫妇证实了，她从来没开过车。"

王嘉嘉茫然："这有什么关系吗？"

"一个不会开车的女子，她是怎么将何超龙的尸体从很远的地方弄到了偏僻的双子水库里，替换了水底下狗的尸体呢？"

王嘉嘉挠挠头："难道是打车？"

段飞摇摇头："可能性太低了，何超龙的尸体不确定埋在哪儿，但根据尸体上的土质判断，肯定埋在一处山上，出租车司机将车开到山上，眼睁睁看着她将一个疑似装尸体的包裹搬上后备厢？以何超龙尸体的重量，孟真真即便一个人能弄上后备厢，也要费很大一番功夫，出租车司机如果下来帮忙，她怎么说呢？所以我们认为她打车的可能性几乎可以排除。"

王嘉嘉思索道："那她怎么办到的？也许，她会开车？她没驾照，不代表不会开车，也许她这些年接触的工作里开过车，限于身份才没去考取驾照。"

段飞问道："那么她哪儿来的车呢？"

"可能是向租车行借的，你们深入调查，总能查出原因吧。"

段飞摇摇头："如果这个局一开始就是精心设计的，我们想到的，她应该也想到了，恐怕很难查出来。"

"既然这样，那也没必要浪费时间了。"

"对了，孟真真会游泳吗？"

王嘉嘉一愣，道："会吗，还是不会？这都大学的事了，我忘了。这和案子有关吗？"

段飞干笑着摇摇头，叹口气："应该也没关系了吧。孟真真是个可怜的女人啊。"

"是啊，"王嘉嘉抬起头，也感慨道，"大部分女人在她二十多岁的时候都会瞎了眼，区别是，有些人瞎了一次眼，有些人瞎了一辈子眼。"

王嘉嘉淡定自若地说着，示意段飞面前的茶杯，温和地笑着："茶又凉了，别让我又白费一次功夫吧？"

105

走到路边，俩人挥手示意，段飞目送王嘉嘉戴上墨镜，坐进跑车，消失在视线之外。

几分钟后，陈哲开着车来到段飞面前，接他上车后，看他的表情，便猜到了大概："怎么样，什么都问不出吧？"

段飞系上安全带，摇头苦笑："你怎么看？"

陈哲道："如果真的是王嘉嘉策划的这一切，这其中最难的一个环节是，她怎么说服孟真真自杀，来陷害赵泽宇，从而揭露赵泽宇背后牵涉到的犯罪。"

"是啊，孟真真其实是有退路可走的，王嘉嘉如果靠劝说来说服她用自杀设局，我觉得正常人都不会答应。"

"那王嘉嘉是怎么做到的？"

"也许，我能想象到的场景，王嘉嘉用了一些话术，让孟真真觉得，她害死了太多的人，不管是对她好的丁虎成，还是图谋不轨的何超龙，她的噩梦陈子华，还有董家，因为她的自私，她的出现，周围那么多人都遭到了不幸。甚至视她为半个女儿的王甬民，情同姐妹的王嘉嘉，全都围绕着她发生了悲剧。王嘉嘉让孟真真觉得自己害了太多的人，她是一个罪人，对她进行道德上的捆绑，让她觉得如果一走了之，这是极度不负责任的自私行为，将会毁了更多人的生活，她的孩子也不会原谅她，她一辈子都将活在无地自容的愧疚中。这时候，王嘉嘉只需要通过一点暗示，暗示孟真真有一个办法，不但能掀翻赵泽宇，同时也能拯救身边所有人的未来。这个时候，不用王嘉嘉提，孟真真就会主动问她有什么办法，王嘉嘉说不行，这个主意是天方夜谭，真按这个方法做会害了她。你觉得此时此刻的孟真真会怎么做？"

陈哲道："她反而会求着问王嘉嘉，到底是什么方法才能对付赵泽宇。"

段飞叹口气，笑道："可我说的，也只是我假设的一种可能。王嘉嘉和孟真真之间到底有过什么样的对话，这世上除了她们俩之外，再也没有人知道了。"

陈哲道："案子是结了，可真正的真相，真真，假假，有些人叫真真，有些人叫假假，永远不会有人知道了。大家所知道的，只有你手里那一本卷宗上的文字。"

段飞抬起头，透过风挡玻璃仰望着远方，感慨道："做检察官这么多年，我越来越感觉到，没有一起案子的卷宗，是真正的真相。每一起案件，卷宗上记录的案情，都是公检法试图用逻辑来还原的事实。可真正的事实中，每个人都是鲜活生动的，他当时在想什么，他有什么情绪，也许和卷宗上记载的很接近，但一定不完全是那样。"

陈哲哈哈大笑起来："我们能做的就是活在当下，活在鲜活的现实之中。"

"哈哈，好，好一个活在当下，活在鲜活的现实之中。没想到从你这张嘴里也能说出这么有哲理的话。"

"那可不，既然你也这么认可活在当下，不如我们当下就好好吃他一顿烧烤，喝他三五瓶啤酒，最后你来买单，这个主意怎么样？晚上我有空，我手下的兄弟们也都有空。"

"行，我也鲜活一回。"

"不要人均三十八，别又请一顿'纳米'客，不然我直接刑拘你！"

"不怕，你在我这儿批不出逮捕令。"

前方的公路越来越直，汽车不急不慢地行驶着，渐渐地，在地平线的尽头，幻化成一个渺小的点。

阳光正好，照耀人间。

（全文终）

图书在版编目（CIP）数据

长夜难明：双星 / 紫金陈著 . -- 长沙：湖南文艺出版社，2024.1
ISBN 978-7-5726-1301-2

Ⅰ.①长… Ⅱ.①紫… Ⅲ.①推理小说—中国—当代 Ⅳ.①I247.5

中国国家版本馆 CIP 数据核字（2023）第 128418 号

上架建议：畅销·悬疑推理

CHANGYE NAN MING : SHUANGXING
长夜难明：双星

著　　者：紫金陈
出 版 人：陈新文
责任编辑：张子霏
监　　制：毛闽峰　刘　霁
策划编辑：张若琳
文案编辑：孙　鹤
营销编辑：杨若冰　刘　珣　焦亚楠
出 品 方：极地小说
联合出品：番茄出版
出 品 人：张雪松　孙　毅
出版统筹：郑本湧
封面设计：介末设计
版式设计：李　洁
插 画 师：壹零腾OTEN
出　　版：湖南文艺出版社
　　　　　（长沙市雨花区东二环一段 508 号　邮编：410014）
网　　址：www.hnwy.net
印　　刷：三河市百盛印装有限公司
经　　销：新华书店
开　　本：875 mm × 1230 mm　1/32
字　　数：343 千字
印　　张：13.25
版　　次：2024 年 1 月第 1 版
印　　次：2024 年 1 月第 1 次印刷
书　　号：ISBN 978-7-5726-1301-2
定　　价：65.00 元

若有质量问题，请致电质量监督电话：010-59096394
团购电话：010-59320018